A Substituta

LILY CHU

Tradução
LUCY VARGAS

Panini
Barueri, 2025

PANINI GROUP
CEO América Latina: Ivam Faria
Diretor de Publicação e Licenciamento: Marco M. Lupoi

PANINI BRASIL LTDA.
Diretora de Marketing e Editorial, Colecionáveis e Publicações: Martina Limoni; Diretor Administrativo e Financeiro: Fábio Trigo Martins; Diretor de Distribuição: Gilberto Finotto Gil; Gerente Editorial: Guilherme Kroll; Especialista de Licenciamento: Sandra Fujishiro; Editor: Pedro Catarino; Assistente Administrativa: Bruna Tiemi Okubo; Analista de Marketing Sênior: Camila Fernandes Martins; Gerente de Distribuição: Genésio Cruz Oliveira Jr.; Coordenador de Inteligência Comercial: Rodrigo Felipe Lucizano.

PUBLICIDADE:
comercial@panini.com.br

ASSESSORIA DE IMPRENSA:
assessoriadeimprensa@panini.com.br

PLANEJAMENTO E CONTROLE DE PRODUÇÃO
Gerente Industrial: Edson Aprijo de Farias
Esta publicação foi impressa na Gráfica Corprint. Distribuída em todo o país por PANINI BRASIL LTDA. "A SUBSTITUTA" é uma publicação especial da Panini Brasil Ltda.
Administração e Publicidade: Alameda Caiapós, 425 - Tamboré - Barueri - CEP 06460-110 - SP - Brasil. CEP 05078-100. Fone/fax: (11) 3024-7707.
Edição brasileira: Panini Brasil Ltda.

Dados Internacionais de Catalogação na Publicação (CIP)
de acordo com ISBD

C559s Chu, Lily
A substituta / Lily Chu ; traduzido por Lucy Vargas. – Barueri, SP : Panini Brasil, 2025.
408 p. ; 16cm x 23cm.
ISBN: 978-65-259-3573-7
1. Literatura. 2. Romance. 3. Idol. 4. Troca de identidade. I. Vargas, Lucy. II. Título.
2025-1411 CDD 813
CDU 82-31

Elaborado por Vagner Rodolfo da Silva - CRB-8/9410
Índice para catálogo sistemático:
Literatura : Romance 813
Literatura : Romance 82-31

Lançamento: Junho/2025.

PRODUÇÃO EDITORIAL
Reação Consultoria, Diretor: Luiz Fernando Pedroso,
Editora-chefe: Chiara Ciodarot,
Editora: Elimar Souza,
Capa: Leni Kauffman,
Diagramação: Décio Lopes,
Tradução: Lucy Vargas,
Preparação de texto: Marcelo Vieira,
Revisão de texto: Thuany Priscila Zuanazzi.

MIXTO
Papel | Apoyando la silvicultura responsable
FSC® C119624
www.fsc.org

www.panini.com.br
@paninibooksbr

Para Tia Bernie

Sumário

13 de junho
MÉTODO: LIFEPLANX
~~7h — Ligar para o trabalho e dizer que estou doente.~~
~~8h — Lavar roupa (inclusive dobrar).~~
~~10h — Sair para ver o advogado.~~
11h — Encontrar o advogado.
12h — Ir para casa.
13h — Lavar a segunda leva de roupa (incluindo dobrar).
14h — Ir para a academia.
15h30 — Tomar banho e relaxar. (Ler livro; nada de Netflix, nem um episódio sequer.)
18h — Jantar saudável.
19h — Preparar-se para amanhã.
20h — Relaxar (um pouco de Netflix).
00h — Dormir.

Capítulo 1

Meu dia está perfeitamente organizado no meu novo aplicativo *LifePlanX*. É uma obra de arte, para ser honesta. Dentro dele, a vida de Gracie Reed está lindamente organizada e codificada por cores em pequenas fileiras, uma garantia contra indecisão e inércia.

Essa Gracie tem tudo sob controle. Ela é quem manda. Totalmente diferente da Gracie real e patética que acabou de sair do escritório do advogado e começou a chorar feito uma covarde. *Você esperou até sair*, eu me parabenizo. *Você não chorou na frente dele. Pequenas vitórias ainda são vitórias.*

Toco na tela do meu celular para que a opção — encontrar o advogado — seja enfaticamente riscada e me sinto um pouquinho melhor, mesmo que nada tenha mudado de fato. Mas, de acordo com o último livro de autoajuda que li, apenas dizer a palavra *feito* supostamente libera uma carga daquela doce droga: a dopamina. E eu aceitarei toda a reparação que conseguir.

Ainda não é nem meio-dia, então decido fazer uma pausa para o café, o que não está na minha agenda e, portanto, é proibido pelo pessoal do *LifePlanX*. Toda a premissa deles é que cada minuto do seu dia deve ser reservado para tarefas pré-determinadas, sem nenhuma distração ou adições. Você só faz o que planeja, diz o slogan deles. Em um esforço para me manter no caminho do sucesso, o aplicativo me envia notificações alegres de onde eu deveria estar em determinados momentos do dia — e geralmente não estou.

Dane-se. Eu mereço açúcar e cafeína. Jogo o celular na bolsa, enfio um boné de beisebol na cabeça e sigo para a minha cafeteria favorita.

— Você parece triste, amiga. — Cheri levanta o olhar quando entro em meio ao som desencontrado de sininhos. — Quer o de sempre?

Eu poderia pedir algo especial como um estimulante — talvez um daqueles frappuccinos caros com sabores extravagantes como mel salgado ou caramelo de sálvia — mas, como ela já começou a fazer o meu *latte*, eu concordo antes de me inclinar para inspecionar a prateleira de muffins.

— Eu preciso de chocolate também.

— Oh, então estamos em níveis *chocolatudos* de tristeza. — Ela franze o nariz. — Desculpe, querida. Loni pegou o último para a filha dela.

Quando Loni me vê olhando, ela acena amigavelmente. Tento transformar meu involuntário olhar mortal em um sorriso recíproco, mas não sou rápida o suficiente. Os olhos dela se arregalam e ela se inclina contra sua esposa como se buscasse proteção contra minha ira desproporcional causada por um muffin. Sua esposa envolve os ombros dela num abraço amoroso e, de repente, me sinto estúpida por pensar que um bolo me faria sentir melhor.

— Não pode ser tão ruim assim — diz Cheri, limpando a máquina de café expresso com um pano. Ela franze a testa. — Eu tenho que parar de dizer isso — repreende-se ela. — Pode ser muito ruim sim. Você pode estar com o coração partido. Pode ter recebido um diagnóstico terrível. Pode ter sido enganada ou perdido seu verdadeiro amor ou testemunhado um acidente. — Ela faz uma pausa como se estivesse considerando as vastas oportunidades de tristeza que o mundo tem a oferecer, então balança a cabeça.

Não é nada disso, mas ainda é bem horrível. Trinta e oito minutos atrás, tomei coragem e dei centenas de dólares para Fred, o advogado trabalhista, me dizer exatamente o que suspeitava: eu não tinha nenhuma prova de que meu chefe, Todd, era uma *porra* de um predador sexual. E sem provas eu não tinha caso.

— Você foi ao departamento de RH? — ele perguntou depois que expus a situação.

— Não. — Por que eu me incomodaria se já sabia que eles não acreditariam em mim?

— Esse geralmente é o primeiro passo, a menos que você tenha medo de retaliação. — Fred olhou para mim por cima dos seus óculos bifocais.

— Eu tinha. Ainda tenho. — Todd é malicioso, e eu não quero correr o risco de ter mais de sua maldade e rancor focados em mim.

— Você contou a alguém? — indagou ele.

— Não.

Ele assentiu.

— Então precisamos de provas. E-mails. Gravações de voz. Testemunhas.

— Ele é esperto, não deixa vestígios. — Estava sentada com a coluna dura, humilhada por ter que contar a outro ser humano sobre como deixei esse nível de assédio acontecer comigo. Eu tinha tanto trabalho para fazer que no começo era mais fácil simplesmente ignorar o comportamento de Todd e dizer a mim mesma que não era grande coisa.

— Então você precisa ser mais esperta — declarou ele.

— Isso não é justo.

— Não é — concordou ele. — Mas é como a lei funciona. Depois que você me der uma prova, podemos colocá-lo no pau. Você pode se demitir?

Não é uma opção, não agora. Não posso arriscar meu emprego e, até agora, não consegui encontrar outro. Soltei um longo suspiro. Definitivamente não são problemas que podem ser resolvidos por um muffin de chocolate.

— Vou levar o Bomberama Azul de Mirtilo — digo à Cheri, direcionando minha atenção para uma decisão que posso controlar. É vegano e de farelo de aveia, parece mais um bolo achatado para enganar barriga do que um doce, mas, graças à criança egoísta da Loni é o único bolinho que sobrou, exceto o de abóbora com cardamomo, que também é de farelo.

Enquanto me resigno mentalmente a uma dose saudável de fibra insolúvel, um clarão ofuscante explode à minha esquerda. Estrelas dançam em meus olhos por vários segundos e depois desaparecem lentamente para revelar um homenzinho vestindo um sobretudo ao estilo do detetive da Pantera Cor-de-Rosa e um chapéu *trilby*.

— Sorria, linda — diz ele.

Eu obedeço automaticamente com um sorriso reflexivo que desaparece na hora, porque... *que porra é essa?* Ele tira outra foto, então um tsunami de cliques me atinge enquanto sua câmera dispara e o flash pisca repetidamente. Cerro meus olhos e levanto os braços, segurando o muffin na frente do meu rosto como proteção.

Cheri joga seu pano de prato sujo no fotógrafo, que guincha indignado quando o pano cai em seu peito, cobrindo sua capa de chuva com pó de café.

— Ei, *Ansel Adams*. Dá o fora da minha loja e pare de perseguir meus clientes. Isso é invasão!

Ele abre a boca para discutir, mas ela o ameaça com um bule de café recém-passado e se inclina sobre o balcão como se o desafiasse a discutir. Com um irritado encolher de ombros, ele me sopra um beijo e sai.

— *Ansel Adams*? — Eu me viro para Cheri.

Ela abaixa o bule e entrega meu café com um sorriso enviesado.

— Não consegui pensar em outro fotógrafo — responde ela.

— Ansel Adams fazia paisagens, não era? Em vez de pessoas?

— Como eu disse. Não consegui pensar em outro. Além disso, essa é uma crítica irônica vinda de uma mulher que usou um muffin como escudo.

— Ele me surpreendeu — digo, irritada.

— Tá bom. — Segura de sua vitória, Cheri acaricia complacentemente seus cachos cor de magenta. — Mas o que foi aquilo? Você se envolveu em algum escândalo quente?

Profundamente cética, verifico meu celular. Só tem uma notificação do *LifePlanX* sobre a segunda leva de roupa que eu deveria estar lavando.

— Não.

— Hum. Ele deve ter te confundido com outra pessoa. Faz sentido, tem sempre tantas filmagens rolando em Toronto. Ah, falando nisso, eu te contei que vi o Keanu Reeves na semana passada? — Ela limpa o balcão em movimentos animados. — Que deus! Não tem ninguém tão lindo quanto ele por aqui.

— Uh, Cheri? — chama Loni, que está colocando a pequena Loniette no carrinho enquanto a esposa arruma a mesa. — Olhe lá pra fora. — Ela aponta.

Olhamos pela janela da frente.

— Cacete — eu digo. — São dois.

O detetive Clouseau transformado em *paparazzo* agora tem um amigo junto com ele do lado de fora do café. Ambos estão exibindo câmeras enormes em volta do pescoço e gesticulando freneticamente.

— Rápido. Sai pelos fundos — sibila Cheri.

Isso é bizarro e não está na minha lista de tarefas. Antes de me esgueirar para o corredor e sair furtivamente, hesito imaginando quem diabos eles pensam que eu sou e sinto um certo prazer pela minha importância. A excitação de agir como uma celebridade dura até eu pisar em uma poça de óleo que cheira a xixi de guaxinim. *Droga*. Há um pouco de grama no final do beco, então vou até lá e limpo meu sapato. Quando estou limpa o suficiente, beberico meu *latte* enquanto decido o que fazer. Fingi estar doente para faltar ao trabalho e encontrar o advogado, ou seja, não preciso ir ao escritório. Meu humor melhora só de lembrar que estou livre do Todd pelo resto do dia.

Mexo no celular e abro o *LifePlanX*. De acordo com minha agenda, devo ir para casa e cumprir algumas tarefas. Planeje o trabalho e trabalhe o plano, esse é o ditado. Queria que fosse sempre tão fácil assim.

Acho que tentei todos os sistemas disponíveis à humanidade que supostamente colocariam minha vida sob controle, mas nenhum deles ajudou. Meu *bullet journal* virou pó no inverno passado, quando finalmente aceitei que a demência da minha mãe era ruim demais para ela morar sozinha. Era um lindo caderno cheio de calendários e listas cuidadosamente desenhadas à mão, que lentamente se transformaram em páginas rabiscadas de nomes e números de telefone em canetas de cores diferentes, um microcosmo da minha amarga jornada pelo sistema de saúde.

Depois que minha mãe foi transferida para Glen Lake, deixei aquele caderno de lado e tentei um premiado e minimalista organizador online.

Este foi abandonado há cinco meses, quando, verificando as semanas anteriores, finalmente percebi que minhas listas de tarefas confirmavam o que apenas suspeitava até então: eu estava recebendo cada vez menos projetos solo e assumindo mais tarefas dos outros... ou para uma outra pessoa em particular. Todd, gerente do departamento de marketing, estava bloqueando meu avanço ao dar meus projetos para o seu protegido *baba ovo*, Brent.

Comecei um diário para desabafar, registrando meus sentimentos todos os dias até que Todd agarrou meu braço durante um evento da empresa e segurou por tempo demais, enquanto sua outra mão roçava meu quadril. Nada demais, certo? Estávamos numa sala lotada. Foi só um engano, não precisava fazer alarde, tentei deixar de lado. Fiz a mesma coisa na semana seguinte, quando ele me encurralou contra uma mesa depois que lhe dei as projeções que imprimi, brincando que enxergava mal e por isso tinha que se inclinar sobre mim. Não falei nada quando ele passou uma reunião inteira me encarando antes de dizer que gostava de garotas de aparência exótica. Foi quando larguei o diário. Não queria reviver meus dias com um registro escrito.

— Pare com isso — eu digo suavemente para o meu celular. — Só pare.

Nunca disse essas palavras para Todd. Quando começou a acontecer, me convenci de que eu era o problema e não ele — eu estava exagerando ou sendo muito sensível. Estava constrangida demais para fazer qualquer coisa além de rir, não queria causar confusão e envergonhá-lo ou colocar meu emprego em risco sem necessidade.

Tomei a decisão de ver Fred, o Advogado, enquanto eu estava encolhida na cama uma manhã, lutando contra a náusea por ser rejeitada em mais uma vaga de emprego. Não era normal chorar até dormir toda noite. Algo tinha que mudar.

Meu telefone apita com mais uma notificação do *LifePlanX*, acionando um instinto pavloviano de realizar algo, qualquer coisa. A mensagem pisca na minha tela. *Não consegue manter o ritmo? Pare pra pensar, disse o coiote ao urso.*

Mas o que diabos isso significa?

Decido que não preciso da pressão adicional de um telefone que me lembre constantemente dos meus fracassos.

— Enfia isso no coiote — sussurro enquanto pressiono o pequeno X no canto do aplicativo.

Assim que ele desaparece da tela, eu me sinto perdida. Não me orgulho da dependência desse tipo de ferramenta para manter o foco ("é como se você precisasse de um espartilho para o seu cérebro", disse minha amiga superorganizada Anjali), mas careço delas. Admito. Amo listas *Preciso* delas. Sinto um prazer visceral ao riscar tarefas, marcar um quadrado ao lado delas ou excluir como uma declaração de que *eu concluí uma tarefa* e, portanto, sou um ser humano digno e funcional.

Mas até eu baixar um novo e ainda mais brilhante organizador de tarefas, parece que estou por minha conta.

Caminho até a estação de metrô mais próxima e hesito na plataforma. Sem as restrições do meu dia planejado pelo aplicativo, posso ir para casa e chafurdar em autopiedade ou visitar minha mãe. Na verdade, ir para casa nem é uma opção real, porque a minha mãe tem prioridade sobre praticamente tudo.

Trinta minutos depois, chego ao meu ponto e caminho os três quarteirões até Glen Lake. É uma tarde abafada de junho e camadas de um suor desagradável e grudento se formam na minha pele, espelhando perfeitamente meu estado interno (nível: goblin sujo). Paro um momento para respirar profundamente e expulsar a energia negativa. Ver a minha mãe já é difícil o suficiente sem entrar já abatida.

— Você consegue — incentivo a mim mesma antes de apertar o botão do interfone na entrada principal.

Afinal, não sou eu que preciso morar aqui. Só tenho dois trabalhos: pagar o quarto individual de Agatha Wu Reed e parecer alegre quando a visito.

A porta se abre, mas eu permaneço na soleira como um vampiro esperando por um convite. Uma mulher mais velha sai e eu a deixo passar com um rápido pedido de desculpas, imediatamente me arrependendo porque não fiz nada para me desculpar. É um mau hábito que se tornou um reflexo automático. Atrás dela sai um senhor idoso que pega sua mão e amorosamente a coloca contra seu peito. Tento suprimir o olhar ansioso que surge em meus olhos enquanto observo seus dedos entrelaçados, porque ninguém quer transmitir sua solidão aos outros.

Não é como se eu estivesse sozinha o tempo todo ou ansiando por um príncipe encantado, mas às vezes há uma parte de mim — talvez vinte por cento — que deseja tanto esse tipo de conexão que chega a doer. Os outros oitenta por cento são mais sensatos. Estou ocupada demais para ficar pensando em relacionamentos agora, e é muito mais fácil ter apenas minha mãe para me importar. Colocar as preocupações e necessidades de outra pessoa no meio só tornaria as coisas mais difíceis.

Disfarçando meu suspiro, seguro a porta antes que ela se feche e entro.

A mulher no posto de enfermagem me olha quando me aproximo. A essa altura, nós duas já nos conhecemos.

— Como ela está? — pergunto.

— Comendo bem — ela responde bruscamente.

Aguardo, mas essa é toda a informação que parece estar por vir.

— E quanto ao estado mental dela? — insisto educadamente, sem querer encher o saco ou fazer muitas perguntas.

— Alguma notícia sobre a nova casa?

O jeito como a enfermeira desconversa é resposta suficiente. O andar inteiro sabe que estou tentando mudar a minha mãe para a casa de repouso particular Xin Guang, do outro lado da cidade.

— Ainda não tem vaga. — Eu balanço a cabeça. Pode levar mais um ano para um quarto vagar, o que, pelo menos, me daria mais tempo para economizar. Internação particular é cara.

A enfermeira acena com uma simpatia praticada, um gesto com o qual me tornei familiar desde que mamãe entrou em Glen Lake.

— Alguma coisa vai aparecer — assegura-me ela. — Sempre aparece.

Que algo vai aparecer, não tenho dúvidas, mas isso significa que preciso ter dinheiro para pagar, o que significa que preciso manter o meu emprego e consequentemente aturar Todd e o inferno que ele está fazendo da minha vida. Termino de me identificar e sigo pelo corredor.

Glen Lake é limpo, respeitável, perto do meu apartamento e a equipe é gentil. É lógico que eu sei a sorte que tenho por ter encontrado um quarto para a minha mãe aqui. Mas não me sinto sortuda. Tudo o que sinto é ódio. Odeio o onipresente cheiro enjoativo de alvejante e sopa que permeia os quartos, não importa o que seja servido no almoço. Odeio as cores — uma mistura desbotada de salmão e espuma do mar que tenho certeza de que alguém pensou que era uma combinação relaxante, mas em vez disso parece um banheiro dos anos setenta precisando desesperadamente de reforma. Já que estou pairando sobre meu poço de hostilidade, deixe-me citar também as gravuras de arte sem graça, emolduradas em prata nas paredes. São todas naturezas-mortas de bocas-de-leão e paisagens ou pôsteres fofos de animais. Aliás, tem uma perto do quarto da minha mãe de um adorável gatinho branco sentado ao lado de um cravo rosa que vejo toda vez antes de entrar, e sabe de uma coisa? Eu odeio essa também.

Acima de tudo, odeio a expressão perdida que vejo no rosto da minha mãe sempre que abro a porta.

Pauso e reprimo todos esses pensamentos — trabalho, Todd, dinheiro, advogado — e estampo um sorriso agradável antes de abrir a porta e ver minha mãe sentada em uma cadeira de vinil bege perto da janela, olhando para o nada enquanto uma suave música clássica sai da televisão. Observo-a por um momento, meu maxilar cerrado com tanta força que meus dentes começam a doer. Ela costumava ser uma mulher que tricotava, costurava e pintava. Fazia seu próprio iogurte e pão. Fazia aeróbica na época em que as pessoas usavam collants com pequenos cintos elásticos e polainas combinando, sem ironia. Dói vê-la tão inativa.

Ela se vira para mim, a luz da janela escondendo sua expressão.

— *Ni hao?*

Essa saudação em mandarim significa que ela não está comigo no presente, mas de volta ao passado, onde não posso segui-la. Esforço-me para permanecer feliz. Só sei algumas palavras, mas são o suficiente para respondê-la.

— *Hen hao, ni ne?*

Minha mãe está no Canadá há mais de trinta anos, mas ainda fala inglês com sotaque. Quando eu era mais jovem, não percebia — era a voz da minha mãe, nem mais nem menos — mas conforme ela fala, a inconstância de seus tons tornou-se mais pronunciada no último ano. O médico diz que é minha imaginação, mas acho que é porque ela volta à China com tanta frequência em seus pensamentos. Sua vida anterior lá é um mistério para mim. Ela raramente falava sobre isso, querendo sempre olhar para o agora e o futuro. Até se recusava a falar mandarim comigo em casa, insistindo que era melhor nos encaixarmos e aceitar onde estamos do que onde estivemos.

— O passado está morto — respondia ela quando eu perguntava. — Não pode ser mudado. Deixe-o na memória.

Estou preparada para outra visita frustrante, onde faço o meu melhor para fingir que entendo o que ela está dizendo, mas então mamãe muda para o inglês. Estou errada. Ela está em um bom dia.

— Você mudou seu cabelo — diz ela.

Uso o mesmo cabelo curto há anos, mas toco minha cabeça como se fosse um novo estilo do qual não tenho certeza.

— Você gostou?

Mamãe estende uma mão nodosa e gesticula para que eu me aproxime. Quando o faço, ela alisa minha cabeça com um bufo de desaprovação.

— Você parece um menino. Por que se diferenciar assim?

Ser diferente é uma das implicâncias da minha mãe, provavelmente por causa de quando ela veio para o Canadá e teve que se encaixar. Seu *modus operandi* sempre foi escolher o caminho comum. Ser muito diferente e não se misturar com a multidão faz de você um forasteiro, o que atrai atenção negativa e sua companheira próxima, a crítica. Ela martelou isso na minha cabeça durante toda a minha vida. E acabei sendo uma aluna mediana por toda minha vida escolar.

— Eu sempre mantive o cabelo longo quando era mais nova — diz ela. — Todo mundo tinha e, também, era o estilo que seu pai mais gostava.

Mesmo que ele tenha morrido há uma década, ouvir sobre o papai ainda me traz lágrimas aos olhos.

— Foi assim que vocês se conheceram.

Aparentemente, havia tão poucas mulheres com cabelos pretos e longos o suficiente para balançar como uma bandeira, que a visão fez o meu pai parar na hora. "Então ela sorriu para mim", dizia ele, contando a história. "Foi tudo que precisou. E eu me apaixonei."

— Ele me chamou para um encontro ali mesmo, na Rua Bloor — continua a mãe.

Quando eu era mais nova, era nesse ponto da história que papai interrompia, fingindo estar zangando, para apontar que mamãe não tinha contado a ele que morava a uma hora de distância da cidade. "Eu nunca teria me oferecido para levá-la para casa se soubesse", ele dizia brincando, capturando-a num abraço apertado que a fazia gritar e rir toda vez. Eu não a ouvi rir daquele jeito desde a morte dele.

Estou me sentindo frágil e decido que autocuidado significa precisar ouvir sobre o amor perfeito de conto de fadas dos meus pais. Adoro a história, de verdade, mas não estou no clima.

Em vez disso, mudo o assunto para o que ela comeu no almoço (sanduíches de presunto) e como ela está dormindo (melhor agora que ela tem aquele sachê de lavanda que eu trouxe da última vez).

Eventualmente, ela começa a olhar pela janela e pelo seu rosto posso ver que está se afastando de mim, então pego a revista de celebridades asiáticas na mesa de centro dela. É algo que eu trouxe para ela algumas semanas atrás, na capa está uma das maiores estrelas de filmes de ação da China, Sam Yao, em um smoking, exibindo sua admirável estrutura óssea e cabelo preto perfeitamente despenteado. Seus olhos ardentes me provocam com promessas de paixão e aventura que nunca se tornarão realidade para alguém tão comum quanto eu.

Como uma sadomasoquista, passo para a reportagem principal, um artigo fofo sobre como ele gosta — oh, meu Deus, parem as prensas — de viajar e do seu trabalho. Dou uma lida rápida no artigo, revirando os olhos a cada menção de luxo e adoração pública, depois jogo a revista para o lado, sentando em silêncio com a minha mãe até a hora de ir embora.

DATA: 14 de junho

TRÊS TAREFAS POR DIA:

- [ ] IR TRABALHAR (VERIFICAR TAREFAS PENDENTES)
- [ ] LAVAR ROUPAS
- [ ] ACADEMIA

DATA:

TRÊS TAREFAS POR DIA:

- [ ] ______
- [ ] ______
- [ ] ______

Capítulo 2

O dia seguinte é terrível. Não. Angustiante, hediondo, horrível e odioso.

Caramba, quanta palavra negativa. Imagino por quê. É tudo terrivelmente horrível. E aqui vão mais palavras ruins: É melhor você se *controlar* e se *comportar* porque você precisa do dinheiro.

Todd me pune por ter faltado ontem, destruindo minha proposta na frente do resto da equipe, e diz a Brent para assumir e fazer direito. Os outros homens parecem nem notar, mas Kathy, a assistente administrativa, olha para mim com pena.

Ignoro o olhar dela, prego uma expressão neutra na cara e finjo que isso não me incomoda. É melhor manter a cabeça baixa do que protestar; a experiência me ensinou que lembrar Todd de que ele mesmo aprovou aquela proposta dois dias atrás trará consequências negativas. Para mim.

O dia se arrasta e eu finalmente saio às sete depois que o escritório esvazia. De acordo com minha nova lista de tarefas — voltei aos primórdios usando caneta e papel — eu deveria ir à academia e lavar a roupa que não lavei ontem. Em vez disso, deixo minha bolsa, pego meus tênis e começo uma caminhada sem rumo pelo bairro. O sol de verão ainda não se pôs no horizonte, então decido que é seguro o suficiente ir pela trilha de corrida construída ao longo dos trilhos do trem perto de minha casa. Está movimentado e eu desvio de um garoto aprendendo a andar de patins e evito um grupo de ciclistas profissionais em camisas brilhantes e shorts pretos. Aparentemente, o Tour de France fez um desvio por Toronto — que ótimo.

Tento relaxar, mas a bagunça tóxica no meu cérebro se infiltra no meu corpo e eu encaro fixamente um homem que passa com gigantescos fones de ouvido prateados. Seu rosto é tão *socável* que minha mão se fecha em um punho.

O advogado me disse que preciso obter provas sobre o comportamento de Todd, mas como? Mesmo se eu pudesse enganá-lo, seu pai joga golfe com o CEO. E a Garnet Brothers Investments não é a organização mais feminista por aí. Aposto que até se ele me enviasse uma foto do seu membro, só receberia um "meninos não têm jeito". E Todd é inteligente o suficiente para não dizer ou fazer nada que eu possa denunciar. Ficou muito perto? Deixou-me desconfortável? Foi só a minha interpretação das circunstâncias, ponto final. O salário também é melhor do que em qualquer outro lugar que eu procurei, ou seja, estou presa. Entre o quarto privado da minha mãe e as economias para a nova casa de repouso, queimei todo o dinheiro que consegui juntar.

Paro abruptamente, fazendo com que um corredor grite — Ei! — e me olhe atravessado enquanto desvia para não me atingir. A caminhada deveria ter me acalmado, tem natureza, exercício ao ar livre e tudo mais, mas eu quero gritar. Vou dormir. Uma boa noite de sono vai me livrar desse incômodo debaixo da minha pele.

Quando chego à minha rua, estou quase em transe enquanto a preocupação circula pelo meu cérebro. Mãe. Trabalho. Mãe. Dinheiro. Trabalho. Todd.

Enquanto me pergunto como seria andar e andar e continuar andando para sempre, um SUV preto brilhante para tão perto que me faz pular para o lado. Este não é o tipo de carro que costuma passar pela minha rua, o máximo que tem é o Lexus do dentista que mora cinco portas abaixo. Dou três passos para trás para sair do alcance, deixo a calçada e fico na grama olhando cautelosamente quando a porta do carro se abre.

— Grace Reed? — Um rosto muito familiar aparece e eu fico boquiaberta.

É familiar porque, exceto por suas longas e brilhantes tranças — como um anúncio de xampu ou Agatha Wu passeando pela Rua Bloor a caminho de seu destino romântico — essa mulher é minha sósia. Temos o mesmo formato de rosto, com um queixo pontudo e olhos escuros arredondados, exceto que eu sei que os meus estão sombreados pela fadiga e os dela estão elegantemente maquiados. Sua pele é brilhante e fresca. Enquanto eu estou brilhando de suor e certamente não pareço fresca.

— Uau — eu digo, olhando para ela. — Eu preciso perguntar, você é bartender no Danforth? As pessoas vivem me dizendo que minha sósia trabalha em algum bar no East End.

A mulher olha para mim com total espanto.

— Duh, claro que não — continuo a falar, minha boca não para. — Senão você não dirigiria por aí nesse carro chique. Espera. Como você sabe quem eu sou? — A surpresa de ver alguém tão parecida comigo me fez esquecer aquela primeira pergunta pertinente. Dou outro passo para trás.

— Você é a Grace Reed? — a mulher pergunta novamente.

— Gracie — eu corrijo antes que minha voz suma.

Conheço esse rosto porque — de repente me dou conta — esta é Wei Fangli.

Wei Fangli, estrela de cinema chinesa, bem na minha vizinhança. Eu deveria tê-la reconhecido, mas é tão chocante vê-la aqui, falando comigo na minha rua, que eu não conectei essa mulher com a celebridade.

Espera, Wei Fangli está aqui e sabe meu nome?

Ela olha de um lado para outro da rua e pergunta:

— Você pode entrar no carro? Quero falar com você.

— Não, acho que não. — Dou um último passo para trás até que os galhos de um pinheiro rocem minha cabeça. Por que Wei Fangli estaria em um bairro residencial de Toronto? Olho em volta e confirmo que não é um reality show e que não há câmeras filmando essa interação.

— Por favor.

— Que tal você vir aqui? — Proponho um meio termo, porque estou um pouco curiosa.

Ela está considerando a ideia quando uma mão surge do carro para tocar seu cotovelo. A mão está presa a um braço coberto por um blazer preto conectado a um homem inclinado para frente.

Mesmo de óculos escuros, ele é *incrivelmente lindo*, o que dá um curto-circuito no meu cérebro. Ele é asiático, com cabelos pretos caindo sobre a testa, um nariz fino e um maxilar de ângulo tão afiado que precisa ser medido com um transferidor. Embora esteja sentado, posso dizer que ele é magro com ombros largos. Sua beleza me deixa literalmente incapaz de falar, e entro em pânico antes que o ressentimento se instale. Como ele pode ser tão *lindo*? Alguém tão atraente deveria ter uma pequena trombeta que tocam para preparar os mortais como eu para sua chegada. Apesar dos óculos escuros, ele também é assustadoramente familiar, mas onde eu teria conhecido um homem como esse? Somente nos meus sonhos.

Ele volta para dentro do carro antes que eu possa identificá-lo e os dois conversam em voz baixa. Fangli finalmente estica uma perna até tocar o chão, o pé calçado em uma delicada sandália de salto alto que parecia poder se quebrar sob seu peso. Aquele sapato provavelmente custou um mês do meu aluguel.

Como eu poderia pensar que ela era minha sósia? Wei Fangli é impecável. Ela se move como uma dançarina e sua postura é tão perfeita que sinto meu próprio queixo levantar em resposta enquanto tento endireitar minhas costas.

— Como eu disse, tenho uma proposta para você — diz ela, pairando na porta do carro. — Eu preferiria privacidade. Por favor, entre no carro. Isso levará apenas alguns minutos.

Por que eu a sigo até o carro? Eu tenho um desejo de morte? Pode ser, mas neste momento também estou muito cansada de ser Gracie Reed e fazer coisas normais e seguras de Gracie Reed. O que quer que aconteça agora será pelo menos diferente, e depois do dia de hoje, eu preciso disso desesperadamente.

Quando entro, o interior do carro me deixa perplexa. Dois conjuntos de assentos de couro claro ficam de frente um para o outro, separados por uma prateleira com garrafas de água e um frigobar. Um sopro de Chanel Nº. 5 permanece no ar, mas não consigo dizer se é de Fangli ou do próprio carro. Ao meu lado está o homem, e depois que me sento, dou uma boa olhada em seu rosto, tentando manter a compostura enquanto o faço. Ele recua para as sombras do carro como se estivesse se retirando da conversa.

Tipo, esse homem é irreal e seus lábios são... uau. Apesar da improbabilidade de toda essa situação, estou vidrada neles. Eles são o ideal platônico de lábios e combinam com as maçãs do rosto altas e sobrancelhas escuras que formam cortes retos perfeitos. Ele tira os óculos. Olhos escuros se estreitam em linhas nos cantos e aqueles lábios se curvam para baixo em uma carranca enquanto ele olha para mim. Há uma sensação semelhante ao momento em que a montanha-russa finalmente mergulha depois de oscilar no topo e eu caio da familiaridade para o reconhecimento.

Sam Yao, o Homem Mais Sexy do Mundo (oficialmente, como foi nomeado pela revista *Celebrity* no ano passado) está carrancudo e sentado ao meu lado.

Estou em um carro com Wei Fangli e Sam Yao. Até eu sei — pelas revistas da minha mãe, mas tanto faz — que essa é a díade dourada do cinema chinês. E eles querem algo de mim.

— Por que estou aqui? — pergunto. Eu provavelmente deveria estar mais assustada a essa altura, mas há algo de diferente em sentar em um SUV luxuoso. Se eu tivesse sido enfiada em uma van branca ou algo parecido, eu estaria muito mais nervosa.

— Você sabe quem somos? — Fangli pergunta.

— Eu sei com quem você se parece — eu digo.

— Eu realmente sou Wei Fangli. — Ela tem um inesperado sotaque norte-americano. — Você gostaria de ganhar uma grana?

— Oh, uau. — Eu me encolho no assento do carro. — Certo, não era isso que eu esperava. Estou lisonjeada e sou muito a favor do trabalho sexual, mas essa definitivamente não é a minha praia.

— Você acha que queremos fazer sexo com você? — Sam bufa.

Ele está claramente zombando de mim, mas ouvi-lo dizer as palavras *sexo com você* é o suficiente para fazer minha imaginação correr solta.

— Não? — Quando finalmente consigo falar, nem sei qual é a resposta correta. Meu estresse com o trabalho foi substituído por um tormento novo e incomum: ficar com a língua presa na presença de gente famosa.

Por que Fangli queria que eu entrasse no carro?

Então ela me mostra uma foto no celular e eu vejo o motivo.

— Esta é você — diz ela. Não é uma pergunta.

A tela do telefone mostra eu me escondendo atrás de um muffin.

— Possivelmente — digo cautelosamente. Não sei onde isso vai dar.

— Esta também.

Dessa vez estou espiando por trás do muffin e por baixo da aba do meu chapéu como se estivesse procurando fantasmas. E não adianta negar.

— Um cara tirou um monte de fotos.

— Eu sei. — Ela aponta para o crédito da foto. — Eles pensaram que você era eu, e as redes sociais agora estão se perguntando sobre minha nova dieta de farelo de aveia. Pelo menos seu cabelo está coberto pelo chapéu, então não preciso me preocupar em explicar um corte *pixie*.

— Desculpa. — Por que estou me desculpando pelo meu próprio cabelo? — Quer dizer, eu estava comprando café. Não disse a ele que eu era você. — Espero que isso a tranquilize de que não era minha intenção me passar por ela.

— Claro que não. — Fangli ri. — O nome dele é Mikey e ele é especialista em tentar tirar fotos espontâneas, mas embaraçosas. Os outros *paparazzi* não o respeitam, mas ele ganha muito dinheiro fazendo o que faz e isso me fez pensar.

Sam interrompe.

— Isso é confidencial e se você vender essa história para a mídia, vai se arrepender.

Eu o encaro, totalmente perplexa.

— Essa é uma cena de improviso? Você está interpretando o vilão exagerado?

— Pense em quão rápido nós encontramos você.

Gostoso ou não, ele está sendo um babaca e eu não gosto disso. A Gracie que não se impressiona com famosos volta e tira a Gracie impressionável do caminho. Encaro-o com a raiva reprimida que não consegui liberar o dia todo.

— Vai se ferrar, amigo. Não sou eu quem está pedindo favores aqui, caso você não tenha notado.

Isso desencadeia uma discussão acalorada entre Fangli e Sam. Não falo mandarim, então a briga é indecifrável para mim, e eu levo um momento para me orientar. Estou em um veículo de luxo com dois atores, um dos quais se parece comigo o suficiente para ser um pouco esquisito.

Aqui eu admito meu segredinho vergonhoso. Sabe como sempre tem uma celebridade que você vai timidamente negar que se parece, mas em segredo, você *acha* que parece? Pelo menos depois de alguns drinques, quando você está se olhando no espelho do banheiro com pouca luz e seu cabelo está de um certo jeito?

De vez em quando, alguém que conhece cinema chinês menciona que eu pareço com a Wei Fangli, e nos meus dias superbons, meus dias *espetaculares*, de ângulos específicos, acho que talvez eu pareça. É bom ter alguma validação externa.

Fangli desfere o que deve ser um golpe verbal devastador porque Sam bate as costas no assento e cruza os braços, olhando da forma mais melodramática pela janela. Ela olha para ele e depois se vira para mim.

— Sam é protetor — explica ela.

O que isso tem a ver comigo? Desconfiada, examino o interior do carro. Talvez não seja um reality show, mas algum novo game show humilhante onde celebridades escolhem idiotas na rua e oferecem cem pratas para eles correrem pelados ou beberem *slime*.

— Quero que você finja ser eu por dois meses. — Ela sorri como se isso fosse algo incrivelmente normal de se pedir a um estranho.

— Ser você? Você quer que eu atue em um filme? — Tento manter a calma, lembrando da euforia de viver um personagem quando eu atuava em peças da escola. Mas já faz muito tempo e presumo que haja diferenças significativas entre atuar em uma versão universitária de *As Bruxas de Salém* e estrelar um filme de alto orçamento.

— Não, não — assegura-me ela. — Estou em uma produção teatral e minha equipe insiste que eu seja vista pela cidade, mas quero me concentrar no meu trabalho. Estou cansada demais para fazer publicidade extra, portanto, quero que você seja minha dublê em eventos.

Quando olho para ela de perto, vejo que a palidez de sua pele não é só maquiagem, como eu havia presumido. De perto, ela parece magra, quase fantasmagórica.

— Não acho que sejamos parecidas o suficiente para isso — eu digo.

Ela balança o telefone na minha direção.

— Eu discordo, especialmente com maquiagem. Posso te recompensar bem pelo seu tempo.

— Quanto? — Não vou fazer isso, mas quero saber. Ao meu lado, Sam murmura baixinho e eu imito a Fangli e o ignoro.

— Sabemos que você tem um emprego. A maioria, mas não todos os eventos são à noite ou nos fins de semana. Acho que cem mil é justo. — Sua voz é calma.

— Nem ferrando!

— Fangli nunca xinga. — Sam exala.

— Eu não sou a Fangli.

O olhar de Fangli o detém antes que ele possa retrucar, e ele se acomoda de volta no assento.

Eu me viro para ela.

— Como você sabe tanto sobre mim, afinal?

— Contratei um detetive particular depois que vi a foto — conta ela casualmente, como se fosse a coisa mais normal.

Agora eu rio alto. Um detetive particular. Isso é demais.

— Achamos que é uma quantia justa para o trabalho — diz ela.

Cem mil dólares significam que posso dizer sim a um quarto em Xin Guang se a minha mãe conseguir uma vaga. Isso significa que não preciso me preocupar com o fato dela ser colocada em um quarto compartilhado se eu não puder pagar as mensalidades em Glen Lake. Tentador, mas mesmo que eu esteja cansada da minha vida atual, não quero ser enganada por um casal rico de estrelas de cinema que vê pessoas como eu apenas feito brinquedos para serem usados. A voz de mamãe sussurra na minha cabeça. *Não faça nenhuma loucura.*

— Não tenho certeza. — É sempre mais fácil evitar dar um "não" definitivo.

— Por favor. — Seu rosto se enruga. — Cento e cinquenta.

A oferta aumentou rapidamente.

— Vou pensar sobre isso — emendei. O rosto suplicante de Fangli e aquela quantia de dinheiro são difíceis de ignorar.

Ela me entrega um cartão.

— Obrigada.

Incapaz de pensar em uma maneira educada de recusar, aceito o cartão.

— Gostaria de saber a resposta em até dois dias — acrescenta Fangli. — É vital que comecemos imediatamente.

— Certo. — Essa é uma resposta suficientemente ambígua.

Não quero fazer isso. Quero? Não, claro que não. Desejei uma fuga mais cedo, mas não assim. Eu quero ganhar dinheiro de forma sustentável e ter uma estratégia razoável para sair do emprego. Algo estável e seguro. Isso é tudo menos seguro.

Sam não diz nada quando eu saio do carro.

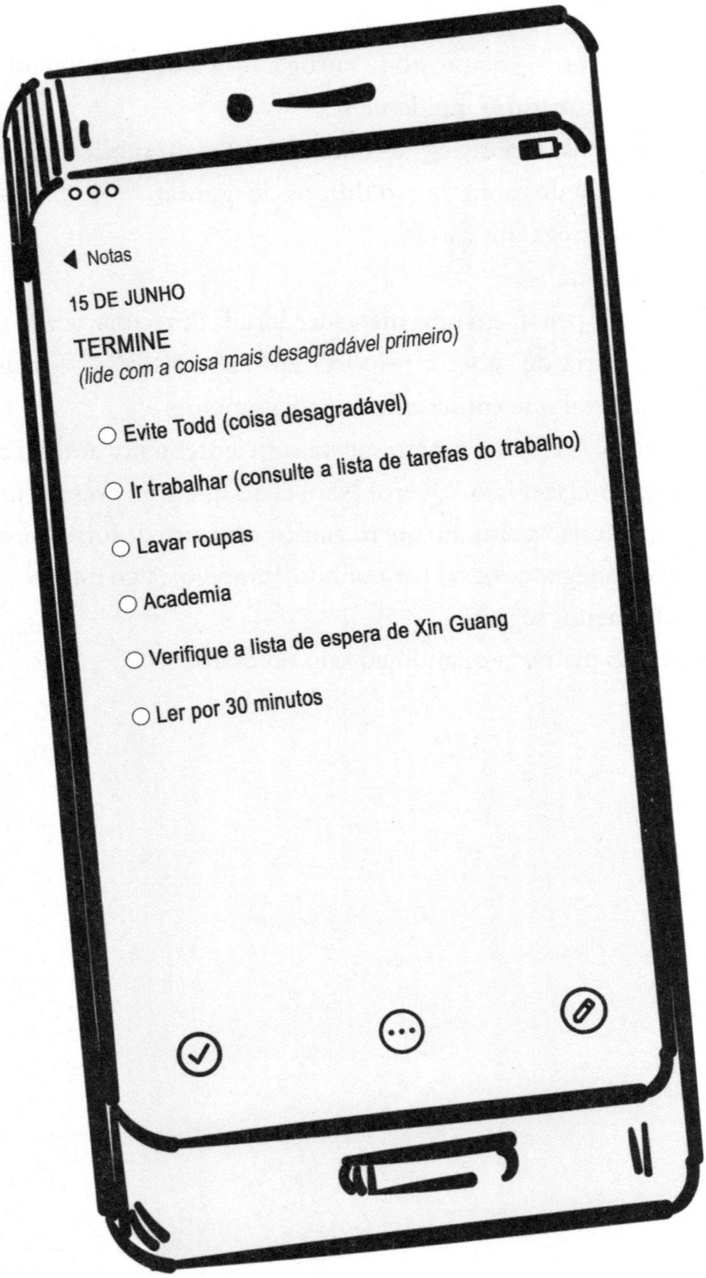
Notas
15 DE JUNHO
TERMINE
(lide com a coisa mais desagradável primeiro)
Evite Todd (coisa desagradável)
Ir trabalhar (consulte a lista de tarefas do trabalho)
Lavar roupas
Academia
Verifique a lista de espera de Xin Guang
Ler por 30 minutos

Capítulo 3

Quando acordo na manhã seguinte, a primeira coisa que faço é verificar minha lista de tarefas do trabalho. Ela tem cerca de vinte itens a mais do que posso realizar e coloco meu celular de lado, desanimada antes mesmo de meus pés tocarem no chão. Preciso de uma lista que me motive a fazer as coisas em vez de uma que me faça sentir que nunca vou conseguir completá-las. Encaixo a ideia no arquivo mental que venho reunindo nos últimos dois anos, minha lista dos sonhos para o organizador definitivo e imaginário.

O cartão ao lado do meu celular diz *Wei Fangli* em inglês e chinês com um número de telefone e nenhum e-mail. Eu o viro em meus dedos, pressionando os cantos na minha pele. Cento e cinquenta mil dólares. Não há como sua oferta ser honesta, porque quem, em sã consciência, tentaria contratar um dublê, um estranho, no meio da rua? Por curiosidade, eu pesquiso no Google: Quanto Wei Fangli ganha por ano?

Bem. Ela definitivamente poderia pagar.

Há uma foto de Fangli junto com a matéria e eu levo meu telefone para o espelho para segurá-lo ao lado do meu rosto. Nossa estrutura óssea é próxima o suficiente para que pudéssemos ser irmãs. Eu abaixo o telefone e verifico um dos navegadores abertos no meu laptop com a foto da cafeteria que encontrei ontem à noite, depois de voltar para casa. Com meu rosto parcialmente coberto pelo muffin e chapéu, posso ver a semelhança com Fangli.

Não estou dizendo que isso significa que sou linda. A legenda da imagem diz: *As características únicas de Wei Fangli têm um poder além da beleza típica* — que é um jeito cortês de dizer que ela tem uma aparência meio estranha, mas funciona para ela.

Idem, exceto que meu rosto nunca parece funcionar para mim, a não ser como um incentivo para as pessoas olharem e perguntarem de onde eu sou. Ou, meu favorito, o que eu sou. Sempre que eu estava com meu pai, os olhos das pessoas pulavam do rosto dele para o meu enquanto tentavam determinar de onde vinham minhas feições, porque elas definitivamente não eram da Europa Ocidental. Eu não parecia com elas e elas sabiam disso, mas não gostavam de não saber o porquê.

É tudo inútil. Mesmo por esse dinheiro, não há como eu conseguir fingir ser uma estrela de cinema por dois meses. Para começar, eu não falo mandarim, nem tenho a... confiança... que Wei Fangli tem. Fangli está acostumada a estar sob os olhos do público; ela teve anos de treinamento. Quando ela entra na sala, não tropeça em um tapete e se pergunta o que fazer com as mãos. Há uma série inteira chamada *Descendo escadas como Wei Fangli* que analisa como ela flutua sem olhar onde está pisando — e com um ocasional arremesso de encharpe para garantir. Não sou desajeitada, mas sou autoconsciente o suficiente para congelar. Eu não conseguiria nem lidar com um único *paparazzo* tirando fotos. Como seria com um monte deles?

Jogo o celular na cama e me preparo para o dia. Há um terninho preto quadrado que é meu favorito, e o combino com uma blusa gola alta, grossa e caramelo, que deixa o blazer apertado sob os braços. É uma combinação muito quente para junho, mas o escritório está sempre congelante. Parei de usar meu batom vermelho de sempre, mas esperam que eu pareça polida, então aplico um batom nude nada lisonjeiro que peguei da bandeja de promoções da farmácia. Uma passada de rímel. Nada mais. Não me incomodo em abrir o armário onde guardo minha coleção de perfumes, todos aqueles frascos de vidro cheios de flores e especiarias. Não uso nenhum para trabalhar, não mais.

Uma olhada no espelho confirma que pareço um sofá estofado. Não é de se espantar que Sam Yao ache ridículo eu imitar Fangli. Ele está certo.

Embora eu saia cedo, um atraso do metrô significa que chego três minutos atrasada. Quando entro, Brent levanta o pulso para olhar o relógio e deixar claro que ele percebeu. Não faço contato visual, mas o incidente aumenta o nó no meu estômago enquanto ligo o computador. O único som no escritório é o toque da digitação, e, claro, Brent digita muito e mal, então a cada poucos segundos ouço a tecla *backspace*. *Dat-dat-dat-dat-dat. Clique. Clique, clique. Dat-dat-dat.*

A Garnet Brothers é uma empresa de investimentos e o departamento de marketing, onde trabalho como coordenadora de projeto, mantém-se moderadamente ocupado tentando encontrar maneiras sutis de lembrar às pessoas que apenas idiotas administram o próprio dinheiro. É uma empresa chata, mas bem estabelecida, e é por isso que aceitei esse emprego em vez de uma função mais emocionante, mas arriscada, numa startup de tecnologia. A primeira hora de cada manhã é gasta respondendo e-mails com os quais não quis lidar no meu celular e cerca de metade são problemas de outras pessoas que sobraram para eu resolver. A maioria é de rotina, mas dois ou três são complicados o suficiente para eu precisar verificar com Todd antes de responder. Decido que posso me safar perguntando sobre eles por e-mail em vez de marcar uma reunião. Uma benção para mim.

— Gracie. — A voz suave de Todd vem da parede do meu cubículo. Quando me viro, ele está parado bem atrás de mim, perto demais, e seus olhos azuis brilham com a luz fria. — Venha ao meu escritório. Agora.

Ele sai e assume que eu o seguirei. Eu o faço, com o olhar de Brent perfurando minhas costas enquanto fantasio sobre virar e mostrar o dedo para ele. Todd espera até que eu entre em seu escritório e fecha a porta. Eu me amaldiçoo por deixar meu celular na minha mesa.

— Um visual meio desleixado para você — observa ele. — Gostava mais de você no vestido preto com aquele batom vermelho que você costumava usar. Ficava gostosa.

— Ha, obrigada. — Minha própria resposta me deixa enjoada. Sou uma mulher adulta e independente. Eu deveria mandá-lo para o inferno e não posso. Eu simplesmente... não posso. Minha necessidade por esse trabalho é uma corda em volta do meu pescoço, uma mordaça na minha boca.

— Você seria uma garota bem atraente se sorrisse mais — diz ele, sentando-se na beirada da mesa e ajustando o cinto. — Acho que poderíamos nos divertir.

Penso em Sam e encontro um pouco da coragem que tive ontem à noite.

— Acho que não. — Minha voz sai como se eu a tivesse engolido.

— Não? — Ele soa seco.

Eu balanço minha cabeça.

— Que pena. Gracie, estamos demitindo você a partir de hoje.

— *O quê?*

Ele bate uma folha impressa na mesa.

— Ontem você ligou dizendo que estava doente. Isso parece uma garota doente?

É a mesma foto de *paparazzi* que Fangli me mostrou. Tento ser descarada porque não posso perder meu emprego.

— Essa é a Wei Fangli. A legenda diz isso.

— Por que Wei Fangli está segurando a bolsa que está ao lado da sua mesa agora? — pergunta ele. É como ouvir uma cobra falar. — Mesmo sob esse chapéu eu posso dizer que é Gracie Reed. Admita e eu serei bondoso com você.

Então ele lambe os lábios novamente, e embora meu estômago se contraia tanto que tenho que me impedir de me dobrar, mantenho minha voz controlada e olho para um ponto entre seus olhos.

— Não sou eu.

— O RH concorda que você não é mais um trunfo neste departamento — diz ele. — Este é o último prego no seu caixão. A menos que você queira reconsiderar? — Seus olhos descem por mim e minha pele se arrepia.

Eu sei o que ele está dizendo. Não em voz alta, ele é esperto demais para me dar munição, mas a implicação é clara. Assim como o fato de que se eu o denunciar sobre isso, dirão para eu me enxergar. Essa percepção assustadora me atinge, e o que quer que ele veja em meu rosto faz a expressão dele endurecer. Ele empurra um papel nas minhas mãos.

— Seu acordo de rescisão. Assine antes do fim da semana. A segurança vai te acompanhar.

É isso. Ele volta para trás da mesa, me ignorando. Estou chocada demais para reagir, e quando a porta se abre e dois seguranças entram, só consigo segui-los. Felizmente, a maioria dos meus colegas de trabalho está em reuniões e não vejo ninguém além de Brent, sorrindo abertamente para meus guardas, e Kathy, a assistente administrativa, que me entrega minha bolsa e diz que vai marcar um horário para eu vir limpar minha mesa. Ela não olha na minha cara.

Então estou desempregada. Meu telefone apita para me lembrar de uma reunião em quinze minutos, e quando eu apago, olho para minha lista de tarefas de trabalho.

Apago isso também.

Depois vou para casa.

16 DE JUNHO? 17?
TANTO FAZ

LISTA DE TAREFAS

FODA-SE

Capítulo 4

No primeiro dia depois de ser demitida, deito na cama e olho para o teto.

No segundo dia depois de ser demitida, escovo os dentes e, com muito cuidado, sem olhar para ela, enfio a carta de demissão virada para baixo sob uma pilha de roupa para lavar. Então, ligo para o escritório de Todd com uma ameaça de bomba.

Quem me dera. Em vez disso, volto para a cama, puxo as cobertas e assisto Netflix até meus olhos arderem. Não lembro quais programas.

No terceiro dia depois de ser demitida, mando uma mensagem para minha amiga Anjali e peço para vir aqui. Não tenho muitos amigos, provavelmente porque nunca consigo dedicar o tempo e o esforço necessários para mantê-los. Anjali sempre foi diferente. Posso entrar e sair da vida dela, e cada vez que começamos a conversar, é como se nunca tivéssemos parado. Ela diz que está muito ocupada no trabalho para lidar com amigos que exigem alta manutenção e eu sei que nunca preciso me preocupar com ela gritando que me ama quando nos despedirmos e me forçando a dizer o mesmo. Mas eu dependo dela, ou, pelo menos, dependo de saber que ela estará lá.

Quando ela chega na minha casa, está com um saco de batatas fritas, duas garrafas de vinho e uma expressão ácida.

— Aquele babaca — diz ela enquanto passa por mim. — Você falou com um advogado?

— Antes de ser demitida.

— Você já assinou a carta de demissão? — Ela chuta as sandálias para fora na porta sem que eu peça. Nós duas achamos nojento usar sapatos de rua dentro de casa. — Espera aí, você disse antes de ser demitida? Você previu isso?

Pego o vinho dela e fico em silêncio.

— Não assine até dar ao advogado para olhar — aconselha ela. — Você provavelmente pode conseguir uma indenização melhor.

— O suficiente para cobrir os honorários do advogado?

Ela dá de ombros e vai para a cozinha.

— Cinco pratas a mais ainda é lucro — grita ela por cima do ombro. — Além disso, mostra a Garnet que você não é covarde.

É típico de Anjali dizer algo assim, porque seu signo do zodíaco é Leão e seu signo chinês é Macaco, o que significa que ela é inteligente, ardilosa e beligerante. Eu sou de Áries e Macaco e eu deveria ser essas coisas também, em vez de um coelhinho housepisciano, esquivando-me do confronto e nunca revidando.

Anjali não sabe toda a história de Todd. Só disse a ela que ele é um chefe terrível. Não podia contar a ela sobre a maneira como ele me fez sentir porque é muito humilhante admitir que não o impedi quando sei que deveria ter feito isso. Eu deveria tê-lo denunciado ao Recursos Humanos. Eu deveria ter dado uma joelhada nas bolas dele. Eu deveria ter mandado o emprego se danar e me defendido. Eu deveria… Eu não deveria…

Ela me entrega uma taça de vinho e despeja as batatas fritas em uma das minhas tigelas.

— Sente-se, coma e beba — diz ela. — Como você está se sentindo?

— Dormente?

Anjali gira o vinho dentro da taça.

— Era de se esperar. Você gostaria de algum conselho ou quer descobrir por si mesma?

Ela está sendo boazinha, perguntando antes de atacar, e essa não é sua abordagem usual. Eu rio e minha garganta parece enferrujada.

— Foi difícil fazer essa pergunta?

— Um sacrifício. — Ela sorri. — Estou melhorando. O coach de vida está me ajudando a ser mais intencional e pensar antes de agir, porque aparentemente nem todo mundo quer que eu me meta em seus assuntos.

Não quero que Anjali me ajude com uma lista — prefiro conversar — mas ajudar a deixa feliz, então passo minha folha para ela.

— É isso que tenho até agora.

— Você tem duas coisas nessa lista. — Ela empurra o cabelo preto para trás dos ombros.

— Sim.

— Escovar os dentes — lê. — Encontrar um emprego.

— Posso marcar a primeira. — Escovei os dentes antes que ela chegasse e agora o vinho está com um gosto horrível. — Eu deveria mudar o segundo item para "encontrar dinheiro". Eu poderia ganhar na loteria.

— Não é uma opção viável. — Ela suspira. — Vamos conversar um pouco antes de lidar com sua *não-lista*.

— Ótimo.

— Diga-me exatamente o que aconteceu.

Não tenho mais energia para manter segredo, então conto a história a ela. Os olhos de Anjali se estreitam até quase fecharem.

— Por que você não me contou que era tão ruim assim?

— O que você quer dizer? — Eu ignorei as coisas mais pesadas, não queria me demorar nelas o suficiente para sequer dizer as palavras ou incomodá-la com os detalhes.

— Você disse que ele era um chefe ruim — diz ela gentilmente. — Isso está muito além de um microgerenciador inseguro, Gracie.

— Eu sei.

Ela franze a testa e passa a taça de uma mão para a outra.

— Mais uma vez, por que você não me contou antes?

— Você teria me dito para me demitir.

— Certo, e?

— Eu preciso daquele emprego. Precisava. Estou procurando outro há meses e não apareceu nada. Você continuaria me perguntando sobre como ia minha busca por emprego.

— Eu não sou tão ruim assim — diz Anjali. Ela faz uma careta em resposta ao olhar que lanço para ela. — Desculpe, talvez eu seja. Mas estou chateada porque você não quis falar sobre isso comigo.

— Eu não queria falar com ninguém sobre isso. Nunca. De jeito nenhum.

— Os problemas não desaparecem porque você os ignora. Poderíamos ter pensado em um plano juntas.

— Tipo o quê, um golpe? — É mais fácil transformar isso em uma piada.

— Nós colocaríamos um microfone em você no banheiro antes de mandá-la para a sala de reuniões. — Ela vira a cabeça para a esquerda e finge sussurrar no microfone imaginário em sua lapela. — Estamos de olho em Walrus.

— Sutil.

— Obrigada. — Ela toma um gole de vinho. — Sério, me conte da próxima vez. É melhor conversar.

— Da próxima vez que eu for assediada sexualmente pelo meu chefe e demitida? Com certeza vou te ligar.

— Ótimo. — Anjali assente, satisfeita, de repente sua expressão se altera. — Não foi isso que eu quis dizer.

Começo a rir e ela me bate com um travesseiro.

— Não vai ter uma próxima vez — berra ela. — Essa é a porra do ponto.

Nós nos acalmamos e eu suspiro.

— Não quero mais falar sobre trabalho.

— Tudo bem. Como vai sua mãe? — Anjali só a encontrou algumas vezes quando estávamos na universidade, mas ela conhece a história. Parte da razão pela qual nos reaproximamos foi porque eu vi a postagem dela sobre ajudar uma tia com Alzheimer.

— Bem.

Anjali me olha feio.

— Estamos prestes a ter a mesma conversa sobre sua mãe que tivemos sobre seu chefe? O papo sobre confiar em seus amigos que eu falei vinte segundos atrás?

Ela está certa.

— Ela vive no passado com mais frequência. O Alzheimer dela é lento, mas está progredindo.

— Sinto muito.

— Sim, eu também.

É o melhor que posso expressar agora e não quero entrar na confusão de sentimentos que tenho sobre a minha mãe porque nem eu consigo entendê-los. Tenho lidado com a situação em vez de analisá-la, e estou feliz com isso. Anjali percebe isso e muda a conversa para um drama do seu local de trabalho que dissecamos alegremente enquanto especificamos motivações futuras bizarras a todos os personagens.

Bebemos outra taça de vinho, terminamos as batatinhas e falamos sobre minha nova rotina de cuidados com a pele (agora inclui limpeza dupla, tônico e um monte de hidratante que garante uma pele macia nos meus anos de maturidade) e a paixonite de Anjali pelo cara da academia em quem ela decidiu jamais investir.

— Se der errado, eu teria que mudar para outra academia e essa é barata pra caramba.

Anjali despeja mais vinho em nossas taças, então pega um bloco de notas e uma caneta.

— Chega disso. Eu vim aqui para beber vinho e organizar sua vida, e parece que o vinho está acabando.

Eu me aconchego de volta em travesseiros aveludados que foram comprados especificamente com o propósito de aconchego.

— Por onde começamos?

— Podemos fazer isso de duas maneiras. — Ela bate a caneta no papel. — Prático ou fantasioso.

— Prático.

— Sem graça, mas vamos lá.

Inclino minha taça para trás e franzo a testa para o teto.

— Você precisa de dinheiro — Anjali solta. — Quanto dinheiro do foda-se você tem?

"Dinheiro do foda-se" é a quantia que você economiza para quando precisa mandar seu chefe ou seu parceiro para o inferno enquanto você sai pela porta. Só que usei o meu dinheiro do foda-se para pagar as taxas extras do quarto particular da minha mãe no Glen Lake. O governo só paga o custo dos quartos compartilhados e minha mãe odiaria isso. Uma vez visitamos meu avô em um quarto compartilhado — ele gostava da companhia — e quando saímos, ela sussurrou para mim que preferia ser deixada em uma floresta para ser comida por animais a ter que lidar com os barulhos de um desconhecido o dia todo. Mamãe precisa de silêncio.

— O suficiente para um mês e eles ofereceram três meses de indenização.

— Peça ao advogado para melhorar isso. Mas não está ruim. Você tem tempo. — Escreve "encontrar um novo emprego" na lista e, abaixo disso, sem pedir minha opinião, quatro coisas que preciso fazer para conseguir. Ela levanta a cabeça e olha para mim.

— Você não é obcecada por aqueles aplicativos de lista de tarefas? Parece uma boa hora para usar um.

— Decidi que não gosto de nenhum deles. — Nenhum conseguiu fazer exatamente o que eu quero, mas o que faria?

— Faça o seu próprio, então. — Ela solta isso como se não fosse nada demais e se inclina para escrever:

LIMPAR APARTAMENTO.
FAZER O TODD SER AMALDIÇOADO.
LIGAR PARA FRED SOBRE A RESCISÃO.
EXERCITAR-SE TODOS OS DIAS.
ASSASSINAR TODD.
VISITAR A MAMÃE.

O último item me faz prender a respiração. E se Xin Guang tiver um quarto disponível em breve? É impossível saber quando um quarto ficará livre, pois depende de... Bem, alguém morrer, o que é terrivelmente mórbido. Eles só dão seis horas para você aceitar antes de ir para a próxima pessoa da lista. Preciso ter dinheiro pronto para um depósito e não o terei sem um emprego.

— Você mantém um orçamento mensal? — Anjali bate a caneta contra a perna.

— Claro. — Eu pretendia fazer um, pelo menos.

Ela para de bater.

— Se eu pedisse, você poderia mostrar em papel ou formato digital?

— É mais um orçamento mental.

Ela não se incomoda em responder. Sua caneta voa sobre o papel enquanto lista minhas despesas mensais esperadas. A cada linha, minha respiração fica um pouco mais superficial. Aluguel. Comida. Telefone, serviços essenciais, quarto particular da mamãe. Transporte. Roupas. Ela franze os lábios e risca o último.

— É melhor se acostumar a comprar só no seu armário — diz ela.

Não tenho emprego. Não tenho renda. Nenhum recrutador batendo na minha porta para contratar uma mulher que só pode oferecer um conjunto mediano de habilidades e uma carta de demissão em vez de uma referência brilhante.

De repente, a oferta de Fangli parece mais atraente. Esvazio minha taça e abro a boca para perguntar a opinião de Anjali, então a fecho rápido porque não quero uma resposta. Eu sei o que ela dirá.

Em vez disso, pego o papel que ela me entrega e o examino antes de adicionar uma tarefa invisível.

LIGAR PARA WEI FANGLI.

Anjali vai embora uma hora depois e, com a ousadia de quase uma garrafa de vinho dentro de mim, mando uma mensagem para o número do cartão.

> Estou interessada em saber mais.

Nem hesito antes de clicar em Enviar. Isso não é do meu feitio, mas, de novo, vinho.

Eu poso na frente do espelho do banheiro, tentando imitar o sorriso sereno e a confiança de Fangli. Ambos sem sucesso.

Veremos o que o amanhã trará. Provavelmente mais fracasso.

✓

O combo de ressaca e ansiedade bate exatamente às quatro da manhã. Eu acordo com o coração martelando e o medo tomando conta de mim. Bebi umas taças e meu corpo inteiro sabe que eu estraguei tudo e me humilhei. O quê? O quê? O que eu disse? Eu me enrolo e enterro minha cabeça sob as cobertas. Anjali veio. Bebemos vinho, fizemos minha lista. Mandei um e-mail para Fred para marcar uma consulta sobre meu acordo de rescisão. Anjali leu tudo, então sei que estava tudo bem. Quando ela foi embora, mandei uma mensagem para Wei Fangli e, com muito orgulho, coloquei uma linha mental grossa e preta naquela tarefa.

Mandei uma mensagem para Wei Fangli.

Meu corpo instintivamente se encolhe com mais força enquanto aceito meu erro trágico. Por que não esperei até amanhecer e estar sóbria para refletir?

É tarde demais agora. Estendo a mão e encontro minha garrafa de água vazia, e tropeço pelo apartamento escuro para enchê-la. Na cozinha, bebo desesperadamente, encho a garrafa e volto para a cama. Meu telefone está com a tela para baixo sobre a mesa de cabeceira e eu o pego. Talvez minha mente esteja me pregando peças; eu só *pensei* que enviei a mensagem.

> Hotel Xanadu. Quarto 1573. Amanhã, meio-dia. Use chapéu e óculos escuros.

A mensagem foi enviada. A mensagem foi respondida. Eu comecei isso com a coragem do vinho. É só para mais informações, argumento comigo mesma. Não tenho que aceitar o acordo. Posso sair a qualquer momento.

Certo, isso é bem a minha cara.

Desligo o celular e começo uma conversa interior que sei que durará até o amanhecer. Não é como um diálogo, mas sim o meu cérebro em um carrossel circulando em volta dos mesmos pensamentos.

Você não quer fazer isso.

Você deve ter desejado isso se enviou a mensagem.

Você pode dizer não. Não é um contrato de sangue.

Talvez valha a pena. É muito dinheiro.

É uma má ideia. Você não quer isso. É um risco enorme. Muitas coisas podem dar errado.

Não é como se as coisas estivessem indo bem no momento.

E se você errar? Todo mundo vai saber que você é uma idiota. Eles vão caçoar de você e você vai viralizar e não há ninguém para pedir ajuda. Você nunca mais vai poder sair de casa e toda vez que se candidatar a um emprego e eles pesquisarem seu nome, vão descobrir e pensar que você é uma narcisista doida. Sua mãe ficaria chocada se soubesse que você está pensando em se expor assim. Quem você pensa que é?

Os pensamentos continuam martelando minha cabeça. No final, ainda não amanheceu quando caio no sono. Na verdade, não durmo mais.

19 de junho

AGRUPAMENTO DE TAREFAS

Grupo 1

Tarefas domésticas/organizacionais

- Lavar roupa
- Arrumar apartamento

Grupo 2

Tarefas interpessoais

- Encontrar com Wei Fangli

Grupo 3

Tarefas de bem-estar mental

- Academia
- Começar um diário
- Arranjar um hobby relaxante, como lutar com cobras

Capítulo 5

Às 11h50 do dia seguinte, faço o meu melhor para entrar no Xanadu como se fosse a dona do lugar. Embora eu saiba que o hotel é um dos mais exclusivos da cidade, fico um pouco desapontada por não haver nenhuma lembrança de Olivia Newton-John. O saguão é decorado com vasos pretos elegantes em mesas de vidro impecáveis, cada um contendo uma única papoula branca com um caule rosa-choque. O cheiro fraco e leve de chá verde e figo flutua pelo espaço como uma recepção olfativa.

Enquanto meu coração acelera, lembro-me de que é apenas um hotel. Já estive em muitos hotéis, incluindo uma suíte de lua de mel em Niagara Falls (eu *não estava* em lua de mel) que tinha uma banheira de hidromassagem vermelha em formato de coração com fios de cabelos curtos e cacheados decorando as torneiras. Mas não há como negar que se eu tivesse que colocar o Xanadu e aquela armadilha para turistas em um mapa, eles ocupariam polos opostos.

Tento parecer acostumada ao local enquanto procuro os elevadores, que não consigo encontrar porque o saguão aparentemente foi esculpido em uma única placa de mármore preto traçado com veios dourados. Eu abaixo meus óculos escuros — obedeci às instruções de disfarce, grata porque isso não teria me ocorrido de forma alguma — e avalio a situação. Uma mulher em um terno preto, tão esbelta que é pouco mais larga que seus saltos altos, se aproxima de mim e eu a intercepto.

— Desculpe, você pode me dizer onde ficam os elevadores?

Ela olha para baixo, sob seu nariz esculpido por cirurgiões.

— Eu pareço uma empregada? — Sua voz é alta e fina.

Normalmente me encolheria e morreria depois de receber esse olhar, mas dessa vez a atitude dela me acorda como se eu tivesse tomado um choque.

— Sim. — Olho para seu peito saliente como se estivesse procurando um crachá. — Você não é Tracy? Da recepção. — Então eu desvio dela e vou embora, regozijando-me com meu único golpe certeiro no um por cento da população. Comam os ricos.

Eu finalmente encontro os elevadores no fundo do saguão, perto do balcão rebaixado do concierge. Os elevadores também são de mármore preto e passo o tempo subindo até o décimo quinto andar me perguntando se algum pobre coitado passa seu tempo polindo cada centímetro quadrado desse pesadelo do design. As paredes brilham como espelhos, reflexivas o suficiente que eu consigo tirar meu chapéu e dar uma última arrumada no cabelo.

As portas do elevador abrem silenciosamente para um corredor cinza-monocromático com arandelas de bronze nas paredes. Aperto a minha bolsa e expiro com força para aliviar o nó no meu peito. *Você não precisa aceitar nenhum acordo. Esta é apenas uma entrevista informativa.*

Verifico as direções manuscritas na parede e encontro o quarto 1573 sete portas para a esquerda. Minha mão paira perto do olho mágico: posso bater ou posso correr.

A escolha é tirada de mim quando a porta se abre para revelar uma mulher que não reconheço. Seu cabelo preto tem um corte bob elegante que se divide precisamente no meio para emoldurar seu rosto e balança para frente quando ela assente para mim.

— Srta. Reed?

— Sim.

Tiro meus óculos escuros, e seus olhos se arregalam levemente enquanto ela gesticula para que eu entre. Tento fingir que isso não é nada fora do comum, mas este não é um quarto padrão. Todos os outros lugares em que fiquei têm o armário de um lado da porta, o banheiro do outro, e a cama logo a frente, sobre um carpete industrial levemente manchado, possivelmente com um padrão tênue destacado em marrom.

Aqui estou eu em um tapete persa grosso em tom de marfim, sobre um piso de madeira escura em uma sala maior do que todo o meu apartamento. Uma área social com sofás de couro branco circunda uma grande mesa de centro preta brilhante. Janelas do chão ao teto revelam o lago, e eu posso ver as árvores verdes das Ilhas de Toronto. O ar tem um leve perfume de cedro, vindo de uma fileira de velas pretas cintilantes alinhadas na mesa lateral.

Faço o meu melhor para não parecer perturbada, mas sei que o meu pescoço está ficando vermelho de nervosismo.

Fangli se levanta quando entro e não fico surpresa em ver Sam, seu cão de guarda. Fico surpresa quando meu coração pula uma batida. Ele está em uma poça de sol da manhã iluminando-o. Todo de preto com o cabelo caindo sobre os olhos, Sam Yao é tão bonito e tão estiloso que sequer deveria existir.

— Não acredito que você vai seguir com isso — ele diz a Fangli, em inglês, ou seja, é óbvio que ele quer que eu ouça. Não olha para mim.

Bam! Lá vamos nós! Ele foi um idiota no carro e continua sendo um idiota agora. Ele estava posando naquela luz perfeita porque é uma estrela de cinema e é isso o que eles fazem. Ele começa a ficar menos atraente na minha mente. Lentamente me dou conta de que esse homem vai sair da minha vida em um minuto e eu não tenho de gostar dele ou impressioná-lo; é uma revelação para minha mania de agradar as pessoas.

Fangli se aproxima, com um terninho cinza feito sob medida esvoaçando ao redor dela, e se inclina para dar não um, mas três beijos no ar. Fico ereta, não querendo me mover acidentalmente para o lado errado e estragar seu batom vermelho perfeitamente aplicado. De perto, sua maquiagem não consegue cobrir as sombras escuras sob seus olhos ou a ansiedade tensionando seu rosto. Apesar do cansaço, sua pele é lisa e luminosa. Quanto mais olho para ela, mais consigo sentir cada imperfeição minha, incluindo as sardas no meu nariz que nunca me incomodaram antes. Sou o rato do campo ao lado do rato da cidade.

— Estou grata por você ter vindo — diz ela, pegando minhas mãos e me puxando para o sofá.

Quando percebo o quão feliz estou em segui-la, faço questão de manter alguma distância entre nós. Minha pesquisa na internet esta manhã deixou claro que ela foi habilmente treinada para encantar. Não consegui encontrar um único artigo negativo sobre ela. Fangli nunca deu um passo em falso em sua vida pública ou pessoal, nunca foi vista bêbada ou disse uma palavra indelicada. Na verdade, a frase — profissional impecável — apareceu várias vezes.

Eu bagunço meu cabelo enquanto nos sentamos. Como um peixe sente um tubarão, sinto Sam se mudando para os sofás atrás de mim, mas não olho.

— Não tenho certeza se isso é a coisa certa para mim — digo cautelosamente.

Deveria dizer de uma vez que cometi um erro quando enviei a mensagem, mas é difícil quando estou diante de Fangli. No elevador, decidi ter uma conversa rápida, dar uma resposta evasiva e então deixar o país, o que é obviamente a melhor e mais razoável maneira de lidar com essa situação com o mínimo de constrangimento. Talvez eu devesse ter sumido antes de vir para cá.

— Antes de começarmos, você precisa assinar isso. — Sam desliza um papel na minha frente.

Dei uma olhada. *Este acordo de confidencialidade (o "Acordo"), datado neste dia 19 de junho...*

— Um NDA?

— Precisamos nos proteger.

— É o processo normal — Fangli me assegura. — Ele protege nós duas.

Para irritar Sam, li o Acordo com uma lentidão exagerada. É um pedido razoável para alguém que presume que não sou confiável e pode ser resumido como *Gracie manterá a boca fechada sob pena de morte ou, pelo menos, de procedimentos legais longos e caros.* Assino e Fangli também, com Sam como testemunha.

— Agora podemos conversar livremente — diz Fangli, olhando para as assinaturas com satisfação.

— Certo. Como eu disse, não tenho certeza sobre isso — repito.

— Você perdeu seu emprego esta semana — fala Sam, entrando no meu campo de visão.

Não respondo e Fangli fala como se ele não tivesse dito uma palavra.

— É como contei no carro. Estarei aqui por dois meses e preciso de uma dublê para aparições públicas. Você moraria ao lado em um quarto contíguo a esta suíte.

More aqui em um hotel de luxo. Só isso.

— Quem saberá?

— Só nós três e minha assistente. Meu agente não aprovaria. — Seu sorriso é enrijecido.

— Por que não?

Atrás de mim, Sam suspira.

— Porque essa é uma ideia absurda. É por isso que ele não aprovaria e Fangli não vai contar a ele.

Olho para ele, surpresa. Ele não parece grosseiro, apenas exausto, como um homem que fez o seu melhor heroicamente e falhou miseravelmente.

— Meu agente é o que você chamaria de viciado em trabalho — diz Fangli, sem olhar para Sam. — Ele não entende exaustão, mas eu estou cansada.

Tendo passado por *burnout*, isso faz sentido, embora minha solução não tenha sido contratar um dublê de corpo. Bem, cada um com seus problemas. Uma ideia me ocorre.

— Você está me usando para atrair um perseguidor?

— Não.

Sem perseguidores, isso é bom.

— De que tipo de eventos estamos falando?

Por que estou perguntando quando eu não quero fazer isso? É como uma entrevista de emprego na qual, quando entra, sabe que o lugar não é para você, mas sente-se obrigado a seguir com o plano para não ser rude. Não tenho coragem de acabar com isso, não depois de dizer que viria.

Talvez eu esteja um pouco intrigada. Afinal, não é todo dia que estrelas de cinema surgem no meu caminho.

A assistente traz chá enquanto Fangli fala. Sam espreita atrás do sofá, perto o suficiente para que eu saiba que está lá, mas não para me sentir ativamente ameaçada. Ele fica em silêncio, mas sua desaprovação é como um sussurro em meu ouvido. Mesmo sabendo que não é sobre mim em si, mas sim sobre todo o plano de Fangli, isso me incomoda de um jeito que quase quero concordar só para irritá-lo. *Tome essa, Sam Yao. Ser lindo não significa que você consegue tudo o que quer. Bem-vindo à vida real.*

— Não tenho certeza se isso vai funcionar — digo finalmente. — Nós nos parecemos um pouco, mas somos pessoas muito diferentes.

Ela me dá um olhar irônico e cansado.

— Já fui confundida com frequência suficiente para saber que a maioria das pessoas na América do Norte não notará a diferença.

— Fotos podem ser vistas no mundo todo — ressalto.

Ela dá de ombros.

— Você já foi confundida comigo em uma foto sem nem tentar.

A coisa toda é bem direta, como ela explica. Eu passaria alguns dias aprendendo *Fangli 101 e Noções Básicas de Atores Famosos*, como se arrumar, sorrir para as câmeras e evitar conversas profundas. Então eu iria a dois ou três eventos por semana. Às vezes inaugurações ou eventos especiais, às vezes simplesmente sendo vista em restaurantes ou pela cidade porque sua agência insiste que ela construa sua imagem na América do Norte enquanto estiver aqui.

— Só minha assistente está comigo agora — explica ela. — O resto da equipe voltou para casa depois que eu me instalei, então não precisamos nos preocupar com eles notando você.

Ela cuidaria pessoalmente de qualquer evento que envolvesse pessoas que ela conhecia bem.

— E os seus fãs? — pergunto. — Eles não ficarão desapontados se descobrirem que eu não sou você?

O sorriso de Fangli parece um pouco torto.

— Eles não me querem — diz ela. — Eles querem a linda e perfeita Wei Fangli que veem nas telas, e eu também não consigo me igualar a ela. Pense nisso como um dublê de filmes ou uma substituta. Os fãs ficam menos animados durante uma cena de ação quando outra mulher salta de um carro em vez de mim?

Entendo o ponto dela e não tenho uma resposta além de um leve desconforto que reprimo.

— Isso não parece muita coisa para fazer — digo. — Você realmente não consegue dar conta?

A voz de Sam ecoa por cima do meu ombro.

— Você acha que estaria aqui se esse não fosse o último recurso dela?

— Ninguém lhe perguntou — eu retruco defensivamente, sentindo minhas bochechas corarem. Eu deveria ter pensado antes de falar.

Fangli pressiona as mãos para baixo para nos acalmarmos.

— É uma pergunta razoável. Eu amo o palco, mas é exaustivo. Dessa forma, posso fazer o meu melhor e ainda manter meu time e meus fãs felizes.

O telefone de Sam toca, e quando ele sai da sala, meus olhos o seguem automaticamente. Ele obviamente nunca pula o dia de malhar pernas porque suas coxas grossas se curvam com músculos, uma visão agradável acentuada pelo jeans preto apertado.

Assim que ele sai da sala, penso na mamãe e no quarto dela em Xin Guang. Penso em como minhas economias vão diminuir. Então, como uma vadia superficial, lembro o quanto eu gostava do som da plateia aplaudindo depois daquelas peças da universidade, de não me misturar e desaparecer por aqueles poucos momentos.

— Estou tão grata que você esteja fazendo isso. — A voz de Fangli é monótona e quando ela levanta os olhos para mim, eles estão brilhando com lágrimas. — Estou no fim das minhas forças tentando agradar a todos.

Estou vendida. Deixei que ela acreditasse que eu faria isso e agora não posso dizer não. Minha visão se estreita um pouco e me sinto presa, mesmo com a ideia dos aplausos em potencial.

— Ok. — Ouço minha boca dizer a palavra antes de saber que estou dizendo. Mas no segundo em que o faço, meus ombros se endireitam porque — sejamos honestos — quero essa fuga, essa nova experiência. Caso contrário, eu teria jogado aquele cartão no lixo imediatamente.

— Sim — falo com mais firmeza. — Estou dentro.

Mamãe me mataria se soubesse, mas, por uma vez, quero arriscar viver minha vida em um lugar que não seja o meio-termo — e por viver minha vida, acho que quero dizer imitar a de Fangli.

Ela abre um grande sorriso.

— Eu sei que sua mãe é chinesa. Você fala mandarim? Cantonês?

— Nenhum dos dois.

A expressão dela desmorona, mas ela se recupera.

— Podemos contornar isso. Vou dizer que quero melhorar meu inglês e enquanto estiver aqui vou falar apenas isso, em homenagem a estar no Canadá.

Ela assente como se essa fosse uma solução boa e viável. Fico maravilhada com a forma como Fangli toma a decisão sem se preocupar com o que os outros pensariam ou se seria o melhor método.

— Estou muito feliz que você tenha decidido aceitar — continua ela.

Compartilhamos um momento de silêncio e quase esqueço que ela é uma estrela de cinema. A presença dela é confortável, como se pudéssemos ter sido amigas em circunstâncias muito diferentes. Deve ser aquele alardeado charme Fangli. Então ela diz:

— Sam não concorda com o que estou fazendo, mas ele vai ficar bem.

Dou de ombros. Agora que a decisão foi tomada, estou melhor, mais controlada.

— Imagino que não precisarei vê-lo com frequência.

Fangli arregalou os olhos castanhos.

— Eu não comentei sobre isso?

— Não me diga que... — Meu coração afunda no meu estômago.

— Oh. — Ela fica em silêncio e percebo que ela me levou ao pé da letra. — Desculpe. Diga-me. Sam faz parte disso?

— Ele é meu acompanhante habitual. E será o seu. — Ela acena com as mãos. — Sem toques. Sem abraços, beijos ou mãos dadas. Ele foi muito firme sobre isso.

— Ele foi, não é mesmo?

Embora eu devesse estar satisfeita com os limites claros, estou um pouco incomodada que eles tenham tido essa conversa com antecedência. Pensaram em possibilidades como: *e se a substituta ficar tão incontrolavelmente atraída por mim que tente me agarrar?* Ele tem um roteiro? Preciso assinar outro contrato?

Sam volta para a sala e eu fico de pé, recusando-me a dar-lhe a vantagem da altura. Ele ainda é uns quinze centímetros mais alto que eu, mas isso é melhor do que ficar dois pés acima de mim quando estou sentada.

— Vamos seguir com isso? — Ele olha para nós duas.

— Gracie concordou.

Os lábios de Sam se estreitam.

— Concordou? — Ele não olha para mim.

— Sim. — Dou-lhe um grande sorriso falso, não querendo que ele saiba o quanto estou incomodada com sua atitude.

— Somos um time agora.

— Não somos um time.

Eu mantenho o sorriso.

— Nós com certeza somos. Lembre-se, você veio atrás de mim.

— Fangli foi atrás de você. — Ele me encara.

Minha coragem diminui.

— Para isso funcionar, você não precisa fingir que pelo menos gosta da minha companhia?

Sam me olha fixamente antes de passar a mão sobre a camisa, puxando o material o suficiente para delinear seu peito por um breve e maravilhoso momento. Ele abaixa a cabeça e procura meus olhos com os seus. Seus lábios se abrem como se tivesse me visto pela primeira vez e gostasse do que vê. Estou hipnotizada enquanto ele se aproxima porque, sob seu olhar, sou a única mulher no mundo. Seus olhos descem dos meus olhos para minha boca e ele morde o interior do lábio inferior antes de olhar me encarar novamente.

Eu paro de respirar. Sam chega perto o suficiente para se inclinar e sussurrar em meu ouvido.

— Eu sou um ótimo ator. — Então ele se endireita e eu vejo o Sam frio com o qual já estou acostumada.

— Sam — diz Fangli bruscamente. — O que você está fazendo?

Estou chocada demais para ficar envergonhado com minha reação. Ele é um mestre.

— Uau— eu finalmente digo. — Isso foi uma performance digna da Academia de Cinema.

— Eu já tenho um Oscar, obrigado. — Ele não sorri.

Desta vez, Fangli se levanta e fica entre nós.

Mas essa caminhada até mim é uma armadilha que ele lançou e eu avalio o desafio. Estou prestes a fingir ser Wei Fangli, e se houver uma chance melhor do que essa para fazer algumas mudanças na minha vida, não sei quando será. Posso continuar sendo a Gracie que apenas segue o fluxo, ou posso ser a Gracie forte que sempre desejei ser, a Gracie que fala o que pensa em vez de levar desaforo para casa.

Um espelho enorme está encostado na parede mais distante e eu avisto a mulher refletida ali, curvada e vestida de cinza com os braços cruzados tão firmemente sobre o peito que amassa sua blusa. Eu solto meus braços dos lados do corpo, levanto a cabeça e me viro para sorrir para Sam por cima do ombro de Fangli. É uma vitória quando ele desvia o olhar primeiro.

Capítulo 6

A assistente de Fangli, Mei, leva-me com ela e, por volta das quatro da tarde, estou exausta, minha mão dolorida de escrever em pequenos blocos de notas do Xanadu com canetas pretas do Xanadu. Mei é uma enciclopédia carrancuda e infinita sobre Fangli. Tenho anotações sobre o que a atriz se recusa a comer, quais estilistas ela veste, suas palavras e frases favoritas. Ainda mais alucinante é saber que tudo isso é necessário porque há pessoas suficientes no mundo que sabem que Wei Fangli nunca, jamais tocaria em um vegetal laranja, então comer uma cenoura viraria notícia. Estou chocada com o quão pouco da vida de Fangli é privada e me admiro por achar que consigo reproduzir isso.

Eventualmente Mei se desculpa e vai cuidar de outros assuntos, então fico sozinha enquanto alivio minha mão e observo outro avião decolando do aeroporto da ilha. Minha euforia anterior já despencou em uma descrença atordoada acerca do que me meti. Penso nos pontos positivos: estou ganhando dinheiro e, francamente, é muito mais interessante do que ficar deitada na cama buscando vagas de emprego. Se a vida lhe der limões, sabe o que fazer.

Sob a luz da tarde de verão, veleiros voam sobre o lago, inclinando-se para um lado e para o outro com o vento. Era isso que eu pensava que era a vida de estrela de cinema: lazer, férias na praia e compras. Esqueci o trabalho que os levou até lá. Mei mencionou que Fangli não tira férias de verdade há quatro anos; mesmo quando tira folgas, ela aparece em eventos e se prepara para papéis. Sua vida parece sufocante e não é surpresa que ela queira respirar.

Bem, foi o que ela escolheu, e quando me afasto da janela para pegar uma água com gás artesanal com infusão de *yuzu* na geladeira grande, mas discreta, concluo que ela tem seus benefícios.

Bebendo a água direto da lata, folheio minhas anotações. São páginas e mais páginas, e fico deprimida só de olhar para elas. Nenhuma das minhas listas de tarefas habituais está à altura desse nível de organização, mas preciso de uma para funcionar. Fico estressada sem minhas listas e as marcas de "feito". Preciso do sistema perfeito para organizar isso.

Faça o seu próprio, então. As palavras de Anjali brilham na minha frente em neon rosa brilhante. Eu coloco a bebida na mesa, venho criando uma lista de desejos para um sistema de planejamento há anos, mas nunca me ocorreu que, em vez de tentar fazer outros processos se encaixarem na minha vida, eu poderia fazer o meu próprio.

Agora que a ideia foi plantada, quero tentar. O que pode dar errado, afinal? Uma lista de tarefas bagunçada? Até eu consigo lidar com isso.

— Você está pronta para ir embora? — Mei entra na sala. — A Srta. Wei estará muito ocupada para vê-la novamente.

— Estou pronta.

Decidimos que eu me mudaria para o Xanadu depois de amanhã. Enquanto isso, tenho anotações para revisar e uma longa lista de entrevistas legendadas em inglês e chinês de Fangli para assistir e ler. Fangli em imagens de notícias. Uma biografia completa da vida de Fangli. Uma filmografia completa.

Olho para a lista e franzo o nariz. É muito conteúdo para consumir, mesmo para o mais dedicado dos viciados em televisão.

— Eu tenho que assistir a todos eles?

— Eu marquei os mais importantes — diz Mei. — Aqueles que você deve assistir imediatamente. As pessoas citam falas dos filmes para a Sra. Wei.

Quando eu voltar em dois dias, Mei terá uma agenda para mim. Decidimos explicar minha presença no hotel dizendo que sou uma maquiadora local e amiga da família, e Fangli está fazendo um favor à minha tia ao me deixar trabalhar com ela para construir minha clientela.

Até lá, posso ir para casa e maratonar tudo sobre Wei Fangli, chamar Anjali (duas vezes numa semana, o que é mais do que o usual, mas tem sido dias muito estranhos) e pensar em como vou lidar com Sam.

Coloco meus óculos escuros e saio, enquanto Mei fecha a porta com firmeza atrás de mim.

No saguão, ninguém me olha duas vezes e o véu familiar de invisibilidade cai sobre mim. Será que isso vai mudar na semana que vem? Acho que sim e sinto meu queixo se erguer. Há uma Gracie que está cansada de ser ignorada, mesmo que seja inteiramente culpa minha. É esse o verdadeiro motivo pelo qual aceitei esse emprego?

Inquieta, entro no metrô.

✓

Quando conto a história para Anjali naquela noite, ela responde o que eu já esperava:

— Você perdeu a porra da cabeça, Gracie?

Talvez tenha sido um erro contar a Anjali, mas preciso desesperadamente contar a alguém, apesar dos avisos sepulcrais de Sam sobre a ruína e dos processos relacionados ao NDA, e ela é a única pessoa com quem falo regularmente. Eu tenho mais conhecidos do que amigos, e essa não é uma informação que se conta a um simples conhecido.

— Não vim aqui para ser julgada. — Sirvo o vinho antes de abrir um saco de batatas chips sabor ketchup. Combinação nojenta, mas preciso do incentivo do combo gordura-sal-álcool.

— Primeiro, eu que vim para *sua* casa. Segundo, considere o julgamento como um bônus gratuito. — Ela balança a cabeça para que seu cabelo preto brilhante, nutrido por máscaras semanais de óleo de coco, mova-se a sua volta. Quando Anjali usa seu cabelo para dar ênfase é o único momento que me arrependo de ter cortado o meu curto. Costumava passar dos meus ombros, mas nunca foi tão bonito quanto o de Anjali.

— Eu já concordei. — Coloco minha mão no saco de batatas, e Anjali se encolhe e me entrega uma tigela.

— Pare de porquice.

Coloco algumas batatas na tigela, entrego a ela e volto a comer direto do saco.

— Você acha que eu não deveria comer as batatas? — Eu agito minha mão em direção aos meus quadris.

— Wei Fangli parece uma mulher que come muitas batatas fritas? Bebe cerveja? Come carboidratos?

— Não. — Eu mastigo uma batata frita melancolicamente, coloco o saco de lado, então pego de volta e seguro junto ao peito enquanto meu rosto se ilumina.

— Espere. Ela deve comer, já que acha que somos tão parecidas.

— Coma as malditas batatas. — Anjali se joga no sofá. — Jesus, comer batatas fritas é o menor dos seus problemas. Você já pensou nisso?

— Não. — Sento-me em frente a ela. — Obviamente não. Isso é segredo. Eles me fizeram assinar um contrato de sigilo.

— É bom que você tenha contado porque, pelo menos, alguém saberá a verdade quando te matarem e fingirem que seu corpo é o dela para que ela possa escapar para uma nova vida em Bali.

— Isso é o enredo de um filme. — Pode até ser um dos filmes de Fangli.

— Se eles quisessem apenas seu corpo, então você provavelmente já estaria morta — concorda ela. — Honestamente, como vai fazer isso? Você é apenas meio chinesa.

Tento não estremecer com o *apenas* que implica que metade não é o suficiente. Não é algo tão sério. Tenho certeza de que Anjali não quis ser maldosa, e não quero deixá-la sem graça e fazê-la se sentir mal.

— É bizarro o quanto nos parecemos — digo.

Anjali pega seu telefone e faz uma rápida busca por imagens.

— É — concorda ela, passando as fotos. — O que você vai fazer sobre não falar chinês?

— Fangli vai dizer que quer melhorar seu inglês, que já é perfeito. Graças a Deus ela não tem sotaque, porque eu estaria ferrada.

— Por que ela não tem sotaque?

— Treinador vocal. Além disso, Sam estará lá para me ajudar em momentos difíceis. O objetivo é aparecer e ser fotografada.

— Sam?

— Sam Yao.

Ela se senta ereta no sofá, olhos castanhos devorando seu rosto.

— Sam Yao. O homem mais sexy do mundo? O ator premiado? Com maçãs do rosto que massageiam seus ovários?

— Eu sei de tudo isso.

É melhor eu assistir aos filmes dele também. Urgh. Vou ler as páginas dele na Wikipédia/IMDb e está mais do que bom. Minha antipatia por Sam, massagem de ovários ou não, é forte.

— Não acredito que você não começou a história por essa parte. — Anjali vira metade do vinho em sua taça e tosse. — Você sabe que ele é um embaixador da boa vontade da ONU para o meio ambiente.

— Hum. — Não sabia disso, mas não muda minha opinião sobre ele.

— Ele é gostoso na vida real ou é esquisito? — Anjali se inclina para frente

— Gostoso como um deus. Um deus furioso e perfeito envolto em gelo e músculos macios. — Eu suspiro. — Com covinhas que aparecem quando ele sorri.

— Sério? — Ela estala a língua para mim.

— Estou falando sério. As covinhas são bem fundas. — Parece um pouco sonhadora, e me sinto mal por ter que interromper sua fantasia com a realidade sobre Sam. — Eu não gosto dele.

— Por que não?

— Ele é rude. Seco. Não gosta de mim. — Olho para o saco de batatas fritas para procurar a maior.

— Ele provavelmente está preocupado com essa ideia incrivelmente estúpida — diz a eterna otimista. — Por que ele concordou com isso?

— Fangli o obrigou. — Isso mesmo. Já estou íntima o suficiente para chamar estrelas de cinema pelo primeiro nome. Eu seguro uma risadinha um pouco histérica antes que Anjali pense que perdi o controle completamente.

Suas sobrancelhas pretas, grossas e perfeitamente modeladas, se erguem.

— Dizem que eles estão namorando.

— Talvez, mas eles agem mais como bons amigos. — Pesco a última batata frita inteira antes de ter que virar o saco na boca para engolir as migalhas.

— "*Agir*" é a palavra-chave. Eles são atores, então como pode dizer o que é real e o que não é? Em todo caso, tenha cuidado. Um cara como esse te comeria e te viraria do avesso.

— Explícito. — Eu franzo o nariz.

— Não que não valha a pena. — Ela suspira. — Tente dar meu número para ele.

— Ele mal suporta ficar no mesmo cômodo que eu.

— Você vai tirá-lo de letra — fala com confiança infundada enquanto vai até a cozinha e abre a torneira. Depois de retornar com dois copos de água, ela se senta. — Por diversão, vamos analisar todas as coisas que podem dar errado.

— Já passei por eles várias vezes.

— Excelente, então será uma boa atualização. — Ela levanta um dedo. — Já falamos sobre eles usarem o seu cadáver como prova da morte de Fangli para ajudá-la a escapar de uma vida pública sufocante.

— Isso não vai acontecer.

— Potencialmente exagerado, mas continua possível. — Ela levanta um segundo dedo. — Você não terá tempo para procurar emprego.

— Sou capaz de vasculhar vagas por dez minutos todos os dias enquanto treino para ser dublê de corpo.

— Número três, e esse é o mais importante, se isso der errado, sua privacidade será destruída. — Ela aponta para o telefone. — Imagine você passando na ZZTV e em todas as redes sociais, exposta como uma imitadora. Levou dois anos para você experimentar batom vermelho, pelo amor de Deus, e você até parou de usar. Você só usa duas cores, preto e sem graça. Como você vai lidar com a atenção mundial mesmo que não termine em uma catástrofe?

Como eu já tinha me desesperado de preocupação com isso, tenho a resposta que Fangli me deu, aquela com a qual estava me consolando.

— Primeiro, eu usei o batom. — Até que a atenção de Todd arruinou aquela aventura cosmética. — Segundo, vai ser como interpretar um papel, e eu já fiz isso antes.

— Você está dizendo que estar em uma peça da escola é uma boa preparação para andar em um tapete vermelho? Você só pode estar delirando.

— Estou dizendo que fiz algumas pesquisas e que vou incorporar uma persona para me ajudar a lidar com a situação, como um ator em uma peça ou um artista no palco.

— Você vai dar uma de Beyoncé e incorporar a Sasha Fierce como sua personalidade ousada?

— Funciona para Beyoncé. — Eu dou de ombros.

Ela pega seu vinho, coloca-o no chão, depois o pega novamente.

— E a parte sobre dar tudo errado?

— Eles têm equipes para cuidar disso — explico.

Fangli me garantiu que se o plano dela desse errado, ela ligaria para o agente e ele faria o que fosse necessário, mesmo que ficasse furioso por ela ter escondido dele. Sam não contestou isso, então eu acreditei.

— A solução da equipe pode ser te jogar aos leões — diz Anjali.

— O objetivo é justamente não vazar — raciocino.

— Caramba, você quer mesmo fazer isso. — Ela pisca. — Se está encontrando desculpas é porque você quer isso.

— É o dinheiro.

— Não, não é. Você quer fingir ser Fangli. — Ela balança o dedo. — Lembra do que eu disse sobre *confiar* na sua amiga?

— Estou fazendo isso pelo dinheiro. — Eu me jogo de volta no sofá.

— Quantas vezes essas palavras precisam sair dos meus lábios manchados de vinho tinto? *Confie*.

— É muito dinheiro — repito. — Estou desempregada.

— *Na sua*. — Ela se inclina para frente como se estivesse me desafiando.

— Olha, eu não tenho muita escolha.

— *Amiga* — quase grita ela e gesticula para mim com sua taça de vinho, quase a derrubando no sofá.

— Porra. Eu confio — cedo eu. — Eu quero fazer isso. Admito. — Cubro meu rosto e sinto a pele esquentar de vergonha sob minhas mãos.

— OK.

Espiando por entre meus dedos, vejo-a sorrindo para mim.

— O quê?

— Sim, eu entendo. É uma ideia terrível, mas eu entendo por que você quer seguir com isso.

— Você entende?

— Você vai viver como uma estrela de cinema e sair com Sam Yao por dois meses. Qual a dificuldade de entender? — Ela suspira. — Eu provavelmente faria o mesmo. A vida é para ser vivida, certo?

Esse não tem sido meu mantra até agora, mas é muito mais afirmativo do que ficar presa eternamente na zona de conforto, assim eu me agarro a ela.

— Estou nervosa.

— Você deveria estar — diz ela sombriamente, acabando com qualquer esperança de uma conversa estimulante. — Mas se você vai fazer isso, vai fazer direito. De quanto dinheiro estamos falando, a propósito?

Eu digo a ela quanto e ela franze a testa.

— Você negociou?

— Eu deveria ter negociado? — Eu nem pensei nisso. — Originalmente, ela ofereceu cem mil.

— Então ela teria ido mais alto. Quando você vai receber? — Ela vê meu rosto.

— Você não perguntou, perguntou?

— Eu vou — prometo. O desgosto se instala ao perceber meu péssimo senso de negócios.

— Você precisa dizer a eles para lhe darem pelo menos vinte por cento adiantado. Faça isso amanhã. — Eu a olho e ela está consciente o suficiente para rir. — Estou fazendo de novo, não estou? Interferindo na sua vida exatamente como o coach de vida diz que eu faço?

— Sim, mas você está certa.

— Eu sei. Fiz o cálculo por você. Vou parar agora e prometo não te mandar *mensagem* sobre isso amanhã.

Eu levanto as sobrancelhas, descrente.

— Não vou mandar mensagem mais de uma vez — emenda ela.

— Obrigada.

— Espero que você não acabe morta. — Ela levanta a taça.

— Aww, obrigada.

Nós brindamos.

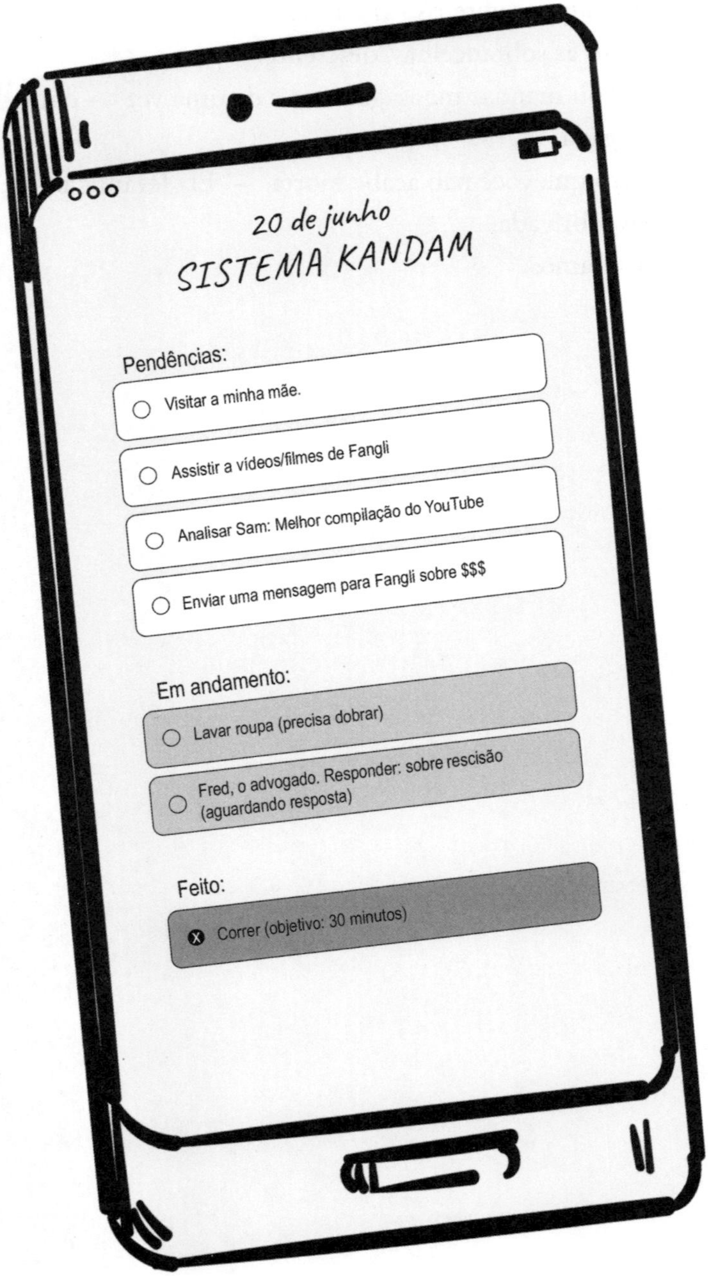
20 de junho
SISTEMA KANDAM
Pendências:
Visitar a minha mãe.
Assistir a vídeos/filmes de Fangli
Analisar Sam: Melhor compilação do YouTube
Enviar uma mensagem para Fangli sobre $$$
Em andamento:
Lavar roupa (precisa dobrar)
Fred, o advogado. Responder: sobre rescisão (aguardando resposta)
Feito:
Correr (objetivo: 30 minutos)

Capítulo 7

Na manhã seguinte, acomodo-me na minha mesa de cozinha gasta e arranhada com os cartões que passei três horas escrevendo na noite anterior.

Fangli bebe seu café preto. Viro meu cartão de memória. Correto.

Ela nasceu em 10 de novembro de 19… droga. Verifico o cartão e tento memorizar o ano repetindo-o cinco vezes.

O primeiro filme dela foi *Ao longo do rio*. Confere. Lançado quando? Esqueci de acrescentar isso e pesquiso online para encontrar a resposta.

Preencho o resto da linha:

— Para sempre é… — Faço uma pausa e arrasto a caneta sobre a mesa enquanto passo por falas cafonas de seus filmes. — Só um dia com você. — Acertei.

Este trabalho de preparação é mais intenso do que eu pensava. Minha cozinha aconchegante parece que vai me sufocar, e se eu ficar por muito mais tempo, vou começar a ver as migalhas que eu deveria ter limpado, mas não limpei, e o copo na pia que eu deveria ter lavado, mas não lavei. Há tantas coisas que eu deveria fazer.

Chega uma mensagem de Anjali: Pegue o dinheiro.

Eu: Está na minha lista.

Anjali: Faça agora. Não pense, faça.

Ela está certa.

Antes que eu possa me preparar, escrevo uma mensagem para Fangli: Ei, desculpe, não falamos sobre um cronograma de pagamento. Um adiantamento de 20% seria aceitável? Não se preocupe, caso não seja.

Olho fixamente para a última linha, quase ouvindo o gemido de desgosto de Anjali. Apago *Não se preocupe se não for*. Em vez disso, escrevo: Obrigada, e agonizo sobre se adiciono um ponto de exclamação ou ponto final antes de escolher a exclamação.

Eu envio antes que possa pensar duas vezes, então enfio tudo que preciso em uma bolsa e saio pela porta, tomando cuidado para usar um chapéu flexível e óculos de sol. Estou nervosa demais para verificar minhas mensagens e, também, desesperada por uma resposta, o que resulta em puxar meu telefone até a metade do meu bolso várias vezes antes de parar de uma vez na calçada e olhar.

Sem problemas, Fangli escreve. Mei entregará para você. Os outros 30% serão pagos em seis semanas e o restante na conclusão do contrato.

Ah. Isso foi mais fácil do que eu pensava. Risco da minha lista de tarefas com o coração leve e envio uma mensagem triunfante para Anjali.

No meu caminho para a cafeteria da Cheri, hesito. Pode não ser seguro ir lá; se o fotógrafo estiver esperando, serei pega antes de começar. Preciso pensar sobre essas coisas de celebridades agora, e como elas afetarão Fangli, assim entro em outro lugar antes de subir no ônibus. Hoje vou trabalhar no quarto da minha mãe e fazer-lhe companhia. Talvez ela goste de assistir a um dos filmes de Fangli comigo.

É uma boa manhã. Pedimos seu *dim sum* favorito e nos deliciamos com *har gao* e *congee* e arroz e macarrão no almoço. Não saí para comer *dim sum* desde que mamãe foi para a casa de repouso. Era algo que fazíamos juntas, e ir sozinha fecharia um livro de memórias que não estou preparada para arquivar. Ofereço um pouco para a enfermeira na estação, mas ela estende a mão para recusar.

— Eu nem sei o que eles colocam nesse tipo de comida — alega ela.

Embora eu nunca tenha ido além dos favoritos da multidão norte-americana e me recuse a comer garras de fênix (porque são pés de galinha), ovos de mil anos (porque são cinzas) ou olhos de peixe (porque são olhos de peixe), estes são deliciosos bolinhos de camarão, pelo amor de Deus. Desculpe se eles não são nuggets de frango.

Termino os bolinhos e me acomodo para trabalhar. Entrar no personagem pode ajudar e decido que não sou Gracie Reed, uma fracassada desempregada, mas uma etnógrafa que estuda a vida dos ricos e famosos, tentando analisar e separar cada atitude e gesto. Com minha coleção de instrumentos de anotações em mãos, vou para o primeiro link na lista de Mei.

Leva cerca de duas horas de dedicação — Fangli fez muita mídia, o que diabos eu tenho feito com a *minha* vida — antes de me deparar com uma montagem em vídeo de Fangli e Sam juntos. Ou Samli, como os fãs os chamam.

Assisto a esse vídeo seis vezes. Talvez sete. Eles se movem como uma unidade, e o sorriso de Sam quando ele se vira para Fangli é mais real do que o que ele apresenta para as câmeras. Quando eles chegam ao tapete vermelho na marca de 1min56s, ela tropeça e ele a segura, puxando-a com força e olhando para seu rosto levantado como uma cena de amor de um de seus filmes antes de levar a mão até ela e retirar o cabelo de seu rosto.

Se eu não soubesse em primeira mão como ele é na vida real, estaria suspirando. Talvez eu suspire um pouco porque no fundo tenho uma fantasia dele me olhando daquele jeito, como se eu fosse a única pessoa que importa no meio de todo esse caos. Eu sufoco esse pensamento imediatamente. Não gosto de Sam e como ele me enerva. Além disso, talvez a fofoca esteja certa e eles sejam um casal. Melhor presumir que são.

Chega de realidade, ou dessa versão fabricada de Hollywood dela. Coloquei o drama de época de Mei, com três estrelas, *A Lótus de Pérola*. O enredo é bem direto: Fangli interpreta uma imperatriz tentando salvar o imperador de uma trama nefasta tramada por um velho e queixudo general maligno. Sam interpreta o nobre e afiado general rival, que voltou de uma guerra com seu amor pela imperatriz ainda queimando intensamente.

Mamãe cochila ao meu lado e eu assisto, encantada, enquanto o filme se desenrola. Por mais impressionantes que sejam os cenários e figurinos — Fangli usa um vestido de bordado em ouro, tão adorável que é um personagem por si só — não consigo desviar o olhar de Fangli e Sam. No momento crucial, Fangli tem que escolher entre amor e dever. Se enviá-lo em uma missão, isso salvará o imperador, mas garantirá a morte certa de Sam. Ambos sabem que qualquer decisão que ela tome, Sam cumprirá sem hesitação — não por lealdade ao imperador ou à China, mas por Fangli.

Eles estão sozinhos em um jardim perto de um lago que tem lótus douradas pintadas de pérola. Fangli, a imperatriz, não hesita em ordenar a missão. Não há mudança em seu comportamento confiante e arrogante, mas seus olhos mostram uma mulher devastada. Então vem a cena que eu pauso e repito várias vezes. Sam se curva, mas em vez de olhar para baixo, seus olhos nunca a deixam. Fangli está ereta e seu rosto está calmo, mas as mangas de seda que cobrem seus braços tremem como se um vento passasse. Entre eles, sem uma palavra, os dois expõem a agonia do amor não correspondido e a dor do dever. A música é um único *erhu* tocando um refrão lento.

A cadeira de vinil da casa de repouso range sob mim enquanto me sento, meus tênis arranhando o linóleo gasto, encardido com anos de sujeira desbotada. Tenho emoções desconfortáveis que não quero tirar do baú onde as escondi. O fato de um drama de época tê-las evocado quase me ofende, porque eu deveria ficar chateada com o noticiário, não com uma história de faz de conta de duas pessoas fictícias. Fangli e Sam — principalmente Sam, sendo *honesta* — me deixam vulnerável. Tenho um anseio por... o quê?

Não sei. Por algo mais. É tudo o que posso dizer. Não gosto que Sam possa me fazer sentir tão profundamente sem nem saber o poder que tem.

Depois dessa cena, mamãe acorda do seu cochilo e pisca como se tentasse lembrar quem eu sou.

— Gracie, mamãe. Eu sou Gracie. — Sorrio.

Ela não responde, mas desvia o olhar de mim para o que estou assistindo. Para facilitar, viro a tela para que ela possa ver.

Sua mão se estica mais rápido do que eu pensava que ela conseguiria, e ela diz algo em chinês.

— É *A Lótus de Pérola* — eu digo para ajudar, verificando a tela para ver o que está acontecendo. — Essa é Wei Fangli interpretando a imperatriz. Você a conhece. Ela é uma atriz.

Ela balança a cabeça desesperadamente e eu me xingo. Há dias raros em que o pensamento de casa faz a mamãe cair em uma depressão profunda em vez de confortá-la. Experiências passadas me dizem que não há nada que eu possa fazer, então desligo o laptop e seguro a mão dela enquanto ela balança para frente e para trás.

21 de junho

PARA FAZER — PLANO DE HORAS FATURÁVEIS			
DATA	HORA	TAREFA	HORAS
21/06	9:00	DESPERTAR	
21/06	9:15	QUANTO TEMPO LEVO PARA ESCOVAR OS DENTES? COMO FAÇO PARA PROGRAMAR ISSO?	
21/06	9:30	DANE-SE ISSO	
		~~FAZER AS MALAS~~	
	15:30	XANADU	
		???	

Capítulo 8

Há dias em que tudo se encaixa como se fosse parte de uma sinfonia bem praticada. Os fios de cabelo não arrepiam. As meias ficam no lugar ao invés de se amontoarem nos dedos dos sapatos. As chaves estão onde você as deixou, o telefone totalmente carregado e a despensa bem abastecida com café ou, no mínimo, comida instantânea.

Hoje não é esse dia.

Pratico a respiração profunda que minha blogueira favorita de estilo de vida insiste que mudará minha vida — não que eu precise de ajuda nesse departamento, muito obrigada, consegui fazer isso com maestria esta semana — e olho para meu celular, que esqueci de carregar. Desejo que ele atinja o ponto mágico de cinquenta por cento de carga, que é o mínimo para que fique tranquila para sair de casa. Quarenta por cento. Quarenta e um.

Pego o livro que estou lendo e hesito. Nunca deixei de terminar um livro e, embora este venha testando minha paciência, estou quase terminando. Eu deveria lê-lo até o fim. Pode melhorar. Jogo-o na minha bolsa. Então tiro-o de lá. A nova Gracie não vai perder tempo com um livro que ela não gosta. Não devo nada a esse livro.

Coloco de volta.

Quarenta e quatro por cento.

Eu pondero as consequências de um celular com carga insuficiente em comparação ao atraso para uma reunião com Fangli. Irrito-me e pego o celular. Hoje as coisas vão mudar. Não vou ficar limitada por uma lista ou por uma porcentagem na tela do telefone. É uma questão de ter uma mentalidade de crescimento e, francamente, eu deveria ficar envergonhada por um celular me impedir de chegar ao meu destino.

Pego o maldito livro novamente e o jogo na mesa de cabeceira.

Lutando contra uma leve pontada de ansiedade, decido comprar um carregador portátil e guardo o telefone no bolso, pego minha bolsa e corro porta afora. Meu bairro é o equivalente residencial do meio-termo, gentrificado o suficiente para que eu possa escolher entre duas cafeterias *hipster* cheias de pessoas digitando sem parar em laptops cobertos de adesivos, mas não tão chique a ponto do aluguel ser inacessível para pessoas com crianças pequenas ou empregos precários.

Hoje não paro para comprar café. Hoje vou viver uma vida de farsa e luxo requintado. Desta vez entro no Xanadu como se estivesse acostumada. *Isso mesmo, moço vestindo um excelente terno e com tanta cirurgia plástica que suas maçãs do rosto empurram seus olhos*. Este é o meu mundo agora. *Saia do meu caminho, pequena mulher vestida em Gucci da cabeça aos pés. (Eu sei que é, porque cada peça tem o logo.) Cai fora, homem incrivelmente lindo me encarando no elevador.*

Ah, esse é o Sam. Eu debato se devo fingir que não o vejo, porque pode ser menos constrangedor do que puxar assunto, mas ele acena para mim com um gesto quase imperceptível. Com o novo andar estilo Fangli que pratiquei na frente do espelho, eu caminho arrastando minha mala atrás de mim e tento evitar que ele note meus joelhos trêmulos.

— Você machucou a perna? — ele pergunta enquanto apunhala o painel numérico.

— Estou andando como uma estrela de cinema.

— Você anda como se seus sapatos estivessem largos e você tentasse mantê-los nos pés enquanto caminha.

— Oh. — Essa é uma crítica muito precisa para ser tomada como um insulto, então decido arquivá-la em "Potencialmente Útil" e pensar sobre isso depois.

— Você vai seguir com o plano? — Sua voz baixa tem um lindo sotaque. De acordo com sua página da Wikipedia, ele teve um tutor britânico enquanto crescia.

— Óbvio. — Eu sou dona das minhas decisões da mesma forma que Anjali ou Fangli seriam.

— Estou fazendo isso pela Fangli e quero ser honesto com você. — Ele solta o ar. — Não acho que serve para isso. Você não conseguiu lidar com um único fotógrafo, imagine com cinquenta.

Verdade, mas não precisa ser dito.

— Fui surpreendida.

— Quando estragar tudo, pode causar mais danos do que imagina. Por que você está fazendo isso? Quer tanto ser famosa? — Embora seu tom seja sério, as palavras são rudes e é a isso que reajo.

— Ela. Pediu. A. *Mim*. Eu não fui atrás dela e implorei para ser sua substituta. Você estava lá.

Eu não quero ser famosa, o que é uma meta tão chata e tola para um ser humano autorrealizado que eu teria vergonha de admitir. Preciso do dinheiro para minha mãe, é por isso que estou aqui. Não preciso dos aplausos. Não de ser vista. Preciso do dinheiro para o quarto da mamãe.

— Você deveria ter dito não.

— Você deveria tê-la impedido se isso significa tanto pra você.

— Você não conhece Fangli. — Ele faz uma careta.

Você também não me conhece. Eu o ignoro até as portas do elevador se abrirem, então saio. Minha mala vira de lado e eu luto para colocá-la de volta na vertical enquanto Sam fica de pé, braços cruzados, e observa. Seus pensamentos não estariam mais claros se estivessem em um enorme balão sobre sua cabeça:

Ela não consegue lidar com isso.

Sam Yao consegue me irritar sem nem tentar, renovando toda minha insegurança simplesmente por ser ele mesmo — confiante, polido. Rico. Celebrado. Todas as coisas que não sou nem serei. Bem, dane-se ele. Talvez eu seja uma perdedora, mas pelo menos eu ajudaria alguém com a mala. Decido naquele momento excluir Sam da minha política habitual de boa vizinhança. Luto com a mala até fazê-la sucumbir ao chegar ao 1573, Mei abre a porta e observa enquanto Sam me segue para dentro.

— A Sra. Wei vai voltar logo — diz ela, mantendo o olhar em Sam. — Ela teve uma reunião depois que seu show matinal terminou.

— Eu vou ficar. — Ele vai até a janela, o que ilumina suas feições como uma maldita escultura, me deixando mais irritada, e pega seu celular.

Mei o encara, seus olhos brilhando. Então, com um suspiro, ela se vira para assuntos mais chatos: eu.

— Sua suíte está pronta.

Como prometido, fica bem ao lado do quarto de Fangli. Novamente tento fingir costume e falho mais uma vez quando corro para o espaço como se estivesse vivendo em uma barraca de acampamento e me lavando em uma vala pelo último ano. Sala de estar! Cama *king-size*! Mesa grande e janelas com vista para o lago e espelhos enormes nos armários. Meu próprio conjunto de velas. Eu verifico a fragrância; chama-se Woods e decido que é o único cheiro que quero no meu nariz pelo resto da minha vida. Solto minha mala, que tomba imediatamente. Mei cutuca com o dedão do pé.

— Suas coisas?

— Sim.

— Eles não são o estilo da Sra. Wei. — Interessante, já que ela não viu nada na mala. Ela se aproxima e abre o closet. (do tipo *walk-in!*) — Você precisa usar estes. Vou deixar você se acomodar.

No segundo em que ela sai, entro no armário, com a mala arrastando atrás de mim. O closet é grande o suficiente para acomodar confortavelmente um lustre de tubos de vidro interconectados, uma espreguiçadeira e um armário no meio. Ando em volta da espreguiçadeira e me pergunto quem eles esperam que fique relaxando em um armário.

Quando me viro para as roupas penduradas em fileiras organizadas ao longo das paredes, percebo que essa pessoa poderia ser eu, porque eu poderia passar o dia todo aqui. Enfio as mãos nos bolsos enquanto examino meu novo e muito luxuoso domínio. Vestidos — codificados em cores e organizados pelo comprimento — estão à esquerda, ao lado de uma fileira de jaquetas. À direita, camisas, organizadas em degradê do preto até o branco, e abaixo disso, calças e saias. Eu puxo as gavetas do armário no meio do espaço e percebo que deve ser onde as joias estão, e que não deveriam confiar em mim perto delas. Justo. Eu também não confio em mim com joias. Meu último par de brincos — correntinhas de prata — caiu das minhas orelhas e sumiu na grade do esgoto antes que eu os tivesse usado por uma hora.

A parede do fundo inteira é composta por sapatos e bolsas.

Isso é…? Chego mais perto. Sim. É uma Birkin. Na verdade, há três Birkins alinhadas em uma fileira organizada abaixo do que parece ser o couro de qualidade de várias bolsas Chanel. Nem reconheço as outras marcas, mas presumo que sejam caras.

Tiro uma foto e envio para Anjali.

Mostre-me o resto desse armário, ela manda mensagem. Então pegue as Birkins e corra.

Eu cedo e começo a tocar, deixando meus dedos correrem sobre os tecidos ricos e couros luxuosos. Envio uma foto ocasional para Anjali, que só responde com nomes e números.

> Balenciaga. $ 4 mil
> Chanel. $ 2 mil
> Givenchy. $ 8 mil

Quando termino, dou um passo para trás. Todas as roupas parecem do meu tamanho, e em todo aquele armário não há uma única peça que eu teria escolhido para mim. Nenhum jeans. Nenhum sapato baixo. Nenhum par de calças de moletom. Espera-se que eu relaxe em particular usando roupas sem cós elástico como algum tipo de animal?

Essas são roupas que você usa para ser vista. Eu pego um vestido tão elegantemente cortado que parece arte e me viro para o espelho de três lados enquanto o seguro contra meu corpo. Este não é um vestido que você usa para assistir TV e comer pizza. Eu nem acho que ele permite sentar em posições variadas. Ele me dá outra visão sobre a vida de Fangli e uma premonição do que posso esperar dos próximos dois meses.

Sam aparece na porta do armário.

— Não está perdendo tempo, pelo que vejo.

— Sim. Eu virei minha vida de cabeça para baixo por um vestido de grife. Por que você está aqui?

— Quero apelar para sua melhor natureza. — Sam fala com meu reflexo no espelho. — Você pode ver que Fangli está desesperada. É isso que você quer, fama sem esforço? Aproveitar-se de alguém como ela?

— Não é fama quando as pessoas pensam que eu sou outra mulher. — Há um tremor na minha voz enquanto aquele pequeno verme que queria procurar os fotógrafos se contorce. Sam ouve e se aproxima.

— Você foi demitida. — Sua voz é baixa. — Por quê?

— Não é da sua conta. — Ele é a última pessoa para quem eu contaria sobre Todd.

— Você achou que isso seria um atalho? Que uma mulher tão bonita quanto você poderia ir mais alto do que trabalhar em uma empresa de investimentos? Você viu uma oportunidade e aproveitou?

Mantenho meus olhos nele através do espelho. Minha vergonha por ele me ler tão bem se transformou em raiva, e eu a puxo sobre mim como uma cota de malha.

— Você quer que eu vá embora?

— Fangli quer que você fique. — Ele hesita.

— Então pare com esse papo — eu digo para o reflexo dele. — Senão eu saio por aquela porta e ela fica sozinha.

Seus lábios perfeitos se afinam, mas ouvimos Fangli cumprimentando Mei no outro cômodo.

— A escolha é sua, estrela de cinema — falo, canalizando a nova Gracie. — Além disso, você é um babaca por pensar que trabalhar em um emprego regular é mais baixo do que ser ator.

A tensão entre nós aumenta, e acho que ele vai descobrir meu blefe. Largo o vestido e estendo a mão para a alça da minha mala quando Fangli entra.

— Você veio — diz ela com alívio.

Esse tom de gratidão exausta deve ser o que muda a opinião de Sam, porque ele se inclina para mim.

— Estamos nos conhecendo melhor.

Fangli passa do rosto convidativo dele para minha expressão confusa. Como não sou atriz, não consegui me adaptar ao novo Sam em segundos.

— Deixe-me trocar de roupa e conversamos — fala.

Quando ela deixa o cômodo, Sam se afasta e nos enfrentamos novamente.

— Seja civilizado — eu digo. É difícil não tentar manter a paz, mesmo depois de uma briga. — Precisamos trabalhar juntos.

Há outro longo silêncio e então Sam simplesmente se vira e vai embora. Eu o observo partir, me perguntando se ganhei essa rodada. Acho que ganhei e recupero um pouquinho do orgulho que Todd arrancou de mim.

Volto para o armário antes que um pensamento me faça parar. Sam Yao, *o* Sam Yao, disse que sou bonita?

✓

Fiel à sua promessa, Fangli logo retorna ao meu quarto. Seu rosto está limpo e ela usa um roupão enorme que arrasta atrás dela como a cauda de um vestido. Ela poderia ir ao Met Gala como está. Eu classifiquei as roupas novamente e percebi que elas estão em várias categorias: Grande Evento, Muito Chique e Chique Casual.

— Você gosta deles? — Ela aponta para o guarda-roupa.

— Você deve gostar de fazer compras. Essa é uma das coisas que preciso fazer?

— Eu não vou a lojas. — Ela parece honestamente chocada. — Eles mandam pessoas até mim.

Nós nos encaramos.

— Como eles sabem o que você quer? — pergunto.

— Eles trazem a coleção. — Fangli dá de ombros. — Gosto de escolher minhas próprias roupas. Caso contrário, um estilista criaria meus looks.

— Certo.

Ela se aproxima e pega o mesmo vestido que eu estava segurando quando Sam chegou.

— Este é o meu favorito.

— Meu também. — Sorrimos uma para a outra.

— A Claudie da Chanel desenhou para mim depois que entrei como embaixadora da marca. É único. — Ela soa completamente sincera, e, sem conseguir me conter, começo a rir. Acho que gosto da Fangli.

Ela se senta em uma cadeira e cruza as pernas de uma maneira que sei que terei que replicar e vai ser difícil.

— Pensei em conversarmos hoje à noite, para nos conhecermos. Pedi o jantar.

— Obrigada. Hum, como foi seu dia? — Faço uma pausa. — Não sei muito sobre o que você está fazendo em Toronto além de atuar em uma peça.

— Aqui vai tudo que você precisa saber. — Ela se acomoda na cadeira e eu gemo internamente. Ela é tão graciosa, droga.

Fangli fala por cerca de uma hora enquanto eu faço anotações e mordisco a salada de salmão defumado que chega. Tem alcaparras fritas tão boas que me distraem. Ela está em Toronto para uma peça que está passando na King Street. *Operação Oblivion* é um drama histórico da Segunda Guerra Mundial, e enquanto ela fala, eu não consigo acreditar que nunca ouvi essa história antes. Aparentemente, houve um grupo de voluntários sino-canadenses chamado Força 136 recrutados para missões especiais e perigosas na Ásia.

— Isso *não* foi abordado na minha aula de história — eu digo e penso nas datas. — Os chineses nem tinham permissão para votar no Canadá naquela época.

— Como parte do treinamento, eles tinham que nadar com mochilas de vinte e três quilos — diz Fangli. — Pouquíssimos deles sabiam nadar porque eram banidos da maioria das piscinas canadenses.

Embora o recrutamento da Força 136 tenha acontecido do outro lado do país, a história segue o personagem de Sam enquanto ele encontra um dos primeiros recrutas, que está morrendo em Toronto, e se apaixona por Fangli, que trabalha em um restaurante em Chinatown.

— Você não costuma fazer filmes? — pergunto. — E esses papéis não deveriam ser dados a atores canadenses?

— Sim, deveriam, e estamos aqui apenas para parte da temporada porque Sam é amigo do diretor e ele achou que seria uma boa publicidade. Nós dois começamos no teatro lá na China. — Ela cruza as pernas novamente. — Eu amo estar no palco, portanto foi uma boa pausa. Estar na frente de uma plateia é uma experiência diferente.

— Eu entendo.

— Você atua?

— Eu atuei na escola. — Eu dou de ombros. — Foi só por diversão.

— Você gostou?

— Adorei.

O sorriso dela ilumina seu rosto.

— Então você entende por que estou aqui. Como está indo sua prática?

Eu respiro fundo.

— Dê uma olhada.

Pegando um par de saltos do armário, coloco-os e dou alguns passos antes de parar, sorrir e acenar. Os olhos de Fangli se arregalam.

— Faça de novo — fala Sam, da porta. Eu faço de novo, um pouco mais autoconsciente agora que ele está aqui. Muito mais.

— Parece estranho. — Ele franze a testa. — Não como se precisasse de prática, mas está errado.

— Eu treinei na frente do espelho.

— Treinou como, exatamente? — Seus olhos se estreitam.

— Ah. Você sabe. *Treinando*. — Isso é constrangedor.

Ele cruza os braços e espera que eu responda. Tento esperar que ele desista e falho. Ele pode ficar assim por horas, aposto, recusando-se a ceder como um cavalo teimoso. Fangli observa com as sobrancelhas delicadamente levantadas.

— Apoiei o tablet perto do espelho e copiei o que vi. — Admito a derrota.

— Você é um vale da estranheza humana. — Ele e Fangli trocam um olhar. — Inacreditável.

—Vale da estranheza?

— O quê? Eu não sou um androide.

Ele suspira, pega o tablet e me leva até o espelho.

— Assista. — Ele mexe por um segundo, encontra um vídeo de Fangli sorrindo e acenando, e o reproduz.

— Eu assisti a isso. — Sinto-me insultada. Fiz meu dever de casa.

— Você não está assistindo. — Sua voz tem um perfeito som gutural e baixo. Sam olha para o espelho e nossos olhos se encontram. Então eu mudo meu olhar para sua mão direita, que acena do mesmo jeito que Fangli faz no vídeo.

— Muito elegante — digo, tentando me recompor.

— Como a Rainha — Fangli interrompe e faz o aceno pessoalmente.

— Só que totalmente errado. — Ele se vira. — Fangli é destra e é assim que ela acena. Você está olhando no espelho e copiando, mas isso significa que você estava acenando com a mão esquerda. Tudo está ao contrário porque o aceno dela foi filmado.

Olho para minha mão, atônita.

— Você está brincando comigo? É por isso que pareceu tão estranho?

— Sim. — Ele dá a Fangli um olhar eloquente que interpreto como: *olha que idiota.*

— Droga. — Eu murcho. Todo esse trabalho e eu fiz ao contrário. Enterro minha cabeça em minhas mãos.

— Um problema solucionável — declara Fangli. — Você e Mei podem trabalhar nisso de manhã.

Ela sai e Sam vacila. Ele balança a cabeça e diz:

— Destra.

Ele chama Fangli e eu queria entender o que eles estão dizendo. Uau, se houvesse alguma maneira de aprender mandarim, talvez com um dispositivo portátil que ficasse convenientemente na minha mão por cerca de dezoito horas por dia e pudesse fornecer acesso a coisas como aulas de idiomas dadas no meu próprio ritmo por $ 2,99 ou menos.

Pego meu celular.

Em seis minutos, um cavalheiro escocês e uma senhora de Pequim alegremente me ensinam como dizer de onde eu sou em mandarim perfeito. Eu congelo enquanto eles mudam para me dizer como perguntar de onde os outros são e pauso o aplicativo. Eu poderia ter feito isso anos atrás, quando a minha mãe começou a ficar doente. Poderia ter falado com ela esse tempo todo. Deixei esse pensamento de lado. Fiz o melhor que pude.

Então estou sozinha no meu quarto luxuoso, acenando para mim mesma no espelho e praticando minhas novas habilidades linguísticas, dizendo ao meu reflexo que sou canadense em um mandarim de péssimo sotaque.

Bons tempos.

22 DE JUNHO

PENDÊNCIA

TREINAMENTO DE ESTRELA DE CINEMA

Capítulo 9

Entro em uma boutique na Rodeo Drive usando um chapéu preto enorme e ombreiras grandes o suficiente para bloquear o trânsito, enquanto o sol brilhante do verão atravessa minhas pálpebras fechadas... Aconchegada na cama macia e fofa, tento voltar a dormir, mas não consigo porque Mei está parada ao pé da minha cama gritando meu nome.

— É hora de levantar.

Eu jogo as cobertas para longe e olho pela janela. O sol está alto, mas parece um tanto cedo.

— Que horas são?

— Sete.

— Só mais uma hora. — Eu resmungo.

Fiquei acordada até tarde, alternando entre decidir quais roupas combinavam melhor com as várias bolsas Louis Vuitton e aprender a perguntar os nomes das pessoas em chinês.

— A Sra. Wei é uma madrugadora. Ela já está em uma reunião. — Mei pode não querer soar presunçosa em nome de Fangli, mas é isso que ouço. Eu me levanto e vou escovar os dentes. Quando volto, examino a roupa que Mei colocou na cama.

— Vamos sair?

— Não.

No entanto, ela escolheu calças com vincos passados.

— Não posso usar calças de ioga já que somos só nós duas?

— Não.

Ela sai e eu percebo que as roupas que trouxe de casa sumiram. Mas esse é um problema futuro, visto o que ela deixou. As calças de linho branco enrugam ao entrar em contato com minha pele, e eu imediatamente mancho a blusa de seda preta com desodorante e tenho que me trocar. No espelho, pratico meu aceno Fangli novamente, dessa vez com a mão correta. Os sapatos são adoráveis *sling-backs* que eu coloco para verificar o efeito completo.

Hum. Eu me viro. Eu não tinha percebido a diferença que uma alfaiataria cara fazia, porque agora tenho uma postura excelente. Eu pareço com Fangli? O armário espaçoso faz com que eu encontre o que preciso com muito mais facilidade do que tentar separar um monte de camisas amontoadas o suficiente para amassar, e rapidamente acho uma camisa preta de gola alta. Eu a coloco como uma faixa na cabeça, a gola emoldurando meu rosto e o resto do material fluindo pelas minhas costas e jogo minha cabeça. Não é a imitação perfeita de cabelo longo, mas entendi a ideia, embora com um toque de freira.

— Vim ver se você estava vestida. — Mei, que aparentemente não tem noção de privacidade, está na porta, encarando minha peruca de gola alta. Eu a tiro e passo a mão pelo meu cabelo.

— Uh, sim. Obrigada.

Ela sai do quarto, e eu jogo a camisa na cama e a sigo.

Alimentada por café e medo de falhar, sou a aluna ideal da Fangli naquele dia. Aparentemente, ela faz sua própria maquiagem, exceto em grandes eventos, então Mei me mostra a Cara Padrão Fangli, que exige uma série de produtos caros para atingir a pele lisa correta e um olho esfumado bonito. Mei pega o batom, um vermelho vibrante que desliza como um sonho, depois passa nas bordas com um lápis labial antes de secar e me pintar novamente.

Olho fixamente para os meus lábios no espelho. Fazia muito tempo que eu não usava tanta cor, e eu tinha esquecido o quão brilhante é. Ela faz da minha boca o ponto de luz do meu rosto. Não é de se espantar que Todd tenha gostado. Eu tremo.

— Essa é a cor habitual da Fangli? — pergunto.

— Batom Rouge Allure, cor Pirate, da Chanel — diz Mei. — É só isso que ela usa em público.

Fico em silêncio enquanto Mei examina meu rosto de lado. A maquiagem é parte de um disfarce. É o rosto de Fangli sendo criado no espelho, e quando as pessoas o virem, elas não me verão. Relaxo um pouco.

— Danos causados pelo sol. — Mei cacareja e faz uma anotação no celular, interrompendo minha linha de pensamento. Eu me concentro no que estamos fazendo. — Vou comprar um corretivo melhor. — Ela olha mais de perto. — E um kit de depilação.

Então ela se estica e puxa uma cabeça de manequim.

— Aqui.

Na cabeça tem uma peruca. Não uso uma desde o Halloween, e era uma curtinha, vintage, azul.

— Isso é cabelo de verdade? — Eu cutuco.

Ela a coloca na minha cabeça como um chapéu e é o Lamborghini dos acessórios de cabelo. É definitivamente toda real, e provavelmente do tipo que recebe tratamento regular. O cabelo balança como se fosse meu, muito melhor do que meu substituto de gola alta, e quando movo a cabeça, ela não sai do lugar. Faz tanto tempo que não tenho cabelo comprido que esqueci o quão divertido era; jogo a cabeça como se estivesse prestes a estrelar em *Showgirls* até ficar um pouco tonta. Preciso tirar uma foto disso para a minha mãe porque ela vai adorar.

Desta vez, quando vou ao espelho, Mei fica ao meu lado com um olhar crítico antes de pegar seu celular para mostrar uma foto de Fangli em uma roupa semelhante. Eu ajeito minha pose como a dela — um pé para fora e ligeiramente virado em um movimento que minha mãe também me ensinou quando eu era adolescente — e viro meu rosto levemente para cima e para a esquerda com aquele pequeno sorriso, então verifico a pose e abaixo meus ombros um tico. Mei tira uma foto e, quando olhamos para ela, acho que talvez isso funcione.

— Terrível. — Mei clica em seu telefone.

— O quê? — Desencorajada, movo minhas pernas de volta para minha postura usual ligeiramente curvada e tiro a peruca. Está quente.

Alguém bate na porta e Mei abre revelando Sam. Eles sussurram juntos, olhando para mim, e eu tento decidir se meu melhor curso de ação é fingir que não sei que eles estão falando sobre mim ou interromper a conversa deles.

Pego o touro pelos chifres.

— Ei. Estou bem aqui.

— Nós sabemos. — Sam não olha para mim.

Ele dá uma instrução a Mei que a faz desaparecer pela porta lateral da suíte de Fangli, deixando nós dois sozinhos. Sam anda para ficar perto da janela, e quando ele se vira para me olhar, eu juro que a luz muda para se concentrar ao redor dele. Eu sempre me perguntei sobre carisma, se ele realmente existe, e com Sam posso sentir um excesso de energia que simplesmente o torna mais atraente. Fangli também tem uma vitalidade que chama a atenção não importa o que ela esteja fazendo.

Rogo a Deus que seja algo que possa ser aprendido, porque eu com certeza não tenho. Além disso, não consigo decidir o que me incomoda em Sam. Eu o vi tantas vezes em mídias que se tornou familiar, mas quando ele está aqui pessoalmente, é um jogo totalmente novo.

— Você parece diferente dos seus filmes — digo finalmente. Ele está mais afiado, mais gelado do que nas fotos. Mais irreal e muito mais impressionante.

— Eu sei — ele fala desdenhosamente. — Mei diz que você é inútil.

— "Inútil" é um pouco forte. — Eu me oponho.

— Você não tem como julgar. Caminhe para mim.

— Por quê? — Eu mantenho minha posição.

Quando ele se vira, o sol ilumina uma parte de seu rosto e sombreia o resto como um anúncio de perfume.

— Você faz isso de propósito? Posa na luz? — Eu imito sua postura.

— Claro que sim. — Ele levanta o queixo levemente e é isso. Começo a rir. Ele é tão perfeitamente arrogante que começo a vê-lo mais como um personagem cômico do que como um homem. Sam junta as sobrancelhas. — Algo engraçado?

— De jeito nenhum.

— Sério? Porque você está rindo.

— Bem, você — eu admito. — Você é engraçado. Quem faz isso? As sobrancelhas franzidas são acompanhadas por lábios franzidos.

— Há algum problema em mostrar o seu melhor?

— Acho que não. — Eu limpo minha garganta para mudar de assunto. — Você realmente veio aqui para me ver caminhar?

Sam se afasta da janela e fica na minha frente. Eu diria que ele está tentando me intimidar pelo modo como ele olha por cima do nariz, mas isso me lembra de um de seus papéis — ele era um humilde entregador que também lutava contra o crime — e eu posso sentir meus lábios se contraírem. Ele olha para mim como se soubesse o que estou pensando.

— Fangli se recusa a deixar isso de lado — Ele olha por cima do meu ombro e escolhe suas palavras. — Eu disse que ajudaria.

— Se você está procurando ideias, pode ajudar não sendo um babaca — sugiro.

— Posso ajudar certificando-me de que você não manche a reputação de Fangli com sua ignorância. — Ele se inclina para frente. — Não gosto disso, mas farei o que puder para mitigar o risco para ela, mesmo que isso signifique trabalhar com você.

— Um verdadeiro profissional.

— Eu trabalho com muitas pessoas que não respeito. Ou gosto.

— Eu também. — Nós nos olhamos e eu me afasto. Já tinha balançado a bandeira branca suficiente. Agora era hora de negócios. — Então vamos começar.

— Ande por aí de novo. — Ele se esparrama em uma cadeira e ocupa mais espaço do que tem direito.

— Me dá um segundo.

Reproduzo um dos clipes no meu tablet. Na tela, Fangli, vestida num terninho de cetim branco, passa como se estivesse andando na passarela. Não posso imitar isso. Jogo os ombros para trás e decido simplesmente ir. Os olhos de Sam me seguem enquanto atravesso a sala, que é tão longa que consigo dar vários passos.

Quando volto para o centro, ele parece pensativo, como se eu fosse um quebra-cabeça a ser resolvido em vez de um inseto para esmagar. Isso é, com certeza, uma melhoria.

— Isso foi menos medonho do que ontem à noite — ele me elogia. — Você tem um andar parecido com o de Fangli.

— Não, não tenho. — Disso tenho certeza.

Sam suspira e pega seu telefone; ele abre um vídeo e enfia sob meu nariz. Aparece uma mulher de cabelos escuros indo embora por um saguão, sua linguagem corporal confiante e natural.

— É assim que você quer que eu ande, eu sei. Estou tentando.

— Inacreditável — diz ele. — É você. Como eu disse. Quando está sendo você mesma.

Assisto de novo e percebo que sou *eu* saindo do hotel outro dia. Não sabia que eu tinha essa aparência.

— Por que você tem isso?

— Eu gravei quando você saiu justamente para provar à Fangli que ideia maluca era essa. — Ele olha de volta para a tela. — Você se moveu melhor do que eu pensava que poderia — comenta relutantemente.

— Isso é algo profundamente assustador de se fazer. — Estou um pouco impressionada com sua dedicação.

— Eu sei. — Ele diz isso sem vergonha.

Eu me jogo na cadeira ao lado dele e ele estremece. Acho que Fangli também não é o tipo que se joga em cadeiras.

— O problema é que quando sei que estou sendo observada, esqueço como me mover. Minhas mãos são muito grandes e desajeitadas.

Sam faz um gesto para que eu me levante.

— É porque você considera seu corpo algo flácido onde habita em vez de uma ferramenta a ser treinada. Quando Fangli anda pela rua, é como se estivesse andando em um tapete vermelho ou no set. Esteja consciente do seu corpo, como uma dançarina. Cada músculo tem uma função. Cada gesto tem um propósito.

Não gosto de Sam falando sobre corpos, mas sigo em frente.

— Como?

— Não consigo descrever melhor do que isso. Cada movimento é uma decisão. Você não anda simplesmente. Você decide cada passo, cada inclinação da sua cabeça. Você pensa em como quer parecer e faz acontecer. Sua consciência tem que ser externa: o que as pessoas estão vendo? O que você *quer* que elas vejam?

Olho pensativamente para o espelho. Penso demais nas coisas em dias bons, então esse conselho pode muito bem me tirar da órbita. Pensar mais do que eu já faço?

— Vá de novo.

Eu vou.

— Isso foi pior do que antes. — Ele esfrega as costas da mão contra a testa. — Como uma mulher pode não saber andar?

— Não estou acostumada com público.

— Sempre há uma audiência — ele diz, desdenhoso. — Você teve o privilégio de poder ignorá-la.

— O que isso significa?

— Você pode andar pela rua e ser vista, mas não notada.

Ótimo, agora tenho Sam Yao enfatizando minha invisibilidade como pessoa. Exatamente o que toda mulher quer ouvir.

Ele continua falando.

— A partir do momento em que ela sai do quarto, cada ação que Fangli toma pode ser gravada e compartilhada globalmente. Sua persona pública é um papel que ela desempenha da mesma forma que em um filme. Fora dessas paredes, Wei Fangli é uma personagem. Ela tem de pensar em sua aparência o tempo todo porque um mísero momento desprotegido pode trazer humilhação pública e internacional.

A ameaça tácita está lá — como Fangli, esse vexame em larga escala pode ser toda minha se eu estragar isso. Eu cerro os dentes e tento de novo. De novo.

Na sexta vez, eu compreendo vagamente o que ele está me dizendo. É uma sensação de estar consciente do meu espaço e de como eu o habito. Lembro-me de um vídeo dos bastidores de uma atriz prestes a andar no tapete vermelho. Ela é informada exatamente onde as marcas estão e mostram fotos da cena. De pé, perto da parede, eu examino a sala enquanto Sam mexe em seu telefone, com um leve franzir no rosto e sua atenção longe de mim. Desta vez, não vejo isso como ir do ponto A ao B. Penso em onde quero estar neste percurso. A sala é meu cenário, não simplesmente um espaço vazio com alguns pedaços de mobília servindo de obstáculos.

— Não foi tão ruim. — Sam levanta os olhos do telefone para me observar, e eu tropeço quando encontro seu olhar. Ele balança a cabeça e volta para o celular.

Sam é um personagem. Fangli é um personagem. Eu também preciso ser um. Eu não sou Gracie dando voltas no quarto de hotel. Eu preciso *ser* Fangli. Habitar uma nova persona é libertador, e Sam inclina a cabeça quando passo por ele novamente.

— Melhorou.

Quando Sam indica que passei no *Módulo 1: A Arte de Andar*, estou com bolhas causadas pelas adoráveis sandálias *sling-back*.

— Bom o suficiente — ele me parabeniza e olha o relógio. — Continue praticando. Preciso ir para o teatro.

Eu desabo na cama para ver uma mensagem.

Você está viva? É Anjali.

Ainda não virei isca de peixe, eu respondo.

Anjali: Prove que é você.

Envio a ela uma foto minha, recostada na espreguiçadeira do meu armário, usando um par de saltos bordados e altos demais para eu andar. Não sei a marca — o nome é em japonês — mas imagino que sejam caros.

Anjali: Aceito isso com respeito. O Gostoso Gostosão está te tratando bem?

Gracie: Não tão mal. Hoje, com Sam, poderia ter sido pior. Ele não foi tão maldoso.

Anjali: Quando é seu primeiro evento?

Gracie: Daqui a alguns dias. Tenho tempo.

Nós trocamos mensagens casualmente enquanto eu experimento mais roupas e tento decidir o que parece mais fácil de usar. Mando fotos para Anjali, que tem o péssimo hábito de gostar das roupas mais desconfortáveis.

Beleza é dor, ela escreve. Fangli é um ícone da moda. Ela não vai a lojas de pijamas.

De qualquer maneira, ela provavelmente tem pessoas para fazer isso por ela. Mei me disse que Fangli irá direto para sua suíte depois do show, então, depois de mais um passeio pelo quarto, eu como e vou para a cama, pernas e pés doloridos e rosto coberto com um sérum de retinol que o dermatologista de Fangli aparentemente recomendou para casos extremos.

Esse é o fim do meu primeiro dia. Aprendi a andar.

23 de junho

MÉTODO IVY LEE – 6 PRINCIPAIS TAREFAS

1 - Aprender a ser Fangli.

2 - Aplicativo de chinês – mínimo de um módulo.

3 - Trabalhar no meu próprio planejador de tarefas.

4 -

5 -

6 - Estranho, essas são todas as tarefas.

Capítulo 10

— Por que você está aqui? — pergunto.

Sam está sentado na sala de estar da minha suíte quando saio do quarto, com o vestido balançando em volta das minhas pernas quando paro. Esqueci de depilá-las e rezo para que ele não olhe para baixo. O Sr. Perfeição Física não precisa ver meus pelos expostos.

— Tenho algum tempo, portanto estou aqui para comandar o seu treinamento. — Ele não larga o telefone enquanto toma seu café.

Pego um café para mim, bocejando. Foi outra noite de sono agitado enquanto eu passava por minhas muitas ansiedades. Meu antigo terapeuta costumava tentar me fazer ter alguma perspectiva sobre meus problemas. Isso funcionou bem o suficiente quando tudo o que eu tinha de entender era que o mundo não acabaria se eu retornasse um telefonema na terça em vez de segunda-feira. Minhas técnicas de enfrentamento são notoriamente menos eficazes quando enfrento uma situação em que a desgraça pública em nível global é uma possibilidade verdadeira se eu estragar tudo.

— Onde está Fangli? — pergunto.

— Descansando.

Embora fosse legal vê-la, a razão pela qual estou aqui é para que ela tenha uma folga.

— O que temos no programa hoje?

— Conversa. — Pelo tom neutro, percebo que ele está tão animado quanto eu para passar as próximas horas conversando amenidades.

Tento me recompor.

— Devemos começar quebrando o gelo?

Ele não muda a expressão.

— Quebra-gelo, então. — Tento sorrir. Ele está dificultando para que eu faça o que Fangli me contratou para fazer.

— Nada de papo para quebrar o gelo.

— Memórias da infância?

— Não.

— Melhores férias? Comida favorita? Duas verdades e uma mentira?

Estou recebendo um revirar de olhos que deixaria um adolescente mal-humorado envergonhado e mordo os lábios para não rir.

— O quê? — ele exige saber.

— Nada. — Eu caminho até a mesa. — Diga-me o que você inventou, então.

Nós nos sentamos. Sam está aqui sob pressão, mas não é meu trabalho amenizar a situação. Eu pisco. Isso não é algo que costumo pensar. Sam traz à tona o pior de mim.

Ou talvez o melhor. Essa não é minha reação natural, que seria me preocupar e encher o silêncio com o que quer que venha à minha cabeça.

Para passar o tempo, pego meu telefone e verifico as notícias, que são ruins. Um e-mail da Garnet Brothers me dá um soco tão forte que meu corpo inteiro estremece com um frio repentino. Encaminho direto para Fred, o Advogado.

— O que aconteceu? — A atenção de Sam se volta para mim.

— Nada, por quê? — Evito seus olhos.

— Você estava olhando para o seu telefone e gritou como um cachorrinho. É óbvio que você recebeu uma mensagem da qual não gostou. — Ele franze a testa.

— É isso que é uma conversa para você? — pergunto. Não quero falar sobre o e-mail, muito menos com Sam.

— Pode ser. — Ele sorri, o sorriso lento e predatório que eu lembro de assistir em vários dos seus filmes. É intrigante vê-lo na vida real. — Você quer falar sobre isso?

— Eu acho que não — respondo. — Essa é a cara que você faz quando está prestes a foder com a vida de alguém.

— É o quê? — O sorriso desaparece. — Fangli não xinga.

— Mais uma vez, eu não sou realmente a Fangli. Sua expressão. É o olhar de "*você me subestimou e agora eu vou estragar com a sua vida*". Dos seus filmes. Você fez isso antes de lutar contra o cara da Tríade em *A Garra do Dragão*, e você fez isso quando estava confrontando o homem que te traiu em *Casa de Vidro*. Ah, e você fez isso várias vezes em *Beco Explosivo*. Foi quase um tique.

Quando seus olhos se arregalam, vejo que são castanhos bem escuros e não o preto que eu pensava.

— Quantos filmes meus você assistiu?

— A maioria deles. — Faço uma careta porque Mei deixou claro que procurar resumos dos enredos na internet não era uma opção e o homem estava ocupado. — Por que isso é um problema? Você não os faz para serem assistidos?

Sam inclina a cabeça para o teto, perdido em pensamentos. Então, Deus me ajude, ele passa o polegar pelo lábio inferior. Na hierarquia de coisas inconscientemente sedutoras que homens gostosos fazem, isso tem de estar no topo. A lista incompleta, compilada por mim em nome de todas as pessoas que acham homens atraentes, é:

1. POLEGAR NO LÁBIO INFERIOR (MENCIONADO).
2. OLHAR PARA CIMA POR BAIXO DOS CÍLIOS; SOMENTE PARA ALGUNS HOMENS.
3. SEGURAR UM GATINHO. PONTOS EXTRAS SE O ROSTO ESTIVER ENTERRADO NO PELO E ELE SORRIR/SE DIRIGIR AO GATINHO DIRETAMENTE COMO SE O GATINHO ENTENDESSE. CACHORRINHOS TAMBÉM SERVEM.
4. AQUELE OLHAR DE SOSLAIO POR CIMA DO OMBRO.
5. AFROUXAR A GRAVATA.
6. PASSAR A MÃO PELO CABELO.
7. OLHAR NOS SEUS OLHOS ENQUANTO TIRA O POLEGAR DO LÁBIO E PERGUNTA O QUE VOCÊ ESTÁ OLHANDO.

— O quê? — Eu saio do meu estado de reflexão.

Sam inclina a cabeça levemente. Acrescento isso como o número oito da lista.

— Perguntei o que você está olhando — ele repete.

Mei entra na sala antes que eu tenha de responder, mas meu aplicativo de mandarim só me fez deixar as pessoas saberem que estou feliz hoje, então não tenho esperança de acompanhar a conversa deles. Verifico o resto da minha caixa de entrada enquanto eles conversam. Já faz alguns dias que não vejo a minha mãe, mas mando e-mails para ela todos os dias e a equipe de enfermagem me diz que imprime as mensagens. Ocasionalmente, uma das enfermeiras mais simpáticas ou uma voluntária me envia uma atualização. Fico impaciente se não a vejo pessoalmente pelo menos uma vez por semana, mas tenho mais alguns dias antes que isso se torne um problema.

Guardo o telefone, deixando minha cabeça cair para o lado para tentar aliviar a leve tensão de uma dor de cabeça que subia pelo meu pescoço. Se é assim que me sinto depois de apenas dois dias vivendo como uma pseudocelebridade, não consigo imaginar o nível de estresse que é a experiência cotidiana de Fangli.

— *Hao.* — Sam encerra a conversa e Mei sai pela porta com a camisa branca impecável e a saia preta que comecei a ver como seu uniforme.

— O quê? — Eu me espreguiço e ele fecha os olhos como se estivesse fisicamente dolorido quando meus ombros estalam. Eu faço de novo.

— Mudança de planos — ele diz, no mesmo tom de um general se preparando para uma batalha não planejada. — Precisamos sair hoje à noite.

— Opa, o quê? — Não estou preparada para isso.

Nem Sam, pelo que parece.

— Depois da peça, temos uma reserva para jantar.

— Por quê?

Ele gira o celular para mim. Há uma foto de Fangli parecendo cansada e uma legenda em chinês na parte inferior.

— Você pode traduzir? — pergunto.

— Há especulações sobre o estado de saúde de Fangli. A agência dela não gosta disso. — Ele pega o telefone de volta. — Fangli tem uma imagem a proteger.

Não tem como eu estragar um jantar. Faço isso há anos. Eu me animo um pouco.

— Para onde iremos?

— Chama-se Ala.

Começo imediatamente a pesquisar no Google.

— Chique.

— É um lugar apropriado para sermos vistos.

A título de curiosidade, clico no sistema de reservas online deles e vejo que a próxima mesa disponível está a dois meses de distância e às cinco da tarde.

— Como você planeja conseguir uma mesa?

— Eu sempre consigo uma mesa. — Sam me dá um olhar insondável.

Deixei passar. Não há menu no site deles porque o chef só usa os ingredientes mais frescos dos mercados matinais. *Empratado com detalhes requintados*, entusiasma-se um crítico do *Yelp*.

O telefone de Sam toca e ele atende.

— Tenho que resolver algo e não tenho tempo para almoçar. Espero que você esteja pronta às nove e meia.

Sam desaparece assim que o serviço de quarto chega. Depois que ele sai, eu folheio minhas anotações sobre Fangli enquanto devoro o macarrão, em seguida, tomo um Tylenol. No topo da minha lista de afazeres está uma tarefa apavorante: *Fingir ser Wei Fangli*.

Essa é uma grande tarefa para cumprir. Mas se tem uma coisa que minha análise completa de planos de produtividade me ensinou, é dividir grandes tarefas em ações menores. Cantarolando alegremente para mim mesma, verifico se há novos aplicativos que possam atender às minhas necessidades. Estou no modo multitarefas, pois essa é uma boa pesquisa para o *Eppy* também. Decidi ontem à noite que *Eppy* — sigla secreta para *Easy Planning Per Year* — seria o nome do meu planejador de tarefas.

— *Wo ke le*. Estou com sede. — Repito distraidamente a lição de mandarim que se tornou a música de fundo da minha vida. Espero que ela entre de maneira subliminar no meu cérebro. Não há nada de novo para tentar no mundo do planejamento de produtividade, por isso pego uma caneta e um papel.

— *Wo chi mifan*. Eu como arroz. — Preciso encontrar uma filmagem de Fangli comendo? Eu pondero sobre isso por um minuto antes de descartar como desnecessário.

— *Wo he shui*. Eu bebo água. — Uma roupa. Não será um problema, posso ir com o vestido que estou usando. Bato a caneta contra meus dentes e escrevo: *depilar as pernas*.

Acrescento algumas tarefas, mas então lembro de que, além de ser Fangli, preciso verificar a lista de espera na Xin Guang, ligar para o advogado sobre a Garnet Brothers e pagar meu aluguel. Acrescento-as e faço uma careta por não ter pensado na minha própria vida antes.

Por fim, verifico minha conta bancária para ver se o pagamento para a casa de repouso da minha mãe foi efetuado. Em seguida, olho novamente porque estou muitos zeros mais rica do que ontem. É o primeiro pagamento de Fangli. Minha situação de repente é mais real do que era há seis minutos. O dinheiro mudou oficialmente de mãos, o que significa que agora devo a ela. Minha cabeça está doendo demais para pensar nisso; assim, fecho o aplicativo e respiro fundo.

Levando meu bloco de notas e meu celular para o quarto, eu os jogo no edredom amarrotado e me deito ao lado deles. (Mei disse às camareiras que ligaremos se precisarmos de alguém para arrumar o quarto ou trazer toalhas limpas, evitando, qualquer gafe desta que vos escreve; logo, estou encarregada de arrumar minha própria cama.) Meus olhos caem e coloco meu alarme para uma hora. Um cochilo rápido e estarei novinha em folha.

✓

Acordo lentamente e enterro meu rosto de volta na bola de pelo fofa de um travesseiro que o Xanadu decidiu ser a opção de sono mais extravagante possível. Mais alguns minutos, prometo a mim mesma, embora eu esteja mais descansada do que estive em dias. Bocejo e me espreguiço, pensando em quão calmo o quarto parece no crepúsculo. Relaxante.

Crepúsculo?

Eu procuro meu telefone. São quase nove e Sam vai chegar em trinta minutos para o jantar.

— Não. Droga, não.

Totalmente acordada, eu pulo da cama, me enrolo nos lençóis e caio como uma bola branca e estufada antes de tropeçar até o banheiro, arrastando os lençóis atrás de mim como o mais deselegante dos vestidos de noiva. É tarde demais para o banho refrescante que planejei, então jogo água no rosto e faço o possível para escovar o cabelo e os dentes ao mesmo tempo. O rosto. Eu gemo enquanto reviso mentalmente o processo de várias etapas do Rosto Fangli. Eu erro o delineador duas vezes e então me cutuco no olho com o aplicador de rímel. Isso não é um bom começo.

Pelo menos o batom continua sem problemas, e eu chupo meu dedo para ter certeza de que não vai cair nada nos meus dentes, uma dica da mamãe quando comecei a usar batom. Funcionou para meus primeiros tons neutros de coral e melhor ainda quando cheguei aos meus vermelhos rubi.

Já que dormi com o vestido que ia usar — e com meu sutiã, que tiro para ter o alívio de desgrudá-lo e limpar a parte de baixo dos seios com uma toalha —, preciso encontrar uma roupa nova.

— Você está pronta? — A voz impaciente de Sam vem da sala de estar. Ele chegou cedo.

— Não olhe, estou me vestindo. Como entrou aqui? — grito de volta enquanto pego outro vestido. Este é preto, ou seja, não tem como não ser estiloso, pelo menos não em Toronto. — Você tem um cartão?

— Sim.

Não gosto disso. Vou pegá-lo de volta durante o jantar. Vestido fechado, enfio os pés nos saltos mais baixos que consigo encontrar e me lanço pela porta do quarto antes que Sam venha me arrancar.

Eu congelo. Ele também está todo de preto, com uma camisa de colarinho enfiada em calças pretas sob medida e um blazer preto. Uma mão está casualmente em seu bolso e seu cabelo está artisticamente bagunçado. Meus olhos se arregalam em apreciação.

Essa apreciação não é recíproca quando ele me olha de cima a baixo.

— Você não pode estar falando sério.

— O quê? — Eu olho no espelho. Um olho está rosa de onde eu enfiei o aplicador de rímel, e acho que espirrei porque linhas pretas salpicadas decoram a pele sob ambos os olhos. Tenho marcas de onde eu estava dormindo na minha bochecha, e quando sorrio, vejo que o truque testado e comprovado do batom da mamãe não funcionou porque eu pareço uma vampira que acabou de se alimentar. Além disso, esqueci a peruca.

— Certo. — Lambo os dentes para me livrar do batom vermelho enquanto esfrego meus olhos e corro de volta para o quarto para ajustar minha base para cobrir as marcas do sono. Pego a peruca e a arrumo na minha cabeça antes de voltar com um pouco mais de atitude Fangli.

Dessa vez, Sam me lança um olhar longo e avaliador. Imito o sorriso de Fangli e ele concorda relutantemente.

— Acho que serve — diz ele. — Perfume. Ela só usa Chanel porque é embaixadora da marca.

— Bom. Eu gosto do No. 19 Poudre. — Mas eu não o uso o tempo todo. Nunca gostei da ideia de uma fragrância exclusiva, não quando há tantas opções.

— O quê? — Ele está surpreso que eu reconheça um perfume de verdade. — Mei disse que a coleção de perfumes está na gaveta embaixo do espelho.

Coleção de perfumes? Como eu perdi isso? Volto e suspiro de alegria com as fileiras de frascos. É como estar na loja da Chanel.

— Ela tem o Les Exclusifs!

— Les o quê? — Ele entra e se inclina contra a porta como um demônio vestido de preto enquanto eu vasculho os frascos longos e retangulares etiquetados com aquela fonte quadrada e inimitável da Chanel. Lá está, Bois des Iles, que comprei uma vez e não consegui justificar a despesa para comprar novamente. Eu borrifo e começo a tossir com as gotículas no ar. Respirei cedo demais. Sam parece cansado enquanto me observa engasgar.

— É uma coleção especial de fragrâncias.

Não entendo muito de roupas, mas perfume sempre foi minha praia. Tenho mais de trezentas amostras registradas em uma planilha com minhas avaliações. Patético, eu sei, mas o cheiro é o sentido ao qual sempre reagi mais intensamente. Mesmo quando criança, eu tinha um ataque se meus pais trocassem o sabão em pó. Sam tem um cheiro bom, um tempero fresco e suave misturado à fragrância de pedra lascada. Parece estranho, mas é atraente.

— Você gosta disso? — Ele cheira o ar com mais cautela do que eu. — Sinto cheiro de sândalo.

— Você está certo. — Eu tampo novamente o frasco, que dá um pequeno clique magnético e satisfatório, típico da Chanel. — Sândalo é o perfume favorito da minha mãe.

— Da minha mãe também — diz ele, como se estivesse chocado por termos algo em comum. — Podemos ir agora?

Caminhamos até o elevador, e tenho o prazer de receber uma corrente constante de conselhos e críticas martelando meus ouvidos.

— Ombros para trás — ordena Sam.

Eu empurro meus ombros para trás.

— Não tanto. Sorria mais.

Os ombros retornam enquanto eu sorrio e sibilo para ele entre dentes cerrados.

— Você pode parar? É um corredor vazio.

— Com câmeras de segurança que gravam vídeos vendáveis, pessoal de limpeza e pessoas atrás desses olhos mágicos. — Ele me olha com carinho fingido. — Você *nunca* deixa de ser vigiada.

O elevador abre enquanto penso nisso. É como se ele e Fangli vivessem em um estado de vigilância enlouquecido. Não conversamos no elevador e, quando saímos, ele me afasta da porta principal.

— Não vamos caminhar? — O restaurante fica a apenas vinte minutos de distância e a noite de verão é perfeita para passear.

— Muito público.

Acho que é uma boa decisão porque até os saltos baixos que escolhi machucam meus pés. Tenho me concentrado tanto em andar que não noto as pessoas no saguão até estarmos na metade do caminho. Mesmo no Xanadu, lar temporário dos ricos e famosos, Sam causa uma onda de interesse. Olhares pousam em mim e percebo que não é só por causa do Sam, somos ele e eu juntos. Um breve silêncio cai sobre o saguão enquanto caminhamos, e tropeço um pouco com o peso da atenção deles. Sam estica o braço e me puxa para perto num único movimento que eu sei que parece sexy e protetor, como o fiel guarda-costas que ele interpretou em um de seus filmes.

Acho que ouvi uma mulher gemer.

Reunindo meus pensamentos, pisco meus cílios para ele. Juro que sua boca se contrai, mas devo estar errada porque ele me estabiliza e enfia minha mão sob seu braço.

— Ande — ele murmura.

Chego ao carro, que não é um carro, mas um SUV que deveria ter pequenas bandeiras tremulando na frente, tal qual uma comitiva. Sam me ajuda a entrar, o que tem a vantagem de evitar que as pessoas me vejam tombando pro lado quando levanto o pé.

Ele sobe atrás de mim e fecha os olhos.

— Não foi tão ruim — eu me parabenizo.

— Odiaria ver sua versão de ruim. — Sam abre um olho.

— Nós conseguimos. — Sinto-me confiante enquanto ajeito minha peruca. Então me endireito. — É assim onde quer que você vá?

— Assim, como?

— Pessoas olhando.

— Eu disse que era. — Ele não parece impaciente, apenas resignado.

Penso nisso. Foi emocionante, mas não quero contar isso a Sam. O pequeno verme no meu cérebro cresce um pouco quando percebo que gostei. Gostei de ser vista. De ser admirada.

Não era você. Isso foi para Fangli. Ninguém teria se voltado para Gracie, nem mesmo uma Gracie com um vestido de grife e cabelo longo.

Bom lembrar.

25 de junho

NOTAS DO EPPY

Talvez círculos entrelaçados funcionem como um recurso visual.

Círculos são idiotas. Como você faria isso funcionar com tarefas?

Colunas. Sim. Colunas e círculos para adicionar tarefas diárias e de longo prazo.

É preciso conseguir registrar coisas extras, como estado emocional.

Esqueça isso. Nada de estado emocional.

Precisa ser capaz de não fazer a pessoa se sentir culpada pelo que não fez; focar no positivo. Huh, talvez no emocional, afinal; pode filtrar tarefas pelo humor — precisa de mais desenvolvimento.

Capítulo 11

Quando chegamos ao restaurante, é difícil não ser seduzida. Aliso a frente do meu vestido enquanto saio do carro sob os olhares dos transeuntes. Eles podem não nos reconhecer, mas o carro elegante e o gerente que corre para nos recepcionar quando o manobrista abre a porta são indicativos de que aqui há pessoas com dinheiro e influência.

Como Fangli agiria? Ela está acostumada a lugares chiques, então resistiria a passar os dedos ao longo da lateral da escada para ver se aquilo era veludo de verdade cobrindo as paredes. Quando chegasse ao topo da escada, verificaria o salão casualmente em busca de conhecidos e não gritaria de alegria ao avistar Margaret Atwood.

Então eu também não faço essas coisas. Em vez disso, mantenho minha expressão educada e foco nos ombros de Sam enquanto o gerente nos leva para uma mesa ao fundo, a opção mais privada que o salão oferece. Um silêncio toma conta do restaurante, seguido por um zumbido quando as pessoas nos reconhecem. Este é um lugar chique e seus clientes são legais demais para fazer algo tão óbvio como tirar fotos ou vir até nós, ou seja, o burburinho é tudo que acontece.

Eu me pergunto se Margaret Atwood recebeu a mesma atenção.

O gerente desliza com maestria a cadeira para a frente enquanto eu me sento e me cumprimento mentalmente por apenas sorrir em agradecimento, como uma mulher acostumada a isso faria, em vez de soltar resmungos repetidos de "tudo bem" e "não precisa". O gerente assente e nos deixa sozinhos com os menus. Pena que a mesa é virada, então estamos expostos para todos no salão. Eu definitivamente preferiria ficar de frente para a parede e ter apenas minhas costas visíveis.

Pego o menu de cartolina pesada que está na minha frente. Ao invés de descrições longas ou listas de ingredientes, há apenas cinco palavras digitadas em uma fileira:

Pescado

Carne

Ave

Vegetariano

Doces

Eu verifico o verso, mas é só isso. Não há preços e dou uma espiada no cardápio de Sam. Também não há preços.

— O que foi agora? — pergunta ele, sem tirar os olhos do menu menos informativo do mundo.

— Você não acha estranho pedir *Ave* e deixar o resto por conta do acaso?

— Eu confio no chef. — Ele dá de ombros.

Pedimos assim que o garçom chega (carne para Sam e pescado para mim), e eu orgulhosamente lembro de dizer a eles para não colocar cenouras, na minha melhor imitação da voz de Fangli — baixa, confiante e calorosa.

Sam e o garçom começam uma conversa animada sobre as melhores safras disponíveis que combinarão com nossa comida misteriosa.

— Eu deveria saber que você é um cara de vinhos — eu digo quando o garçom vai pegar as bebidas.

— Um o quê?

— Você sabe, um desses caras que silencia todos na mesa para falar de modo eloquente sobre a viscosidade e buquê do vinho, ou seja, lá o que for.

— Eu estava mantendo a mesa em silêncio, o que se resume a você, para dar ao garçom uma ideia do que queremos e para mostrar respeito à adega da *sommelière*. É uma pena que ela não esteja aqui hoje.

Ele começa a falar em mandarim. Quando o garçom aparece ao nosso lado, eu compreendo o motivo; obviamente seria suspeito falar inglês apenas entre nós e estou impressionada que Sam pensou nesse detalhe. Eu sorrio e assinto como se não estivesse sem entender uma palavra do que ele diz.

O garçom nos mostra a garrafa e abre o vinho antes de despejar um pouco na taça de Sam com um movimento rápido do pulso. Ele limpa a garrafa com um pano branco na outra mão e espera que Sam gire o vinho na taça, prove e acene com aprovação. Tento parecer interessada.

O garçom sai e eu bebo o vinho de um gole só antes que os olhos estreitos de Sam me digam que cometi um erro tático.

— Eu estava com sede — desculpo-me.

Ele desvia o olhar por um momento como se estivesse reunindo forças.

— Fangli não bebe.

Eu esqueci.

— Então por que você serviu minha taça? — pergunto, indignada.

Esperam que eu fique sentada aqui com uma taça cheia e não o beba? Em uma situação estressante? Ele acha que eu sou feita de aço?

Aparentemente ele acha.

— Imagine que isto é veneno — ele sugere enquanto enche minha taça por um mísero centímetro. — Além disso, vinho é para degustar, não para virar num gole.

— Por que se preocupar, então?

Sam parece aflito enquanto traça a haste de sua taça com o dedo.

— Porque você deveria parar e apreciar um bom vinho.

— Não, por que pedir o vinho se ela não pode bebê-lo?

Ele suspira.

— As pessoas esperam que haja vinho no jantar, portanto, Fangli o deixaria a vista.

— Ela faz alguma coisa sem motivo? — Eu o encaro boquiaberta.

— Alguém faz? — suas covinhas aparecem.

— Por que ela não diz que não bebe?

— Porque assim ela cortaria todas as oportunidades de fazer propaganda para empresas de bebidas alcoólicas. Elas pagam bem. — Sam olha para o relógio. — Esse jantar deve levar uma hora e estaremos livres. — Ele não se incomoda em disfarçar seu alívio.

— Ótimo.

Há um longo silêncio enquanto Sam me observa.

— Não acho que isso vá funcionar — ele diz suavemente. — Você não é a Fangli.

Nunca gostei da ideia de ser resgatada por um cavaleiro de armadura brilhante, mas me incomoda ver Sam tão dedicado ao Time Fangli. Eu ignoro; estou sozinha há muito tempo para que isso importe tanto.

— Então talvez você devesse melhorar a sua participação — eu retruco.

— Por que você está fazendo isso? — Sam inclina a cabeça para o lado.

— É muito dinheiro, e como você gentilmente apontou, estou desempregada. — Dou de ombros.

Não confio nele o suficiente para entrar na situação da minha mãe e para que quero o dinheiro.

— Eu sabia. — Sam parece satisfeito. — Eu nunca estou errado.

— Eu sei que você sabia. Você não para de repetir desde que tudo isso aconteceu. — Eu estico a mão na direção do vinho, mas a expressão de Sam me faz desviar para o lado do copo de água. — Isso não muda o que está acontecendo. Você perdeu e nós vamos seguir com o plano.

Ele franze o nariz, mas ainda parece um deus do sexo.

— Pare com isso — eu digo.

— O quê?

— Você continua tentando me distrair mostrando o quão atraente você é. Eu sei, ok? Todo mundo sabe. Revistas de celebridade sabem. Este restaurante inteiro sabe. Então pare com isso. — Não resisto e acrescento: — Pelo menos a aparência compensa essa sua personalidade.

Ele enrijece. Parece que acertei em cheio e comemoro. Pode me chamar de *Mesquinha Ácida*.

— Eu tenho uma boa personalidade — responde ele.

— Você odeia as pessoas que fazem sua maquiagem?

— Não. — Ele soa confuso.

— Odeia o cara que leva sua comida? A pessoa que cozinhou?

— Claro que não.

Respiro fundo para acalmar meus nervos e falo o que penso.

— Então me deixe em paz. Fangli e eu fizemos um acordo e estou fazendo um trabalho. Sinto muito que você tenha sido envolvido, mas não precisava concordar. Se você está chateado, desconte na Fangli porque *a porra da ideia foi dela.*

Apesar do que Sam pensa, aprendo rápido e sei que há uma boa chance de que pelo menos uma pessoa no restaurante esteja nos observando, assim digo isso com um sorriso doce e radiante, enquanto me inclino para a frente como se estivesse contando uma história divertida para Sam.

Há um longo silêncio enquanto Sam passa o polegar sobre o lábio. Número um da lista novamente. Essa visão me força a desviar o olhar e sorrio vagamente para a parede atrás dele, certificando-me de que minha postura está ereta e me esforçando para resistir à vontade de verificar se minha peruca não está torta. É um trabalho duro ser a Fangli.

— Tudo bem — diz ele.

— Tudo bem, o quê?

— Você está certa. Eu vou te tratar com... — Ele luta para achar uma palavra.

— Respeito?

Ele olha para o teto.

— Cordialidade? Gentileza? Sociabilidade?

— Sociabilidade. — Seu olhar volta para o meu rosto.

O que isso significa? Suponho que qualquer coisa seja melhor do que desdém constante. Minha frequência cardíaca diminui agora que o confronto acabou e tenho pelo menos uma vitória parcial, mas meus neurônios despertam e começam a dar voltas pela minha cabeça. Por que eu não consegui dizer o mesmo a Todd? Por que não disse a ele para me tratar com respeito? Por que não me defendi?

Olho para Sam, que está checando o celular como se não tivesse nenhuma preocupação no mundo. Seria porque Sam, atuando ou não, irritadiço ou não, parece um ser humano essencialmente bom que, embora equivocado, age da maneira que ele acha ser no melhor interesse de uma amiga ou *possivelmente* namorada? E Todd me derrotou porque eu sabia que ele era, em seu âmago, uma pessoa terrível?

Graças a Deus a comida chega rápido porque a sociabilidade recém-professada de Sam não se estende a manter conversas alegres. *Wo zai chi fan* (estou comendo; finalmente sei uma frase que combina com o que estou fazendo), mas a comida é tão boa que desacelero para saboreá-la. Inicialmente, fiquei preocupada que fosse um daqueles pratos do tamanho de uma travessa com um pingo de comida no meio e um fiozinho de redução de romã e agulhas de pinheiro, mas eu estava errada. O peixe escalfado com gengibre me lembra da minha infância.

— O que você achou? — Sam ergue os olhos do que parece ser um bife, mas é quase redondo como uma bola de beisebol.

— Incrível. — Dou outra mordida. — Minha mãe costumava fazer algo assim, mas com muito mais alho.

— Sortuda. Acho que meus pais sequer fizeram o próprio chá nos últimos quarenta anos.

— Você comia fora o tempo todo?

— Às vezes. Normalmente as *amahs* cozinhavam para mim, mas tínhamos um chef para meus pais.

Como se estivesse arrependido de compartilhar essa informação, Sam se volta para sua comida e não falamos pelo resto da refeição. Depois que os pratos são retirados e estamos esperando o chá, decido que gosto do silêncio. Já tive encontros o suficiente para saber que não tenho mais vontade de fingir que um homem é interessante e com Sam estou livre de me incomodar com isso. Ele também não está se esforçando, o que me dá tempo para pensar sobre o quanto já me adaptei às pessoas me observando, especialmente agora que Margaret Atwood foi embora e não há mais ninguém para encarar.

Nenhum deles é óbvio sobre isso, mas os olhares ocasionais são como o bater de asas de borboleta na minha pele. Individualmente não é nada, mas coletivamente, fica pesado. Sam pega seu chá assim que chega.

— Deveríamos conversar para não parecer que estamos brigando. — Ele diz isso em um tom sombrio, como se estivesse indo para um procedimento odontológico desagradável, mas necessário.

Faço um gesto de — vamos lá — e ele me encara, sem palavras.

— Você contrata pessoas para falar por você da mesma forma que as contrata para fazer suas reservas para o jantar? — Eu balanço a xícara sobre o pires.

— Faz muito tempo que não falo com alguém de fora do trabalho — revela.

Se isso for verdade, é triste. Não o suficiente para me fazer reavaliar sua atitude, mas o suficiente para me fazer continuar a conversa.

— E seus amigos?

— Todos são parte da indústria.

Definitivamente triste. Muito isolado. Estou curiosa sobre essa vida que eles levam.

— Sua página da Wikipédia diz que você começou como ator de teatro.

— Nós dois começamos, Fangli e eu, alguns anos depois da escola de teatro. Nossos professores recomendaram e eles estavam certos.

— Por quê?

— Há uma energia que você obtém de uma audiência ao vivo que aprimora sua arte. — Ele se inclina para frente. — As reações deles podem mudar todo o significado de uma apresentação e você precisa se adaptar.

Eu concordo.

— Lembro que uma vez na universidade eu proferi uma fala que deveria ser emocionante. Funcionou nos ensaios, mas ao vivo o público riu. Eles acharam engraçado.

— Exatamente. — Sam bate um dedo na mesa. — Você precisa reagir no momento. Não há cena para cortar e tentar novamente. Você tem uma chance com o público e então acabou. Não dá para refazer.

— Você já se arrependeu do jeito que interpretou um papel no palco?

— O tempo todo. — Ele empurra sua xícara para o lado. — Meus primeiros papéis foram exagerados e meus gestos rígidos.

— Inexperiência?

— Em parte. — Ele olha para mim. — É mais fácil atuar em um papel do que senti-lo. Foi uma batalha para me abrir no palco.

Um flash pisca por cima do meu ombro e quando o rosto de Sam se suaviza, apagando sua animação anterior, percebo que ele estava falando comigo não como Sam figura pública, mas como ele mesmo.

— Alguém tirou uma foto — ele murmura.

Eu tinha esquecido que estava ali para desempenhar um papel. Dobro meu guardanapo com o que espero ser elegância.

— O que eu faço?

— Continue falando. Fangli não notaria uma única foto. É o esperado.

— Por que você entrou no cinema se gosta tanto do palco?

Ele me dá um grande sorriso.

— Você vai gostar desta resposta: dinheiro. — Ele muda de assunto. — Você estará com Mei amanhã — avisa ele. — Preparação final.

— Para quê?

— Sua nova vida como Fangli, é claro. — Ele levanta as sobrancelhas.

Capítulo 12

Fangli está em seu quarto quando retornamos ao hotel, mas ela entra no meu quando nos ouve. Pelos seus olhos avermelhados, sei que estava chorando, mas não me sinto confortável o suficiente para perguntar o que há de errado, então sigo a deixa de Sam, que finge não notar. Talvez isso seja normal para ela. Ele vai para sua própria suíte no final do corredor, deixando-nos sozinhas com Mei, que está na cozinha fazendo chá.

Fangli move a cabeça, seu cabelo balança de um lado para o outro.

— Não consigo superar o quanto somos parecidas — comenta ela. — Como foi o jantar?

Tiro a peruca e jogo na mesa, onde ela se espalha como um polvo.

— Não foi o que eu esperava — digo enquanto coço a cabeça. Nojento, mas a peruca pinica.

— Como assim?

Fangli aceita o chá que Mei traz e eu respiro o delicado aroma floral. Não é jasmim ou crisântemo, cheiro de novo. Talvez camomila. Mei lembra Fangli de seu treino com o personal trainer pela manhã, não comenta nada ao pegar minha peruca abandonada e vai embora.

Sento-me cautelosamente em uma cadeira, sem querer rasgar uma costura sequer do meu vestido.

— Eu estava preocupada que as pessoas viessem falar comigo — eu falo.

— Isso acontece às vezes, mas a maioria das pessoas é respeitosa, particularmente no seu país.

— Algumas não são?

Ela olha para mim por cima da caneca antes de colocá-la de volta na mesa.

— Eu não sou uma pessoa para eles. Sou um objeto, um *produto*. Commodities não têm sentimentos ou emoções.

— Ah. — Não sei o que dizer. Meu último namorado tinha um código verbal para essas situações, quando você tem que reconhecer o problema, mas não tem um comentário produtivo. Ignoro a lembrança e continuo. — Isso é difícil. Como você se sente?

— É perturbador. — Fangli sorri. — Obrigada.

— Pelo quê?

— Por perguntar e entender. Sem me dizer que eu deveria ser grata, que é meu dever ser vista e deixar os fãs virem até mim. Que isso vem com o privilégio de ser rica e famosa e eu sabia no que estava me metendo quando comecei a atuar.

Penso nisso. Mesmo para uma estrela de cinema, não está certo.

— Você precisa de espaço para ser você mesma.

— Às vezes me pergunto quem é essa pessoa — diz ela suavemente. Então balança os ombros como um cachorro e coloca seu chá na mesa. — Conte-me sobre seu dia.

— Bem, eu dormi bastante. — Eu faço uma careta. — Desculpe, não queria esfregar isso na sua cara.

— Só estou com um pouco de inveja. E o jantar?

— Oh, incrível. — Descrevo a comida em detalhes excruciantes até que percebo sua expressão confusa. — O quê?

— Eu quis dizer com o Sam. Ele estava... — Ela procura uma palavra.

— Eu posso lidar com ele.

— Sinto muito que ele esteja sendo difícil — Fangli me olha com simpatia. — Eu vou falar com ele.

— Não, já nos resolvemos. Não foi tão ruim quanto eu pensei que seria.

Ela assente.

— Obrigada. — Quando ela fecha os olhos, todo o seu rosto se contrai e se mantém tenso.

— Cansada? — pergunto. Vou até a geladeira e pego duas latas de água com gás. De acordo com Mei, Fangli só bebe em copos, então abro o armário.

— A lata está boa. — Ela estende a mão e a arranca da minha mão.

— Mei disse que você só bebe em copo de vidro.

Fangli segura a lata na lateral da garganta para aproveitar o frio antes de abri-la. Ela deixa uma leve marca vermelha na pele dela.

— Para ser honesta, não me importo. A consultora de imagem disse que era melhor porque era mais sofisticado.

— Consultora de imagem? — Posso adivinhar o ponto pelo nome, mas parece totalmente desnecessário.

— Eu a vejo a cada seis meses. Ela foi treinada como futurista. — Ela sorri para mim.

— O que ela te diz? — pergunto, intrigada.

Fangli inclina a lata para beber em goles.

— É uma experiência e tanto. Eu gosto.

— Ela veste você?

— Não pelo que pago a ela. — Fangli ri. — Ela vem por meio dia e falamos sobre eventos mundiais e tendências que ela vê. Ela trabalha principalmente com CEOs.

— Não entendi.

— Preciso estar exatamente um pouco à frente. Nem muito adiantada, nem atrasada.

— Como? — Pergunto, mais intrigada. — Como você faz isso?

— Treinamento. — Ela dá de ombros. — Além disso, neste ponto eu crio as tendências. Se eu cortasse meu cabelo como o seu, você veria um pico desse visual mundialmente nos próximos três meses, começando com segmentos demográficos específicos em centros urbanos asiáticos antes de se espalhar para cidades ocidentais e europeias. Os anunciantes mapeiam o alcance da minha marca e o potencial de penetração de mercado antes de me contratarem para promover seus produtos.

— Uau — reajo.

Ela diz isso como se não fosse nada de mais, mas me ocorre que ser a Fangli é um negócio multimilionário. Deve ser por isso que Sam está tão preocupado; há muito dinheiro em jogo se eu estragar tudo. Sem pressão.

— Tento não pensar muito nisso. — Ela sorri. — Agora me diga o que você estaria fazendo se não estivesse aqui.

— Tipo, se eu tivesse um trabalho de verdade que não fosse fingir ser você?

Penso em Todd e tremo. Meu medo dele... Espera. Medo? Eu estava com medo dele? É uma palavra tão séria, mais adequada para uma situação de vida ou morte do que o tipo de babaquice dele, mas a palavra se encaixa bem. Eu estava com medo, mas, para ser honesta, não eram apenas as ações de Todd, e sim minhas próprias reações que me assustavam. Eu congelava quando ele se aproximava de mim e não conseguia impedir. O que isso dizia sobre mim?

— Ou qualquer coisa.

— Eu iria ver a minha mãe. Ela tem Alzheimer e mora em um asilo. — Eu digo isso rapidamente, sem querer nenhuma pena.

Fangli não me dá o olhar que eu temo. Ela apenas assente.

— Ela tem sorte de ter uma filha devotada já que seu pai faleceu.

Essa informação deve ter vindo no dossiê que ela recebeu do detetive particular, mas me dá o crédito de mencionar isso diretamente em vez de fingir que não sabia sobre o meu pai.

— Ele morreu há quase dez anos.

— Câncer é uma merda. Tento não pensar nisso.

— Ah. Eu nunca conheci minha mãe. Ela morreu quando eu era um bebê. Meu pai se casou novamente com uma mulher legal, mas temos pouco em comum.

— Ele está vivo?

— Mora em Pequim. Eu o vejo quando vou para casa, mas ele se recusa a deixar a China.

— Por quê?

— Há tanto do mundo para ver.

— Ele diz que o mundo está na China. — Ela revira os olhos. — Eu também não tenho ideia do que isso significa.

— Seu pai não teve problema com você atuando?

Fangli se estica e puxa seus cabelos para trás em um rabo de cavalo frouxo que ela imediatamente solta.

— Eu só quis duas coisas na minha vida. Um gato de estimação, que ele recusou a me dar quando eu era criança e agora não passo tempo suficiente em casa para cuidar de um, e atuar.

— Como você sabia que era isso que queria fazer? — pergunto, curiosa.

— Eu sempre soube. — Ela dá um peteleco na aba da lata com uma unha bem cuidada e pintada com esmalte transparente. — Minha escola foi escolhida para encenar uma peça em homenagem à visita do Secretário Geral. Um dos diretores da Academia Central de Drama me viu e disse ao meu pai que eu traria glória à China. Foi a única razão pela qual meu pai deixou eu me inscrever. Ele queria que eu fosse uma cientista.

— Sério? — Posso estar errada, mas não acho que muitos atores norte-americanos sejam encorajados a entrar na indústria por patriotismo.

— Foi lá que conheci o Sam — acrescenta ela — Estávamos no mesmo ano na escola.

— Você já… — Eu ergo minhas sobrancelhas com significado enquanto jogo verde. Eu sou intrometida, ué. Ela não precisa responder.

— Nunca.

— Vocês não são um casal? — Eu me sinto mais leve, o que é estranho porque não é como se não namorar a Fangli significasse que Sam está livre para mim.

Ela estremece.

— Sam é como meu irmão, mas as pessoas acham impossível que um homem e uma mulher possam ser simplesmente amigos. Eu nunca o veria desse jeito. Nunca. — Ela faz uma expressão hilária de engasgo.

— Sério? — Eu me inclino para frente. — Nem mesmo quando vocês se conheceram? — Porque eu imagino que mesmo nos anos desajeitados da adolescência Sam já era chamativo.

— Na Academia não havia tempo para namoros e, de qualquer forma, eu tinha uma queda pelo melhor amigo dele.

— Um triângulo amoroso?

— Éramos jovens e nem Sam nem eu estávamos interessados um no outro, foi mais como uma paixão unilateral do que um triângulo amoroso. — Fangli ri. — Pobre Chen. Ele começou uma empresa de tecnologia e eu não o vejo há séculos. Ele mora em Vancouver. — Ela levanta as sobrancelhas. — O detetive disse que você era solteira.

— Por dois anos — eu comento. — Riley foi... quer dizer, é, ele não está morto... um cara legal.

— Mas?

— Não sei. — Conversar com Fangli é tão confortável, como falar com a irmã que eu sempre quis. Ou como eu imagino que seja a irmandade. — Nunca foi uma paixão arrebatadora, mas um dia eu cozinhei o jantar e comemos e quando eu estava lavando a louça sabia que se tivesse de fazer isso todas as noites pelo resto da minha vida, iria murchar até virar uma casca.

— Você cozinhou e lavou a louça? — Fangli franze a testa. — O que ele fez?

— Não sei. Eu sempre lavei — eu pisco, confusa.

— Entendo. Bem, como ele reagiu? — Fangli se inclina para frente, olhos arregalados.

— Essa é a sacada. Agonizei por uma semana antes de decidir a melhor maneira de contar a ele. Eu não queria magoá-lo, então evitei um restaurante, caso o lugar lhe trouxesse lembranças dolorosas. Nós morávamos juntos, mas parecia frio sentá-lo na sala de estar e falar. No final, pedi para darmos uma volta.

— Por quê?

— Achei que isso ajudaria a desviar a atenção da mensagem.

— A sacada, como você chamou? — Ela acena como se estivesse arquivando isso.

— Certo. Eu fiz todo esse planejamento e então disse a ele: *olha, não é você, sou eu, mas acho que acabou para gente.*

— Ele chorou? — Ela se inclina mais para frente.

— Não.

— Gritou?

— De jeito nenhum.

— Então o que ele disse? — O nariz dela se enruga.

Mesmo agora, um ano depois, não consigo acreditar.

— Ele disse: *okay, de boa.*

Fangli espera. Pergunta:

— Só isso?

— É isso. *Okay, de boa.* Nada mais. Nós nos viramos e fomos para casa. Eu dormi no quarto de hóspedes e fomos colegas de quarto incríveis por três semanas antes dele encontrar outro lugar. Ele apertou minha mão quando foi embora.

Eu não tinha contado a Anjali esse detalhe, fiquei muito atordoada e quase envergonhada quando aconteceu. Os olhos de Fangli estão arregalados de descrença.

— Um aperto de mão? — repete ela.

— Desse jeito. — Dou-lhe um aperto de mão firme e profissional, como Riley me deu antes de sair pela porta. Como se eu fosse um novo cliente que ele tinha certeza de que iria assinar em razão do discurso competente que tinha feito.

Posso vê-la tentando se controlar, mas os lábios de Fangli tremem. Quanto mais ela aperta os lábios, mais consigo sentir os meus começando a abrir.

— Desculpe — sussurra ela, cobrindo a boca com a mão. — Não é engraçado. Mas um aperto de mão?

Tenho que admitir o quanto ela se esforça para se controlar. Eu dou um aceno de cabeça, aquele aceno brusco, imperioso e irritante que Riley sempre me dava quando terminava de explicar em detalhes por que ele estava certo e eu, errada.

É só isso que é preciso. Fangli bufa deselegantemente em sua mão e eu deixo escapar uma risadinha. Isso por sua vez a faz rir, o que me faz gargalhar. Em segundos, nós duas estamos dobradas, rindo até não conseguirmos respirar. Riley pode ter sido o gatilho, mas esta é uma liberação de estresse simples e muito necessária.

— Quanto tempo vocês ficaram juntos? — suspira ela.

— Dois anos. — Eu enxugo as lágrimas, mas quando ela ouve isso, suas risadas começam de novo.

— Dois anos — sussurra ela para si mesma enquanto eu esfrego minha barriga, que dói de tanto rir. Ela se levanta. — Que tipo de homem faz isso?

— Boa pergunta — falo, ficando um pouco séria.

— Um que não merece você. — Ela olha para mim atentamente.

— Ele está fora da minha vida — eu digo. — Foi fácil me esquecer dele e do seu *aperto*.

Isso faz Fangli rir novamente e rajadas ocasionais de riso seguem enquanto ela acena "boa noite" e vai para a cama. Não consigo deixar de sorrir. Sempre tive sentimentos persistentes sobre aquele término, imaginando o quão tediosa eu era que — *okay, de boa* — foi toda a emoção que evoquei em Riley. Eu me sentia inapta, mas a alegria contagiante de Fangli havia mudado algo em minha mente. O humor arrancou a o prego que restava. Fangli me deu a validação que eu não sabia que desejava, ou foi simplesmente alívio por ter contado a alguém? De qualquer maneira, eu poderia deixar esse assunto de lado.

Falando em descanso... Eu dou um bocejo tão grande que quase vira meu rosto do avesso. Cama para mim também.

25 de junho

NOTAS DO EPPY

Talvez círculos entrelaçados funcionem como um recurso visual.

Círculos são idiotas. Como você faria isso funcionar com tarefas?

Colunas. Sim. Colunas e círculos para adicionar tarefas diárias e de longo prazo.

É preciso conseguir registrar coisas extras, como estado emocional.

Esqueça isso. Nada de estado emocional.

Precisa ser capaz de não fazer a pessoa se sentir culpada pelo que não fez; focar no positivo. Huh, talvez no emocional, afinal; pode filtrar tarefas pelo humor — precisa de mais desenvolvimento.

Capítulo 13

Agora que chegamos a um acordo, prefiro passar mais tempo com Sam a Mei. Ela é como a assistente executiva mais intimidadora para o CEO mais exigente. É precisa, imperturbável, inexpressiva e constantemente sem graça. Tipo, sei que não sou engraçada, mas fingir sorrir de piadas ruins não é o mínimo da cortesia?

Não se você for Mei.

Deveria ser mais fácil lidar com ela, como se fosse um robô, mas em vez disso tenho a dupla sensação de estar ansiosa e sendo julgada. Pelo menos com Sam sou julgada, continuo ansiosa, mas tenho algo bonito para olhar.

Hoje Mei me leva num mergulho profundo na coleção de arte de Fangli. Minha coleção de arte é composta por dois pôsteres emoldurados da IKEA na minha sala de estar, ou seja, há muita informação para aprender. Isso é pior do que uma prova, e eu desisto depois de três horas olhando arte a qual não tenho ideia de como interpretar.

— Hora de uma pausa — digo, batendo o livreto encadernado na mesa e indo até a geladeira. — Você quer um pouco de água? — Eu bebo água. *Wo he shui*. É melhor eu arranjar tempo para ouvir meu aplicativo de idiomas hoje para chegar à parte boa, como falar sobre o clima.

— *Bu yao.* — Mei não levanta os olhos.

Eu entendo o tom, mas não as palavras. Foi um "não" definitivo.

— Pensei em ir ver minha mãe esta tarde — falo quando retorno à mesa. — Afinal, não sou uma prisioneira. — A última frase sai um pouco defensiva demais porque, se sou uma prisioneira, então sou uma presa mimada que sai para refeições em restaurantes exorbitantemente caros.

— Não dá tempo — diz Mei. Sua voz é suave. — Você tem um tratamento facial agendado e depois vai às compras.

— E as roupas ali dentro? — Aponto para o armário enorme.

— O Sr. Yao e a Sra. Wei acham que você se beneficiaria se escolhesse algumas de suas próprias coisas. Tenho um horário marcado com uma marca *aceitável.*

— Fangli disse que eles vêm até ela.

— Eles virão para cá — Mei não altera sua expressão.

É hora do almoço e acho que ela descongela um pouco quando a convido para comer comigo. Hoje é sashimi, e eu começo a comer depois de abrir uma Coca Zero.

— Você trabalha com Fangli há muito tempo? — Não sei nada pessoal sobre Mei.

— Dois anos. — Ela é delicada ao comer e eu desacelero um pouco por vergonha. — O que você fazia antes disso?

— Eu trabalhava no estúdio fazendo bicos.

— Onde você aprendeu inglês?

— Eu aprendi sozinha.

Espero por qualquer pergunta da parte dela, ou mesmo uma resposta complementar, mas ela está contente em comer em silêncio. Sobra-me continuar.

— Sam também tem um assistente?

Ela faz uma pausa.

— Deng está doente e o Sr. Yao decidiu se virar sozinho.

— Que pena. Espero que ele melhore. — As palavras educadas saem automaticamente.

Nenhuma resposta. Decido obter alguma confirmação extra do que Fangli disse na noite anterior.

— Quando eu estava pesquisando, vi muitas histórias sobre Sam e Fangli serem um casal.

— Sim. — A voz dela é dura. Não dá para pescar nada com essa mulher.

— É verdade?

— O Sr. Yao e a Sra. Wei são bons amigos. — As bochechas de Mei ficam rosadas. — Acredito que as atenções do Sr. Yao estão em outro lugar.

Ele tem namorada. Eu enfio um pouco de atum vermelho-rubi na minha na boca. Isso é decepcionante e não deveria ser, de jeito nenhum. Ele é rico, famoso e incrivelmente bonito. Ele é um embaixador da ONU.

Agora Mei está completamente vermelha e eu me pergunto que fofoca ela não está compartilhando. Eu não deveria colocá-la em apuros, então mudo de assunto.

— Há planos para esta noite?

— Uma exposição de arte.

É por isso que me sufocaram com esse assunto hoje. Meu coração acelera.

— Eu tenho que falar?

— Sobre arte. — Ela olha para o relógio. — Hora do tratamento facial.

✓

Agora entendo de arte, mando uma mensagem para Anjali.

Ela envia uma foto da Mona Lisa fumando um baseado.

É bom trocar mensagem para Anjali, traz um pouco de normalidade no que está se tornando uma semana maluca. Ela me conta sobre o trabalho; eu conto sobre como subir escadas de minissaia. (Aparentemente, o segredo é inclinar o corpo para o lado.) Temos conversado mais desde que passei a morar no Xanadu. Anjali diz que quer experimentar como é ter a vida do um por cento mais rico através de mim. Mas é óbvio que ela está checando para ter certeza de que estou segura. A preocupação dela me toca mais do que eu pensava, e me esforço para mandar mensagem para ela todos os dias para que saiba que estou viva.

Ela vai para uma reunião e eu me preparo para ser mimada.

A esteticista entra na sala e monta sua estação de trabalho com frascos, ampolas e toalhas brancas brilhantes antes de me convidar a deitar com um sorriso cheio de dentes tão clareados que são azuis. A partir daí, passo por uma hora de mimos, de máscaras frias a rolos faciais do topo da minha cabeça ao topo dos meus seios ou, como a esteticista chama, meu decote. Há muitos cremes e cheiros. Minhas múltiplas imperfeições são espremidas e cutucadas e, eventualmente, erradicadas sob as mãos habilidosas e pinças da esteticista.

Termina com uma máscara facial que aquece e aperta minha pele enquanto dez dedos esfregam e arranham meu couro cabeludo. Se eu fosse um gato, teria ronronado. Acho que ronrono de qualquer maneira porque virei uma água-viva pegajosa e mole, sem poros visíveis. A esteticista me garante que este é um novo procedimento, então posso sair imediatamente em vez de deixar minha pele descansar. Acredito na palavra dela.

Fico ali deitada em um torpor feliz de relaxamento até que ela começa a tirar a máscara, que se cimentou em meu rosto. Ao meu gemido de protesto, a esteticista faz uma pausa.

— Isso não deveria doer — diz ela.

Teria respondido se tivesse conseguido mover meus lábios, mas a máscara os colou no lugar. A mulher puxa a máscara e levanta minha cabeça da mesa.

— Eu nunca vi isso antes — comenta em um tom pensativo.

Há certos momentos em que não quero ouvir que sou especial. O primeiro é de qualquer profissional de saúde. Logo em seguida está uma mulher que me lambuzou com uma gosma que ela não consegue tirar do meu rosto. Mei se materializa ao meu lado como Porella, o Anjo Vingador do Skincare, enquanto a mulher tira a máscara lentamente. Viro meus olhos para o rosto dela e vejo as gotas de suor de estresse em seu lábio superior enquanto Mei murmura um fluxo de encorajamento em voz baixa que a esteticista e eu interpretamos como ameaças veladas.

Nunca fui esfolada, mas já arranquei esparadrapos. Imagino que essa experiência esteja em algum lugar entre os dois. Não sou um *yeti*, mas quaisquer pelos que estavam no meu rosto se despediram da minha pele sem querer enquanto ela retira a máscara milímetro por milímetro e eu tento não gritar. É difícil.

Quando ela dá um último puxão, eu grito. A porta abre com estrondo.

— O que diabos está acontecendo?

Muitas coisas acontecem ao mesmo tempo. Sam entra pela porta em um borrão escuro. Chocada, eu pulo da mesa como um boneco de molas, esquecendo que estou enrolada apenas em uma toalha que cai imediatamente. Sam faz contato visual comigo antes que seus olhos mergulhem na minha gigantesca calcinha de vovó de bolinhas e corações e ele congela antes de bater as mãos no rosto para cobri-lo e tropeçar para trás fazendo sons inarticulados. Eu me atrapalho para pegar a toalha, derrubando a mesa portátil com uma *bundada*. Ela bate na pobre esteticista, que está boquiaberta com a beleza que é Sam Yao. A mulher cai para trás e então solta um guincho alto e agudo quando sua mão mergulha no pote de gosma branca do diabo que ficou grudada na minha cara.

Mei se adianta e nos organiza sem uma única palavra. Sam é mandado esperar em seu quarto. Sou direcionada de volta à mesa com uma cutucada de seu dedo. Ela lança um olhar para a esteticista — uma maravilha da eloquência inexpressiva — que enxuga suas mãos trêmulas com uma toalha.

Todo aquele relaxamento lindo se foi. Como pude esquecer de pegar a chave com Sam? Meu rosto, a pele muito mais fina do que há dez minutos, queima de vergonha. O quanto ele viu? Quando eu não estiver mais vestida só com uma toalha, teremos uma conversa, mas agora sou uma humana derrotada esparramada na mesa com Mei se curvando sobre mim enquanto balança a cabeça, e a esteticista me cutuca com dedos cautelosos.

— Nada que uma máscara refrescante não resolva — diz ela, por fim.

Meu olhar se cruza com o de Mei e temos um momento de entendimento enquanto imploro a ela, mediante uma dança interpretativa de sobrancelhas, que me salve.

— Temos outra consulta marcada — fala ela suavemente.

— Então eu vou usar um tônico e…

— Estou bem! — Balanço meus pés para fora da mesa e calço os chinelos finos de tecido felpudo.

Finalmente consigo me afastar, segurando a toalha ao meu redor. Mei me segue para o quarto, eu enfio a cabeça pela porta para ter certeza de que Sam não está por perto, e nós duas olhamos no espelho para avaliar as manchas avermelhadas que cobrem meu rosto como uma doença infecciosa.

Eu estico meu pescoço para o lado e sugo as bochechas. Há uma área que lembra a Austrália.

— Não é tão ruim — eu digo. — Um pouco sensível, talvez. Esse é o objetivo da esfoliação, certo? Livrar-se das camadas mortas e deixar sua pele mais macia? — Eu nunca fiz mais do que uma esfoliação com sementes de damasco esmagadas, então isso está fora do meu campo de experiência.

Jogo água fria no rosto para aliviar um pouco da queimação e então umedeço uma toalha para pressionar contra minha bochecha. Não adianta ficar brava com a esteticista, que provavelmente fez o melhor que pôde, logo mantenho minha boca fechada e tento olhar o lado bom. Mei me observa pelo espelho.

— Ela perguntou sobre o seu tipo de pele? Quais medicamentos você está tomando? Se você tem alguma alergia?

— E no que isso importa? — Eu movo a toalha para o outro lado.

— É o trabalho dela e ela falhou se não verificou.

— Bem, agora é tarde demais. Tenho certeza de que ela fez o melhor que pôde.

Não quero colocá-la em apuros. Pego um frasco de hidratante de hotel e lambuzo meu rosto com o cheiro de baunilha e noz-moscada. Li um estudo que dizia que os homens gostam que as mulheres cheirem a alimentos doces, mas não acho que era isso que eles tinham em mente. Agora cheiro como uma padaria se preparando para as festas de fim de ano.

Perfeito.

✓

Decido ignorar a participação de Sam na minha última desgraça e rezo para que ele faça o mesmo. Não há necessidade de nenhum de nós reviver aquele momento de caos, e agora que demos uma trégua, seria rude da parte dele tentar me humilhar com isso.

Mei atrasa a compra de roupas por uma hora enquanto ela aplica uma pesada camada de base no meu rosto.

— Uau. — Eu me inclino e inspeciono o espaço onde a Austrália costumava estar. Nada. — Você fez um trabalho fantástico.

Mei não diz nada, mas guarda os pincéis e maquiagens com a satisfação sombria de uma mulher que conseguiu o impossível. Depois ela me entrega a peruca.

— Serei a Fangli nisso?

— Sim.

Prendo meu cabelo curto e deixo a peruca cair pelas minhas costas. Talvez eu deixe meu cabelo crescer. Fico pensando se Sam prefere cabelo longo ou curto.

Não. Não, não me pergunto nada disso, não quero saber. O que Sam prefere não faz diferença para mim.

Mei me leva de volta para a sala principal da suíte, onde armários com rodinhas foram instalados. Eu paro na porta quando um homem e uma mulher saem. Eles estão vestidos de forma idêntica, mas em opostos, a camisa branca e as calças pretas dele compensando a camisa preta e as calças brancas dela. Ambos têm longos cabelos pretos em tranças que emolduram lábios franzidos e maçãs do rosto que podem ser vistas da estratosfera. Tenho quase certeza de que são multirraciais e eu os encaro sem disfarçar porque é uma emoção para mim ver pessoas que se parecem um pouco comigo e que têm mais ou menos a minha idade. Se ao menos tivesse conhecido mais pessoas como eu quando era criança... Ou mesmo agora. Anjali uma vez me disse que poderia voltar para casa, para a vila de seus pais, e ser cercada por pessoas que se pareciam com ela, falavam sua língua e conheciam sua história por gerações.

Talvez fosse sufocante. Nunca saberei porque nunca haverá um lugar como esse para mim, uma comunidade de pessoas que compartilham minha história e família.

Mas este não é o momento de me deter nas experiências vividas por indivíduos que criam uma identidade birracial na América do Norte moderna, porque essas roupas são o meu tipo. Se o guarda-roupa de Fangli é um de luxo atemporal, essas peças também são de alta qualidade, mas com um toque arrojado. Posso dizer que esses dois administram o tipo de loja que tem três camisas penduradas em uma arara e um DJ. Estou intimidada pelo quanto eles são estilosos, mesmo enquanto estou ansiosa para ver o que eles trouxeram.

— Designers locais — diz Mei. — Trace e Hendon da House of Swing.

Eu posso lidar com isso, desde que eles não façam muitas perguntas. Nós apertamos as mãos e então a mulher, Trace, entra na conversa perguntando sobre minha filosofia de design.

— Minha filosofia de design — eu ecoo.

— Certo — encoraja-me ela. — O que você quer realizar?

Além de não sair nua? Eu me esforço para responder antes de lembrar de uma das declarações no resumo de arte de Fangli.

— Eu valorizo a capacidade da costura em despertar o estado emotivo — eu plagio.

Eles assimilam isso antes de Hendon sorrir.

— Bom. Agora nos diga…

Antes que seja forçada a elaborar o que diabos eu disse, Sam entra na sala. *Número um*, eu realmente preciso pegar aquela chave dele. *Número dois*, por que ele está aqui?

— Quando Fangli me disse que vocês viriam, eu quis dar uma passada — diz ele. — Admiro seu trabalho.

Trace e Hendon se endireitam e alisam seus cabelos. Sam tem esse efeito nas pessoas quando quer, e por algum motivo ele está se esforçando agora. Ou ele está genuinamente interessado em design de moda? Eu acho que está, porque em menos de um minuto ele os faz falar sobre sua própria filosofia e escolher roupas que ilustram diferentes fatores.

Sou deixada de lado, o que é bom porque posso navegar pelos cabides enquanto eles falam. Pego um vestido elegante, um vestido preto e branco que cai direto dos ombros, e esfrego o material entre meus dedos. Parece um cetim grosso, mas sem o brilho.

Olho por cima do ombro e vejo Sam me observando. Ele se vira da conversa para escolher um cabide.

— Tente esse — ele me diz. Sam está usando uma camisa de manga curta e seus bíceps flexionam enquanto me entrega a massa de tecido preto. Os olhos de Trace e Hendon estão grudados em seu braço. Eu desvio meu olhar.

— Gostei deste vestido — falo.

— Você pode experimentar os dois. — Ele dirige aquele sorriso para mim. — Esse vai combinar com você.

É um pedido fácil e realmente não tenho razão para não experimentar o... seja lá o que ele esteja segurando... mas recuso. Eu não quero que ele me vista e pense que sabe o que fica melhor em mim do que eu mesma. Mas Trace e Hendon acenam em aprovação e eu cedo. Não quero constranger ninguém. Além disso, Fangli provavelmente experimentaria a maldita coisa.

Pego os dois e alguns outros itens que chamam minha atenção e os levo para o quarto. A primeira coisa que coloco é o vestido tubinho que escolhi. Franzo a testa. Embora parecesse bom no cabide, uma vez no corpo, ele fica pendurado e pesa, me forçando a me curvar sob o material encorpado puxando meus ombros.

Tudo bem, não dá. Visto as calças pretas largas de cintura alta com pequenos botões nos quadris e uma camisa preta e então, o paraíso, calço um par de chinelos fechados. Tão confortável.

Sem salto. Mordo o lábio enquanto me pergunto se devo sair para que eles possam ver. Acho que devo? Fangli normalmente faria isso? Mei não está por perto para perguntar; ela desapareceu quando Sam chegou.

Eu saio como se quisesse combinar outra camisa com as calças. Assim eles podem me ver e comentar, mas não é como se eu estivesse buscando sugestões. Fangli não precisaria de conselhos. Ela provavelmente tem uma filosofia de design legítima.

Todos os três fazem uma expressão de aprovação idêntica quando eu saio, mas Sam é aquele em quem eu foco. Ele inclina a cabeça para o lado, em seguida pega uma camisa rosa-claro. Eu tento não fazer careta porque eu nunca uso tons pastéis. Ele dá uma sacudida na peça e eu a levo de volta para o quarto.

Maldito Sam, penso quando a visto. A camisa é perfeita. Uma vez no meu corpo, a cor se torna mais um complemento. Eu me sinto... bonita? Sim. É um visual muito bonito. Olho para o espelho, avaliando. Eu nunca fui bonita. Fofa foi o mais alto que eu já subi na hierarquia de beleza, que, de acordo comigo, é:

Linda/Maravilhosa

Bonita

Gata, e do outro lado do espectro, Gato

Surpreendente

Atraente

Fofa

[Então, bem abaixo]

Única

Mas esse rosa é mágico. Eu saio com um pouco de presunção, e Trace e Hendon dizem:

— Sim! — em uníssono.

Sam não diz nada, mas seu olhar me lembra daquele primeiro dia em que ele atravessou a sala, encarando-me como se eu fosse a mulher mais importante do mundo, a única pessoa que existia para ele. Agora, sua atenção está focada em mim e somente em mim, mas, ao contrário da última vez, não parece um desafio.

É avassalador. Volto para o quarto e desenrolo a coisa preta que Sam me deu, que acaba sendo um macacão apertado nos tornozelos com uma blusa de gola e costas abertas. Não tem como usar sutiã. Hum. Dou um pulo e decido que terei que encontrar aqueles discos de plástico que você cola nos seios para mantê-los no lugar.

Já que não os tenho agora, terei que ir assim mesmo. Saio e os designers se aproximam para se ocupar com os ajustes. Sam cruza os braços, mas olha nos meus olhos, não para o decote ou minhas duas garotas soltas por baixo do tecido. É como se ele me visse, Gracie, e me pergunto se sou realmente eu e não Fangli, ou algo entre eles que nunca existiria.

Isso me desestabiliza e eu baixo os olhos primeiro.

Capítulo 14

Pego as calças, as camisas e o macacão, mas digo não ao vestido. Sam fica até os outros saírem, e tento esquecer que ele me viu duas horas atrás procurando loucamente minha toalha com metade do meu rosto arrancado. E quase nua.

— Exposição de arte hoje à noite — diz ele. — Fangli acha que você está pronta.

— Fangli mal me viu imitá-la. — Tiro a peruca para arejar meu cérebro por alguns minutos. — Onde será?

— Você não sabe? — Ele ajusta as mangas.

Dou de ombros. Não tenho acompanhado os eventos, já que Mei tem me informado praticamente na hora.

— O Museu de Arte Contemporânea.

— Vou comprar alguma coisa?

— Não. Você está interessada em apoiar artistas locais e está lá para admirar. É uma exibição privada de uma coleção particular.

— Haverá mídia?

— Possivelmente. Não há muito sentido em ter coisas caras e pessoas importantes as admirando se ninguém souber. — Ele boceja. — Eu posso lidar com isso.

— Eu consigo.

Ele parece que vai discutir, mas em vez disso verifica seu relógio.

— Partimos em uma hora. — Ele se vai antes que eu possa pedir sua chave.

Uma hora. Primeiro, ligo para o asilo e eles me asseguram que a minha mãe está bem. Então, verifico minha lista, que está ficando estressante e assustadora novamente. E se eu tentar separar as tarefas pelo tempo que elas levarão? Passo ótimos vinte minutos separando e reorganizando as tarefas de mais rápida para mais demorada antes de decidir que o valor da tarefa é mais importante. Depois que elas estão listadas, percebo que passei o tempo todo trabalhando na lista ao invés de cumprir qualquer tarefa. Pode ser porque uma dessas tarefas, *ligar para o advogado*, me deixa tão desconfortável que tenho dificuldade em ver as palavras. Meus olhos passam sobre elas.

Não é um bom começo para criar meu próprio método de produtividade. Acrescento na lista: *encontrar uma maneira de lidar com tarefas desagradáveis*.

Pelo menos deixei tempo suficiente para me arrumar. Eu coloco os discos de plástico que Mei encontrou para os meus seios, fico impressionada em como ficam mais empinados. Eu deveria usar isso o tempo todo. Ela me deixou instruções sobre como retocar meu rosto, e eu espalho, sombreio e traço como um soldado aplicando tinta de camuflagem antes da batalha. O macacão, que Trace e Hendon customizaram com dedos experientes antes de partirem, desliza sobre minha pele como uma armadura da era espacial, e eu invejo Sam um pouco por ter um gosto tão bom. Depois ajusto a peruca.

Quando olho no espelho, dessa vez sou Fangli. Ou Fangli em sapatos fofos, mas confortáveis. Mei me ordenou que esperasse até que Fangli chegasse em casa para que não houvesse relatos conflitantes sobre ela sendo vista duas vezes. Saio quando ouço nossa porta adjacente abrir e quase exclamo alto. Se ela parecia abatida naquele primeiro dia em que a vi no SUV, hoje ela está tão esgotada que está transparente.

— O que há de errado? — pergunto.

— Um pouco cansada. — Ela esfrega a testa.

Isso não é fadiga física regular. Normalmente tenho a inteligência emocional de um esquilo, mas todo o ser de Fangli irradia um sentimento com o qual estou muito familiarizada. Ela está tão tensa que mal consegue se mover e tão letárgica que não quer. Acho que ela está deprimida. Não triste. *Depressiva*, com todo o significado que o termo traz.

— Fangli? — Minha voz é hesitante.

Ela levanta a cabeça e tenta sorrir antes que seus olhos se arregalem.

— Incrível. Quando você está de maquiagem é como olhar para o meu reflexo. Onde você conseguiu esse macacão? Eu quero um.

— Obrigada.

— Mas você precisa de joias melhores do que essas pequenas argolas douradas. Vermelho para dar um pouco de cor. — Ela chama Mei, que aparece em alguns minutos e coloca um par de brincos e uma pulseira na minha mão.

— Por favor, me diga que são falsas. — O peso frio e pesado da pulseira desliza sobre meus dedos quando a pego.

— Está tudo no seguro. Coloque-os — Fangli dá de ombros.

Os brincos são lustres surpreendentemente leves para a quantidade de pedras preciosas que eles contêm, e a pulseira da eternidade com rubis e diamantes alternados logo esquenta no meu pulso.

— Adorável— Fangli aprova. — Agora você parece pronta.

Ela se levanta e nos olhamos no espelho.

— Como é possível que sejamos tão parecidas? — pergunto. — Você tem uma foto dos seus pais? — Obviamente Brad Reed de Brampton, no Ontário, não se parece com o pai de Fangli, mas talvez nossas mães sejam gêmeas há muito perdidas.

— Só meu pai.

Nós duas pegamos nossos telefones e, quando Sam entra, estamos comparando e contrastando o formato do nariz e dos olhos.

— Se você não fosse metade canadense, eu pensaria que você é realmente chinesa. — Sam balança a cabeça.

Minha respiração fica presa, mas antes que eu possa pensar no que dizer, ele se vira para Fangli e fala com ela em mandarim. Sua dispensa casual me faz... Não sei. Tenho certeza de que o alemão, que surgiu com *schadenfreude* e *kummerspeck*, tem uma palavra para a mistura inominável de emoções que sinto, mas mesmo como adulta, desconheço. Por que me incomodou menos quando Anjali disse quase a mesma coisa?

— Pronta? — Sam se vira para mim e eu decido que não vale a pena lutar. O que eu diria? Que a metade também pode ser suficiente?

Nós dois descemos em silêncio. Não tenho certeza do que Sam está pensando, mas, apesar da minha escolha de não mencionar o que ele disse, as palavras continuam girando na minha mente. Um antigo terapeuta certa vez gentilmente cogitou que eu havia internalizado ter menos direito de me chamar de branca ou chinesa porque nunca senti pertencer a nenhum dos grupos. Eu ignorei a possibilidade porque não é como se eu estivesse me sentindo mal porque ninguém quis me dar uma camiseta do Time Branco ou do Time Chinês. Mas o comentário de Sam despertou alguns sentimentos aparentemente não resolvidos.

Eu aprisiono esses pensamentos no fosso escuro onde eles geralmente espreitam. Esta não será a última vez que ouço algo assim, e não foi a primeira, mas não sou capaz de processar tudo isso agora. Não quando estou prestes a sair em público personificando uma celebridade internacional. Digo a mim mesma que é hora de me concentrar no trabalho em questão.

Desta vez, quando atravessamos o saguão, eu canalizo toda a atitude de Fangli. É muito mais fácil quando não preciso me preocupar em andar cambaleando em saltos finos como lápis e meus seios parecem aerodinâmicos.

O carro está esperando e estou um pouco horrorizada com a facilidade com que me adaptei a uma vida de regalias e luxo. *Você é apenas uma imitadora*, repito para mim mesma. *Dois meses e você estará de volta ao metrô na hora do rush, invisível e desconhecida.*

Sam não comenta sobre meu desempenho, e eu assumo que nenhuma notícia é uma boa notícia. Em vez disso, ele começa a dar dicas sobre como lidar com o evento que está por vir. Eu escutaria, mas sua gola está ligeiramente aberta no pescoço e estou distraída imaginando como ele fica sem camisa. Aposto que há imagens online, mas definitivamente não posso verificar isso no meu celular aqui na frente dele. Honestamente, eu não faria isso nem na sua ausência. Algumas semanas atrás não hesitaria em procurar fotos dele sem camisa, mas agora é esquisito até pensar em procurá-las, como se eu estivesse violando sua privacidade — mesmo que ele tenha posado para elas.

Eu enfiei o dossiê de arte de Mei na minha bolsa antes de sair, e o tiro para me dar algo em que pensar além do peito de Sam. O tema favorito de Fangli é rejuvenescimento e ela construiu sua coleção em torno disso, embora seja bizarro para mim que uma pessoa da minha idade tenha uma coleção de arte, muito menos com uma temática. Folheio as impressões novamente, franzindo a testa para uma fotografia de um rosto de cabeça para baixo com os lábios bem abertos em um grito de dor, e tento enxergar como isso pode ser revigorante.

Sam vê minha luta e aponta para a declaração do artista. Eu li duas vezes, mas poderia muito bem estar escrito em sueco, pelo que entendi.

— Não vou falar sobre a arte — digo. — Vou franzir a testa e acenar com a cabeça enquanto passo na frente delas.

— E se lhe perguntarem o que você pensa?

Eu encenei isso com Mei, estou confiante.

— Que eu estou fascinada e então pergunto o que eles acham.

— Sério? — Ele aperta a ponte do nariz.

— Bem, o que você diria?

— Eu escolheria um elemento e comentaria sobre ele antes de pedir a opinião deles.

Indico a imagem do rosto de dor e ele a arranca da minha mão.

— A colocação lembra o trabalho de Yong Chen sobre solidão e justapõe a ideia de isolamento com a de rejuvenescimento. É uma atividade individual ou comunitária?

Tento soltar meus punhos cerrados.

— Até parece que estou familiarizada com as obras de Yong Chen.

— Ou você pode dizer o que honestamente pensa quando vê. Como isso faz você se sentir? O que te evoca?

Antes que eu responda, ele avança para seu próximo ponto, mostrando o dossiê.

— Uma vez que a arte sai das mãos do artista, cabe ao espectador determinar o significado.

— Discordo.

— Você discorda? — Ele levanta aquelas sobrancelhas finas e inclinadas.

— Isolacionismo é coisa do passado. — Dou uma fungada teatral e jogo minha fortuna de cabelo falso para trás. — Você precisa considerar o contexto do trabalho e a intenção. A arte não é criada no vácuo.

— No entanto, a interpretação é mediada pelas experiências e valores do espectador.

Agora estou interessada nesse papo.

— Que são, por sua vez, afetados pelo conhecimento da intenção do artista. "Observador" é mesmo a palavra correta? Visualizar implica distância e falta de engajamento. A arte deve nos mover da visualização para a participação ativa.

— Qualquer arte? — Ele se inclina para frente, cotovelos nos joelhos. A pose abaixa sua camisa para revelar os músculos sombreados de seu peito.

— Por que você atua? — Olhando para baixo, vejo seu peito. Olhando para cima, aquele rosto. Não há zona segura.

— Preciso contar histórias. — Ele responde sem hesitação. — Aquelas que só eu posso dar vida.

— Você quer que as pessoas assistam e esqueçam? Ou que sejam afetadas?

— O último, obviamente.

Encaro-o e ele faz uma careta.

— Isso pode ser um exagero. Entretidas, no mínimo.

— Exatamente.

— Você venceu. — Ele se recosta novamente.

— Nós não estávamos disputando.

— Não — ele diz surpreso. — E isso não vai durar. — Ele olha para seu relógio super bonito. — Está quase na hora.

O medo aumenta. O jantar da outra noite foi bom, já que tudo o que eu tinha que fazer era comer. Aqui eu estarei em exposição, com pessoas que se sentem confortáveis em se aproximar de mim e esperar uma conversa articulada.

É por isso que estou ganhando essa grana toda. Fangli está confiante de que posso fazer isso, e apesar de suas inúmeras falhas de personalidade, Sam vai me apoiar se isso ajudar Fangli. E ele já está entrando no modo *quiz*.

— Qual foi sua última compra de arte? — pergunta ele.

— Uma pintura de Murat Tekin — digo. Triunfante, eu vasculho minhas anotações. — Droga. Foi a última que vendi. Olhe para essa etiqueta de preço. É disso que o pessoal da arte fala?

— Depende do público. — Ele suspira. — Por que ela não consegue se interessar por arte mais tradicional, eu não sei.

— O que você coleciona? — pergunto. — Porcelanas Ming?

— *Ru ware* da dinastia Song do Norte. — Ele olha para mim pelo canto daqueles olhos escuros. — Minha coleção está em turnê no momento. Está em Berlim agora.

— Ah. — Continuo esquecendo que ele vem de uma família rica, além de ser famoso. — Isso é legal.

Ele não me agracia com uma resposta, e eu folheio mais rostos gritando e mãos estendidas enquanto minha ansiedade aumenta. Pelo menos estou bem vestida para a ocasião e o único aceno de aprovação de Sam já foi um avanço de suas expressões anteriores quando ele me via. O macacão flui em volta dos meus quadris como água. É simples e perfeito e a peruca pesada de tanto cabelo, parece natural pela primeira vez. Eu até diminuí meu medo sobre perder as joias de Fangli para cerca de setenta por cento.

O carro nos leva para o extremo oeste da cidade e desce por uma rua residencial que se transforma em uma zona industrial. Espio pela janela.

— Eu sei onde estamos.

— Deveria. Você não mora aqui perto?

— Não vou a muitos museus de arte moderna.

— É arte contemporânea — ele me corrige.

— Não são a mesma coisa? — Olho para o dossiê.

Sam suspira.

— A arte contemporânea está evoluindo e começou há cerca de sessenta anos. Ela se diferencia da arte moderna porque é mais conceitual do que estética.

— Oh. Assim como os rostos gritantes?

— Assim como os rostos gritantes. — Ele esfrega os olhos. — Não tenho certeza se isso é uma boa ideia.

— Eu consigo. — Estou confiante agora, em comparação a sua dúvida.

Viramos uma esquina perto de um armazém e depois outra antes que o carro pare em frente a um prédio de vários andares no meio do que parece ser um campo abandonado. Em choque, percebo onde estou. É bem perto do caminho onde costumo correr. Devo ter passado por este lugar uma dúzia de vezes e só notei a microcervejaria ao lado. Essa falta de consciência do meu próprio entorno mina minha confiança e agarro o braço de Sam.

— Você está certo. Vamos embora.

Ele coloca a mão na minha, acho que é para me confortar, mas em vez disso ele me sacode.

— Tarde demais.

A porta se abre e somos confrontados por dois estranhos. Mei me preparou para que eu soubesse que eles não eram conhecidos de Fangli, e também sei que neste momento não há nenhuma maneira na terra de eu sobreviver esta noite.

— Hora do show — Sam diz por cima do ombro, e sai do carro.

Preciso sair daqui, agora.

Capítulo 15

As duas pessoas da galeria de arte se apresentam, e eu nem escuto os nomes porque estou focada no meu novo plano. Acaricio minha garganta enquanto murmuro "laringite". Sam vira os olhos arregalados para mim e dou a ele meu sorriso Fangli mais suave e suplicante, o que ela usa quando está se desculpando. Seu sorriso em resposta é muito mais agressivo e diz que ele vai me cobrir, mas vamos ter uma conversa séria em particular.

Sam tem um rosto terrivelmente expressivo.

Nossos anfitriões me cobrem de educada preocupação, e ele entra corajosamente na deixa.

— Fangli se recusou a desmarcar — diz. — Ela está emocionada em ver a exposição, mas é claro que vocês terão de perdoá-la por não falar. Ela precisa recuperar a voz para a apresentação de amanhã.

O homem sai correndo e pergunto-me se ele está indo espalhar a notícia. Há um fotógrafo por perto e Sam e eu posamos para algumas fotos antes de entrar. Mei me deu instruções sobre a pose favorita de Fangli, e eu aponto meu queixo para baixo e para o lado com uma leve inclinação dos meus lábios. O obturador clica rapidamente à nossa frente, mas, ao contrário do episódio com Mikey na cafeteria, não me sinto sob ataque. Posso não estar no controle da situação ou não ter muita ideia do que está acontecendo, mas estar vestida para o papel e com alguém que sabe o que está fazendo me dá uma leve sensação de poder.

Sam toca meu braço nu para me dizer que podemos parar e se inclina para sussurrar em meu ouvido.

— Nada mal.

— Grande elogio. — Mesmo sussurrado, o nervosismo me dá um tom ríspido que ele ignora. O fotógrafo era apenas um dos obstáculos desta noite.

Aquele zumbido familiar toma conta da sala ao entrarmos e dou meu sorriso de *superstar* quando as pessoas se aproximam. Os primeiros minutos passam em um borrão enquanto recuso uma taça de vinho com grande pesar e aceno com a cabeça durante muitas apresentações, esquecendo imediatamente nomes e rostos. Estou quase cega pelas contas nas roupas, ou mais precisamente, nos vestidos de festa. Essas pessoas estão mais elegantes em uma noite de terça-feira do que eu já vi em casamentos. E uma mulher está canalizando os excessos dos anos 1980 com ombreiras de lantejoulas grandes o suficiente para um *linebacker* de futebol americano, junto a uma dose sufocante de Poison da Dior. Não sei dizer se é seu estilo usual ou uma declaração artística.

Meu macacão está quase sóbrio demais. Então vejo uma mulher lançar um olhar cobiçoso para os meus brincos e me sinto melhor. Fangli achou que eu estava bem e Sam me considera aceitável, o que significa que estou arrasando.

Sam paira ao meu lado para lidar com as conversas, que a princípio são amenidades para saber se gostamos da cidade e sobre o frio fora de época da noite de verão. É bom saber que, mesmo com uma multidão abastada de artistas, o clima continua sendo um assunto bem canadense para começar uma conversa.

Enquanto passamos no meio da multidão, noto as muitas joias brilhantes decorando orelhas, dedos e gargantas. Com um sobressalto, lembro que Fangli uma vez pagou meio milhão de dólares por uma tela de mãos em várias poses. Estou em uma sala cheia de pessoas que consideram razoável comprar uma fotografia que custa o mesmo que uma casa.

Tento me lembrar que elas são apenas pessoas enquanto sou apresentado a uma mulher com lábios inchados e pele firme. Ela usa apenas uma joia, um grande pingente que tenho mil por cento de certeza de que não é zircônia cúbica. É apenas dinheiro. Dinheiro não faz de você uma pessoa melhor ou mais digna de respeito.

Mas a atitude é diferente na sala. Como minha laringite conveniente significa que não posso falar, escuto as conversas. Cada pessoa ali tem a expectativa de ser ouvida. Todas ocupam espaço. Vejo um homem ajustar suas lapelas antes de atravessar a sala, e como os garçons desaparecem do seu caminho sem dizer uma palavra.

É por isso que Sam não tem certeza sobre a minha capacidade. Eu pareço com a Fangli, mas não aprendi a dominar os holofotes. Por causa de sua fama, Fangli — mesmo sem os diamantes — é o centro das atenções na maioria das ocasiões. Mamãe me disse que chamar atenção é algo a ser evitado. Agora é meu trabalho fazer da atenção alheia a minha diversão.

Mei não abordou isso em particular, mas Sam, o Mestre, está aqui para servir de exemplo.

Mantendo meu rosto amigável, mas distante, eu o observo e tenho uma pequena epifania. Não é o que ele, ou o resto da multidão, estão dizendo. É como eles agem. Estou no zoológico observando os animais disputando o domínio e Sam está no ápice. Ele decide com quem falar. Sam nunca se aproxima; eles vêm até ele.

Eles olham para mim como se esperassem que eu me movesse primeiro. Quando nos aproximamos, entram um pouco demais no meu espaço pessoal. É porque sentem uma falta de força em mim? Eles fariam o mesmo com a verdadeira Fangli?

Não posso me dar ao luxo de duvidar de mim agora. Felizmente, a fuga vem na forma do empurrãozinho gentil de Sam que sei que é minha deixa para começar a apreciar ativamente a arte. Para meu prazer, o que vejo é muito mais acessível do que a coleção de Fangli, e movo-me para um manequim cercado por arame farpado decorado com cacos cintilantes de espelho. A artista escreveu "meu" em letras minúsculas em cada centímetro da pele do manequim em uma centena de línguas diferentes. Uma papoula vermelho-sangue se ergue de sua cabeça. Sei que esse não é o estilo de Fangli — ela não curte instalações — mas ando em volta para poder ver de todos os ângulos e ler a declaração.

Ao meu redor, os colecionadores estão fazendo comentários completamente inacessíveis. É como ouvir um código criado para eliminar os culturalmente ignorantes — que sou eu, mas só Sam e eu sabemos disso.

Quando me inclino para ver melhor, um homem do outro lado da sala aperta os olhos na minha direção. Faço o meu melhor para controlar minha respiração, mas Sam se vira rapidamente.

— O quê? — ele murmura, os olhos fixos em meu rosto.

— Nada.

Imito uma preguiça, movendo-me sem pressa para evitar a atenção do predador em potencial. É difícil porque quase toda a sala está de olho em nós, como se monitorasse nossa localização o tempo todo. O estresse de tentar imitar a postura de Fangli é em parte afogado por uma preocupação mais aguda: meu ex-chefe, Todd, está do outro da sala.

Não deveria estar surpresa, eu o ouvi se gabar da coleção de arte do pai. Ele está com uma mulher loira que mantém um sorriso que nunca vacila e me pergunto se ela sabe, ou se importa, que tipo de homem ele é. Eu me inclino para Sam e ele se curva sobre mim como um herói de seus dramas de época.

— Quanto tempo precisamos ficar? — Sussurro.

— Pelo menos mais uma hora.

— Podemos ir para outra sala? Esta é a única?

Em resposta, ele coloca a mão na pele nua das minhas costas e me guia para outra exposição, por uma porta que não tinha notado. Estou tão perturbada que mal consigo perceber o conforto caloroso que seu toque me dá. Podemos não ser amigos, mas neste momento ele é o único ao meu lado. Para meu alívio, a nova sala é uma videoinstalação com a luz diminuída até que fica quase difícil de ver. O ambiente de caverna se aprofunda quando fico perto da parede e Sam se aproxima como se estivesse me protegendo.

— Gracie — ele murmura. — Diga-me o que está acontecendo.

Ele usou meu nome, meu nome verdadeiro. Quando não respondo, ele me puxa para perto e levanta meu queixo para analisar meu rosto.

— Você precisa ir embora? Podemos ir.

Balanço a cabeça e ele franze a testa.

— Você tem certeza?

Só de saber que ele está ali já é o suficiente para me acalmar, pois não acho que Todd tentará se aproximar de mim com outro homem lá.

A verdade desaba sobre mim. Eu não sou Gracie. Eu sou Wei Fangli agora e Todd não tem poder sobre mim. Ele não pode me tocar. Ele não pode me demitir e ele não pode me intimidar sem que Sam ou os organizadores tomem uma atitude. Eu estou protegida porque agora sou uma pessoa famosa de valor. Aqui eu sou *vista*.

Eu ergo minha cabeça e Sam se afasta como se estivesse me dando espaço.

— Estou bem — asseguro.

Ele olha para mim por um longo momento, então concorda.

— Confio em você para me dizer se precisar partir. — Sam segue enquanto examino os vídeos, todos com Anpanman, o super-herói japonês.

O artista colocou o personagem, que tem uma cabeça em forma de doce, em situações baseadas em comida, como programas de culinária e supermercados. Seu rosto geralmente alegre parece, por vezes, preocupado e ameaçador.

Fascinada, eu aperto o controle para abrir o próximo vídeo.

— Você gosta destes? — Sam pergunta.

Continuo de frente para a tela para que ninguém me veja falando, negando assim minha história de laringite.

— Meu pai foi a uma viagem de trabalho para o Japão uma vez e me trouxe um bonequinho do Anpanman que eu amei. Nunca vi o show. Acha que eles não são assim? — O vídeo que estamos assistindo mostra Anpanman arrancando parte de sua cabeça para dar a um gato faminto antes de ser violentamente atacado por um bando de gaivotas em uma praça de alimentação ao ar livre.

Sam se inclina ao meu lado para assistir ao vídeo.

— Muito menos violento, mas Anpanman dá partes de sua cabeça para pessoas necessitadas. Então o tio Jam assa uma nova cabeça para ele.

— É altruísta se você puder obter uma nova cabeça quando precisar de uma?

Sam dá de ombros, seu braço roçando no meu.

— Eu conheço pessoas que poderiam ter dez cabeças ao lado delas prontas para uso e não dariam uma migalha.

Eu também. O vídeo termina e nós dois nos viramos ao mesmo tempo. O rosto dele está tão perto do meu que se me movesse meio passo... Seus olhos vão dos meus olhos para os meus lábios e uma onda trêmula rola por mim.

Poderia dar esse passo. Arrepios correm pela parte de trás das minhas coxas devido à tensão. Sam poderia se mover. Poderia? Por acaso ele chegou um pouco mais perto? Meus pés estão pregados no chão, mas por dentro estou girando como um tornado.

— Sr. Yao?

Sam se ajeita abruptamente quando ouve seu nome e eu pisco rápido, e me viro para Anpanman com olhos cegos. Esta noite está me dando o equivalente mental de uma chicotada, empurrando-me entre extremos emocionais. Personificar Fangli. Todd. Sam tão perto de mim. Depois que a conversa de Sam termina, saímos da sala por um acordo mútuo silencioso, tecendo entre a multidão, parando apenas para ele socializar com as pessoas a cada poucos metros. A notícia da minha falta de voz deve ter se espalhado porque sou poupada de qualquer bate-papo além dos desejos para que eu melhore logo.

Apesar da minha confiança recém-descoberta, não quero me encontrar com Todd, então faço o meu melhor para afastar Sam dele. É estressante saber que ele está lá, e meu estômago se contrai tanto que eu tremo. A mão de Sam retorna à minha cintura, me fortalecendo, e os músculos relaxam o suficiente para me deixar parar de cerrar os dentes.

Exatamente uma hora depois, Sam se despede do organizador e posamos para mais algumas fotos, o que acho que consigo fazer como uma profissional. Estamos quase saindo quando um chamado vem de um pequeno grupo perto da minúscula loja de presentes. Demoro um momento para reagir, pois esqueci que Wei Fangli é meu nome esta noite.

Eu me viro com meu sorriso mais efervescente. Eles empurram para frente uma jovem mulher com longos cabelos pretos presos em um rabo de cavalo alto e elegante como sua porta-voz, e de repente eu sei que não estou nem um pouco pronta para o novo inferno que está prestes a se abrir abaixo de mim.

Querido Deus, ela fala comigo em mandarim. O poço escuro para o submundo se expande exponencialmente e chamas lambem as bordas.

— Um autógrafo? — Sam interrompe em inglês.

As chamas irrompem pela borda. Querido Deus duas vezes. Não tenho ideia de como é a escrita de Fangli e não há, e quero dizer, *nenhuma* chance de eu conseguir falsificar os caracteres chineses. O tempo para quando a jovem mulher segura um bloco de notas com olhos esperançosos.

Pego-o automaticamente e olho ao redor procurando um lugar para colocá-lo e falsificar a assinatura de Fangli. Por que não fingi um pulso quebrado? Dedo torcido? Sam fala comigo em chinês, e como não é sobre estar com fome ou como chegar à loja, não entendo nada. Meu sorriso brilhante machuca minhas bochechas enquanto sigo Sam até uma mesa alta de coquetéis.

Ele apoia o bloco de notas na mesa e então se coloca atrás de mim, me escondendo da vista.

— Finja que você está escrevendo — murmura ele.

Minha mão treme enquanto eu faço o que ele diz, mas agora não é porque estou prestes a ter meu disfarce descoberto, mas porque ele está pressionado contra mim, seu corpo duro contra o meu. Eu sei que é para nos esconder das garotas assistindo, mas meus joelhos estão fracos. Eu xingo e espero que ele não perceba porque jamais sobreviveria a isso.

Ele finge me entregar a caneta, mas no último minuto, abaixa a mão para rabiscar rapidamente o que eu presumo ser o nome de Fangli. Ele me dá a caneta. Leva milissegundos.

Pego os dois e os devolvo para a fã emocionada. Ela se curva para mim e eu automaticamente me curvo de volta antes de acenar — com a mão direita porque pratiquei isso — e vou embora.

Quando entramos no carro, para minha vergonha, desabo em lágrimas.

Com um excesso de empatia que eu não esperava, Sam me entrega um lenço e espera até que os soluços diminuam.

— Você se saiu bem — diz ele.

— Desculpe. — Eu fungo no lenço e mais deles aparecem quando estendo minha mão. Eu enterro meu rosto no papel.

— Foi aquele homem?

Minha cabeça levanta na hora.

— O quê?

Sam olha pela janela enquanto as luzes da rua se revezam escondendo e destacando seu rosto.

— Um homem de terno azul acompanhando uma mulher loira. Ele estava observando você e você estava concentrada em tentar evitá-lo.

— Você acha que ele percebeu? — Estou um pouco perplexa que ele tenha lido a situação tão bem.

— Não, você foi inesperadamente sutil.

Bom, porque isso seria ruim. Eu luto contra outra onda de enjoo. Todd me demitiu por causa da foto mal identificada de Fangli. Ele sabe que somos parecidas. E se ele disser alguma coisa?

Ele tem poder sobre mim novamente. Eu debato se devo contar a Sam, mas decido não contar. Vou esperar para ver.

— Quem é ele? — Ele se vira no assento e me lança um olhar direto.

— Meu antigo chefe.

— Você não gosta dele.

— Você gostaria da pessoa que te demitiu?

— É mais do que isso. Deu para perceber. — Ele levanta as sobrancelhas. — Eu posso ler você.

Isso é tão real que não posso debater.

— Ele é um babaca e eu não gosto dele.

— Ah. — Sam me olha. — Ele te reconheceu?

— Não. Eu não queria dar a ele a chance de me ver de perto ou falar comigo.

— Sábio.

Eu enxugo meus olhos com o lenço.

— A arte era legal.

— Acho que você deve ser a única pessoa a descrever a arte contemporânea como legal. — Sam suspira.

— Provocadora? Evocativa? Vanguardista?

— Isso é melhor do que revigorante?

— Um passo além. — Eu cantarolo um verso da música *Madness* e seus lábios se contraem novamente. Sem dúvida um avanço. — Você já se acostumou com isso? — A escuridão confortável do interior do carro torna mais fácil perguntar. — Toda essa atenção?

— Eu nunca conheci outro jeito. — A voz de Sam me envolve. — Você sabe quem são meus pais.

A augusta ascendência de Sam, uma mãe estrela de cinema e um pai diretor, é mencionada em quase todos os perfis. Ele toma meu silêncio como um sim e continua.

— Meus pais são muitas coisas maravilhosas, mas ambos também anseiam por atenção. Eu tive câmeras por perto a minha vida inteira.

Eu tento imaginar isso. Todos os erros que cometi documentados e comentados, todos os dias de cabelos terríveis e escolhas desastrosas de moda registradas para a posteridade e revividas em listas a cada poucos anos.

— Não sei como você lida com isso.

— Não conheço outra maneira de viver. — Ele não diz isso com amargura, mas como um fato da vida.

— E se você quiser ficar sozinho?

— Eu fico em casa. É o único lugar onde posso ser eu mesmo.

— Oh. — Solitário.

— Você está melhorando. — Ele muda de assunto. Eu analiso seu tom em busca de um insulto, e mesmo que não encontre, desconfio dessa aparente boa vontade.

Eu limpo minha garganta.

— Obrigada. Por perguntar se eu queria ir embora mais cedo.

— Tirá-la da situação parecia uma opção mais segura do que assistir você estragar tudo para Fangli. — Ele afrouxa o colarinho.

Minhas entranhas murcham. Claro que foi por causa de Fangli. Ele não estava cuidando de *mim*, ele estava se certificando de que eu não estragaria tudo para *ela*. Eu mantenho minha expressão sob controle, não querendo dar a ele a menor dica de que poderia ter pensado o contrário, e mantenho meu tom leve.

— Já que você achou que eu seria terrível, não pareceu tão difícil de executar.

— Fangli tem estado melhor desde que você chegou aqui — diz ele. — Ela está mais calma agora que não precisa se preocupar em sair.

— Sobre Fangli. — Faço uma pausa e decido arriscar. — Ela não está bem.

— O que você quer dizer?

— Eu não a conheço muito bem. — Penso melhor e emendo. — Eu não a conheço nem um pouco, mas acho que ela está deprimida.

— O que você sabe sobre isso? — Ele enrijece.

Eu insisto porque, se for verdade, Fangli precisa de mais ajuda do que apenas contratar uma substituta.

— Lembro-me de me sentir da mesma forma quando fui diagnosticada. A expressão dela é a mesma que vi no espelho.

Sam se inclina para frente para pegar uma das garrafas de água do suporte e a abre com um giro brusco.

— Trabalho com norte-americanos há muito tempo, mas continuo a me surpreender com sua franqueza em falar sobre essas coisas.

— Nem todo mundo pode ou faz. — O mundo seria um lugar melhor se fizéssemos.

— É mais do que aconteceria em casa. — Ele bebe metade da água. — Isso não é problema seu.

— Eu acho que...

— Não. Fangli está cansada, só isso. — Ele me corta e seguimos em silêncio até o hotel. Antes de sairmos, faço uma última tentativa.

— Você não acha isso, Sam. Ela precisa de ajuda.

Ele não diz nada, e eu abro um sorriso para os estranhos no saguão antes de sair do carro.

Capítulo 16

Sam entra na minha suíte para um *debriefing*, mas eu o ignoro enquanto tiro os sapatos novos, estico os dedos dos pés contra o piso frio de madeira e relaxo de prazer. Mesmo que os sapatos não tivessem saltos, eles apertavam. Aquele macacão era tudo de bom; eu poderia comprá-lo da Fangli para ficar com ele quando os dois meses acabarem, já que Mei me avisou que eu não poderia usá-lo novamente enquanto estivesse aqui. Fangli não usa a mesma roupa duas vezes para eventos.

— Você precisa praticar o autógrafo de Fangli — Sam diz quando volta para a mesa com água. — Aquilo poderia ter sido feio. Não sei como Mei deixou isso passar. Ela geralmente é tão organizada e perceptiva sobre o que precisa ser feito.

Tenho de concordar, mesmo incomodada em admitir que ele está certo.

— Você tem uma cópia?

— Aqui. — Ele rabisca três caracteres em uma folha, as linhas fortes se sobrepondo umas às outras. — Wei, esse é o sobrenome dela. Depois Fang, para fragrância e Li para jasmim.

Estudei mandarim na universidade, e meus traços meticulosos eram como os de uma criança com um giz de cera comparados a esse rabisco confiante. Ele arregaça as mangas (*ding, ding,* adicione isso à lista de homens atraentes), então balança a caneta para mim. Puxo uma cadeira até a mesa e admiro seus antebraços. Seus pulsos são largos e percebo que nunca notei os pulsos de um homem na minha vida, muito menos soube que preferia pulsos largos com veias levemente visíveis.

Como esperado, minhas primeiras tentativas são terríveis porque tenho uma caligrafia horrível em qualquer idioma e até meu próprio nome parece uma linha sinuosa decorada com um ponto que paira sobre o *c* ou *e*, mas raramente bem acima do *i*. Sam ergue o olhar do celular para ver meu progresso.

— Isso não é muito bom — ele observa.

— Faça de novo — eu lhe entrego a caneta. — Mais devagar.

Desta vez, observo enquanto Sam apoia a caneta e escreve o nome de Fangli no papel. Ele me entrega a caneta e eu mordo o lábio enquanto analiso. Rastrear os caracteres na memória muscular pode ajudar, então tento lembrar onde Sam começou o caractere.

— Aqui. — Ele pega minha mão e a guia para o começo. Seu toque é quente, mas eu tremo em resposta.

— Eu consigo. — Liberto minha mão e quando traço a linha, tenho vergonha de ver que está trêmula.

Interpreto mais no toque casual dele do que ele pretendia, e isso me faz reagir mal.

— Eu consigo fazer isso sozinha — digo, levantando da mesa e batendo minhas coxas contra a borda. *Ai*. Eu volto a sentar.

— Claramente não. Sente-se e continue tentando.

Isso me faz enrijecer e esquecer a faixa de dor nas minhas pernas.

— Você não é meu chefe, sabia? Eu posso me virar.

— O que você teria feito sozinha? Fingiria um pulso quebrado de última hora como fez com a dor de garganta?

— Essa foi uma boa solução para o problema.

Ou… eu poderia ter explicado que estou falando apenas inglês enquanto estiver no Canadá, como deveria. A pressão me fez esquecer o que tínhamos planejado para essa situação.

— Errado. — Ele se afasta da mesa. — Você foi contratada para fazer um trabalho e não fez. Mei passou horas com você, horas que ela deveria ter passado fazendo o maldito trabalho dela, e você jogou tudo fora.

Nunca pensei que Mei também tivesse trabalho a fazer em tempo integral para Fangli.

— Parte do trabalho dela é me ajudar.

Isso é uma coisa idiota de se dizer e eu percebo no *segundo* em que sai da minha boca. Envergonhada, dobro a aposta, empino o queixo e parto para o ataque.

— Nenhum de vocês mencionou autógrafos. Eu não estava preparada.

Ele olha para mim com surpresa sincera.

— Você é incapaz de pensar independentemente sobre o que pode surgir e se planejar para encarar?

— Ah, desculpe, eu não sou rica e famosa. As pessoas não saem por aí pedindo meu autógrafo. Você deveria ter me contado.

— As pessoas pedem autógrafos, isso é apenas senso comum.

— Não para mim e aparentemente não para Mei. — Respondo, afundando mais na lama.

— Não culpe Mei. — Sam coloca uma mão na mesa. — Você nem está tentando. Isso é mais do que só colocar uma peruca. Você precisa se esforçar. Atuar é trabalho, não importa se você está no palco ou indo a uma festa.

Sam está a cerca de um metro de mim e posso ver o músculo em sua mandíbula se contraindo.

— *Estou* tentando — digo entre os dentes.

— Isso é importante — ele retruca. — Eu disse à Fangli que isso era uma ideia terrível, mas ela tinha certeza de que você conseguiria.

Eu ouço as palavras não ditas, alto e claro. *Veja como ela estava errada.*

— E eu consigo.

— Hoje à noite era sua chance e você fingiu perder a voz. — Ele balança a cabeça em descrença. — Como você achou que essa era uma solução razoável?

— Perdi a coragem, ok? Eu admito. — Olho para a mesa.

Ele não me dá a simpatia que estou pedindo. Sam ajusta sua jaqueta e eu tenho que olhar para cima para ver seu rosto, que é severo.

— Não há espaço para você perder a coragem. Melhore.

Com isso, ele passa por mim e sai pela porta. Eu corro atrás dele e tranco as três fechaduras para que ele não consiga voltar porque esqueci de pegar a chave dele *de novo*. Agora, porém, essa é a menor das minhas preocupações.

Eu arranco o macacão e jogo no canto antes de pegá-lo, alisando as rugas no tecido. Sam está certo e eu o odeio por isso, porque destaca como eu falhei. Eu me arrisquei e estraguei tudo. Isso é tudo culpa minha, mesmo que eu tenha tentado covardemente jogar a culpa na Mei. Eu fui uma idiota por pensar que poderia fazer isso.

Para Fangli, Sam e Mei, isso é real e tem grande impacto. Eu gosto da Fangli. Sinto muito por ela. Estou imersa no efeito Benjamin Franklin — gosto mais dela porque ela me pediu para lhe fazer um favor. Mesmo que tenha sido por dinheiro.

Eu me jogo na cama e começo a tirar os miseráveis discos de plástico do meu peito. É um péssimo dia para os pelos do meu corpo porque, assim como a máscara facial de hoje cedo, os adesivos de peito estão fazendo um excelente trabalho de depilar qualquer pele com a qual tenham entrado em contato. Depois de me arrastar até o banheiro e limpar meu rosto duas vezes, olho no espelho e suspiro. Meu rosto e peito estão cobertos de manchas vermelhas.

Desde que tive que colocar a minha mãe na casa de repouso, fiz uma dobra aqui e um vinco ali para encaixar minha vida num molde pequeno e administrável. Embora nunca tenha sido tão ousada quanto Anjali, que uma vez largou o emprego e começou seu próprio negócio para ver como era, eu era corajosa o suficiente para querer viver em vez de me contentar em existir. Antes que a minha mãe piorasse da doença, eu buscava experiências. Não que eu fosse pular de *bungee jump* de um avião ou algo assim, mas fiz uma aula de arte e me forcei a ser sociável. Fui jantar sozinha porque eu queria. Juntei-me a Anjali em uma viagem de última hora para Cuba. Nada de mais para algumas pessoas, mas o suficiente para eu sentir que estava saindo da minha zona de conforto. Agora sou tão vulnerável quanto um caracol sem concha, um alvo fácil para os Todds do mundo virem e jogarem sal em mim como uma criança desagradável, feliz em exercitar o pouco poder que tem.

Eu vou até o banheiro e passo uma variedade de cremes antes de vestir o pijama e subir na cama, puxando as cobertas para cima enquanto me entrego ao estresse da noite. Ver Todd me atingiu mais forte do que eu pensava, e agora tenho a preocupação adicional de esperar que ele não descubra o que estou fazendo por Fangli. Minha mente vai automaticamente para a entrevista na ZZTV e minha mãe sendo perseguida no asilo por causa de sua filha impostora. A reputação de Fangli em frangalhos. O fim do mundo, na verdade, porque esse é o destino de toda jornada que faço pela Estrada da Ansiedade.

Os comentários de Sam também atingiram fundo. Como a estúpida que sou, pensei que tínhamos uma conexão. Agora vejo o quão errada estava porque, para ele, eu sou antes de tudo uma funcionária que não está atendendo às expectativas. Eu pensei que ele havia escolhido uma roupa para mim porque queria me ver bonita, mas era para Fangli. Acompanhar-me perto o suficiente para tocar na exposição de arte? Era isso que as pessoas esperavam ver. Pegar minha mão para guiar a caneta? Ele queria que eu aprendesse a assinatura idiota. Isso é um trabalho para ele e eu pensei que era tão fabulosa a ponto de Sam Yao desenvolver sentimentos por mim, como em um conto de fadas. Eu até tinha esquecido daquela namorada misteriosa a que Mei se referiu e Sam nunca citou.

Eu enterro meu rosto no travesseiro e cantarolo na tentativa de abafar a vergonha implacável que corta minha pele, deixando arrepios frios em seu rastro. Nós nos conhecemos há menos de uma semana, o que eu sei sobre ele? Sou uma *ninguém* e ele anda com celebridades porque — notícia de última hora — ele é uma das estrelas *mais desejadas do mundo*. Claro que não sou nada além de uma pessoa temporária na vida dele, nada especial. Ninguém *incomparável*. A única salvação desse fiasco é que tudo isso só aconteceu na minha cabeça. Sam não tem ideia de que eu estava pensando em beijá-lo na galeria de arte, e ele nunca, nunca vai descobrir. Isto é um trabalho, um contrato de curto prazo, e eu sou uma idiota delirante por pensar que o Sam que vi era o homem de verdade e não um personagem.

Além disso, não vejo a mamãe há dias. Ela deve estar solitária. Estendo a mão para pegar o telefone, pensando que talvez eu possa mandar uma mensagem para Anjali para me acalmar, mas então vejo a hora. Está tarde e não quero incomodá-la.

As lágrimas vêm quentes e numerosas. Eu enterro meu rosto de volta no travesseiro, minha respiração ofegante enquanto soluços atormentam meu corpo, forçando-me a encolher o corpo com meus joelhos junto ao peito. O calor da minha respiração se mistura às lágrimas grudando o algodão branco da fronha no meu rosto. Isso dura apenas alguns minutos, mas quando eu tiro o travesseiro, soluçando, estou esgotada.

Viro o travesseiro para o lado seco e puxo as cobertas sobre minha cabeça. Então vou dormir, com lágrimas escorrendo das pálpebras que cerrei bem.

26 de junho

TAREFA SUC:

Recomponha-se, Gracie.

SERIEDADE	URGÊNCIA	CRESCIMENTO
Muito importante.	Alta. Faça o mais rápido possível, em poucos dias ou até em poucas horas.	Sim, o problema vai piorar se eu não lidar com ele.

Capítulo 17

No dia seguinte, acordo cedo, ainda de madrugada, e deito sobre os lençóis por um momento, debatendo se devo levantar ou voltar a dormir. Depois da explosão emocional da noite anterior, pensei que meu descanso seria destruído por pesadelos, mas dormi melhor do que há muito não dormia. Por hábito, verifico meu telefone. Nenhuma mensagem de Sam, como sempre, porque *ele nunca pensou em mim como algo além de um trabalho.*

Certo. Levante-se.

No banheiro, examino minha pele. Como esperado, as manchas sumiram. Meus olhos estão iluminados com uma luz dourada sutil, um efeito colateral agradável do choro, como se eu tivesse limpado as impurezas dos meus globos oculares. Lavo-me e, depois de remover os vestígios de lágrimas das minhas bochechas, estou revigorada de uma forma que não sentia há algum tempo.

De volta à suíte principal, faço um café na máquina de cápsulas e pego meu laptop para transcrever e organizar todas as notas sobre meu novo sistema de tarefas. Meu colapso na noite passada foi uma revelação e encaro o dia que se aproxima com algo próximo do entusiasmo. Sam que exploda. Ele acha que sou uma droga? Vou mostrar a ele. Ele acha que eu não estou tentando? Dane-se ele.

Foda-se o Todd, por princípio.

Entro numa onda. *Foda-se Sam, e você, Todd, e você, Mei, por dificultar a comunicação, mesmo eu sendo uma babaca por te culpar pelos meus erros. Não você, Fangli. Você é legal.*

Posso estar movida a energia negativa, mas digito freneticamente, nem mesmo voltando para corrigir meus erros porque não quero interromper meu raciocínio. Perco-me em minhas próprias palavras enquanto escrevo, cada ideia levando a outra e conectando-se novamente. Estou tão envolvida que sequer noto Mei entrando na sala — já que ela vem da suíte adjacente, as várias fechaduras das portas não a bloqueiam — até que ela se senta ao meu lado na mesa. Mesmo assim, levo alguns segundos para sair do meu espaço mental.

Ela fica calada, mas coloca seu tablet na mesa à minha frente. A tela mostra uma foto minha da noite passada, e embora eu esteja inicialmente aliviada em ver que pareço exatamente com Fangli porque maquiagem é mágica, posso dizer pelo rosto de Mei que a história não é tão positiva quanto poderia ser. Eu leio o texto rapidamente.

> A megastar chinesa Wei Fangli estava sem o seu sorriso de mil megawatts ontem à noite em uma exposição privada no Museu de Arte Contemporânea. Pode ter sido a dor de garganta que a impediu de falar, mas fontes dizem que há problemas no paraíso de seu suposto relacionamento de longa data com o superstar Sam Yao. Ambos estão em Toronto estrelando *Operação Oblivion*, um drama da Segunda Guerra Mundial em exibição no Teatro Royal Alexandra.

— Quem são as fontes? — pergunto. Isso é uma má notícia porque achava que Sam e eu estávamos indo muito bem, pelo menos em público.

Mei não diz nada, como sempre.

Fangli entra, com os olhos arregalados.

— O que aconteceu? — ela exige saber. Quando ela se senta, sua perna direita balança para cima e para baixo em um staccato rápido.

— Foi culpa minha — eu digo. Fangli não está agindo como ela mesma.

— Achei que você tinha dito que estavam se dando bem. — Sua perna se move mais rápido e Mei desvia o olhar para o chão.

— Estamos. — Abaixo minha voz para acalmá-la. Mei encontra meus olhos, mas não consigo dizer o que ela está pensando, ou seja, estou por minha conta. — Fangli, olhe para mim.

Ela me encara com olhos arregalados, e não gosto da aparência.

— Foi culpa minha — repito lentamente. — Sinto muito. Vou melhorar.

Isso parece se registrar na mente dela porque o tremor nas pernas diminui.

— Foi uma noite ruim — explico. — Eu estava nervosa, mas agora sei o que esperar. Não vai acontecer de novo.

Enquanto falo as palavras, percebo como fui sincera. Apesar da maneira idiota como ele transmitiu a mensagem, Sam estava certo. Tenho sido uma pessoa pela metade, apenas fazendo o mínimo para sobreviver porque não tenho tido ânimo para fazer mais, não com Todd, minha mãe e a vida. Não quero mais isso. Eu disse a Fangli que faria um trabalho e vou cumprir, mas do meu jeito. Tenho sido muito passiva, um balão levado pelo vento.

A expressão de Fangli não se altera, mas sua perna para de se mover.

— Preciso visitar minha mãe esta manhã — digo com uma voz firme. — Voltarei ao meio-dia e então vou praticar seu autógrafo por vinte minutos. Você estará aqui hoje, Fangli?

Ela olha para Mei, que olha para mim.

Eu sigo em frente.

— Se você estiver livre esta tarde, quando eu terminar, você pode me mostrar como agiria se alguém te abordasse, para que eu saiba o que fazer.

— A Sra. Wei tem vários compromissos antes de ir ao teatro — diz Mei.

— Podemos contorná-los — mostro meu celular para ela. — Me envie um convite para uma reunião para qualquer hora depois do meio-dia. — Se isso é um trabalho, vou tratá-lo como tal.

Fangli abaixa a cabeça e respira fundo.

— Vejo você esta tarde — falo. — A menos que você queira vir visitar minha mãe.

O rosto dela se ilumina antes de Mei balançar a cabeça.

— A Sra. Wei tem várias reuniões esta manhã — repete ela. — Não é sensato arriscar fotos de vocês duas juntas.

— Da próxima vez, então — digo. — Você é sempre bem-vinda. Eu vou usar um disfarce de pirata para que ninguém veja a semelhança.

A piada é ruim, mas Fangli me faz o favor de sorrir antes de Mei acompanhá-la para fora. Verifico as horas e calculo que sair em dez minutos me dará tempo de sobra para chegar ao asilo de mamãe, ficar por algumas horas e voltar. No banheiro, mantenho meu rosto limpo e decido que com meu cabelo curto e lábios pálidos ninguém me verá como Fangli. Descubro minhas roupas velhas no fundo da cômoda e visto um par de jeans largos com uma regata solta. Com óculos escuros, pareço eu mesma novamente.

Pego meu celular. Tenho o número de Sam porque Mei me deu para emergências, mas nunca o utilizei. Eu poderia mandar uma mensagem para ele dizendo... o quê? Enfio o telefone na bolsa e vou para a porta. Encontrar desculpas patéticas para estar acidentalmente no mesmo lugar ou mandar mensagem — só para ver — é a mesma técnica que uma adolescente apaixonada usaria e eu não vou fazer isso. Sam deixou sua posição clara.

Eu vou respeitar isso. É hora de evoluir.

✓

Como eu antecipei, ninguém no saguão do Xanadu olha duas vezes para a figura desleixada e sem estilo que passa a caminho do transporte público. Sinto falta da atenção, mas só um pouco.

A enfermeira acena para mim quando chego, julgando-me porque já faz alguns dias que não venho aqui. Eu assino a minha entrada e vou pelo corredor. A rotina da minha mãe é estruturada e eu tenho o cronograma em casa e salvo como uma foto no meu telefone. Dez da manhã significa tempo livre/atividades sociais, mas mamãe prefere retalhar o próprio rosto a jogar cartas, que é uma das únicas atividades que eles têm, por isso dou uma espiada no quarto dela primeiro. Para minha surpresa, está vazio. Eu rapidamente verifico para ter certeza de que ela tem roupas limpas e que tudo está arrumado, então vou para o solário.

Quando chego lá, fico entre as portas francesas abertas e procuro por ela. O solário está bastante movimentado, talvez dez ou doze pessoas sentadas sozinhas com um jornal na frente delas ou olhando pela janela. Não há música ou conversa, e dentro do meu peito um pequeno buraco se alarga. Preciso daquele dinheiro da Fangli para poder jogá-lo na mesa quando Xin Guang ligar. Pode ser a qualquer momento. Estou nessa lista há muito tempo.

Atravesso a sala até a minha mãe, grata por ela não precisar de cadeira de rodas. Vi alguns dos outros moradores, com os braços fracos demais para se movimentarem sozinhos, esperando que uma enfermeira ou um voluntário tivessem um momento para levá-los aonde quisessem ir. Minha mãe continua se movimentando e isso é uma boa notícia.

Quero enterrar meu rosto em seu ombro como eu fazia quando criança. Em vez disso, estendo a mão e lhe dou um abraço gentil. Seus ossos são leves sob meu toque, mas seus olhos se enrugam quando sorri, como sempre fazem, com linhas profundas irradiando para suas têmporas.

— Oi, querida — diz ela. E balança a cabeça. — Você cortou o cabelo?

— Você gostou?

— *Aiya*. Tão curto.

Ela me acomoda em uma cadeira ao lado dela e eu me sento por um momento com sua mão na minha cabeça. Ela sempre teve uma energia muito suave, e eu fecho meus olhos para deixá-la lavar a vergonha que sobrou da noite passada. Energia de mãe, cara. Quando funciona, funciona bem.

Falo sobre as pessoas que vi no caminho. Então minto sobre o trabalho e digo que é a mesma coisa de sempre, elaborando um pouco sobre algum drama falso de trabalho. Ela balança a cabeça enquanto me escuta, mas quando faço perguntas, apenas sorri e acaricia meu braço. Falo mais alguns minutos antes de cair em silêncio. As outras pessoas na sala estão tão quietas que é como estar em uma galeria cercada por esculturas. Quando um voluntário entra para perguntar se alguém quer chá, sua voz ecoa nas paredes.

Depois de pegar um chá para mamãe e um café para mim, pego um jornal e começo a ler em voz alta. Vou devagar, mas não presto atenção nas palavras porque estou pensando em construir meu planejador novamente. Preciso verificar o que escrevi esta manhã, mas sei que a ideia está lá. Eu sei que a tenho. Um rubor quente me invade, uma satisfação profunda que eu não sentia há muito tempo.

As duas horas passam lentamente e eu pego mais café, mais chá e alguns biscoitos. Mamãe deixa o chá formar uma espuma no topo enquanto ela se concentra no nada acontecendo lá fora. Ao nosso redor, os outros moradores fluem para dentro da sala e tomam posições. É claro que cada um tem sua cadeira preferida, e eu me pergunto o que acontece quando um morador toma o assento do outro. Provavelmente, uma rinha de gaiola.

Levo a minha mãe para almoçar, depois dou um beijo nela e volto para o Xanadu. Vê-la me acalmou e colocou toda essa situação em perspectiva. Sei o que preciso fazer e agora estou pronto para fazer direito.

Não há ninguém na minha suíte quando chego, mas a voz de Fangli vem da porta ao lado. Mei me enviou um convite para daqui a uma hora para que eu não perca tempo. Tenho de vasculhar para encontrar o papel que Sam me deixou ontem à noite, e passo exatamente vinte minutos repetindo a assinatura até conseguir imitar os traços suaves sem olhar. Guardo o papel com orgulho. Uma pequena conquista concluída. Um "feito" na minha lista. Dopamina alcançada.

Tenho quarenta minutos restantes, então pego meu laptop para dar mais sentido às minhas anotações. Estou no meio de um esboço visual de como minha lista de tarefas poderia ficar quando alguém bate na porta de interligação entre as suítes. Deve ser Fangli, pronta alguns minutos mais cedo. Deixo meu laptop ligado e vou abrir a porta.

Sam está à minha frente, mãos elegantemente colocadas nos bolsos, pulsos excelentes à mostra.

Eu me esforço para manter uma expressão neutra enquanto dou um passo para trás e gesticulo para que ele entre. Profissional. Educada e distante, como novos colegas devem ser.

— Achei que você estivesse ocupado hoje.

Não temos um evento por alguns dias. Mei enviou uma série de convites para o meu calendário enquanto eu estava com a minha mãe. Li tudo para saber o que estava por vir antes de aceitar fogo inimigo.

— Eu terminei cedo e não preciso estar no teatro até mais tarde. — Ele passa a mão pelo cabelo preto ondulado e mechas caem de volta em seus olhos exatamente como estava, cobrindo as sobrancelhas grossas e retas. — Fangli está chateada por causa da nossa briga ontem à noite.

Ele está aqui por causa de Fangli. Tento não me ressentir disso.

— Eu disse a ela que estava tudo bem.

— Bom. — Ele hesita e então olha por cima do ombro. Eu espio e vejo Mei parada sozinha no meio da suíte de Fangli nos observando. Sam fecha a porta e espia meu laptop, que eu desligo. — No que você está trabalhando?

— Notas sobre o que estou fazendo aqui para que possa vendê-las ao maior lance quando eu for embora.

Ele me encara com olhos arregalados e eu esfrego a parte de trás do meu pescoço.

— Ah, me poupe — eu digo. — É um projeto pessoal que não tem nada a ver com você, porque, sabe de uma coisa? Eu não tive nada a ver com você durante a maior parte da minha vida.

Há um breve silêncio e Sam balança para frente, mãos nos bolsos.

— Nós podemos ter começado com o pé errado — diz ele.

— Nós? — Esta é uma declaração impressionante de tão ampla. — Podemos?

— Eu estava errado. — Ele se senta.

— O quê? — Eu também me sento e empurro meu laptop para o lado. A voz de Sam não está com a precisão usual e acho que estou falando com o homem de verdade, uma criatura tão esquiva quanto uma criatura lendária.

Ele não está olhando para mim, mas para algum lugar por cima do meu ombro.

— Eu estava bravo no carro ontem à noite e descontei em você.

— Você estava certo. — Acabo olhando por cima do ombro dele também, em direção ao lago. — Eu não estava levando isso a sério, mas irei.

— Você não está indo mal — comenta ele. — Não me entenda mal, a falsa dor de garganta foi uma ideia terrível, mas, no geral, você está tentando. — Agora nossos olhos se encontram e os dele se desviam. — É o que você disse no carro. Sobre Fangli.

Quero interromper, mas seria apenas para ouvir minha própria voz. Em vez disso, fico quieta porque Sam está se esforçando e não quero silenciá-lo.

— Você está certa. Fangli está doente. — Um leve rubor sobe por sua garganta. — Não fisicamente. Na mente dela.

— O que é?

— Ela tem ataques de pânico. Ataques ruins, em que ela não consegue distinguir o que é real do que não é. Ela começou a tê-los quando éramos estudantes. — Ele faz uma pausa. — Isso pode deixá-la ansiosa demais para trabalhar e ela não fala muito sobre isso. O agente dela disse para ficar quieta, para que ninguém pense que Wei Fangli é louca. Inclusive ela. Isso a assusta.

A amargura em sua voz confirma a verdade.

— O que ela anda fazendo sobre isso?

— Acupuntura. Dieta. — Ele suspira. — Eu a convenci a trabalhar no programa no Canadá porque pensei que um novo ambiente poderia ajudá-la a falar com alguém e obter ajuda. Ela não pode fazer isso em casa. Ela sente muita vergonha.

— Está piorando?

— Ela está lutando. Está desesperada para esconder isso de todos e eu sou a única pessoa com quem ela pode falar. Estou tão acostumado a proteger o segredo dela que, ao ouvir você dizer isso, exagerei. — Ele coloca as mãos entre as pernas e abaixa a cabeça.

— Ela precisa falar com um terapeuta, um médico. Existem medicamentos que ajudam. — Hesito. — Eu tomo esses remédios.

— O quê? — Seus olhos piscam de volta para mim.

— Eu também tenho pânico. Depressão. Comecei a tomar remédios há dois anos.

É difícil falar sobre isso. Eu sei que acontece, sei que não é incomum — eu realmente sei —, mas parte de mim ainda acha que tomar remédios parece fraqueza, como se eu não conseguisse lidar. Eu sei que é errado, mas na minha cabeça é uma questão de força de vontade, não uma questão química cerebral.

— Parece que vocês são parecidas em mais aspectos do que na aparência. — Seu sorriso é irônico.

— Como posso ajudá-la?

— Eu não estava mentindo ontem à noite quando disse que você estar aqui já estava ajudando. Ela está se virando melhor.

Eu tomo uma decisão. Estendo minha mão, palma para cima.

— Vamos começar de novo. Em vez de você pensar que eu sou um fracasso sem salvação, e eu pensar que você é um babaca bidimensional arrogante, vamos ser Gracie e Sam fazendo um trabalho juntos.

— Eu nunca disse que você era isso — ele protesta. Então faz uma pausa. — Espera aí, é assim que você me vê?

Em resposta, olho fixamente para minha mão.

— Sinto muito. — Ele pega minha mão brevemente e a solta. — Eu descontei minha raiva em você porque não consegui impedir que esse plano da Fangli acontecesse. Foi uma atitude babaca, como eu acho que você chamaria.

— Sim, eu chamaria — concordo com serenidade. — Certo, ok. Que bom que resolvemos isso.

— Oi, Sam — falo. — Prazer em conhecê-lo.

Desta vez, é ele quem estende a mão.

— Gracie. Estou ansioso pela nossa parceria.

Quando apertamos as mãos, não estou tocando Sam Yao, o famoso astro de cinema. Ele é apenas Sam.

Um Sam que fica estranho quando nossas mãos se soltam. Ele olha para baixo, flexionando os dedos e franzindo a testa.

— Como seguimos daqui para frente? — pergunta ele.

Sua incerteza é reconfortante de certa forma — é bom ver que ele é apenas humano — mas também perturbadora porque pelo menos um de nós deveria saber como lidar com essa situação. Essa pessoa terá que ser eu.

— Continuamos trabalhando, mas fazemos isso juntos — decido. — Eu te digo se precisar de ajuda em vez de evitar a situação.

— Vou tentar ouvir.

— Sam.

— Eu *vou* ouvir — diz ele.

Pego um papel e ele observa enquanto escrevo. Embora possa vê-lo quase vibrando de curiosidade, ele espera até que eu esteja pronta. Entrego a folha e ele lê em sua voz baixa.

— "Este contrato (o 'Contrato') datado neste dia 26 de junho estabelece o acordo de trabalho ('Acordo') de Sam Yao e Gracie Reed."

Ele olha para cima.

— A linguagem jurídica é necessária?

— Torna nosso acordo vinculativo.

Sam volta a ler.

— "Ambas as partes juram solenemente: Um, tratar um ao outro com o respeito devido a um colega de trabalho" — ele lê. — Por que você numerou se você só tem uma regra?

— Você pode adicionar mais — proponho. — Todo o resto parecia redundante.

Ele pensa por um tempo, então dá de ombros.

— Você provavelmente está certa. — Ele assina com um floreio e entrega. Eu assino e dobro o papel.

— Agora é oficial — digo. — Somos parceiros.

Ele sorri, uma expressão torta que logo se transforma em uma risada barulhenta.

— Você é especial, Gracie Reed.

Não posso deixar de sorrir de volta. Acho que ele pode estar certo.

28 de junho
MAPEAMENTO MENTAL DO EPPY
CLASSIFICAR AS TAREFAS EM:
Ações
Tarefas semanais
Metas
Ideias
Tarefas para hoje

Capítulo 18

Os próximos dois dias têm uma programação fácil que eu gosto. Eu acerto minha rescisão com a Garnet Brothers e crio uma regra na caixa de entrada para que todos os e-mails da garnetbrothers.com vão direto para Fred, o Advogado. Eu não tinha percebido o quanto eu temia abrir meu e-mail e ver um de Todd.

Dedico a maior parte dos meus dias a praticar ser a Fangli e desta vez faço direito, listando todas as maneiras pelas quais ela pode ser abordada e minhas respostas planejadas. Se alguém vem até mim na rua, no banheiro. Quer uma foto, uma selfie, um autógrafo. Eu maratono conteúdos da Fangli até que eu seja capaz de repetir seus maneirismos a ponto de alternar para minha persona Fangli mesmo quando não estou em público. Sam me garante que isso acontece com ele quando se aprofunda em um papel.

Porque Sam, para minha total surpresa, se tornou inestimável. Sempre que ele não está no teatro, praticamos até que pareça natural virar para ele com um sorriso e ver seu olhar afetuoso. Mesmo que não seja uma atuação, não sou mais tão ingênua e desesperada para ver isso como qualquer coisa além do que é: apoio a uma amiga. Ele está fazendo isso por Fangli e sua carreira. Sou apenas uma ferramenta. Agora dói menos do que eu pensava que doeria, provavelmente porque quando penso nisso, a ideia de encantar Sam Yao com meu desemprego e falta de fama é tão risível.

É uma pena que sua nova simpatia o torne mais atraente. Não fisicamente — porque você não pode melhorar a perfeição — mas como pessoa. Este Sam não é frio e distante, mas brincalhão e charmoso. Ele é viciado em pop britânico dos anos noventa e certa noite, nós dois cantamos *Wonderwall* do Oasis, com direito a guitarra imaginária para grande deleite de Fangli.

As piadas dele são tão terríveis quanto as de um pai tentando ser engraçado com adolescentes. Isso fica evidente quando ele me vê anotando algumas coisas.

— Gracie, sabe por que não se deve escrever com uma caneta vazia?

— O quê? — Do que ele está falando?

— Porque é vago. Você já ouviu aquela sobre a folha de papel?

— Sam, você está bem?

— Na verdade, é uma situação bem rasgável. — Com um sorriso satisfeito, ele se vira, feliz por ter contado duas das piores piadas do mundo.

Ele é um dançarino incrível, o que eu descobri por acidente quando tentei reproduzir uma dança da moda que vi nas redes sociais. Ele assistiu uma vez e então repetiu perfeitamente, enquanto eu o olhava embasbacada.

— Minha mãe diz que tenho boa inteligência cinestésica corporal. Que puxei dela naturalmente. — Ele deu de ombros.

— Não tem como eu conseguir fazer isso.

— Claro que tem. O segredo está nos quadris.

Só depois de passar cinco minutos inúteis tentando me ensinar a fazer um *body roll*, ele desiste. Graças a Deus, porque se eu tivesse de vê-lo empurrando os quadris para mim enquanto descia as mãos pelo seu peito tonificado mais uma vez, eu teria explodido. Ele não percebe o impacto que está causando e senta no sofá.

— O que você estava fazendo antes de tentar dançar?

— Assistindo *A Lótus de Pérola* novamente. — Decidi que seria bom assistir de novo agora que estava um pouco mais acostumada a me passar pela Fangli.

— Posso me juntar a você? — Este Sam também é escrupulosamente educado em comparação com o antigo.

— Claro, mas você tem que me contar as fofocas dos bastidores.

— Eu começo o filme, então pauso. — Você acha estranho se assistir na televisão?

— Eu não costumava assistir meus próprios filmes — diz ele. — Você quer pipoca?

— Sim. — Ele se levanta para estourar um saco de pipoca e eu espero que ele continue. — Então?

— Então, o quê? — Sam se abaixa para pegar tigelas num armário.

— Atuar. Assistir a si mesmo. Você não costumava fazer isso, mas faz agora?

— É uma experiência incrivelmente desconfortável — fala enquanto estalos repetidos saem do micro-ondas. — Toda cena pode ser melhorada, mas já está, eternizada para sempre. Minhas expressões idiotas. Como pareço ridículo em uma fantasia. Não consegui suportar isso por um longo tempo.

— O que mudou?

— Meu amigo Chen ressaltou que se eu nunca visse meu próprio trabalho, nunca evoluiria. Fazia sentido e se tornou mais fácil. — O micro-ondas apita e ele pega o saco, xingando quando o abre e o vapor queima sua mão. — Dito isso, é difícil quando estou sentado com alguém tirando sarro.

— Eu nunca faria isso! — Estou ofendida que ele pense que sou tão maldosa.

Sam traz duas tigelas e me entrega uma.

— É brincadeira... Eu sei que você não faria isso. — Começamos o filme novamente e alguns minutos depois ele pausa. — Está vendo isso?

Eu espremo os olhos para observar a cena, que acontece na Sala do Trono sob um dragão dourado com olhos de rubi.

— Isso é um copo do Starbucks?

— Ninguém admitiu ter deixado isso lá.

— Era seu, não era?

Quando ele ri, todo o seu rosto se ilumina com a travessura.

— Isso foi assunto nas redes sociais por dias. Não pude contar a ninguém. Estava muito envergonhado. — Toca o bolso e tira o celular, que está vibrando. Seu rosto endurece e ele rejeita a ligação com um movimento decisivo.

— Minha mãe — diz ele, ao me ver olhando.

Faço alguns cálculos mentais aproximados.

— Não são cinco da manhã ou algo assim lá em Pequim?

— Umas três horas, mas minha mãe não é limitada por coisas como fusos horários quando se trata de tentar controlar minha vida.

Ouvir que Sam tem problemas com a mãe me atinge da mesma forma que ver meu professor no mercado quando eu era criança — tão íntimo que é desconcertante.

— Qual o problema?

— Nenhum.

Minha curiosidade não tem limites. Então, proponho:

— Eu te conto sobre meu projeto secreto.

— Não acredito. — Sam arqueia a sobrancelha.

— Chama-se *Eppy*. Tem até uma prévia.

— Você sabe quem é minha mãe. — Sam cede.

— Lu Lili. Costumávamos assistir aos filmes dela.

— E meu pai.

— Ren Shu, o diretor.

— Certo. Minha mãe é incansável. — Ele faz uma careta. — Eu estive em vinte e três filmes. Atuo há mais de quinze anos. Sou um dos atores mais bem pagos da China e, no entanto, aos trinta anos, sinto a necessidade de ter a aprovação dela.

— Mães — digo.

— Mães — concorda ele. — Ela quer que eu pare de atuar e entre para a empresa de entretenimento do meu pai.

— Como ator?

— Treinado para ser o CEO, como ele. É meu dever como um bom filho.

— Isso soa muito dinástico.

— Mas é. — Ele bebe, mantendo a expressão azeda. — O que Lu Lili quer, ela consegue. Tem influência suficiente para impedir que outras empresas me contratem, e ela tem certeza de que é para o meu próprio bem.

— Você não quer?

— Somos pessoas diferentes — ele diz com veemência. — Temos ambições diferentes. Ela não entende isso. É porque ela nos ama, mas ela também não tem limites.

Eu me inclino para trás no sofá e dobro as pernas sobre o assento.

— O que você vai fazer?

— Evitar as ligações dela. — Aponta para o telefone.

— Não é o melhor plano a longo prazo.

— Funcionou até agora. — Ele inclina a cabeça daquele jeito característico. — O que você sugere?

— Você já tentou dizer a ela como se sente?

Sam parece legitimamente horrorizado.

— Não somos o tipo que lida com sentimentos.

— Pode ser hora de começar, a menos que você queira continuar ignorando sua própria mãe porque tem medo de ter uma conversa sincera. Aos trinta anos.

— Não estou com medo.

Eu jogo um travesseiro nele e me surpreendo com o quão à vontade estou.

— Mentira.

— Você não conhece a minha mãe.

— Eu conheço a minha mãe.

— Você tem muitas conversas francas com ela?

— Não — admito. — Eu queria ter tido. Faça o que eu digo, não faça o que eu faço.

— Obrigado.

Ele dá play no filme novamente e assistimos em silêncio por alguns minutos. Então ele pausa de novo.

— Conte-me sobre o *Eppy*.

Por que é tão difícil falar sobre as coisas que são importantes para a gente? Eu entendo que no grande esquema da vida, criar uma lista de tarefas que funcione não está no mesmo nível de consertar a mudança climática, mas para mim, aperfeiçoar essa lista é algo grandioso. Sam virou todo o seu corpo para mim e está se inclinando para frente como se estivesse interessado.

— Só algo em que estou trabalhando — desconverso.

Quando eu o ignoro, a atmosfera muda entre nós. Ele se afasta e, como eu não resisto a agradar os outros, acabo sucumbindo.

— É uma lista de tarefas — deixo escapar.

— De tarefas que você precisa fazer? — Uma leve linha aparece entre seus olhos.

— Não, um organizador de tarefas. Um método de planejamento. Nenhum dos que tentei funciona para mim, então estou criando o meu próprio. — Isso soa estúpido e eu cutuco a costura do sofá.

A linha desaparece enquanto seus olhos se arregalam.

— Como *bullet journals*? — pergunta ele.

— Você gosta de listas de organização? — É minha vez de ficar com os olhos arregalados.

Em resposta, ele pega seu telefone e me mostra uma pasta inteira de ferramentas de produtividade.

— Meu assistente, Deng, me apresentou a elas, mas ainda não encontrei a certa.

— Nem eu.

— Aí você decidiu fazer o seu. — Ele sorri. — *Eppy*. Eu gosto. Eu nunca teria pensado em criar meu próprio sistema.

Não é nem um elogio, mas seu tom me faz ficar vermelha.

— Não é nada — murmuro. — Nada de mais.

— Por que não? Você viu um problema e está consertando. A maioria das pessoas só daria um jeito de contornar.

— Eu não cheguei muito longe.

— Já tem pessoas suficientes no mundo prontas para te derrubar. Você precisa ajudá-las? — A linha entre suas sobrancelhas retorna.

Suas palavras me atingiram no estômago.

— É esse o seu lema?

Sam pega a tigela de pipoca e olha para ela. Como estamos tendo uma conversa séria, tento não notar o ângulo agudo do rosto dele — da maçã do rosto até o queixo —, mas, cara, é difícil.

— Tem que ser. Tudo o que eu faço é criticado. O que eu visto. Com quem eu namoro. Meus papéis em filmes e como eu me saio neles.

— Como você lida com isso?

— Eu não leio as avaliações. Boas ou ruins. — Ele me passa a tigela. — Você me deixa testar?

— Você quer? — Isso cria uma enorme onda de animação que não consigo esconder.

— Uma chance de organizar minha vida? Pode apostar que sim. — Ele ri, dá play no filme e eu me sento direito, quase feliz demais.

30 de junho

Mudança de mentalidade

FAZER PELO MENOS MAIS DOIS MÓDULOS DE MANDARIM – MELHORAR MINHA COMUNICAÇÃO COM A MINHA MÃE.

LISTA DO AMOR ♡

Não são tarefas, são oportunidades!

LAVANDERIA – TEREI ROUPAS LIMPAS.

PRATICAR A VOZ DE FANGLI – LIMITA AS CHANCES DE HUMILHAÇÃO PÚBLICA.

LER O ROTEIRO DA OPERAÇÃO OBLIVION. ESTA É HONESTAMENTE UMA TAREFA DIVERTIDA QUE NÃO REQUER NENHUMA MUDANÇA DE MENTALIDADE.

Capítulo 19

Eu tento me conectar com a Fangli. Não me sinto confortável falando com ela sobre sua saúde mental, mas uma noite, quando ela vem ao meu quarto, menciono que esqueci de tomar meu remédio e a deixo me ver engolir um comprimido.

— Você está doente? — pergunta ela, preocupada.

— Tenho depressão e pânico. — Tento responder casualmente. — Esses inibidores de serotonina ajudam a me acalmar porque ajustam a química do meu cérebro.

— O quê? — Os olhos dela se arregalam.

— Eu tenho isso há muito tempo, mas só comecei a tratar de verdade há alguns anos — conto. — Foi difícil admitir que eu precisava de ajuda. — Foi mais para excruciante, mas estou tentando fazer parecer fácil para Fangli, como se isso fosse algo que ela pudesse fazer.

Ela não responde por um momento, então diz:

— Eu gostaria de dar uma volta.

Eu entendo a indireta e respondo:

— Você deveria. Ar fresco é bom.

— Não conheço muito bem a cidade. Sou levada para todo lugar.

— Vamos juntas — digo de repente. — Nós iremos para um barzinho pé sujo onde ninguém vai esperar te ver. Você pode usar minhas roupas.

Ela parece em dúvida.

— Não tenho certeza se é uma boa ideia. Alguém pode tirar uma foto.

Penso um instante e sugiro:

— E se a gente se arrumar e você der uma olhada em si mesma? Não iremos a menos que você esteja confortável.

Fangli olha a noite escura pela janela.

— Vai ser difícil ver meu rosto na rua — diz ela, como se estivesse se convencendo.

— Aqui. — Eu tiro um par de jeans e uma regata da minha gaveta.

Ela sorri e sai trotando com as roupas. Quando ela volta cinco minutos depois, eu tenho que rir. Ela acrescentou um cinto, amarrou a blusa com um pequeno nó e vestiu saltos. Ela está fantástica.

— Quase. — Eu arrumo a camisa em uma prega francesa bagunçada e dou a ela um par de minhas sandálias rasteiras e um chapéu. — Sem maquiagem.

— Nem batom?

— Use isso. — É um protetor labial colorido.

Quando ficamos lado a lado, parecemos quase irmãs, mas não há como uma pessoa comum confundir a mulher franzina, de rabo de cavalo e rosto descoberto, usando um boné de beisebol, com uma estrela de cinema, pelo menos não em Toronto.

— Parece bom para mim — falo.

— Vamos lá. — Ela tem um rubor rosado nas bochechas. — Vamos andar por aí com um café do Starbucks.

— Eu vou descer primeiro e esperar por você do lado de fora das portas do saguão, só por precaução — digo. — O saguão é a pior parte, onde as pessoas observam que entra e sai.

Fangli acena com a cabeça enquanto pega a pequena bolsa transversal que eu dou a ela. Com meu cabelo curto e maquiagem mínima, pareço ninguém em particular, então eu ando pelo saguão sem problemas. Fangli se junta a mim e nós vamos para a rua.

Decido abandonar a ideia do bar furreca e levá-la até a Yonge Street, que fica a apenas alguns minutos do hotel. Faço nossos pedidos de café para viagem, e logo Fangli está vivendo o sonho de beber um americano descafeinado enquanto caminha por uma calçada suja. Como é verão, há pessoas circulando e, exceto por um cara que entra na nossa frente e para dizer *"Hubba-hubba"*, um elogio tosco, Fangli fica emocionada ao descobrir que ninguém dá a mínima para quem ela é.

— Como é para você lá na China? — pergunto. — Você consegue andar por aí assim?

Ela balança a cabeça com tanta força que seu chapéu cai.

— Eu tenho um motorista e um segurança.

— Até para ir ao mercado?

— Eu não vou ao mercado. — Fangli move seu café, negando. — Não é seguro para mim ou para as pessoas ao meu redor. Sou sempre cercada por uma multidão.

— Mas não aqui.

— Não sou tão popular aqui. É um prazer. — Ela sorri.

— Você gosta? — Tento imaginar ser tão famosa assim.

— Não é uma questão de gostar ou não. É o que é. Preciso atuar porque quero ser lembrada por algo, para que esta vida signifique algo. — Ela dá de ombros. — Posso fazer o que amo e ganhar dinheiro com isso. Como posso reclamar que não posso ir tomar café quando quiser?

Passamos por uma farmácia e Fangli para e olha uma placa promovendo uma liquidação de Trident.

— Você quer um chiclete? — pergunto.

— Não masco chiclete há anos. Meu gerente proibiu. Parece deselegante. — Ela balança a cabeça.

Imagine ser proibido de comer um pedaço de Trident.

— Essa noite é sua — eu digo. — Rebele-se.

Nós entramos. Deixo Fangli deliberando sobre a exibição de doces — como é possível haver tantos sabores de chiclete no mundo? — e olho ao redor. É uma loja grande, com um balcão de cosméticos de alta qualidade. Tenho tudo o que preciso no hotel, mas meus olhos se demoram nos batons. O último que comprei foi o neutro nada lisonjeiro que usava para ir trabalhar na Garnet Brothers.

— Posso ajudar com alguma coisa? — Uma vendedora se aproxima com um sorriso ensaiado.

— Não, obrigada. Estou só dando uma olhada.

— Claro. Estou aqui se precisar de mim.

Ela se dirige para organizar uma prateleira de corretivos. Na minha frente, há uma linha brilhante de Diors em pequenos estojos pretos e prateados. Eles parecem elegantes e chiques, e na última fileira, na extrema esquerda, há um tom *oxblood* profundo. É mais escuro e ousado do que os vermelhos mais brilhantes que eu costumava usar e agora uso como Fangli, mas não consigo tirar os olhos dele.

— Com licença. — A mulher se vira de volta ao meu chamado. — Desculpe, pode me dar esse batom?

— Claro. — Ela abre uma gaveta larga e o pega. — Eu registro pra você.

Depois de sofrer um ataque cardíaco momentâneo — porque desde quando um batom custa cinquenta pratas? —, eu me junto a Fangli na frente da loja, onde parece que ela está comprando um de cada chiclete em exposição. Não é um comportamento muito discreto, mas ela está tão feliz que não menciono.

Minha nova compra está guardada com segurança na minha bolsa, um segredo que me dá tanta alegria quanto Fangli parece estar sentindo por causa do chiclete. É uma coisa tão singela, aquele pequeno tubo na minha bolsa, mas é tão grande ao mesmo tempo. É meu.

Fangli termina de escanear seus itens no autoatendimento. Quando saímos, ela balança sua bolsa como uma criança com um brinquedo novo.

— Quer um pouco? —pergunta ela, vasculhando a sacola.

— Depois. — Eu mostro meu café.

Um rugido vem da multidão à frente; há um concerto na Yonge--Dundas Square.

— Quer assistir? — pergunto. Parece divertido.

— Será que é seguro? — A expressão de Fangli é desejosa, mas hesitante.

— Claro. Ficaremos na ponta para não sermos esmagadas pela multidão.

Isso alivia sua preocupação. A música não é loucamente alta, e em volta as pessoas estão dançando e fumando. Fangli olha ao redor com os olhos arregalados. A maioria das pessoas está na faixa dos vinte anos e apresenta todos os estilos.

— Todo mundo é diferente — maravilha-se ela. — A multidão é tão pequena.

Tento ver da perspectiva dela.

— Quantas pessoas vivem em Pequim? — pergunto.

— Mais de vinte milhões.

Cerca de dez vezes o tamanho de Toronto. Não consigo nem compreender o quão grande isso é. Há um caminhão de churros por perto, então pego alguns. Ficamos cobertas de açúcar, lambemos doce de leite dos dedos e gritamos o refrão da música, ou pelo menos o que achamos que são as palavras. É divertido até eu pegar meu telefone para verificar as horas e ver uma fileira de mensagens de texto cada vez mais frenéticas de Sam.

> Onde você está?
> Você está com Fangli?

Então, variações disso para a última hora. Ele deve ter chegado logo depois que saímos. Na mensagem final, parece que ele está prestes a chamar a polícia. Eu lhe eu lhe envio uma resposta rápida.

> Estamos passeando. Está tudo bem.

O set termina e as pessoas aplaudem. Fangli se vira para mim com olhos brilhantes, mal parecendo ter mais de vinte anos.

— Isso foi incrível.

A Yonge Street agora está lotada, com a multidão se dispersando, alguns gritando as letras uns para os outros em um chamado que ecoa pela rua. Eu a levo até a Dundas Street e depois descemos pela Nathan Phillips Square, onde subimos o caminho sinuoso de concreto até o telhado verde. Está trancado, não podemos entrar, mas ficamos na sacada da prefeitura e apoiamos nossas mãos na borda, com o concreto áspero sob nossos braços.

— Eu tinha esquecido como era estar perto de pessoas aproveitando suas vidas — diz ela.

— E quando você for para casa?

Ela bufa.

— A vida do meu pai é o trabalho dele. É o mesmo que morar sozinha.

— Certamente você tem amigos. Atores são pessoas, pelo amor de Deus.

— Todos atores ou da indústria. — Ela passa as mãos pelos braços. — Não podemos escapar uns dos outros. Perdi o contato com todos os amigos que fiz na escola.

— E o Chen, o cara por quem você tinha uma queda?

— Foi só uma paixonite. Também não sei dele e é difícil conhecer pessoas novas. Não sei o que elas querem de mim e eu trabalho tanto que não consigo dar aos amigos o tempo que merecem. — Ela fala com naturalidade e então olha para o céu escuro. — Deveríamos voltar.

Eu verifico meu telefone e vejo que perdi uma mensagem de Sam.

Sam: Posso me juntar a vocês?

Droga, ele deve estar realmente preocupado com Fangli se ele está disposto a ser visto conosco. Eu reprimo o pensamento melancólico dele se preocupando comigo um dia e digito uma resposta.

Gracie: Estamos voltando agora.

Passamos pela fonte e estamos quase na Bay Street quando eu digo:

— Por que você não manda um e-mail para ele?

— Quem? — Fangli está olhando curiosamente para seu reflexo na janela escura. — Eu não pareço comigo em nada.

— Chen.

— Pra quê? Outra pessoa para ignorar em favor da minha carreira? — Ela dá de ombros.

Não sou terapeuta, mas sigo adiante.

— Pode ser assim, ou você pode encontrar alguém para conversar.

— Isso não funciona para mim. — Parece derrotada. — Tenho muita necessidade de ficar sozinha.

Não vou brigar com ela sobre isso, não quero estragar a vibe dessa noite, assim conto a ela sobre uma festa de fim de ano terrível que suportei no restaurante que passamos em frente.

— Ninguém sabia que as bebidas eram duplas e o CEO dançou cancan no bar. As pessoas estavam se pegando em tudo que era lugar.

— E então? — Fangli está segurando a barriga, ofegante de tanto rir.

— O CEO escorregou no guacamole e machucou as costas. Não foi trabalhar por uma semana, mas no dia seguinte recebemos um e-mail de toda a equipe sobre não ter mais álcool nas festas da empresa. — Faço uma pausa. — Pelo menos, dois dos casais que estavam se pegando se casaram.

Rimos em explosões intermitentes durante todo o caminho até o hotel. Fangli sobe primeiro enquanto eu vou a uma loja de conveniência para pegar algumas batatas fritas. O churro abriu meu apetite e eu quero equilibrar o doce com o salgado.

Ouço uma batida na porta depois que entramos, e eu a abro para revelar Sam. Ele parece sério, mas quando vê Fangli, toda a tensão se dissipa. Ele entra e revira a geladeira em busca de uma cerveja.

— Você se divertiu?

Fangli conversa com ele em mandarim enquanto abro as batatas fritas e pego a cerveja que Sam me oferece. Acho que ele me perdoou porque sorri enquanto aceita as batatas fritas que passo para ele. É uma boa noite, eu me parabenizo, olhando para Fangli. Ela tem chiclete. Eu tenho meu Dior.

Nós duas estamos felizes.

2 de julho

PLANO PARA NOTAS ADESIVAS:

fazer apenas o que couber na nota.

PRATICAR MANDARIM

FAZER EXERCÍCIO

LAVAR ROUPA, SÉRIO

EPPY

PESQUISAR FILMES

PREPARAR PARA O EVENTO

Capítulo 20

Estou empolgada com meu sucesso da outra noite e murmurando junto com meu aplicativo de mandarim enquanto tomo café da manhã no sofá. Como é que estudei esse idioma na universidade por três anos e nada ficou na minha memória, eu não entendo. Nunca fui nem perto de ser fluente, mas agora preciso lembrar até os números. *Yi. Er. San. Si. Wu. Liu. Qi, ba, jiu, shi.* Um a dez, então é tudo muito lógico. Onze é dez-um. Vinte é dois-dez e vinte e um é dois-dez-um. Nada dessas coisas de *adolescente* ou de adicionar *y*'s.

Acho que Malcolm Gladwell deve ter escrito sobre como sua lógica torna a matemática mais fácil, e estou prestes a fazer uma pesquisa no Google quando decido que isso é procrastinação e volto a aprender os números em vez de aprender sobre eles. Gostaria que minha mãe tivesse falado chinês comigo em casa, mas ela recusou-se. Até sua demência atacar, eu raramente a ouvia falar mandarim. Deixar o passado no passado e tudo mais.

Sam e eu temos um evento hoje à noite e já decidi dividir meu dia entre aprender sobre a indústria cinematográfica da China continental — pesquisa de antecedentes, devo conhecer os principais nomes — e trabalhar no *Eppy*. Ontem à noite, quando estava caindo no sono, Sam me mandou uma mensagem de texto com um pensamento que inspirou uma série de ideias cada vez melhores e estou ansiosa para organizá-las.

Isso mesmo. Sam me mandou uma mensagem sobre o *Eppy*. Ele tem me mandado mensagens de vez em quando nos últimos dias e não apenas quando ele está preocupado com a Fangli. Eu faço o meu melhor para não interpretar demais, mas é difícil. Ver uma mensagem de Sam faz meu coração disparar e queria conseguir superar essa reação para poder ser a amiga neutra que ele claramente decidiu que sou. Amigos são melhores do que nada, e muito mais fáceis de lidar do que adversários.

Meu telefone acende com uma mensagem e novamente meu coração bate forte porque é do Sam.

Sam: Estou no corredor.

Pelo menos ele não simplesmente entrou como sempre. Mas preciso pegar aquela chave. Faço uma verificação emocional e fico feliz em notar que minha frequência cardíaca diminuiu e não tenho nenhum tremor ou sentimentos fortes interferindo no meu bom senso. Aceitei que isso é um trabalho. Bom para mim; muito razoável.

Isso dura o tempo que levo para abrir a porta e ver Sam canalizando um charme casual, com calças largas e chinelos combinados com uma camiseta *oversized*. Sua roupa pode custar de $100 a $10.000 e eu não ficaria surpresa. Eu dou um passo para o lado e ele entra.

— Achei que você estivesse ocupado hoje.

— Vamos dar uma volta — diz ele.

— Não, não vamos — eu falo. — Fangli está fora em um compromisso e eu não posso ser vista com você ao mesmo tempo. — Mesmo se eu for com ele sem meu disfarce de Fangli, eu pareço muito com ela para não causar perguntas se for pega por um fotógrafo.

— Certo. — Ele vai até a janela e olha para fora. — Quero ver a cidade. Minha pele coça para sair daqui.

Sam mudou em relação a mim desde nossa conversa sobre Fangli, e é um alívio poder baixar a guarda perto dele.

— Temos uma estreia de filme hoje à noite. — Eu já tive de praticar como me sentar com o vestido, que é deslumbrante.

— Ficar preso em um teatro. — Ele faz um gesto de desdém.

— Você não está ocupado? — repito a pergunta, já que ele não respondeu.

— Terminei cedo. — Ele não se vira, mas gira o pescoço como se estivesse tentando se livrar de uma torção.

— Aconteceu alguma coisa?

— Não.

Vou até a janela para me juntar a ele. Ele cheira bem, exalando aquela mesma fragrância de pedra lascada. É um dia frio e nublado, e o vento levantou pequenas ondas de ponta branca na superfície do lago. Abro a porta de correr da sacada para deixar a brisa entrar e Sam fecha os olhos.

Sua inquietação me afeta também.

— O que você costuma fazer para relaxar?

— Malhar. Assistir YouTube. Jogar Candy Crush.

— Qual nível?

Ele olha para o telefone.

— Trezentos e oitenta.

— Estou no quatrocentos e noventa e dois.

Isso o faz franzir a testa competitivamente. Tenho uma ideia.

— E se formos ao fliperama perto do aquário? Você usa um chapéu e algo menos... — movo a mão, indicando-o. — Fashion.

Isso pode resolver. Ninguém vai se perguntar quem eu sou se não identificarem o Sam.

— É isso que eu costumo usar em casa. — Ele olha para sua roupa.

Outros caras andariam pela casa de boxer e uma camiseta suja.

— Você parece ter saído de um anúncio da *Vogue* para roupas casuais. Os caras comuns de Toronto não usam calças fluidas.

— Oh. — Ele se anima. — Entendi.

Sam desaparece para sua própria suíte enquanto eu passo a mão pelo meu cabelo. Pareço bem como eu mesma; ninguém vai me olhar duas vezes.

Eu quero que eles olhem? Pego o batom Dior. Ele se chama Revelation e eu me pergunto como conseguir um emprego dando nome a essas coisas.

A primeira aplicação é suave como mel. Mei insiste que eu use um lápis de boca quando faço a maquiagem de Fangli, mas isso é para mim, e não me importo com bordas borradas. A cor é tão rica quanto esperava e dá ao meu rosto inteiro um tom mais angular. Eu gosto.

Eu gosto muito.

Sam reaparece e me olha duas vezes.

— Esse é um novo visual.

— Eu sei. — Não pergunto o que acha porque não usei para ele. Em vez disso, eu o examino. Desta vez, ele está com jeans pretos apertados, um boné, óculos escuros e uma máscara facial médica preta. Fecho os olhos.

— Tire a máscara ou os óculos escuros. E posso pegar minha chave de volta?

— Eu costumo usá-los quando saio — ele fala.

— Um está ótimo. Usar os dois com o chapéu grita: *Olhe para mim, eu sou famoso.*

— Tudo bem. — Ele tira os óculos escuros. — Feliz?

Estou dando uma aula magistral sobre como parecer uma pessoa normal.

— Você realmente nunca fica sem ser observado? — pergunto.

— Não sei. É mais seguro assumir que não, para manter a guarda alta.

Não há resposta que eu possa dar a isso, então pego minha bolsa e saímos. Ele se vira automaticamente para onde estão os carros, eu pego seu braço e ajusto o curso.

— Vamos andando.

— Oh, tudo bem.

Eu solto o braço imediatamente porque a sensação de sua solidez musculosa é semelhante a tocar um fogão quente.

— Continue olhando para frente. Aja como se não houvesse nada para notar. Você é um cara normal saindo de casa, é isso. Dirige um Honda Civic de cinco anos e se pergunta se tem dinheiro suficiente para dar entrada em um apartamento estúdio.

Sua linguagem corporal fica mais casual conforme ele escuta.

— Entendi.

É um dia de semana e estamos perto o suficiente do Distrito Financeiro, que está lotado de funcionários de escritório pegando comida ou cuidando de suas tarefas diárias. Ninguém tira uma foto ou pede um autógrafo porque a maioria está no celular ou conversando entre si, e Sam se anima ao ver que ninguém nos reconhece como Fangli e Sam. Somos apenas mais duas pessoas sem rosto em uma multidão sem rosto.

— A Torre CN é tão alta. — Ele olha para cima quando passamos.

— Você quer subir? — Não subo desde uma excursão da escola primária.

— Podemos? — Seu sorriso é melancólico. — Havia uma foto dela em um livro quando era criança. Pensei que se eu subisse tão alto, conseguiria ver o mundo inteiro. — Ele estica a cabeça para trás e eu o imito. A estrutura de concreto pontiaguda paira sobre nós, ofuscando tudo ao redor.

Em seguida, ele aperta os olhos para os pequenos pontos vermelhos que se movem ao redor do exterior do pod principal.

— Aquelas são pessoas?

— Você pode colocar um arnês e se inclinar sobre a borda. — Eu levanto minha mão antes que ele diga uma palavra. — Você vai sozinho nessa parte.

— Eu passo. Ser erguido por fios em filmagens já é o suficiente para mim.

Nós compramos ingressos e bocejamos para estourar os ouvidos enquanto subimos pelo elevador até o deque de observação. Embora o dia esteja nublado, não está tão fechado a ponto de obscurecer completamente a vista.

— Você não consegue ver o mundo inteiro, mas Hamilton está ali. — Aponto a cidade que margeia o lago a sudoeste.

Ele sorri e estende a mão como se fosse segurar a minha. Eu congelo, mas murcho quando ele toca a janela em vez disso.

— Está bom o suficiente.

Deixo Sam sonhando perto da janela enquanto perambulo e tomo cuidado para pisar ao redor do piso de vidro que dá uma visão doentia do chão. Que nosso relacionamento mudou drasticamente é inquestionável e estou dividida entre aceitar e querer falar sobre isso até a exaustão. Uma garota legal levaria tudo na esportiva.

Eu não sou legal.

Volto para perto dele antes que perca a coragem.

— Por que você está agindo assim? — Seus olhos se voltam para baixo para me observar.

— Assim, como?

— Amigável. Você começou rude pra caramba, e recentemente está sendo legal comigo, mais legal do que precisa ser para esse trabalho. O que está acontecendo? — Minha voz treme porque não gosto de confronto e, embora isso não seja hostil, é sobre sentimentos, o que eu também evito. Há muita coisa de que eu não gosto nessa situação, mas se tiver clareza sobre isso no final, ficarei mais feliz.

— Desculpe.

— Pelo quê? — Não foi isso que pensei que ele diria.

— Não passamos por isso na outra noite? — Ele olha para longe através da janela. — Eu disse que estava preocupado com a Fangli.

Uma família barulhenta se aproxima e nos movemos para o outro lado do deque.

— Certo. Isso não explica por que você quer sair comigo em vez de ficar no hotel jogando Candy Crush.

Sam se pressiona contra a parede e cruza os braços.

— É um problema tão grande estar comigo? Você sabia que há pessoas que matariam por isso?

— Diga nomes.

— Tudo bem, eu estava solitário — ele retruca. — Feliz? Estava entediado e você e Fangli voltaram brilhando na outra noite e eu queria a mesma coisa. Quero viver por algumas horas sem expectativas. Quero esquecer de ser eu.

— Ok — Digo. Entendo o sentimento.

— Sério? — Ele me olha.

— Sim, isso é legítimo.

Eu me testo. Estou magoada? De certa forma, é revigorante ter a verdade exposta. Ele me usa para se sentir brevemente como uma pessoa normal. Eu uso Fangli por dinheiro e um vislumbre voyeurístico do mundo dos famosos. Fangli me usa para salvar sua saúde mental. Eu uso Sam para... Tudo bem. Não é nenhuma dificuldade passar um tempo com o Homem Mais Sexy do Mundo. Superficial? Sim. Verdade? Também.

— Sinto muito — ele repete. — Deveríamos voltar.

— De jeito nenhum. Nós combinamos o fliperama. — Eu agarro sua manga quando ele passa por mim.

— Tem certeza? — Parece duvidoso, então se inclina como se estivesse pronto para confiar o segredo de sua vida. — Ei, Gracie?

— O quê?

— Você sabe que tipo de calçado os ninjas usam?

Eu faço o meu melhor para não torcer meus nervos ópticos enquanto reviro meus olhos.

— Tênis.

— Ah. Você sabe disso. — Sua decepção momentânea é logo substituída pela expressão competitiva. — Hora do fliperama. Prepare-se para perder em um nível épico.

Capítulo 21

Sam acaba comigo em todos os jogos que tentamos. Cada droga de jogo. Eu me esforço para manter a calma, já que ter um chilique só porque você perdeu no Plinko não pega bem, especialmente quando seu oponente está cantarolando de contentamento. Acabo disfarçando meu ressentimento em uma briga sobre quem deve pagar a cerveja.

— Um bom vencedor é generoso — falo.

— O perdedor sempre paga.

— Você é milionário — ressalto.

— Um golpe baixo, mas preciso. — Ele estende o punho. — Que tal jogarmos pedra, papel, tesoura? — Três rodadas depois, Sam está no bar colocando seu dinheiro na mesa. Pego minha cerveja com um sorriso presunçoso que o faz rir.

Não fico surpresa quando Sam ecoa o pensamento que girou na minha cabeça na última hora.

— Foi divertido — diz ele.

— Tirando a parte em que perdi todos os jogos.

— Como eu disse: divertido. — Ele toma um gole da cerveja. — Me animou. Como está o *Eppy*?

— Bom. Eu acho. — Ele se lembrou do nome. Tento não sorrir.

— Problemas?

— Não, desafios.

— Pensando em como equilibrar prioridades com gerenciamento de tempo?

— Como você sabia? — Eu o encaro boquiaberta.

— É isso que procuro quando tento organizar uma lista de tarefas. Tenho meu público-alvo bem aqui, e se o *Eppy* puder funcionar para uma estrela de cinema, imagino que funcionará para o resto de nós, camponeses.

— O que mais você procura?

Passamos uma meia hora feliz, pelo menos para mim. Sam parece que vai desmaiar depois das primeiras doze perguntas sobre sua lista de tarefas ideal. Finalmente, ele tosse para aliviar a garganta seca e olha para minha bebida.

— Quer outra?

— Você vai pagar de novo? — Eu esvazio o copo e olho para as várias notas que fiz no meu telefone. Sam era uma mina de ouro de ideias. Ele até conhecia algumas plataformas das quais não tinha ouvido falar.

— Só porque sinto pena de alguém que não conseguiu nem ganhar uma versão glorificada de Pong. — Ele se afasta antes que eu possa protestar.

Aquele jogo foi muito mais difícil do que Pong. E eu tento não o seguir com o olhar, mas falho miseravelmente. A mãe exausta tentando encurralar três crianças gritando faz o mesmo, também o olha e em seu rosto vejo aquela fantasia que homens bonitos criam: *Por favor, tire-me disso. Olhe para mim. Seja meu príncipe. Seja meu. Faça-me sentir especial. Enxergue-me.*

Quando Sam retorna, estou pensativa. Uma mulher à esquerda de Sam o observava entre goles de seu vinho branco, mas antes que possa alertá-lo, ela vira sua bebida e se levanta. Só dá tempo de eu soltar um "Uhh" antes que ela chegue até ele.

— Desculpe, mas você é amigo do Kai? — Ela olha para ele com grandes olhos azuis sob sua franja pesada de cílios postiços. — Acho que nos conhecemos outro dia?

— Não sou, desculpe. — Ele lhe dá um sorriso agradável.

— Oh. — Ela inclina a cabeça e joga para trás seu cabelo *ombré*. — Eu sou Lauren.

Estendo a mão e pego a de Sam.

— Prazer em conhecê-la! — digo, imitando o sorriso dela e acrescentando uma pitada de *ei, vadia, sai fora*. Sei que ela entendeu a mensagem porque seu rosto se contrai quando Sam coloca a outra mão sobre a minha.

— Acho que me enganei. — Ela recua.

— Desculpe — falo ao Sam, rapidamente puxando minha mão.

— Boa ideia — Ele sorri para mim.

— Isso acontece muito? Ninguém nunca tenta dar em cima de mim.

— Eu não acredito nisso — ele diz educadamente. — Para responder à sua pergunta, isso acontece ocasionalmente. Eu não costumo sair sozinho, portanto, acho que isso limita a tentativa as mais corajosas. Elas não me querem, no entanto.

— Como assim?

— Elas são atraídas pelo conceito de mim, mas é uma fantasia que eles construíram. Não importa se elas sabem quem eu sou ou não. É isso. — Ele indica seu rosto com a mão e dá de ombros. — A fama ajuda. Pelo menos ela não me reconheceu. Aí seria um desastre.

— Essa cerveja aí é a Ego Enorme bem gelada? — Eu olho para o copo dele.

— Não, essa é a cerveja Realista — ele corrige. — Minha aparência é um trunfo. Totalmente monetizada.

Eu sei que ele está certo. É a persona pública de Sam, e o mesmo que Fangli disse naquele primeiro dia sobre seus fãs. Que tipo de pressão isso cria, estar em um pedestal que você nunca construiu e que é um subproduto de fazer um trabalho com o melhor de suas habilidades?

— Hum. — Eu sorrio para Lauren, que está me encarando. — Como é ser tão bonito?

— Me diga você.

— Sei lá, Sr. Homem Mais Sexy do Mundo.

Para minha surpresa, as orelhas de Sam ficam vermelhas. Ele diz:

— Se me permite dizer, Fangli é considerada uma das mulheres mais bonitas do cinema. Você está atuando como dublê de corpo dela.

— Ninguém nunca pensa isso sobre mim — eu digo. — Eu sempre tive uma aparência mais estranha.

Só nos últimos anos é que as pessoas decidiram focar sobre o quão atraentes as pessoas multirraciais são, como se admirar nossa aparência compensasse a necessidade desnecessária de falar sobre ela. Eu desfaço a marca gelada que meu copo deixou na mesa. Fangli e eu parecemos iguais, mas tivemos experiências muito diferentes sobre o que nosso rosto representa para outras pessoas. O dela pode ser considerado por seus méritos estéticos. O meu ainda é uma declaração social.

— Não. — Sam balança a cabeça.

Duas cervejas significam que tenho coragem de dizer o que está me incomodando.

— Você disse que eu era estranha.

— O quê? — Ele coloca o copo na mesa e se inclina para frente. — Nunca. Eu *jamais* pensaria em algo assim.

— Outro dia você disse que eu era só metade. Você disse, "Se você não fosse só metade chinesa, eu pensaria que você é uma chinesa verdadeira." — Eu lembro de cada palavra.

— Isso não é a mesma coisa. — Sam fica em silêncio.

— É, um pouco. — Faço uma pausa e tomo coragem novamente. — A mesma ideia está lá. Ser diferente.

— Não há nada de errado em ser diferente.

— Não há nada de errado nisso, se você quiser — eu o corrijo.

— Você não quer? Por que ser comum quando você tem a escolha de ser muito mais? — Ele me dá um olhar confuso.

— Porque não quero que seja só por causa da minha aparência! Ou porque minha mãe é de outro país.

Para minha vergonha, minha garganta incha e lágrimas pinicam minhas pálpebras. Mordo minha língua com força, não querendo que ele veja o quanto estou chateada. Mas este é Sam, que é treinado para reagir a uma linguagem corporal muito mais sutil do que a minha, e ele pega minha mão.

— Sinto muito.

— Com licença. — Eu me levanto para escapar para o banheiro, não querendo que ele me veja chorar. Em vez disso, a mão dele cobre o meu braço. É um toque gentil, não controlador.

— Não vá embora. Vamos lá fora — diz ele. — Vamos conversar.

✓

Acabamos sentados em um banco no Museu do Trem bem em frente ao fliperama e olhando para algumas crianças brincando de esconde-esconde. Embora eu e minha boca grande tenhamos começado essa conversa, não tenho vontade de ir até o fim. Por que eu sequer mencionei isso?

— Eu te chateei — ele fala calmamente.

— Desculpe, não foi nada de mais.

— Você faz muito isso — comenta. — Diz que sente muito quando não tem nada do que se desculpar.

— Eu sou canadense. Fomos criados com desculpas e xarope de bordo.

Ele ignora minha piada fraca.

— Gracie, eu realmente peço desculpas pelo que disse. Mas deixe-me dizer que eu nunca quis que você pensasse que é menos do que é. Eu não penso em você como ninguém além de quem você é, uma pessoa inteira e completa.

— Tudo bem. — Eu olho para cima. Sam está franzindo a testa para o carro com motor brilhante na nossa frente como se estivesse pesando suas próximas palavras.

— Você não é limitada pela sua aparência. Quando eu quis dizer que você poderia ser mais, é porque é bom ser diferente. — Ele franze a testa. — Sua aparência foi a última coisa na minha cabeça.

Um pensamento breve, desleal e culposo toma minha mente: Eu teria a mesma perspectiva se tivesse sido criada por uma Lu Lili que gostasse de se destacar, em vez de se esconder? Talvez. É tarde demais agora. Eu sou *quem eu sou.*

— Eu entendo — digo a Sam. É verdade. Eu também sei que essa conversa acabou porque não quero mais falar sobre isso. — Nós deveríamos ir. Preciso de tempo para me preparar para esta noite.

Parece que ele quer dizer mais, mas Sam se levanta e me ajuda a ficar de pé. Seu aperto é firme na minha mão, e quando ele me puxa para cima, eu perco o equilíbrio e tropeço para frente. Mais uma vez, ele me segura, suas mãos quentes nas minhas costas, e olha para baixo, direto para o meu rosto. Minha respiração falha e ele me solta.

— Foi como a vez em que Fangli escorregou e você a pegou — eu digo para quebrar a tensão. — Estava em todos os clipes que Mei me fez assistir.

— Milão, eu acho. Dois anos atrás. Isso teve uma boa repercussão. — Ele concorda.

— O quê?

— Você pensou que aquilo havia sido real? — Sam recua, atônito.

— Você *planejou* aquilo? — Agora é a minha vez de ficar surpresa.

— O filme era sobre um caso de amor fadado ao fracasso. — Ele para para pensar. — Foi ideia minha ou de Fangli? Minha, eu acho.

— Eu não tinha ideia. Precisamos fazer algo assim hoje à noite?

— Essas coisas são reservadas a ocasiões especiais. Hoje à noite vamos ver e ser vistos. — Ele sorri. — Vai ser moleza.

Tento não pensar em quão ameaçador isso soa quando voltamos para o hotel. Só quando chegamos é que percebo que estou com fome, então chamo o serviço de quarto e peço um sanduíche antes de entrar no chuveiro. O caro gel de banho me anima de uma forma que só produtos de luxo conseguem, envolvendo-me em sua fragrância; Chanel, claro, graças a Fangli. Saio com a pele bem macia e enrolo meu cabelo em uma toalha para me preparar para a massa corrida no meu rosto que age como uma pré-maquiagem. Apliquei o básico quando ouço uma batida. Deve ser o serviço de quarto.

Procuro um roupão e abro a porta. Não tem ninguém lá, saio para ver se já foram embora e estão nos elevadores. Um movimento no corredor chama minha atenção e dou outro passo para fora porque não quero que o sanduíche escape.

Atrás de mim ouço um clique suave quando a porta se tranca.

Então eu fico ali, girando a maçaneta e me recusando a aceitar a realidade. Caceta. Meu celular está lá dentro. Não tenho chave. Vou até a suíte ao lado e bato à porta de Fangli; nenhuma resposta. Pelo menos Sam tem minha chave, mas quando bato, também não há resposta. Volto e sacudo a porta pela segunda vez, caso ela tenha sido magicamente destrancada nos últimos trinta e quatro segundos. Não foi.

Vou ter que descer para o saguão de toalha e robe. Peso os prós e os contras. Prós: entrar no quarto. Contras: vergonha pública. Fotos minhas seminua como Fangli viralizando. Apoio a cabeça na porta e peço orientação ao universo.

Não recebo nada.

Enquanto tento lembrar do layout do saguão e se há alguma maneira de me esgueirar por uma escada dos fundos e sibilar para o concierge enquanto me escondo atrás da porta do andar de baixo, um carrinho aparece no final do corredor. O universo teve pena de mim, afinal, porque a camareira pode me deixar entrar. Quando vou até lá e encontro a mulher limpando o quarto, ela me olha de cima a baixo com um sorriso brilhante.

— Com licença — falo. — Eu me tranquei para fora do meu quarto. Você pode me deixar entrar de novo?

— Você tem uma chave? — O sorriso não desaparece.

— Não, eu me tranquei do lado de fora. Preciso voltar para dentro.

— Você precisa de uma chave.

— Certo — concordo. — Está no quarto. De onde me tranquei.

— Posso chamar a segurança.

— Obrigada.

Racionalmente, sei que isso faz sentido, já que você não pode ter pessoas simplesmente alegando que estão hospedadas aqui, mas estou no corredor de toalha e minha paciência é limitada. Ela liga e eu volto para minha porta. Talvez o serviço de quarto tenha chegado e eles possam me deixar entrar.

O serviço de quarto não apareceu.

Embora normalmente eu arquivaria isso na categoria de infortúnio, o fato de eu estar no corredor com metade da maquiagem significa que minha ansiedade sobre isso respingar em Fangli está aumentando a cada segundo. Sam disse que há câmeras por todo lado. Não preciso que Fangli veja filmagens de mim-como-ela parecendo um rato afogado.

Eu caminho descalça pelo corredor, grudada nas paredes como se eu fosse um rato evitando ser detectado, olhando para baixo na esperança de que as câmeras de segurança estejam todas perto do teto e elas só vão pegar a toalha torcida na minha cabeça. Um terno preto de corte requintado vem em minha direção. Excelente. É Sam. Nunca fiquei tão feliz em vê-lo.

Ele para de repente quando me vê, olhando para o roupão

— O que você está fazendo? — Ele parece estar preparado para qualquer resposta.

— Preciso da chave do meu quarto — murmuro. — Fiquei trancada do lado de fora.

— Eu dei para Mei. Percebi que estava infringindo sua privacidade.

— Você estava com ela essa tarde. Estava com você *há duas horas*.

— Porque eu esqueci de te dar quando você pediu e não queria piorar a situação

— Você tinha que ser um cavalheiro logo agora? — Eu resmungo. — Mei não está atendendo a porta.

— Ela saiu depois que eu a vi para encontrar Fangli em um compromisso. Por que você estava no corredor desse jeito?

— Fiquei entediada e pensei em ir explorar com meu novo vestido chique. — Faço uma reverência sarcástica que tem o infeliz resultado de abrir meu roupão e revelar a toalha por baixo, que só chega até a parte superior das minhas coxas.

O elevador apita e Sam xinga baixinho.

— Entra no meu quarto antes que alguém veja.

Olho para trás e vejo a frente do carrinho de serviço de quarto saindo do elevador.

— Aposto que esse é meu sanduíche.

Sam respira fundo.

— Vou pegar seu precioso sanduíche, mas agora, neste momento, preciso que você saia de vista. Por favor.

É razoável. Eu assinto e a toalha cai da minha cabeça. Ajoelho para pegá-la, mas perco o equilíbrio depois de torcer a toalha de volta, forçando Sam a se abaixar e agarrar meus ombros para evitar que eu caia. Estranho, mas dois segundos depois está tudo resolvido. Ele me conduz para sua suíte e, quando a porta se fecha, eu o ouço falando com alguém no corredor. Escuto da porta e ouço outra voz. Segurança. Eu causei um grande rebuliço.

Enquanto espero, tento me impedir de bisbilhotar a suíte de Sam. É igual à minha, mas com os cômodos ao contrário — onde meu quarto fica à direita, o dele fica à esquerda. Não vou entrar no quarto dele. Não vou. Para reprimir minha vontade, sento-me no sofá, encolhida em meu roupão, e esfrego meu cabelo para secá-lo com a toalha antes de enrolá-lo novamente. Ainda bem que ninguém nos viu no corredor.

A porta se abre.

— Tudo certo — diz Sam, fazendo o melhor que pode para desviar os olhos do meu roupão. — A comida está no seu quarto. Você tem quarenta minutos.

Eu pulo como um boneco de uma caixa de surpresas, derrubando a toalha da minha cabeça novamente. Sam aperta o dedo na têmpora como se estivesse se protegendo de uma dor de cabeça e fecha os olhos. Esse gesto não vai entrar na *lista de coisas-sensuais-que-homens-fazem*. Eu o ignoro e prendo meu cabelo novamente.

O segurança está esperando na minha porta, e agradeço a ele com o rosto abaixado para que não possa dar uma boa olhada antes de voltar para dentro. Quarenta minutos. Eu engulo o sanduíche e escovo os dentes antes de secar o cabelo para me preparar para a peruca. Estou ficando boa na maquiagem, e em pouco tempo consigo fazer um olho esfumaçado suave e um lábio vermelho marcante.

Desta vez o código de vestimenta é Super Chique. Recusei-me a fazer uma pedicure porque a ideia de alguém mexer nos meus pés me faz estremecer, assim os sapatos são fechados, mas tão bonitos que decido que a tortura de usá-los valerá a pena. Eles são o que uma colega de trabalho chamava de sapatos de jantar e casa — suportáveis apenas para pegar um táxi até o restaurante e voltar para casa.

Depois de uma batalha breve, mas intensa, entre meus quadris e os dois pares de modeladores que fazem o melhor para me comprimir como uma salsicha, eu coloco o vestido pela cabeça. É um modelo *cheongsam* preto com bordados de contas azul-marinho que lhe dão um peso agradável e um corte de gola alta para mostrar meus ombros. Eu adiciono os brincos simples com diamantes do tamanho de ervilhas e a infinidade de pulseiras finas de ouro que Mei deixou. São tantas que leva minutos para colocar todas, mas quando estou completamente enfeitada, balanço meus braços como a Mulher-Maravilha com suas manoplas. Supondo que sejam reais, e é muito melhor para meus níveis de estresse fingir que não são, estou basicamente coberta de dinheiro.

Depois que coloco a peruca, olho no espelho e dou uma segunda olhada.

Hoje estou indistinguível da Fangli real. Isso me dá confiança. Pratiquei sua assinatura, seus gestos e seu sorriso. Posso nomear toda a sua filmografia e lembrar onde ela estudou e sua cor favorita, caso algum desses tópicos surja. Mais importante, as pessoas estão esperando ver Fangli e é isso que verão. Decidi considerar essa a verdadeira estreia no meu alter ego.

Ouço Fangli chegar e guardo meu batom, telefone e chave do quarto na bolsa de contas, o que é muito mais elegante do que enfiá-los no meu sutiã. Quando bato nas portas de conexão, vejo que Sam já está lá e Fangli não.

— Pronto? — pergunto. Quando vejo seu rosto, sei que há problemas. — O quê?

Mei murmura e sai enquanto ele me passa o celular. É uma postagem de uma mulher de robe branco ajoelhada no chão na frente de um homem, as mãos dele nos ombros dela em uma pose que parece inconfundivelmente sexual. Eu conheço aquele carpete. Conheço aquele corredor. Conheço aquelas pessoas porque uma delas definitivamente sou eu.

— Que porra é essa? — Viro o telefone de lado como se isso fosse me dar mais informações.

— Olha a boca. O cara que entregou seu sanduíche que tirou — diz Sam. — A equipe de Fangli está lidando com isso.

Só consigo olhar. Parece ruim, muito ruim.

— Está editado? — Tudo o que fiz foi me abaixar para pegar uma toalha. A aparência é terrível, como se eu estivesse prestes a... Meu estômago embrulha. Pobre Fangli. — O que você quer dizer com eles vão lidar com isso?

— Não viralizou, então eles vão mandar remover. Esse babaca vai ser demitido, é claro. O hotel já está em controle de danos por causa do golpe na reputação deles. Ninguém vai querer ficar aqui se sua privacidade pode ser tão facilmente comprometida.

— E a Fangli? — Sento-me muito ereta por causa do vestido.

— Não sabe — diz ele. — E nem vai.

— A equipe dela sabe que não pode ser ela — eu argumento. — Ela não estava aqui.

— É a percepção. A foto a nomeia como Fangli.

— E você? — Fico vermelha enquanto olho para a foto novamente. — Sinto muito.

Pela primeira vez, entendo o que ele quer dizer com estar sempre vigilante. Pensei que estava sendo cuidadosa ao manter meu rosto apontado para baixo para evitar ser pega pelas câmeras de segurança, mas agora vejo que não tenho ideia do real escopo dos danos que podem ser causados por um simples acidente. Fangli não pode ter acidentes e, por extensão, eu também não.

Mas eu tive, e agora só posso confiar que a equipe de Fangli pode contê-lo. Uma fúria cresce em mim contra o homem que tirou a foto. O que ele esperava realizar? Conseguir algumas curtidas ao custo da reputação de outras pessoas.

A voz de Fangli soa em minha mente. *Eu sou um produto, não uma pessoa.*

— Não é sua culpa. — Ele se ajoelha para que fiquemos nivelados e olha para o meu rosto. — Preciso que você saiba que não fez nada de errado.

— Olha para isso. — Eu sacudo o telefone para ele. — Você me disse para ter cuidado.

— Eu disse e você teve. Foi um acidente.

Meus olhos voltam para a foto e ele gentilmente pega o celular.

— Estamos lidando com isso. — Ele estende o braço. — Você está pronta para ir?

— Nós vamos?

— Não é problema nosso resolver isso. Temos pessoas para isso. Seu trabalho agora é fazer Fangli brilhar para que ninguém acredite nesse lixo. — Ele inclina a cabeça. — Você consegue?

Claro que não, diz minha voz interior. Ignoro a voz e ergo o queixo enquanto me levanto da cadeira. Tenho um trabalho a fazer. Viro-me para Sam.

— Vamos.

Capítulo 22

— Haverá câmeras — Sam me lembra pela quarta vez enquanto o carro para no teatro na King Street. — Lembre-se do nosso sinal.

Decidimos que Sam assumirá a liderança, não como um homem das cavernas, mas como um passo à frente, para que eu saiba onde parar e proporcionar um momento Fangli para os fotógrafos.

Ele me observa mexer na fileira de pulseiras no meu braço antes de colocar uma mão gentil em meus dedos.

— Você está pronta?

Ver a foto aumentou minha ansiedade, mas tento desalojar a negatividade e abrir espaço para a questão mais iminente do tapete vermelho.

— Eu nasci pronta.

Isso o faz balançar a cabeça — mas ele está sorrindo — antes de sair e se inclinar para me ajudar, me dando cobertura enquanto me esforço para não mostrar a calcinha para o mundo através da fenda na minha saia. É ótimo que isso absorva a maior parte da minha atenção porque quando estou lá fora com meu sorriso, só tenho tempo de ver um tapete azul antes que ele se dissolva em uma parede de flashes que poderiam induzir convulsões. Não são apenas os fotógrafos que se alinham no tapete, mas todas as pessoas ali estão chamando meu nome, e o de Sam, e tirando fotos.

Nada que Sam me disse me alertou sobre a sensação física dessa experiência. As câmeras não são instrumentos passivos usados para capturar momentos no tempo; elas são participantes ativas e hostis.

Eu congelo, perplexa, mas com um sorriso fixo, e Sam se inclina um pouco para deslizar o braço em volta da minha cintura. Ele cheira a sândalo dessa vez e eu inspiro, sentindo a fragrância me acalmar. Eu escolhi Coromandel, um patchouli rico, que aumenta minha confiança. Apenas garotas más e hippies usam patchouli, uma fragrância que pode ir de distinta a avassaladora em um momento. Eu nunca tive coragem de usá-la antes.

— Você consegue — ele murmura.

Tudo se torna um borrão. Eu sorrio e poso com a mão no quadril e o queixo para baixo e ligeiramente para a direita, como Mei me lembrou várias vezes que é o meu melhor lado. Meu rosto dói e meus olhos lacrimejam quando esqueço de piscar. Mais cedo hoje, eu trabalhei em uma série de movimentos para mudar casualmente as poses, e os repito como uma dançarina de apoio da Beyoncé.

Achei que essa seria a coisa mais emocionante que já aconteceu comigo, porque andar no tapete vermelho é o epítome do glamour das estrelas de cinema, mas os flashes e gritos me pressionam da forma mais enlouquecedora. É intensificado pelo conhecimento de que um único movimento errado — um tropeço, uma carranca ou um olhar bobo — pode ser visto ao redor do mundo antes mesmo de perceber que errei. Ou que alguém poderia apontar e gritar: É uma impostora! — no estilo *A roupa nova do rei*.

— Respire — Sam murmura e eu respiro fundo, depois puxo o ar de novo. Meu peito parece apertado pelo medo e o modelador, mas sua mão aperta minha cintura e eu consigo respirar de verdade.

Sam me guia até o final do tapete e para um saguão principal, cheio de pessoas bem-vestidas, dando beijos no ar. Ao contrário da exposição de arte, os participantes variam de vestidos formais a completamente excêntricos. Enquanto Sam enfia a mão sob meu braço e eu me preocupo que o suor que sinto escorrendo no meu lábio superior esteja prestes a estourar minha espessa camada de base, um homem passa em um terno de bolinhas verde limão com short na parte de baixo e chapéu panamá inclinado sobre os olhos. Aparentemente, tanto estilo quanto a riqueza são apreciados aqui.

Como não tenho nenhum dos dois, isso não me acalma.

— Ah, lá está ele. — Sam acena para alguém atrás de mim.

— Sammy! — Um homem baixo com um coque alto se aproxima, com um sorriso enorme no rosto. Eu sei quem é porque dessa vez eu fiz minha pesquisa e chequei o IMDb do diretor Eddy Freedman antes de vir. — Seu agente não confirmou, mas eu sabia que você não me decepcionaria.

— Você nunca me deixaria esquecer isso.

— Verdade. Wei Fangli, que bom ver você. — Ele assente e eu lembro que a internet diz que ele tem fobia de tocar nas pessoas. — Já deve fazer três anos. Quatro?

— Pelo menos. — Estou conversando com alguém que conhece a Fangli.

— Tem algo diferente em você. — Ele olha para mim e inclina a cabeça ligeiramente para o lado enquanto eu tento não surtar. — Novo penteado — ele finalmente decide.

Passei no teste. Sam toca meu braço em um pequeno gesto de comemoração.

Uma mulher apressada em um vestido cinza e um fone de ouvido puxa o braço de Eddy e murmura em seu ouvido. Ele concorda.

— Certo, te vejo na festa depois, Sam?

— Amanhã teremos que acordar cedo, mas daremos um pulo lá.

Logo Eddy é engolido pela multidão e Sam pega duas taças de espumante da primeira bandeja que passa. Eu aceito e resisto a virá-las de um gole só, já que Fangli não bebe.

As estrelas do filme chegam e Sam e eu voltamos para o meio da multidão. Eu me certifico de manter um pequeno sorriso.

— Nós os cumprimentaremos mais tarde — diz ele. — Como você está?

— Bem — respondo. Então, repito. — Bem. — Eu estou. Meu sorriso não sumiu e eu consegui sobreviver à Corrida dos Fotógrafos; é mais segura, mas, de alguma forma, mais intimidadora do que os touros de Pamplona. — E agora?

— Como cronometramos para chegar um pouco mais tarde, podemos evitar a maior parte da socialização. Seremos convidados a entrar no cinema. Assistimos ao filme. Aplaudimos. Seguimos todos para uma sala. Recusamos uma bebida. Ficamos quinze minutos e vamos embora.

— Parece um encontro quente — eu brinco.

— Só o melhor para você. — Ele me dá uma piscadela cafona.

Uma voz baixa ecoa pelo sistema de som:

— Por favor, tomem seus assentos. Senhoras e senhores, por favor, tomem seus assentos.

Há uma lenta virada da multidão enquanto eles se movem para as portas abertas do teatro. Eu sei por Sam que o filme é uma comédia vagamente baseada na peça *O leque de Lady Windermere* de Oscar Wilde. Sam senta ao meu lado e nós dois sorrimos para as pessoas na nossa fileira, que parecem saber quem eu sou sem dizer que sabem. Nós nos envolvemos em uma conversa leve sobre o clima e como é quente em Los Angeles nesta época do ano; eles agradecem a Deus por terem o jato porque torna a viagem muito mais conveniente quando você não tem que esperar pela alfândega, e eu agradeço a Deus que as luzes diminuem antes que precise continuar esta conversa fútil.

No escuro, estou muito ciente de Sam sentado ao meu lado. Já fizemos um polido jiu-jítsu de cotovelos para ver quem fica com o apoio de braço entre nós, mas acabo cedendo meu território duramente conquistado a ele quando percebo que a prisão das roupas femininas torna mais confortável sentar com minhas mãos cerimoniosamente entrelaçadas no colo e minhas costas retas como uma régua. Eu me mexo para encontrar uma posição confortável, mas, para minha consternação, o modelador começa a escorregar. Só um pouco, mas o suficiente para as bordas se enrolarem e meu estômago lutar para se soltar, como quando suas meias inevitavelmente descem pelas panturrilhas para pousar em dobras enrugadas perto dos tornozelos. Quando eu me levantar, vou ter um tubo bem em volta dos quadris. Embora eu queira lutar pela positividade corporal, não tenho coragem de fazê-lo na frente de uma multidão famosa.

— O que há de errado com você? — Sam sussurra em meu ouvido.

— Meu modelador está escorregando. Se eu me levantar, ele vai prender minhas pernas.

— Tem o que escorregando?

— Minhas roupas íntimas. — É a maneira mais fácil de descrevê-las sem entrar em uma discussão sobre roupas íntimas.

Ele nem responde, apenas cobre os olhos com uma das mãos, como se tentasse reunir forças emocionais.

— Não é minha culpa. — Mais silêncio. — O que eu faço?

Ele se vira para mim, perplexo.

— Como eu poderia saber? Eu não uso roupas íntimas femininas. Certamente, nessa idade, você já domina o uso delas.

— Eu não quero falar com você. — Essa conversa foi conduzida em sussurros, como se estivéssemos compartilhando uma conversa privada sobre qualquer outra coisa que a minha calcinha.

— Bom.

— Bom.

O filme começa logo, sem trailers. Quero aproveitar o filme, pelo menos o suficiente para poder falar a respeito na festa depois, mas minhas roupas tornam a experiência infinita. Na metade, minhas coxas tremem com o esforço por tentar me manter ereta e imóvel. Não adianta. A cada respiração e pequena inquietação, o modelador continua sua viagem implacável pelo meu corpo e agora está cortando a parte inferior dos meus quadris.

Sam coloca uma mão no meu joelho e, enquanto em qualquer outro momento da minha vida eu teria ficado atordoada com seu toque, agora tudo o que consigo pensar é que uma pressão delicada pode fazer o modelador descer mais um centímetro. Não posso arriscar e afasto sua mão.

— Então pare de se contorcer — ele murmura.

— Posso ir ao banheiro?

— Não.

— Jesus Cristo, os ricos não fazem xixi? — Isso é algo muito não--Fangli de se dizer e o olhar sombrio que Sam me lança confirma isso.

— Tenho certeza de que não é tão ruim quanto você pensa — sussurra ele.

Há algum consolo em saber que ele provavelmente está certo. As chances de alguém olhar para minha barriga pelos três minutos que levarei para chegar ao banheiro para alguns ajustes são mínimas. Isto é, desde que o modelador não caia completamente. Respiro fundo algumas vezes e estremeço quando o elástico corta a parte carnuda dos meus quadris. Isso vai deixar uma marca.

O que eu preciso é de distração, como quando você está tentando segurar os últimos dez segundos de uma pose de prancha. O filme é bom, mas não bom o suficiente, então minha mente enumera todos os meus problemas: encontrar um emprego, a minha mãe, ser descoberta como a falsa Fangli. Então, caio naquele que parece maior porque ele está fisicamente bem ao meu lado:

Sam.

Há sempre uma intimidade em um cinema escuro e tê-lo tão perto e naquele terno é o suficiente para fazer minha imaginação disparar. Sam pegando minha mão e me puxando para perto. Sam com seu braço em volta de mim enquanto ele ri no meu ouvido de uma piada excelente que eu fiz. Sam me observando me arrumar antes de me puxar de volta para a cama; seu cabelo preto e pele bronzeada em contraste impressionante com o lençol branco. Sam me dando aquele mesmo olhar da primeira vez na suíte de Fangli, mas dessa vez falando sério. Sam me enxergando e não apenas a sósia da Fangli.

As imagens na tela passam sem que eu perceba o que está acontecendo porque estou pensando em Sam. Só por esse tempinho, eu prometo a mim mesma. Só pelo tempo que esse filme leva para rodar vou me deixar mergulhar na fantasia de como seria ser desejada por Sam, ser uma das poucas a conhecer o homem por trás daquele exterior público. Ter ele querendo apenas a mim.

Eu sufoco um suspiro pesado. É fofo que ele e Fangli sejam tão bons amigos, mas tenho inveja disso. Não de Fangli especificamente, mas da força do relacionamento deles. Há um nível de confiança entre eles que só pode ter sido forjado por intermédio do apoio mútuo nos momentos difíceis, quando o trabalho é difícil e você vai entrar em colapso porque cada músculo dói de fadiga. Eles sabem que podem recorrer um ao outro.

O filme acaba cedo demais e eu, relutante, dou adeus aos meus sonhos. Voltei a ser a falsa Fangli com seu modelador cortando sua circulação.

— Tons lindos — aprova o homem ao meu lado. — Aquela paleta era perfeita.

— Lindo — concordo.

Sam se levanta, e quando eu o faço, meu modelador desliza mais para baixo. Sam sente meu aperto repentino porque ele olha para trás e depois para baixo. Seus olhos se arregalam ligeiramente.

Ah, então é tão ruim quanto eu pensava. Não consigo decidir se isso significa castigo ou humilhação. Eu saio mancando da fileira atrás dele e ele coloca o braço em volta da minha cintura com a palma da mão esticada e aberta contra meu quadril. Seu toque é firme porque ele está tentando manter o maldito elástico. Andamos como se estivéssemos em uma corrida de três pernas até o banheiro, Sam com seu sorriso social deslumbrante e eu ao lado dele. Ele me deixa na porta.

Tem uma *fila*. Não acredito. Os homens provavelmente estão indo até os mictórios sem qualquer problema. Entre minha calcinha, a fome e esse desejo estúpido e doloroso por Sam que eu causei a mim mesma, estou farta desta noite.

Sam está falando com uma mulher desconhecida quando eu saio com minhas roupas íntimas precárias sob controle. Nossos olhares se encontram enquanto eu vou em sua direção. Ele não para a conversa, mas o contato visual dura cerca de dois segundos a mais do que deveria e eu tento evitar tropeçar em meus próprios pés.

Não interprete demais. Ele apenas olhou para mim quando me aproximei. Ele já olhou para mim antes. Ele vai olhar para mim de novo, e me verá como parte de um trabalho.

Não quero ser o trabalho dele. Quero pensar que ele estava olhando para mim, Gracie, a pessoa que ama uma taça generosa de vinho e pensa demais em organizadores de tarefas, e não uma Fangli alternativa. Isso não é seguro.

Então alguém me agarra pelo braço, com força, gritando no meu ouvido.

— Não acredito que é você mesmo! — Uma mulher loira de olhos arregalados se inclina para perto, perto demais, e seu aperto no meu braço não diminui. — Posso tirar uma selfie?

Foi isso que Fangli quis dizer com as pessoas agindo como se ela não fosse nada mais que um robô. Sam aparece ao meu lado num instante, mas ela não tira os olhos de mim. Se eu fizer a vontade dela, vai acabar mais rápido.

— Claro — eu digo educadamente.

— Seu rosto é tão fofo! Eu te amei em *Devorador de Pecados*.

Eu a encaro, quebrando a cabeça para lembrar os filmes de Fangli. Sei que não está na lista, mas é familiar. A compreensão atinge Sam e eu ao mesmo tempo.

Ellen Gao é a única atriz chinesa em *Devorador de Pecados*. Ela acha que sou outra pessoa.

Decidindo que discrição é a melhor decisão, eu poso e sorrio como esperado. Ela desaparece quase tão rápido quanto apareceu e Sam pega meu braço. Seu sorriso desaparece e ele olha ao redor e faz um sinal de mão. Em segundos, há um homem de terno preto e fone de ouvido ao lado dele. Eles têm uma conversa abafada e o homem assente uma vez, olha para meu braço e sai.

— Ela pensou que eu era Ellen Gao — eu digo, quase rindo. Não é uma risada engraçada. Estou um pouco sem fôlego e minha adrenalina está alta.

— Isso não deveria ter acontecido. Ela entrou furtivamente e a segurança vai retirá-la.

Sam gesticula para meu braço, e eu o levanto para ver as marcas lívidas de seus dedos. Ele acaricia a pele gentilmente, sua expressão severa.

— Isso dói? Você quer ir embora?

— Não. — Eu firmo minha voz. — Você disse quinze minutos na festa?

— Só se você estiver a fim.

— Eu estou. — Disse que levaria esse trabalho a sério e vou. Dessa vez, eu lidero o caminho.

✓

— Não tive a chance de comer — digo à Fangli quando retorno. Ela veio até minha suíte depois que tirei minhas camadas de disfarce, e agora meu corpo se agita como um caranguejo que se livrou de uma concha muito pequena. Ela empurra um recipiente de aipo que ela estava mordiscando e um pote de homus que não tocou.

— Aqui.

— Como foi seu dia? — Pego um pedaço enorme e enfio na boca. Por favor, que ela não mencione como quase destruí sua reputação ao derrubar uma toalha e fazer parecer que ela ia fazer um boquete em Sam no corredor. Ele me garantiu que isso foi resolvido sem que Fangli soubesse, o que me dá alguma confiança na capacidade de seu pessoal de lidar com os tabloides se as notícias do que estou fazendo para Fangli vazarem — mas odeio pensar no que poderia ter acontecido.

— Meu pai ligou. — Ela faz uma careta e bebe sua água com gás. A luz na suíte é fraca e, ao fundo, uma música que não reconheço está tocando no telefone dela. Isso me faz pensar em nostalgia.

— Parece que não foi uma *ótima* conversa.

— Ele desaprova que eu trabalhe fora do país — conta ela. — Ele acha que eu deveria ficar na China.

— Pais.

— Eu sei. Eu sempre quis ter um irmão para tirar um pouco da pressão de cima de mim. Eu queria uma irmã. Minha madrasta não era receptiva.

— Eu também queria uma irmã.

— Por que você não tem? — pergunta ela. — Para nós, o problema era a política do filho único. Eu nasci depois que começou.

— Não sei — falo. — Eu nunca perguntei para minha mãe. Acho que sempre presumi que ela achava que eu era o suficiente.

— Você era. Eu adoraria ter conhecido minha mãe. — Fangli se inclina e toca minha mão.

Ficamos sentadas em silêncio por um momento. Então ela fala novamente.

— Você gostaria de assistir à peça amanhã? — pergunta ela. — Pode ser uma experiência para você ver como é.

— Cem por cento. — Quase pulo da cadeira. — Vou como convidada regular ou como sua maquiadora?

— Convidada. — Ela inclina a cabeça enquanto me avalia. — Mei vai te dar um ingresso e nós iremos separadamente para não sermos vistas juntas, mas deve dar certo.

— Faz séculos que não vejo uma peça — eu digo.

— Seu dossiê disse que você atuou na escola. — Fangli puxa o aipo em sua direção.

— Eu atuei e ia a peças o tempo todo. — Eu traço a mesa com a ponta do dedo. — Quando a doença da minha mãe avançou, ficou mais difícil para eu sair.

— Sair fisicamente de casa ou encontrar energia para isso?

— Energia. Eu tinha que decidir sobre a peça, comprar os ingressos... Estava tão sobrecarregada que era demais. — Balanço a cabeça. — Isso parece idiota quando eu falo em voz alta, que foi muito difícil comprar um ingresso em um site.

Mas Fangli está ao meu lado, concordando.

— Acontece comigo — revela ela. — Há muitas opções, e como todas elas têm mérito, é exaustivo escolher. Pelo menos tenho Mei para me ajudar a reduzi-las.

— Terceirizar decisões. — Pego o aipo de volta e começo a comer. — Eu gosto.

— A maioria dos meus dias são administrados para mim — explica ela. — Dizem para onde ir e alguém me leva lá. Eu me pergunto se isso tornou difícil pensar por mim mesma.

O rosto de Fangli desmancha em uma expressão vazia, como se a introspecção tivesse tomado conta.

— Ei. Terra para Fangli — chamo.

— Eu estava tentando pensar na última vez que fiz uma grande escolha — diz ela, então sorri. — Foi quando eu decidi ir atrás de você.

— Nem mesmo a parte de atuar nesta peça?

— Eu não teria considerado fazer isso sem o Sam. Eles o abordaram primeiro e ele achou que seria divertido para nós dois. Eles concordaram, e eu também. — Ela limpa os dedos em um guardanapo. — Sam geralmente consegue o que quer. Acho que é o traço de Lu Lili nele.

— A mãe dele.

Os olhos enormes de Fangli dizem tudo.

— Ela é uma über-diva. Está em um nível próprio.

— Você já trabalhou com ela?

— Uma vez. — Fangli puxa seu manto mais para perto dos ombros e fala no tom abafado que você usaria para descrever uma força da natureza. — Lili era magnífica. Ela nunca levantou a voz, nem uma vez, mas você sabia exatamente quando cometia um erro. Ela sabia como cada cena deveria ser filmada, os melhores ângulos e iluminação. E ela estava certa, todas as vezes. Pobre Sam.

— Por que *pobre Sam*?

— Ela não conduz sua vida pessoal de forma diferente da profissional. Ela tentou empurrá-lo para inúmeros projetos, e mesmo que diga não para a maioria, ele acaba concordando com alguns em nome da paz familiar. — Ela olha para o relógio. — Eu deveria ir. Vou garantir que Mei consiga um ingresso para você na matinê. Não temos um show noturno amanhã. Durma bem.

Ela sai e eu faço meu ritual de limpeza noturno. Instintivamente escondo as marcas que a líder do fã-clube da Ellen Gao deixou no meu braço, mas agora eu as examino de perto. Ela me agarrou com força suficiente para deixar pequenas meias-luas de suas unhas. Eu estremeço. Fama e dinheiro seriam legais, mas a que custo? Esse foi um incidente menor. Essa coisa da fama não é nada como eu pensava que seria.

3 de julho

VOU A UMA PEÇA!

PREPARAÇÃO PARA
A NOITE DO EVENTO
(pelo menos uma hora)

Capítulo 23

O teatro fica a uma curta distância do hotel, e eu saio um pouco mais cedo para aproveitar o sol no caminho até lá. É um dia lindo, com um céu azul o suficiente para estar em cartões postais.

Meus olhos demoram um minuto para se ajustarem ao saguão escuro do teatro após o brilho do sol de verão. Já estive aqui antes, mas mesmo se não tivesse estado, é exatamente o que você esperaria de um teatro, com madeira escura, carpete vermelho e acessórios dourados. Mei me arranjou um ótimo ingresso no meio da seção da orquestra e deu instruções rígidas para não tirar os óculos falsos que ela forneceu. Um porteiro me entrega um programa enquanto vou até o assento de veludo vermelho e inclino o livreto em um ângulo estranho para pegar luz suficiente para ler antes que a peça comece. Eu li o roteiro, então pulei a sinopse para passar um minuto extra verificando as biografias. Sam está usando uma camisa preta de colarinho e tem um sorriso enorme, enquanto Fangli mostra uma expressão maliciosa e seu cabelo caindo sobre os ombros.

Os assentos se enchem rapidamente e, após os avisos para desligar os celulares e de que as filmagens são proibidas, seguidos pelo reconhecimento do terreno indígena, as luzes se apagam e a cortina sobe sob aplausos estrondosos.

O primeiro ato se passa em um restaurante chinês, com mesas cobertas de branco e cadeiras pretas de palhinha. Fangli aparece usando um vestido azul com cintura justa, e seu cabelo ondulado a faz parecer uma *pinup* dos anos 1940. Ela é a perfeição enquanto se move ao redor das cadeiras. Mesmo em silêncio, consegue manter minha atenção com sua presença cativante.

Então Sam entra no palco. Eu me esforço para não o encarar, mas é como tentar evitar olhar para o Sol durante um eclipse. Eu sei que não deveria e que isso seria ruim para mim, mas não consigo resistir a uma espiadinha, porque certamente isso não pode causar nenhum dano.

Ele está vestido com um terno cinza-escuro, e eles estilizaram seu cabelo para revelar seu rosto em vez de seu visual despenteado de sempre. Quando ele puxa a parte inferior do colete, eu adiciono esse movimento à lista de *coisas-quentes-que-homens-gostosos-fazem*, que eu reconheço ter se tornado uma *lista de coisas-quentes-que-Sam-faz*.

Juntos, os dois tecem uma história com mais do que suas palavras. Cada ação deles acrescenta camadas. Eu observo com olhos ávidos enquanto eles constroem seu relacionamento em torno de uma infinidade de segredos — a próxima missão secreta dele no Sudeste Asiático, o noivo ausente e desprezado dela.

Antes do intervalo, a química deles se tornou algo tangível, atraindo o público. Fangli como "Lin" é poderosamente atraída por Sam como "Jimmy", embora saiba que ele está escondendo algo dela. Jimmy sente o mesmo e está achando difícil resistir a ela. Eu o observo, mal respirando, enquanto Lin estende a mão para tocar sua lapela, e ele se afasta dela com um passo rápido para se encostar na parede.

Então as luzes se acendem e a multidão relaxa em seus assentos com um suspiro coletivo. As pessoas ao meu redor saem à procura de vinho e banheiros, e eu verifico meu telefone para me distrair das visões de um Sam de terno cinza dançando a frente dos meus olhos.

Há uma mensagem de Mei.

Mei: Mudança no evento de hoje à noite. Compareça ao hospital infantil para um *meet and greet* antes do evento de gala. Saia uma hora mais cedo.

Gracie: Entendido. Obrigada pelo ingresso, o assento é ótimo.

Mando de volta.

Silêncio. Fiquei com a sensação desconfortável de que a ofendi, mesmo por mensagem de texto. Não vejo como — tenho sido fiel em fazer o meu melhor, o que achei que tornou a vida dela mais fácil. Tentarei fazer ainda mais; isso pode ajudar a amolecê-la.

A mulher ao meu lado senta-se novamente com um copo de vinho branco e vira-se para a amiga, que também está segurando um copo de plástico com tampa transparente. Elas falam tão alto que eu suspeito não serem os primeiros copos que tomam.

— Linda história — elogia a que está ao meu lado, enquanto ajeita sua camisa polo.

— Um pouco irrealista. — Sua amiga vira pelo menos um terço do copo de um gole só. — Todos os asiáticos foram colocados em campos durante a guerra, então não tem como eles se voluntariarem para lutar.

— Sério? Eu não tinha ideia. Você aprende algo todo dia.

Meus olhos se movem para elas como se estivessem magnetizados. Não acredito que alguém seja tão ignorante em história, mas acho que você se importa menos se não considera como a sua história.

— Eu conheci uma garota chinesa no clube do livro. — A mulher concorda, confiante, como se isso lhe tivesse dado o equivalente a um PhD em estudos do Leste Asiático.

Tenho de interrompê-las, apesar da advertência de Mei para que eu seja discreta.

— Desculpe, mas isso não é verdade. — Eu aperto os óculos mais firmemente no meu rosto e me inclino. — Há uma nota histórica no programa.

Os rostos delas congelam.

— Ora, obrigada, querida — diz uma das mulheres.

É isso. Elas se viram uma para a outra, educadamente me ignorando, e conversam baixinho. Então eu ouço:

— O protagonista é bem atraente para um homem oriental.

— Ele com certeza é. Eu não tinha certeza sobre pegar esses ingressos de última hora em vez de um musical, mas acho que é bem cultural.

Elas estão além da redenção. Eu as deixo voltar para o seu vinho.

A cortina sobe e a ação desaparece com as duas mulheres da minha mente. Assim como quando assisti *A Lótus de Pérola*, acho difícil parar de olhar o Sam. Ele é totalmente envolvente, e lembro do que ele disse sobre navegar por um ambiente ao invés de simplesmente ir de A para B.

Ele não é fluido como um dançarino, mas tão controlado que cada movimento seu é poesia. O Sam ao qual assisto naquele palco não é como o Sam que conheço, e me pergunto como ele canaliza sua energia. Estou impressionada com sua habilidade de conjurar emoções fisicamente, e me forço a não pensar sobre como ele deve ser na cama. É inútil porque quando ele alcança Fangli e a prensa contra a parede, capturando-a com seus braços em cada lado da cabeça dela, Sam é tão convincente que acredito nele fazendo qualquer coisa para que Fangli se entregue de corpo e alma.

Não, Jimmy. Jimmy e Lin, não Sam e Fangli.

Quando o espetáculo termina, o público aplaude de pé quando os atores saem para fazer uma reverência, e eu me dirijo ao outro lado da fileira a fim evitar as duas mulheres.

Saio do teatro pensativa. É incômodo que eu esteja mantendo essas emoções em relação a Sam, e preciso do ritmo constante dos meus passos para colocar meus pensamentos em ordem. A primeira e mais óbvia razão é que não tenho uma queda pelo Sam coisa nenhuma, mas pelo que ele representa. Coloque qualquer homem rico, bonito e famoso no lugar dele e eu teria os mesmos arrepios na pele, como entrar em um banho muito quente quando você está com frio.

Exceto pelo fato de que eu estava em uma estreia ontem à noite com vários homens ricos, bonitos e famosos, e eu mal os notei. Aparentemente Chris Evans estava lá. Normalmente, Chris Evans estar a um raio de um quilômetro de mim teria sido o suficiente desencadear um alerta máximo nos meus níveis hormonais, mas eu não sabia até verificar as páginas de fofocas de celebridades esta manhã. Estamos falando do *Capitão América*, o melhor Chris.

Se eu aceitar que é o Sam que *causa* tudo que sinto, então o que há nele? Eu paro para pensar nisso e entro num pequeno parque para deixar de ser empurrada pela multidão e me sento ao sol em um banco de madeira descascado. Estar com Sam, apesar de suas muitas falhas e defeitos, me faz sentir viva. Aquele estranho anseio insistente por algo diferente, algo mais, se acalma quando estou com ele.

Mais notícias indesejadas, porque, se tem uma coisa que me ensinaram, é que se encontra significado e valor na vida por meio de si mesma, não de um homem ou de qualquer outra pessoa. Independência é o ápice e enquanto um homem pode ser um companheiro, é um erro grave pensar que ele pode ser o centro do seu mundo. Você nunca deve ser um satélite orbitando a vida de outra pessoa. Mamãe me incutiu isso desde a infância, mas ela viveu essa filosofia? Ela ficou desolada quando papai morreu.

Eu pulo e me afasto como se fosse deixar fisicamente esses pensamentos no assento ao meu lado. Estou exagerando tudo isso. Sam está na minha vida só por mais seis semanas, no máximo, e até agora não houve nenhum sinal de que ele retribui qualquer interesse, como eu vi em primeira mão outro dia. Preciso redirecionar essas energias para um projeto mais positivo, como meu planejador *Eppy*.

No caminho de volta para o Xanadu, meu telefone vibra com uma mensagem de Anjali.

Anjali: Oi.

Yo yo yo, eu escrevo de volta.

Você está brincando? Responde ela.

É assim que o pessoal descolado fala. E aí? Mando de volta.

Dia difícil, ela escreve.

Isso não é do feitio dela. Hesito.

Gracie: Posso te ligar?

Anjali: Sim.

Ela atende no primeiro toque.

— O que está acontecendo? — pergunto.

— Coisas de trabalho. — Ela parece abatida. — Este coach de vida. Estou tentando integrar o que ele diz ao meu estilo de trabalho.

— Não está funcionando?

— Eu entendo o que ele está fazendo — avalia ela. — Preciso suavizar o tom para fazer as coisas, dar espaço para as pessoas cometerem erros.

— Eu ouvi um *mas*.

— Eu me sinto uma impostora — diz ela, as palavras arrastadas. — Não parece comigo. Você acha que eu era tão babaca antes?

— Não. Não é ruim ser assertivo, confiante e aberta sobre seus sentimentos. Achei que você gostasse do coach.

— No começo eu gostava, mas agora não sei. — Ela parece desanimada. — No trabalho, eles ficam me questionando. Isso nunca aconteceu antes.

— Você é uma gerente de projeto. É seu trabalho tomar decisões e fazer as coisas acontecerem.

— Eu sei.

— Anjali, você sabe que pode parar, certo?

— O quê?

— Este coach de vida. Ele não é, tipo, um *deus*. Você pode agradecê-lo gentilmente pelo seu tempo e parar de vê-lo.

Há um longo silêncio.

— Ele foi tão prestativo. Isso me fez pensar mais profundamente sobre as coisas.

— Você conseguiu o que podia, e agora pode ir embora.

— Eu posso, não posso? — Ela parece um pouco mais feliz.

— Sim.

— Tenho mais duas sessões pré-pagas — diz ela de forma prática.

— Diga ao cara que não está funcionando e para mudar sua abordagem, então. Você está pagando a ele.

— Obrigada, Gracie. — Anjali parece aliviada. — Eu precisava conversar sobre isso.

— Sem problemas.

Conversamos um pouco mais e desligamos. Então me dou conta de que foi a primeira vez que falamos ao telefone. Sempre mandamos mensagens ou nos encontramos. Sinto como se tivesse desbloqueado uma conquista de amizade.

O resto do dia passa pacificamente. Vou correr, e a atividade física, de que tenho sentido falta, faz maravilhas para o meu humor. Será que toda essa coisa de ter um *crush* no Sam pode ser resultado de não fazer exercícios o suficiente?

Vejo Sam no corredor quando volto e não há como disfarçar meu visual suado e o cabelo emaranhado. Ele está com um boné preto puxado para baixo e seu cabelo cobre seus olhos.

— Deveríamos falar sobre o evento de hoje à noite — ele diz como uma saudação.

Ele me segue e pega uma bebida da minha geladeira enquanto eu sirvo um copo de água. Se eu não beber pelo menos dois copos, vou ter uma dor de cabeça brutal por desidratação.

— Fangli saiu?

— Ela vai voltar antes que precisemos sair. — Ele tira o boné e passa a mão pelo cabelo. — O que você achou do dia de hoje?

— Foi incrível. Você estava evocando aquele detetive de *Estrada de Ouro* deliberadamente? — Ele descansa a garrafa com um tilintar na mesa.

— O que você quer dizer?

— A cena com Fangli, quando você a empurrou contra a parede.

— Sim, eu sei. — Ele faz um gesto impaciente. Isso é algo importante? Acho que sim.

— Foi a mesma coisa que você fez em *Estrada de Ouro*.

— Esse filme tem oito anos.

— Bom, eu só assisti outro dia — eu me defendo.

— O que mais você viu?

— Nada. Não é como se eu tivesse estudado você.

Embora, já tenha visto filmes suficientes dele para pegar suas manias, sinto que estou no caminho para uma pós-graduação em Samosofia.

Ele está prestes a me pressionar quando o telefone toca e eu o atendo. Uma das enfermeiras da casa de repouso da minha mãe me conta que ela está agitada o dia todo.

— Sei o quanto você está ocupada, mas pode acalmá-la se você passar por aqui, mesmo que só consiga ficar alguns minutos.

— Claro.

Desligo e verifico as horas. Já são quatro, então faço alguns cálculos rápidos. Se eu pegar um táxi... Mas o horário de pico está começando. O metrô será mais rápido.

— Preciso ver a minha mãe — digo a Sam. — Posso me arrumar lá e te encontrar no hospital?

— Você não vai conseguir — avalia ele. — Eu vou com você.

— O quê? Não.

— É o uso mais fácil e eficaz do nosso tempo.

— Pense bem nisso. Por que Sam Yao, celebridade, estaria visitando minha mãe? Comigo como Fangli?

— Bem, e o que Fangli estaria fazendo no metrô em um vestido de gala completo? — Ele sorri e aquelas covinhas aparecem como mágica. — Aposto um jantar que ninguém vai notar. Faça sua maquiagem e vista suas roupas de Fangli de quando saímos do hotel.

— Você tem certeza de que quer ir? Podemos ser descobertos.

— Como eu disse, isso será mais eficiente, portanto, faz mais sentido. — Ele me lança um olhar. — Confie em mim. Eu não sou imprudente.

Ele deve estar confiante se está disposto a arriscar acabar com o meu disfarce, por isso não recuo diante da aposta.

— Aposta aceita.

— Leve um chapéu e uma muda de roupa. — Ele levanta as sobrancelhas. — Vou começar a pensar onde você vai me levar para jantar.

Capítulo 24

Sam sai e eu me viro para o setor de vestidos do armário para encontrar um que eu possa facilmente vestir enquanto estou no carro. É difícil me concentrar porque, embora esta não seja a primeira vez que a casa de repouso liga para eu ir acalmar a minha mãe, parece estranho, mais urgente. Eu trinco os dentes quando me ocorre que o Alzheimer dela pode estar piorando. Os médicos me avisaram para ficar de olho em mudanças de humor e personalidade, e eu pensei que estivesse. Estava tão preocupada com esse plano da Fangli que não notei?

Quando finalmente encontro um vestido, tenho de limpar as palmas das mãos úmidas nas coxas antes de tocar no material delicado. Eu o retiro e o verifico rapidamente, ansiosa para começar. Ele tem uma cintura justa e saia cheia, mas o verdadeiro atrativo é que ele fecha na lateral, assim não preciso da ajuda de Sam para me trocar. A maquiagem e a peruca são aplicadas rapidamente. Estou me acostumando.

Sam chega — com sua chave, que pedi para ele pegar de volta com Mei para o caso de emergências futuras — enquanto eu estava colocando uma saia e uma regata em uma mochila.

Ele lança um olhar incrédulo para minha bolsa.

— Você não pode pensar seriamente que vai sair usando aquele vestido de noite com uma mochila de náilon pendurada no ombro — diz ele.

— De que outra forma eu vou carregar as minhas roupas?

Como um mágico, ele exibe uma bolsa de couro simples, grande o suficiente para transportar um pequeno animal de fazenda.

— Hermès — diz ele enquanto guarda minhas roupas, como se isso explicasse o tamanho gigantesco. Talvez explique. — Onde está o chapéu? Você vai precisar dele para tentar cobrir seu rosto quando chegarmos na sua mãe, porque você está completamente maquiada.

— E você? — Eu entrego o chapéu a ele.

— Estou bem. Fangli voltou há cerca de quinze minutos, então estamos prontos para ir. Felizmente ela chegou cedo. — Ele me olha e eu me pergunto qual lista de verificação de aparência de Fangli ele repassa antes de dar um único aceno de aprovação.

Nós descemos para o carro e dessa vez eu consigo simplesmente passar pelo saguão sem ficar obcecada com o jeito que caminho. Estou preocupada demais com a minha mãe para me importar — por que ela está tão chateada? Sam me ajuda a entrar no carro e eu dou o endereço ao motorista.

Em seguida, viro-me para Sam.

— Já que vou me trocar de roupa no carro, o motorista não vai perceber que não sou a Fangli quando chegarmos a casa de repouso?

— Eu conheço Gregor há muito tempo — diz Sam. — Ele sabe guardar um segredo.

— Ótimo. — Eu tiro a peruca e bagunço meu cabelo. — Preciso de um pouco de privacidade. — Ele se vira para olhar pela janela, que felizmente é escura.

— Você pode cobrir os olhos?

— Sério?

— Por favor, faça isso.

Ele me lança um olhar, mas então cobre o rosto como uma criança brincando de esconde-esconde. Eu me troco em etapas para maximizar a cobertura, como em uma academia mal projetada, onde a porta do vestiário pode abrir a qualquer momento e revelar você para o mundo. A saia vai primeiro, puxada para cima sob o vestido. Eu abro o zíper da parte de cima, viro para o outro lado e visto a regata. Tiro o vestido, coloco meu chapéu e sou Gracie novamente, ou Gracie com um contorno fantástico.

— Sua vez — eu digo.

Ele se vira e me olha.

— Você borrou o seu batom.

— Eu borrei?

— Aqui. — Ele estende o polegar e esfrega sob o meu lábio.

Oh. Meu Deus. Seu toque desaparece quase imediatamente, mas o eco dele corre o meu corpo.

— Saiu — ele diz, olhando para meu lábio.

— Está bom? — Eu limpo minha garganta. — E quanto a você?

Ele tira o blazer e a camisa de colarinho para revelar uma camiseta branca que ele puxa de dentro da calça, então tira uma bolsa menor de sua bolsa enorme. Dentro dela há um par de tênis. Ele se abaixa para calçá-los, xinga quando o cinto de segurança o faz ricochetear para trás, consegue segurar os sapatos e coloca o próprio chapéu para cobrir seus olhos. Transformação completa, ele levanta as mãos para receber comentários, e eu tenho que rir.

— Você honestamente acha que ninguém vai te reconhecer?

— Você precisa ver sua mãe, não é? É a única maneira de fazermos isso e chegarmos ao evento a tempo. O risco é insignificante.

— É mesmo?

— Quantos asiáticos encontraremos?

Penso na casa de repouso por um momento.

— Minha mãe.

— Sim. Acho que vai dar certo. — Ele sorri.

— Vou te apresentar como um amigo do trabalho que me deu uma carona — conto. — Ela não sabe que fui demitida, então não comenta. Na verdade, é melhor você não falar nada.

— Por que você não contou a ela?

— Não quero aborrecê-la. — Olho pela janela, sentindo a preocupação subir e descer em ondas enquanto digo a mim mesma que o humor dela pode ter melhorado quando eu chegar, assim me convenço de que ela está em sério sofrimento e que a casa está minimizando para não me preocupar, pois seu Alzheimer está piorando e preciso encontrar mais ajuda para ela e...

O pessimismo é terrível.

Sam toca minha mão brevemente e começa a cantarolar baixinho enquanto arruma sua mochila. Eu começo a cantarolar junto com ele para cobrir os pensamentos que giram na minha cabeça, distraindo-me por saber a música, mas sem conseguir dar um nome a ela. Logo estamos em uma guerra, cada um tentando cantarolar mais alto que o outro até que eu bato na minha perna em triunfo, soltando um pequeno grito.

— "*Girls & Boys*" do Blur — eu anuncio.

— Você demorou bastante. — Ele sorri.

— Costumava ter um clube que fazia noites de pop britânico e eles tocavam isso toda vez — conto. — Também tinha doses de um dólar.

— Não tenho certeza se isso parece atraente ou perigoso.

— Um pouco dos dois. — Eu suspiro com nostalgia. — Era uma boate tão decadente e eles tinham aquelas luzes pretas, então se você usasse um sutiã branco, apareceria através da sua blusa.

Os olhos de Sam descem, mas então sobem rapidamente para o meu rosto.

— Eu nunca precisei me preocupar com isso.

— É. — Eu dou de ombros. — Não é como se eu ainda fosse a esses lugares.

— Eu nunca fui.

— Não há clubes na China? — Franzo a testa.

— Claro que existem, mas eu sempre tive que ir para aqueles considerados bons para minha imagem. — Ele olha pela janela.

— Então, nada de doses de um dólar. Que pena.

— Definitivamente não.

— Eu estava brincando sobre ser uma chatice — asseguro a ele. — Quer dizer, na época era divertido ficar bêbada e dançar na pista de dança com pessoas aleatórias que você nunca mais veria, mas ressacas de bebida barata são as piores.

— Não está ajudando — geme ele.

Eu sei que ele está tentando me fazer rir e isso me ajuda a passar pela viagem, mesmo que meu joelho esteja tremendo enquanto tento relaxar.

Mamãe não está machucada. Ela está chateada. Os médicos disseram que isso pode acontecer. Não é bom, mas não é incomum.

— Chegamos. — Viramos a esquina e o medo retorna.

Ele percebe a mudança no meu tom e assente. Dá um toque suave na minha mão e segura a porta para mim enquanto entramos na casa. Tento evitar correr.

— Você disse que minha mãe estava agitada? — pergunto quando chego ofegante na recepção.

— Foi um dia ruim para ela — diz a enfermeira. Ela olha para Sam e, então, o ignora. — É um aniversário? Algum gatilho emocional dela?

— Não, eu não… — paro, horrorizada. É o aniversário de morte do meu pai. — Eu vou vê-la — sussurro.

Como pude ter esquecido? A culpa me deixa enjoada. Sam espera até nos afastarmos da recepção para tocar meu ombro.

— O que foi?

Com sua demência, não acredito que mamãe se lembra que dia é hoje, mas suponho que algumas datas ficam marcadas na mente para sempre. Ou, no meu caso, não.

— Hoje faz dez anos que meu pai morreu. É por isso que ela está chateada. Eu deveria ter ficado com ela.

— Gracie. — Desta vez ele pega minha mão na dele. — Você está aqui agora. É isso que importa. — Eu quero acreditar nele, mas não consigo. Ele mantém minha mão cativa enquanto vamos para o quarto da minha mãe, onde ele me libera. — Colegas de trabalho — murmura ele.

Com um breve aceno, espreito pela porta. Mamãe está de pé e andando pela sala, braços entrelaçados perto do peito. Devo ter feito algum barulho porque ela olha para cima enquanto Sam passa a mão pelas minhas costas.

— Mãe?

Ela me cumprimenta com uma explosão de chinês que não consigo entender.

— Mãe, é a Gracie. Você precisa falar inglês, ok? *Shuo Yingyu.*

Mamãe vê Sam atrás de mim e seus olhos se arregalam.

— *Xiao He*?

Isso eu entendo.

— Não. — Eu quase me jogo para frente. — Este é Sam, um amigo. Do trabalho. Ele é um amigo do trabalho. Amigo do trabalho.

Para Sam, eu digo:

— Ela acha que você é o irmão mais novo dela.

— *Ni hao. Wo jiao* Sam. *Wo shi ni nu'er de tong shi.* — Sam entra na sala e estende a mão.

Eu abençoo o aplicativo porque Sam falou devagar o suficiente para me deixar entender o que ele disse. Mamãe pisca novamente.

— *Ni hao*? — Ela olha para mim. — Gracie? Querida?

— Sam me deixou aqui. Era no caminho dele — falo.

— Ele é um amigo? Chinês? — Ela o avalia. — Casado?

— Mãe!

— Só com o meu trabalho. — Sam ri.

— Você gosta do cabelo da minha Gracie? Ela cortou outro dia. Tão curto. — Ela gargalha para ele.

— Gracie é adorável. — Ele diz isso com simplicidade enquanto olha para mim. — Você tem sorte de tê-la como filha.

Ela assente, satisfeita com essa resposta educada, porque, afinal, o que mais o pobre rapaz poderia dizer? Então, ela volta ao mandarim. Sam escuta antes de se virar para mim.

— Sua mãe quer me mostrar uma foto do irmão dela.

Vou até o armário e pego o álbum de fotos esfarrapado. Antes da minha mãe entrar na casa de repouso, fiz cópias digitais de todas as fotos e tenho outro álbum idêntico pronto para o caso de algo acontecer com este. Espero até que ela se sente e aceno para Sam sacomodar-se em frente a ela antes de passar o álbum e sentar-me na cama.

O dedo torto da minha mãe aponta para uma foto e eu me inclino para ver um homem que se parece com Sam só porque ambos são chineses. Sam dá a ela o mesmo sorriso que seu irmão dá na foto, e ela dá um tapa na perna dele e ri.

— Gracie é muito parecida com Xiao He. — Mamãe se aproxima e dá um tapinha na minha mão como fazia quando eu era pequena. — Muita integridade. Fiel a si mesma, com um núcleo de retidão.

Uma palavra tão antiquada, e meu rosto fica vermelho porque, em trinta minutos, Retitude Gracie vai sair e colocar uma peruca em um carro para enganar um bando de crianças e fazê-las acreditar que ela é uma estrela de cinema.

— Conte-me mais sobre ele — pede Sam.

— Ah, ele era engenheiro. Inteligente, esperto. Estávamos todos muito orgulhosos dele.

— Ele mora na China?

O sorriso dela desaparece.

— Ele morreu em um acidente de trabalho depois que Gracie nasceu. Ela recebeu o nome dele em sua homenagem.

— Eu não sabia disso. — Como eu poderia não saber disso?

— *"He"*, de harmonia, e deve haver harmonia para ter graça. Eu devia muito a ele. — Ela balança a cabeça. — O passado permanece no passado.

O sinal toca no corredor e mamãe se anima. Aqui, as refeições são o que a entretêm e ela fica chateada se precisa esperar; por isso, digo a Sam que voltarei em um minuto. O jantar apagou os pensamentos sobre a solteirice de Sam da mente de mamãe e ela caminha ansiosamente para o refeitório depois de dar-lhe apenas um aceno de despedida.

Decido não mencionar o papai, pois ela está melhor agora, e em vez disso dou um beijo nela e cumprimento as senhoras da mesa dela. Elas todas se preocupam umas com as outras, certificando-se de que têm garfos e água.

Sam está folheando o álbum quando eu retorno.

— Não entendo como você pode se parecer tanto com Fangli quando este é o seu pai.

A página está aberta em uma foto clássica do papai do início dos anos 1990. Seu cabelo ruivo está com permanente e ele usa uma blusa de gola alta e uma pochete, com o braço em volta de uma Agatha jovem e feliz que só chega até seu ombro. Mamãe está usando shorts de ciclismo e um moletom grande, que era da moda.

— Ele sempre disse que estava feliz por eu ter puxado a minha mãe em vez dele, porque ela era a mulher mais bonita do mundo.

Sam sorri e me entrega o álbum fechado para guardar.

— Eles estavam muito apaixonados.

— Estavam. — Minha voz falha enquanto abraço o álbum. É bobo, mas estou relutante em esconder o álbum de volta na gaveta escura, como se estivesse guardando a memória do papai. — O dinheiro desse trabalho para Fangli… Eu quero isso por causa da minha mãe, para levá-la a um lugar melhor. Não é porque eu seja gananciosa.

Sam se aproxima e me puxa contra o peito.

— Gracie. — Sua voz é baixa e por um breve momento deixo meus olhos se fecharem e simplesmente sentir.

No dia em que morreu, papai me segurou com força, como se não suportasse me deixar ir. Ele havia perdido tanto peso com o tratamento que seus ossos quase quebraram quando ele agarrou meus ombros.

— Dez anos atrás, quando papai me abraçou, eu não sabia que seria a última vez que eu teria os braços dele a minha volta — eu digo contra o peito de Sam. — Eu não *sabia*.

Por que eu não sabia? Eu deveria ter percebido, eu deveria ter reconhecido que nunca mais sentiria o toque dele. Isso me escapou e eu nunca teria essa chance de volta. Não há como refazer aquele momento.

— Gracie. — Sam levanta a mão e a coloca no meu cabelo, mas não diz mais nada além do meu nome.

Não consigo chorar. Chorei tanto pelo papai ao longo dos anos que agora meus olhos secos estão queimando. Minha respiração fica quente contra a camisa de Sam e viro minha cabeça ligeiramente para o lado. Não estou ofegante, mas meu coração está acelerado e ele passa a mão sobre a minha cabeça com movimentos lentos e deliberados para me acalmar. Olho para a parede, mas não consigo ver nada. Estou apenas existindo.

Não sei quanto tempo demora até que eu me afaste dele.

— Deveríamos ir — falo, esfregando minha bochecha. — Oh Deus, minha maquiagem.

A camisa de Sam está manchada com uma marca perfeita do meu rosto. Ele olha para baixo e, quando encontra meus olhos, os dele estão iluminados com uma risada gentil.

— Isso é mais maquiagem do que eu uso no palco.

— Essa é minha cara para ocasiões especiais — eu digo. — Ou era.

Não olho para o álbum enquanto o guardo.

— Obrigada — agradeço à porta ao invés de Sam. Não quero olhar para ele. Estou envergonhada por ele ter me visto daquele jeito.

— De nada. — É tudo o que ele diz, e eu decido deixar por isso mesmo e vou embora.

Capítulo 25

Gregor está na rua onde insisti que ele esperasse com o carro para que as enfermeiras não nos vissem entrando e ficassem desconfiadas. É um pouco chique demais até para um Uber Black, aquele grande democratizador de viagens chiques. Assim que entramos no carro, minha compostura retorna.

— Eu trouxe uma camisa extra para o caso — diz Sam. Ele pega a camisa de colarinho que usara no carro e a coloca de lado.

Então ele tira a camiseta. Bem ali na minha frente, Sam Yao está sem camisa e ele nem se importa. Seminu, vasculha aquela bolsa gigante antes de murmurar em triunfo e tirar uma camisa preta dobrada que sacode com um estalo. Sei que é rude, mas eu tenho de encará-lo, porque nunca vi um corpo assim na vida real. Ele é esculpido, seus braços musculosos e seus ombros largos. Pequenos músculos, eu nem sei como são chamados, ondulam por suas costelas. Depois que veste a camisa, levanta os quadris para prendê-la — minha boca pode ter caído aberta aqui — e então passa a mão pelo cabelo.

— Você não deveria se preparar? — pergunta ele.

Fecho os olhos para reviver a memória do seu peito.

— Vire-se.

Ele o faz e eu reverto minha técnica de antes, tirando a camiseta e puxando o vestido para baixo e dando puxõezinhos para colocá-lo no lugar antes de remover a saia. O carro parece pequeno demais, e Sam, perto demais.

Puxo o zíper, mas ele emperra.

— Droga.

— O quê? — Sam começa a se virar, mas eu o impeço. — Não olhe!

— Toda essa movimentação e você ainda não está decente?

Levanto o braço e estico o pescoço para ver o zíper. Estou com medo de puxar com muita força, caso eu o quebre ou rasgue o vestido. Só há uma escolha.

— Preciso de ajuda.

Ele lança um olhar furtivo por cima do ombro, como se não tivesse certeza de quão despida estou. Confirmando que tudo de importante está coberto, ele diz:

— Zíper?

É uma pena que, diferente de um zíper nas costas, que só mostraria... minhas costas, este zíper revela toda a lateral do meu torso entre a axila e a cintura. Ele vem se sentar ao meu lado.

— Levante o braço.

Quando ele mexe no zíper, seus dedos roçam minhas costelas, fazendo minha pele arrepiar. *Por favor, por favor, que ele não perceba. Por favor.* Olho pela janela enquanto descemos a Avenida University em direção ao Hospital Row.

— Parte do material está preso no zíper — murmura ele. — Me dê um segundo.

Ele estende uma mão para dentro do vestido para tentar levantá-lo. Agora, a mão inteira de Sam está pressionada contra mim, e sua cabeça inclinada tão perto que sua respiração roça minha pele nua. Nunca fiquei tão feliz por ter passado desodorante.

— Consegui — ele diz orgulhosamente e puxa o zíper para fechá-lo.

Meu braço continua erguido enquanto ele trabalha, mas, como o sangue já está descendo por mantê-lo erguido por muito tempo, abaixo-o mais rápido do que pretendia e acabo pousando-o sobre o ombro de Sam, abraçando-o parcialmente.

Embora eu esperasse que ele se afastasse, ele não se move. Sam não faz nada além de olhar para mim e eu congelo.

— Desculpe. — Recuo e me apresso para pegar minha peruca e colocar. — É melhor eu retocar minha maquiagem. Onde estão meus sapatos? — Começo a divagar.

— Espera. — Ele me paralisa com um toque no meu joelho. — A peruca está torta.

Ele estica a mão para prender um pouco do meu cabelo por baixo e então reorganiza o capacete de cabelo desarrumado, suas sobrancelhas anguladas para baixo enquanto ele se concentra. Agora ele está perto o suficiente para beijar e, novamente, por um momento louco, eu me pergunto o que aconteceria se o fizesse.

Seria ruim. Estou pensando demais nisso do mesmo jeito que pensei na galeria de arte, vendo oportunidades românticas só porque estou desejando que elas aconteçam. Ele termina com a peruca e vai para o seu lado do carro enquanto eu passo batom, seco e reaplico antes de passar pó no rosto.

Por fim, empurro o cabelo para que algumas mechas fiquem na frente dos meus ombros enquanto o resto desce pelas minhas costas. Mei diz que emoldura melhor meu rosto.

— Estou bem? — pergunto.

Ele se move e puxa o cabelo todo para trás dos meus ombros antes de voltar para o seu lugar.

— Assim é melhor — diz ele. — Eu posso ver seu rosto.

— Já que estou tentando não deixar as pessoas focarem no meu rosto, você não acha é melhor deixar como estava? — Eu levanto minhas sobrancelhas.

— Eu gosto assim.

Oh. *Oh.*

— Além disso — ele acrescenta — Você me deve um jantar.

— O quê?

— Como prometi, ninguém me reconheceu hoje. — Ele dá um aceno satisfeito.

— Aguarde doze horas, e se não aparecer nas redes sociais, eu aceito.

Gregor para na entrada do hospital onde somos recebidos por uma mulher alta com um celular e uma prancheta que se apresenta como Jessica.

— As crianças estão animadas para vê-lo, Sr. Yao — diz ela em uma voz calorosa. — Não consigo dizer o quanto apreciamos que faça isso, especialmente de última hora. Conforme solicitado, não há mídia, mas gostaríamos de tirar algumas fotos para as crianças.

— Está bem — aceita.

Sam, por sua vez, está legitimamente animado com a ideia de conhecer crianças e enche a mulher das relações públicas com perguntas. Quantas crianças? Quais idades? Do que ele deve estar ciente? Ele tem permissão para tocá-las ou deve apenas acenar? Ele para na entrada para higienizar as mãos no dispensador e eu o imito. Afinal, é um hospital e as crianças não precisam dos nossos germes.

Nunca estive em um hospital infantil antes, então deixo os dois irem na frente e conversarem enquanto examino o átrio, que é pintado com murais e tem personagens de desenhos animados nas placas. Duas pessoas passam de mãos dadas e uma mulher abraça um pequeno bebê que usa um capacete. Estou guardando muitas das emoções que vivi mais cedo e olho cuidadosamente para os rostos das pessoas. Alguns estão interessados nas duas pessoas em roupas elegantes andando por ali — a atitude de Jessica grita *alerta de pessoas famosas* — mas as pessoas que passamos estão mais envolvidas em seus próprios mundos e suas próprias famílias. Pegamos um elevador até uma sala cheia de janelas lotada de crianças e pais, assim como mesas de pebolim e jogos.

— É aqui que as crianças mais velhas podem vir e passar o tempo — explica Jessica.

Uma das crianças tem um suporte de soro coberto com diversas linhas de contas coloridas.

— As contas têm significado? — pergunto.

— Elas são chamadas de contas de bravura. As crianças as ganham, uma para cada procedimento ou evento que passam.

Sam e eu paramos de repente.

— Aquela criança tem muitas — observa ele. — Centenas.

— São crianças duronas — diz Jessica com simplicidade. — Estão prontos?

Eu recuo porque este é o show do Sam, e as crianças estão aqui para conhecer um herói de ação real, não uma estrela de cinema falsa. Ele fica do lado de fora esperando sua entrada, seu rosto inteiro se ilumina. Uma das crianças foi indicada como oradora, e esta faz a introdução melhor do que qualquer promotor do UFC poderia; podemos ouvir sua voz estrondosa do corredor. Quando descreve detalhadamente uma das cenas de luta de Sam, com efeitos sonoros, a sala inteira ri e comemora.

— Por favor, deem as boas-vindas a Sam Yao!

Sam salta para dentro da sala e pousa em posição de luta, causando caos. Não consigo parar de sorrir e rir, e Jessica sorri de orelha a orelha.

— Eles me disseram que ele não teria tempo de vir, mas eu sabia que viria — confidenciou ela, os olhos escuros brilhando.

— Como você sabia?

— Laurence, o garoto que fez a apresentação, escreveu uma carta para ele que enviamos para um contato no teatro. Eu chorei quando li. Não havia como o Sr. Yao dizer não, não se ele tivesse lido. — Ela indica o interior da sala. — Essas crianças perdem muito da vida. Venha, entre.

Sam está determinado a conhecer cada pessoa na sala e, em vez de cercá-lo, a multidão o guia para que ele possa passar um momento privado com todas as crianças. Uma garota, sentada em uma cadeira de rodas, cobre o rosto com timidez e Sam se ajoelha ao lado dela. O que quer que ele sussurre em seu ouvido a faz rir histericamente, o que o faz rir, uma risada grande e aberta que eu nunca tinha ouvido antes.

— Você é Wei Fangli? — Olho para baixo e vejo um garotinho loiro com óculos grandes me encarando. Eu me agacho, abençoada saia cheia, para que fiquemos da mesma altura.

Não consigo dizer que sou, então pergunto:

— Qual é seu nome?

— Laurence.

— Laurence! Fiquei impressionada com sua introdução. Você é um grande fã do Sam. — Me inclino. — Eu também. — Isso é verdade.

— Eu não sabia que você viria. — Seus olhos azuis por trás dos óculos são enormes e sua pele tão translúcida que posso ver as veias traçadas por baixo.

— Espero que esteja tudo bem eu ter vindo.

— *Wo hen kaixin.*

Graças a Deus entendo isso e posso dizer:

— *Ni de Zhongwen shuo de hen hao.*

— Estou aprendendo para não ter que ler as legendas dos filmes do Sam — ele diz com orgulho. — Tenho muito tempo livre aqui no hospital.

— O que há de atraente nos filmes dele? — Minhas coxas doem e eu fico de joelhos.

— Ele é real, você não acha? — Morde os lábios enquanto considera suas palavras. — E bom. Mesmo quando ele bate nas pessoas, é para proteger os outros. Não para ser malvado ou se exibir.

— Uma característica muito decente.

— Eu acho que você é a mesma nos seus filmes. Quando você enviou o Sam para morrer na missão daquele filme, você não queria fazer isso. Então por que fez?

— Em *A Lótus de Pérola*. — Penso em como descrever isso para essa criança e então decido pelo que ele acha mais importante. — Por que você acha que a imperatriz fez isso?

— Bem, você amava o Sam — ele fala prontamente. — Ele amava você também.

— Os personagens se amavam no filme — esclareço. — Sim.

— Eu não acho que você deveria ter feito isso — diz seriamente. — Você nem conversou com ele sobre o assunto. Ele poderia ter tido mais ideias.

— Teria sido mais inteligente — eu comento. — Você deveria escrever seu próprio filme.

— O que você quer dizer? — Ele franze a testa.

— Você pode escrever um filme. Um roteiro seu, contando a história que você quiser. Ou uma peça se você quiser que os atores atuem em um palco de teatro, como Sam está fazendo agora.

— As pessoas fazem isso? — Os olhos de Laurence estão enormes.

— Claro que sim. Dá muito trabalho, mas você consegue.

O garoto olha para o chão. Uma mulher se aproxima e sorri para mim.

— Mãe — ele diz, ajustando os óculos. — Wei Fangli disse que eu posso escrever um roteiro. Isso é verdade? Eu posso fazer isso? Ela está no cinema, então deve ser verdade, certo? É? Ela não mentiria para mim, mentiria?

Estou prestes a explicar para a mulher, mas ela está ocupada concordando.

— Claro que pode, querido.

— Você vai me mostrar como? — Laurence se vira para mim, os olhos enormes.

— Eu nunca escrevi um roteiro — eu digo. Pelo menos isso não é mentir para o garoto. — O trabalho de um ator é atuar o que você escreve. Posso te dizer uma coisa que pode ajudar. Você quer ouvir?

Ele concorda.

— Ninguém mais pode ser você. Ninguém mais pode contar sua história como você. Você é único, então escreva o filme que você quer ver.

— Ninguém pode contar minha história — ele repete com admiração.

— Só você.

Ele sorri para mim.

— Vou começar agora mesmo. Já tenho uma ideia sobre um dragão. Você acha que Sam vai estrelar?

— Eu vou estrelar o quê? — Sam chega ao meu lado e os olhos de Laurence ficam tão grandes que engolfam seu rostinho.

— O filme que vou escrever. Fangli diz que eu deveria. Você acha que eu deveria?

— Sim. — Não há hesitação. — Faça e depois me envie.

Atrás de Laurence, sua mãe abaixa a cabeça enquanto o menino grita de alegria. Vejo as lágrimas em suas bochechas.

— Precisamos ir, mas posso te dar um abraço? — Pergunta Sam. — Obrigado por me convidar.

Tanto Sam quanto eu abraçamos Laurence, que é tão frágil que tenho medo de segurá-lo com muita força. Ele é como um passarinho. A mãe dele nos acompanha até o lado de fora.

— Obrigada por terem vindo — diz ela rapidamente.

— Espero não ter exagerado ao sugerir que ele escrevesse seu próprio filme — falo. Estou cheia de arrependimento por ter dito algo errado.

Ela balança a cabeça.

— Ter um projeto para absorvê-lo será maravilhoso.

A mãe desaparece e Jessica leva Sam e eu de volta para a entrada. Ela está emocionada com o que aconteceu, e eu deixo Sam lidar com a conversa fiada porque estou atormentada pela culpa sobre Laurence. Ele pensou que eu *era* Fangli. Não importava que um bando de colecionadores de arte ricos ou pessoas da indústria cinematográfica ou pessoas aleatórias na rua pensassem que eu era Fangli, mas isso importa. *Ela não mentiria para mim, mentiria?*

Agradecemos à mulher e entramos no carro para ir à festa. Ao contrário de mim, Sam está animado em ter conhecido as crianças e não consegue parar de sorrir. O evento é perto da água em uma galeria de arte/espaço para eventos, e rezo para que não haja nenhuma arte sobre a qual precise ter opiniões intelectuais. Este dia me esgotou, e pressiono minha testa contra a janela.

— Você está doente? — pergunta Sam.

— Pensando — eu digo. — Nas crianças.

— Eles foram ótimos. — Ele ajeita a gola e sorri tanto que suas covinhas aparecem. — Você fez bem em sugerir para aquele garoto escrever. Laurence. Eu podia ver no rosto dele que era como se uma porta se abrisse em sua mente.

— Ele queria fazer isso porque Wei Fangli disse que ele podia — explodi. — Eu não sou Fangli. Foi uma fraude.

As covinhas de Sam desaparecem.

— O gatilho é irrelevante. Uma vez que a ideia de que você pode fazer algo lhe ocorre, é tudo o que importa. Quem se importa com quem gira a maçaneta para Laurence, contanto que ele consiga passar pela porta?

— Não está certo — digo, me aprofundando. — Os fins não justificam os meios.

— Eu discordo — retruca ele. — Um resultado positivo pode vir de um caminho negativo.

Ao perceber que essa conversa está prestes a se transformar em um argumento invencível, cerro os dentes e deixo para lá, em parte porque esse é um debate filosófico profundo e preciso de tempo para organizar meus pontos. Preciso de um *Eppy* para isso também: uma maneira de categorizar ordenadamente o turbilhão no meu cérebro e organizar a bagunça de impressões e reflexões em ideias claras e discutíveis.

Sam já mudou de assunto para me lembrar quem encontraremos na gala e tento me concentrar nele. Iremos representar o elenco de *Operação Oblivion*, já que o diretor não pôde comparecer, e Mei confirmou que nenhum dos contatos pessoais de Fangli está na lista de convidados. Se chegar à estreia do filme foi um sólido oito na escala de estresse, isso paira num três.

— Gracie? — Sam olha para mim. — Você está ouvindo?

— Sim. — Eu não estava. Talvez Fangli estivesse certa. Laurence e outros fãs querem a ideia de Fangli, o que eles projetam nela.

— Do que eu estava falando?

— A lista de convidados. — Eu dou um palpite.

Sam parece desconfiado, mas chegamos antes que possa responder. Ele me ajuda a sair do carro, e eu me certifico de que meu sorriso esteja calibrado para mostrar o quão feliz estou por estar aqui. Há uma fotógrafa — agora entendo que cada evento contrata seu próprio fotógrafo — e fica atordoada quando Sam olha para ela, abaixando a câmera para vê-lo sem filtro.

Entramos no espaço do evento, que foi decorado com enormes guirlandas florais tecidas com margaridas tingidas que se estendem pelo teto e estão penduradas nas paredes, intercaladas com longas franjas que também vêm do teto, iluminadas por dentro para parecer que brilham. Há luzes de neon pastel ao longo do chão. A direção de arte deve ter planejado para parecer que um unicórnio está organizando um casamento em uma noite de clube, e eu me pergunto por que eles não deram o dinheiro que gastaram nessas decorações diretamente para o hospital.

Vagamos até as mesas do leilão silencioso, cobertas com tablets para dar lances. Tento não engasgar quando vejo que os lances mínimos estão na casa dos milhares ou dezenas de milhares, para tudo, desde um cruzeiro (seja o convidado particular de um CEO de banco) até uma semana de spa para o vencedor e três convidados.

É muita coisa. É demais. Preciso respirar.

— Com licença — digo a Sam. — Volto já.

Ele segue meu olhar para o banheiro e assente. Um minuto depois, estou sozinha em uma cabine e respirando o leve aroma de lavanda dos difusores nos balcões. Não consigo parar de pensar na expressão de Laurence. No carro, Sam perguntou quem se importava com a forma como a maçaneta era aberta.

Eu. *Eu* me importo.

Mamãe disse que meu tio tinha retidão. Pego meu telefone e rapidamente pesquiso no Google para confirmar que significa o que penso: retidão moral. Um senso de certo e errado e a disposição de agir de acordo com isso. Não demonstrei retidão hoje. Não tenho demonstrado retidão desde que aceitei o emprego com Fangli. É essa a pessoa que eu queria ser? Preciso do dinheiro para a mamãe, mas sei que se eu dissesse a ela o que estava fazendo para obtê-lo, ficaria horrorizada.

Pior, ela ficaria decepcionada comigo.

A porta se abre e percebo que se meus anos de universidade me ensinaram alguma coisa, é que, embora os banheiros de bar tenham testemunhado muitas crises existenciais/amorosas, eles não são bons lugares para tê-las. Verifico meu rosto no meu telefone e saio para lavar as mãos. Posso não ter demonstrado nenhuma moral antes, mas minha ética empresarial sabe que fiz um acordo para fingir ser Fangli, e estar presente neste evento faz parte do trabalho. *Posso ter meu colapso mais tarde*, digo a mim mesma enquanto empurro meu cabelo para trás dos ombros.

Depois que me forço a entrar no estado mental certo, a festa corre surpreendentemente bem. Apesar do meu humor obscuro, consigo canalizar Fangli tão suavemente que Sam se sente confiante o suficiente para me deixar de vez em quando para que possamos parar de orbitar um em volta do outro. Algumas pessoas falam comigo em mandarim, mas quando respondo em inglês com minha explicação, elas reagem com bom humor. Ninguém me toca. Todd não está aqui. Ninguém pede um autógrafo ou uma foto. A comida é saborosa e deixo as cenouras de lado. Os discursos são bons até porque são sobre as crianças. Eu não bebo, mas, meu Deus, como eu quero. Decido esvaziar o frigobar quando chegar em casa.

E é o que eu faço.

Capítulo 26

Minha amiga íntima, a ressaca ansiosa, vem com força total às cinco da manhã, puxando-me para o estado de alerta total com suas mãos ávidas. O que eu fiz? O que eu disse? Pelo menos tive o instinto de esconder meu telefone antes de abrir aquela primeira garrafinha de vodca, então não preciso me preocupar em descobrir mensagens de texto humilhantes e com erros de ortografia.

Eu gemo no travesseiro e tento ignorar o desfile de imagens que rodam pela minha mente. Mas não consigo. Não é o que eu fiz enquanto bebia que está me afetando; é o que me levou a abrir aquela geladeira em primeiro lugar. Ainda posso sentir os braços fantasmas do papai ao meu redor, mas quando ele olha para mim, é com os olhos enormes de Laurence, brilhando de excitação com a perspectiva de escrever um filme para seu ator favorito. Puxo o travesseiro sobre meu rosto e quase hiperventilo de estresse e falta de oxigênio.

Preciso dizer a Fangli que não posso mais fazer isso.

Falta mais de um mês para terminar esse contrato, mas segui-lo até o fim parece errado, ou pelo menos é errado para a pessoa que eu quero ser. Eu queria que fosse mais curto porque não quero mentir para as pessoas, mas odeio ter de dizer à Fangli que quebrarei minha promessa.

E aí, tem o dinheiro. O que Fangli ofereceu é mais de dois anos de salário e muita coisa para se afastar sem um bom motivo. Essa é a passagem da minha mãe para fora de Glen Lake.

Enrolando-me de lado, envolvo o travesseiro com meus braços. Quero alguém para conversar, mas não consigo contar para minha mãe. E Anjali deixou claro desde o começo que isso era uma má ideia. Sam, Fangli e Mei obviamente não são bons candidatos para uma conversa franca.

Como sempre, estou sozinha.

Eu me viro e bato no travesseiro com um punho, sentindo-me impotente. Estou sempre sozinha. Em filmes e livros, as mulheres parecem ter um esquadrão de líderes de torcida pessoais prontas para dizer "arrasa, garota", mas na minha vida nunca foi assim. Na maioria das vezes, não é um problema, mas hoje tudo o que eu quero é uma pessoa, *minha pessoa*, para quem possa ligar e que largue tudo para estar ao meu lado. Anjali e eu estamos nos aproximando, mas não estamos nesse nível e não quero incomodá-la. Eu vejo essa relação entre Fangli e Sam e quero o mesmo vínculo porque se tivesse essa pessoa, poderia pedir conselhos a ela. Eu poderia dizer que estava cansada de me misturar à multidão, mas que não quero me destacar do jeito que Fangli faz. Eu perguntaria a ela como posso ser a melhor versão da Gracie.

E eles me deixariam falar e me acalmariam, e então provavelmente me diriam que essa não era a maneira de fazer as coisas.

O que devo fazer então?

Penso no que Anjali diria. *Você sabe o que precisa fazer.*

Preciso quebrar o contrato. Preciso abrir mão desse dinheiro e da liberdade que ele representa. Eu rolo de costas. Não quero fazer isso de jeito nenhum, mas não consigo mais me sentir assim. Não quero mentir. Quero ser como o homem que me deu o nome, um homem que tinha princípios e os mantinha. Quero começar a viver minha própria vida e parar de colocá-la em espera pelos outros.

Isso é o suficiente para me tirar da cama. Bebo um pouco de água, visto um robe e vou sentar na sacada, o frescor da manhã agindo como um bálsamo para a leve náusea restante da minha ressaca. Observo o nascer do sol com meu caderno no colo, mas minha satisfação em observar as ondas no lago dura apenas um minuto antes de precisar fazer alguma coisa, qualquer coisa.

Abro o caderno em uma página nova e começo a trabalhar. Claro, flui bem porque a vida é como uma dessas estrelas que você faz desenhando uma linha para cima, para baixo e para os lados. Amor, saúde, riqueza, família e trabalho ficam nos ângulos, e se um vai bem, ele puxa para o lado e estraga as outras linhas. Amor e vida familiar estão ótimos? Aposto que você será demitido. Excelente novo emprego? Adivinha quem vai levar um pé na bunda. Tudo pairando em equilíbrio? Sua vida está um porre. É como se a vida não tivesse espaço suficiente para expandir essas linhas para que você possa experimentar tudo o que deseja de uma vez.

Quando estou feliz com o que tenho, guardo o caderno e pego um chá de menta. No momento, meu trabalho — *Eppy* — está indo bem ao contrário de todo o resto, ou seja, vou me concentrar nisso. Até agora, tenho a ideia básica dele definida em forma de planilha. É praticamente um calendário diário, mas com colunas para diferentes áreas da sua vida, para que você possa ver rapidamente todas as coisas que tem de fazer e quando terá tempo para concluir as tarefas. Batuco meu dedo na mesa, pensando e olhando as anotações que fiz depois de falar com Sam. Pelo menos posso ser grata por ter isso. Uma coisa está funcionando.

Quando uma luz pálida rompe o horizonte, decido dar uma volta para clarear minha mente. A tensão sobre Fangli se foi agora porque sei o que preciso fazer. Vou dizer que sinto muito, mas não posso mais trabalhar para ela. Então, vou sugerir um terapeuta. Não vou dar dicas; vou dizer a ela diretamente do jeito que deveria ter dito no outro dia.

Visto um suéter, enfio meus pés em um par de sandálias e coloco meu telefone no bolso. No corredor, o único som é o das minhas solas arrastando no carpete e o barulho do elevador quando chega. O concierge está ocupado fazendo anotações em um fichário, então saio sem que ele me veja.

Adoro andar pela cidade quando ela acorda, as portas e janelas piscando e se abrindo como se fossem os olhos da rua. Algumas pessoas estão do lado de fora, mesmo a essa hora da manhã, bocejando sobre xícaras de café presas em mãos preguiçosas. Uma mulher caminha pelo meio da calçada usando o vestido da noite passada e um sorriso satisfeito.

Ela está mancando um pouco em seus saltos altos, até que ela para, equilibra-se contra a parede e os desamarra. Quando ela passa por mim, está descalça e balançando seus sapatos enquanto cantarola a música do Drake deste verão.

— Gracie? — Um homem todo vestido de preto com um boné para e tira seus fones de ouvido. É Sam, suado de uma corrida matinal. — Você acordou cedo — diz ele.

— Eu não conseguia dormir.

Ele olha para mim e tira o chapéu como se isso o ajudasse a enxergar melhor.

— Você está bem?

Agora. Eu deveria contar a ele agora mesmo para que ele possa preparar a Fangli.

— Sam, preciso falar com você.

— Sobre o quê? — Ele parece apreensivo, provavelmente porque nada de bom acontece depois de um *precisamos conversar*.

Um toque animado irrompe de sua mão e ele levanta seu telefone.

— Mei — diz ele. — Estranho, ela geralmente manda mensagens. Você se importa se eu atender?

Eu aceno com permissão; também estou curiosa e isso me dará tempo para pensar em como expressar o que quero dizer. Preciso desabafar antes que possa me sentir mal por deixá-los na mão. O segredo é deixar claro que não há como mudar de ideia, que é lamentável, mas simplesmente não há nada que possa ser feito sobre isso. Simpática à situação, mas prática sobre como isso vai acabar.

A expressão de Sam endurece e eu posso ouvir o eco fraco da voz de Mei.

— *Hao* — fala ele. Eles conversam por mais um minuto e ele desliga. — Temos um problema. Fangli está doente.

— Tipo, com gripe ou algo assim?

Ele move o telefone de uma mão para a outra enquanto inspeciona a rua.

— Você vai demorar?

Eu me viro e começamos a caminhar para o norte de volta ao Xanadu. Quando o Sol aparece em uma bola de amarelo-alaranjado na rua transversal, eu levanto minha mão para sombrear meus olhos. Sam vasculha seu bolso e me entrega um par de óculos aviadores dolorosamente estilosos.

— Aqui.

Eles ficam gigantescos no meu rosto, que é exatamente como eu gosto deles. Ele olha e assente.

— Bom — aprova.

— Por que você tem óculos de sol enfiados no bolso quando está correndo?

— Caso fique muito ensolarado. — Ele olha para mim como se isso fosse óbvio e tosse. — Você está bonita. Fique com eles.

— Eu posso pegar o meu, mas obrigada pelo empréstimo. — Eu os empurro no meu nariz até meus cílios roçarem nas lentes antes de apontar para uma loja de conveniência. — Vamos pegar um suco de laranja, se ela estiver doente

— Não é esse tipo de doença. — Ele me segura.

Há uma sensação de afundamento no meu intestino.

— O que você quer dizer?

— Mei disse que ela não sai da cama. Ela não responde, além de dizer que está cansada demais para trabalhar.

— Ela já fez isso antes?

— Uma vez, durante um filme, mas ela não precisava estar no set por alguns dias e já estava melhor quando voltou.

— O que aconteceu para que ela melhorasse?

Ele parece confuso.

— Ela disse que precisava dormir. É isso.

Estou com tanta raiva por Fangli que mal consigo respirar. Sei que Sam está fazendo o melhor que pode, ou diz que está, mas não é o suficiente e acho que ele sabe disso. Que eu seja cúmplice não está me fazendo sentir melhor.

— Precisamos que você nos ajude. — Ele verifica o trânsito e atravessa a rua.

— Não. — Não preciso me envolver mais nisso. Tomei minha decisão.

— Por favor. Você não precisa tomar o lugar dela no palco. Temos uma atriz substituta e não há show hoje.

— Ah, que bom. — Eu o olho atravessado, como se isso fosse acontecer.

— Nós deveríamos filmar um comercial promocional da peça para a segunda fase da campanha de marketing. Precisa ser feito hoje.

— Por que eles não podem usar um clipe da peça como todo mundo?

— Eles querem ao vivo. — Ele faz uma careta. — É parte de um segmento que eles fazem que tem bom alcance nas mídias sociais. Estamos comprometidos. Não há muito diálogo e você é rápida o suficiente para entender.

Ele pode pensar que sou rápida, mas estou lenta agora.

— Você está dizendo que quer que eu finja que sou Fangli para promover sua própria peça? — Isso é demais. Isso é mais *ousadia, coragem e atitude imponente* do que eu posso conceber, muito menos reunir.

— Sim.

— Não tem como.

— Você consegue. Tenho observado você com as pessoas nos eventos.

— Sam, essa é a ideia mais idiota que já ouvi.

— Fangli precisa de tempo. — Ele hesita. — Por favor. Preciso da sua ajuda.

Isso ativa meu instinto de agradar, um músculo treinado que pode se flexionar mais forte e mais rápido do que meu voto precário de ser uma pessoa melhor. *Cacete*. Meus planos de desistir do contrato se desintegram, mas eu me agarro a algo que posso fazer e que pode mitigar um pouco da minha consternação por ser uma mentirosa enganadora. *É isso*, eu prometo a mim mesma. Quando isso acabar, direi a eles que preciso quebrar o contrato.

— Com uma condição.

— Qual? — Mesmo em seu desespero, ele é cauteloso.

— Você vai conseguir ajuda para a Fangli. Um terapeuta.

— Eu tentei. — Seu rosto fica nublado.

— Você precisa se esforçar mais — digo. — Olhe para ela. Fangli precisa de ajuda.

— Não posso forçá-la.

Eu paro para poder me virar, tirar os óculos escuros e encará-lo com força total.

— Não foi você quem me disse que era um ótimo ator? Descubra um jeito e convença-a. Caso contrário, você pode filmar essa coisa sozinho.

Andamos mais um quarteirão antes de Sam se virar para mim.

— Fechado.

— Bom.

Andamos mais um quarteirão.

— Sam, não tem como eu fazer isso.

— Vamos ensaiar algumas vezes quando voltarmos. — Ele olha ao redor, então estende a mão para me puxar para perto em um abraço amigável. — Não há ninguém em quem eu confiaria mais para fazer isso.

— O quê? — Parece que pertenço ao seu abraço.

— Gracie — ele me vira. — Você conseguiu imitar Fangli em poucos dias de estudo. Você tem um talento natural. Tenho fé em você.

— Não foi isso que você disse um mês atrás.

— O que você quer de mim? — Sam suspira.

— Ah, você sabe. Um pedido de desculpas?

— Peço desculpas.

Penso sobre isso.

— Mais especificamente, gostaria que você dissesse que estava errado em me julgar daquele jeito.

— Eu estava completamente errado. Peço desculpas.

— Porque você não me conhecia.

— Certo, mas antes que você vá muito longe nesse caminho, devo dizer que você achou que eu era um babaca arrogante.

— Qual é o seu ponto? — Eu franzo a testa.

— O julgamento é mútuo, Gracie.

— Mas veja, *você* estava errado. — Dou-lhe um grande sorriso.

Ele abaixa a cabeça.

— Você venceu. Agora, pode me ajudar?

— Vou tentar, mas reitero que acho uma péssima ideia.

— Vai ficar tudo bem. — Ele levanta a sobrancelha. — Além disso, eu posso te carregar.

— Okay.

— Você sabe que eu tenho um Oscar.

— Eu sei.

— Melhor Ator. Primeiro chinês a ganhar um Oscar. Momento histórico.

— Sam...

— Então. Eu sou bom nesse nível.

Eu apenas suspiro.

Capítulo 27

Sam me diz para não ir ver Fangli e, pelo menos com isso, eu concordo. Durante meus dias ruins, a última coisa que eu queria era ter alguém pairando ao meu redor e não quero piorar as coisas. Em vez disso, mando uma mensagem de texto com emojis de coração e abraços e, em seguida, um vídeo meu mandando um beijo para que ela saiba que estou pensando nela. Depois que eu envio, o script de *Operation Operação* chega no meu e-mail.

Comece na página 47, diz a mensagem de Sam.

Felizmente, eu já li e vi a peça. Fecho os olhos para lembrar o que aconteceu na cena. Fangli não falou muito, mas houve bastantes olhares trocados. Olhares sensuais que parecem tão estúpidos quando experimento no espelho. Pego meu telefone e pesquiso no Google "noções básicas de atuação". O primeiro resultado me mostra o quão importante é aprender meu ofício.

Verificar o horário só confirma que estou *ferrada* com "F" maiúsculo. Não consigo aprender a arte de atuar em nível profissional em noventa minutos.

Eu me jogo no sofá e tombo, então fico deitada de lado. Estou prestes a me humilhar na frente de uma equipe de filmagem inteira, sem esperança de que isso seja mantido em segredo, porque o objetivo dessa porcaria de esforço é capturar a cena para exibição pública em uma escala urbana e potencialmente global.

Por que é tão difícil dizer *não* para todos, exceto para mim? Não, Fangli, não vou fingir ser você. Não, Sam, não vou tentar atuar na sua peça de marketing. Não, Todd, não vou deixar você me intimidar. Por que estou tão preocupada com o que essas pessoas, as quais estão ou estavam me usando para seus próprios fins, pensam sobre mim? Não vivo mais nas planícies onde o ostracismo do grupo me fará morrer de fome. Nenhum deles se importa com o que penso sobre eles.

Meu telefone vibra. É o Sam: Cheguei.

— Não é mais fácil bater? Além disso, ainda é uma má ideia. — Atendo a porta.

— Mandar mensagem é igualmente fácil e você não precisa verificar pelo olho mágico. Se você não gosta do plano, ficarei feliz em ouvir uma ideia que resulte em termos essa imagem hoje com Fangli ou um alguém apropriado. — Ele aponta para a porta de conexão. — Eu fui vê-la.

— E?

— Depois de algumas súplicas e ameaças, nenhuma das quais parecia boa ou confortável de fazer, Fangli concordou em ver alguém que faz atendimentos de emergência em domicílio. Ela estará aqui em duas horas.

— Você fez a coisa certa.

Ele fecha os olhos e se inclina para descansar sua bochecha na minha cabeça como se eu fosse um travesseiro. Eu congelo.

— Espero que sim.

Quando ele se endireita, eu pulo na direção da pia para encher um copo de água com a ânsia de alguém escapando de um deserto. *Aja normalmente, Gracie*. Eu seguro o copo com dedos dormentes, ouvindo Sam falar na voz desencarnada e ininteligível de um adulto Charlie Brown.

— E isso deve resolver — conclui Sam. Não ouvi nada do que ele disse.

Pelo menos Fangli receberá ajuda, o que significa que posso parar de me preocupar com ela e transferir todo o meu sofrimento de volta para mim.

— Sam, eu não sei atuar.

— Você está atuando há mais de duas semanas, como eu já disse antes. Você está ouvindo? Você nem está ouvindo.

— Isso não é atuação. Estou imitando. — digo espiralando.

— É uma questão de semântica, e se você pode fazer isso lá fora, então faça aqui.

— Não vai funcionar — eu digo imediatamente. — O pessoal da maquiagem vai saber que eu não sou ela. Eles têm de ver meu rosto de perto.

— Por sorte, Mei chamou uma nova maquiadora para hoje que nunca conheceu você. Nem ninguém nesta equipe.

Isso é conveniente, mas ainda assim…

— É uma má ideia — repito. — Não vai funcionar.

— Por que não? — Ele pergunta como se estivesse sinceramente interessado na minha resposta.

Por que não? *Porque não vai*, não parece a melhor resposta, mas também não consigo pensar em outra. Pensar que uma opção não vai funcionar é o modo padrão dos Derrotistas, que sempre considerei como o meu pessoal. E se por uma vez eu achasse que funcionaria?

Posso copiar Fangli. Posso fingir ser ela, porque já fui. Se eu posso fazer isso na vida real, posso fingir atuar como ela atua, não é? Essas ginásticas mentais são exaustivas e não melhoram quando eu de repente entendo por que não descartei Sam de cara. É porque no fundo, eu quero tentar, da mesma forma que queria tentar ser a substituta de Fangli. Eu quero ver se eu consigo. As negações são mais para me resguardar. Logo, se estragar tudo, posso soltar um *eu avisei*.

Estou tão cansada de mentir para mim mesma.

Olho para o roteiro e de volta para Sam.

— Diga-me o que esperar.

Ele é um bom professor e me orienta durante o processo. Primeiro lemos apenas as falas. Depois as falas com o sentimento. Eu canalizo minha Fangli interior para fazer isso. O passo final é a atuação. Sam me faz parar assim que inicio.

— Você está se esforçando demais para ser *como* a personagem — ele me diz. — Você precisa sentir isso, para *ser* a personagem. Feche os olhos.

Fecho, mas não completamente. Ele emite um som impaciente.

— Feche os olhos.

Então ele passa para trás de mim e coloca as mãos sobre meus olhos, bloqueando a luz. Sua voz soa perto do meu ouvido.

— Agora você não é Gracie. Você não é Fangli. Você é Lin, uma garçonete em um restaurante decadente que deseja coisas melhores. Você está apaixonada por um homem que você sabe que vai partir, mas você o quer, mesmo que você deva se casar com outra pessoa, um homem cruel que sua família escolheu. Jimmy é uma fuga, mesmo que seja apenas por um dia. Você está em conflito, mas aqui, neste momento: Tudo. Que. Você. Quer. É. Ele.

Tira as mãos e, quando volto a olhá-lo, ele é Jimmy, minha salvação.

— Por que você está aqui? — Eu conheço a voz de Fangli e falo do mesmo jeito que ela falaria, suave, mas baixa.

— Não posso deixar isso inacabado.

Terminamos a cena e Sam dá um passo para trás, mãos nos quadris.

— Isso foi bom — ele aprova. — Bom o suficiente.

Bom o suficiente para Sam é fantástico para mim, e não consigo parar de sorrir. É gratificante fazer isso. Eu estava tão agitada, como se tivesse uma corrente de energia passando por mim.

— Na próxima cena você está livre do diálogo. — Ele tosse. — Precisamos nos beijar.

Eu recuo como se uma cobra tivesse caído do teto.

— Desculpe, acho que ouvi errado. — Um beijo não estava na página 47 do roteiro.

— É uma cena posterior — ele explica como se fosse a continuidade temporal em que estou presa. — Nós dois aceitamos que estamos apaixonados.

— Precisamos nos beijar. — Cruzo os braços. — Delicadamente? Apaixonadamente? Com doce arrependimento? — Acho que sei a cena exata, mas quero que seja confirmada.

— Apaixonadamente.

— Não estou preparada para isso.

Para minha surpresa, ele começa a rir.

— Ninguém está, nunca. É a coisa mais estranha do mundo. Eu uso cerca de um litro de enxaguante bucal.

Jesus, nem tinha pensado no meu bafo. Outra preocupação.

— Temos mesmo que fazer isso?

— Fica melhor saber que também fico constrangido?

— Sim? — Na verdade não, porque ele é o Sam Yao e, claro, eu quero que ele fique desesperado para me beijar, mas em particular e porque ele quer, não por causa de um roteiro. — Não tem como sair dessa, não?

— Sinto muito. — Ele parece genuinamente pesaroso. — Eu tentei.

Respiro fundo. Esta pode ser minha última vez ajudando-os, então é melhor eu fazer meu nome valer.

— Okay.

— Podemos praticar.

— Ótimo.

Ou ele não percebe o sarcasmo, ou decide ignorá-lo. Ele se aproxima de mim e fica tão perto.

Enxaguante bucal. Tudo o que tomei esta manhã foi café.

— Com licença. — Eu passo por baixo do braço dele e corro para o banheiro, onde tento erradicar a maior parte da pele da minha língua e a camada superior de esmalte dos meus dentes. Eu até escovo o interior das minhas bochechas.

— Melhor? — ele pergunta quando eu saio.

— Sim.

— Você está pronta?

— Sim. — *Não.*

Ele se inclina novamente, um braço descendo até minha cintura para me trazer para perto enquanto a outra mão levanta meu queixo. Atordoada por ter seu rosto tão perto do meu, eu passo do ponto e prontamente piso em seu pé.

— Ai! — Ele me larga e se inclina para agarrar os dedos dos pés, batendo a testa no meu queixo no processo.

— Sam, cuidado! — Eu esfrego meu rosto enquanto ele me encara.

— Isso doeu — diz ele.

— Você se aproximou muito rápido. Eu não estava preparada.

— Eu disse ou não as palavras: *você está pronta?* — Ele se endireita.

— Você disse — admito.

— Você disse que estava. Você disse que sim.

— Eu pensei que estava.

— Se você realmente não quer me beijar, eu não vou te forçar. A decisão é sua. — Ele olha para mim, de repente mais sério.

Vamos, Gracie. Esfrego meus braços para me firmar enquanto olho para seus lábios.

— Eu beijo Fangli assim quase todo dia no palco — conta ele. — Tente pensar nisso como beijar um manequim.

— Isso não ajuda, mas obrigado por tentar. — Um manequim. Isso pode funcionar. Eu o chamo para se aproximar.

Assim que seu rosto se aproxima do meu, eu vejo o problema. Manequins não são pessoas com lábios quentes e olhos que piscam em seu rosto para ver como você está reagindo. Eu começo a rir nervosamente.

— Desculpe.

Sam está com a expressão de sofrimento de um homem que só quer começar a trabalhar.

— Vejo que a ideia do manequim foi um fracasso. Fico feliz que você tenha achado isso engraçado. Temos uma hora.

— Certo. — Tento parar de sorrir, mas quando ele se aproxima novamente, tenho que apertar meus lábios para tentar conter gargalhada.

Dessa vez, Sam não me dá tempo de me recuperar. Ele segura meu rosto nas mãos e cobre minha boca com a dele.

Nada mais que ele fizesse teria me feito parar de rir tão rápido. Uma mão desliza até meu pescoço, e então ao redor da minha nuca naquele movimento que parece tão sexy quando vejo na tela, mas na vida real sempre me fez sentir presa. Não com Sam. Com Sam, é tão bom quanto eu sempre pensei que seria, possessivo, mas gentil. Ele está me reivindicando.

Como você pode não corresponder quando um homem te beija desse jeito? Eu paro de pensar que esse é um personagem chamado Jimmy beijando falsamente uma personagem chamada Lin para uma cena falsa para a equipe de marketing porque *Sam está me beijando*. Em vez disso, eu me aproximo, minhas mãos subindo por seus braços. Seus músculos ficam tensos sob meu toque.

Quanto tempo dura? Eu nem sei porque nunca estive tão perdida. Finalmente, ele se afasta, mas então encosta sua testa na minha por um breve momento, olhos fechados como se estivesse pensando no beijo que acabamos de compartilhar.

Estou destruída. Meus joelhos estão fracos. Nunca fui beijada assim antes, e sei que meus olhos estão enormes e transmitem todos os sentimentos que tenho, mas queria não ter feito isso.

— Ah, então… Assim funciona? — Até minha voz está rouca.

Sam balança a cabeça levemente.

— Acho que sim. Esqueci de gravar.

— O quê? — Sai como um guincho.

— Para verificar os ângulos. — Ele esfrega o queixo. — Você precisa manter a cabeça inclinada para a câmera. É um pouco diferente do que no palco. — Ele nem parece afetado, porque estamos *atuando.*

Já murchei tão rápido? Enquanto eu estava perdida no momento, ele estava pensando em como ficaria na tela. *Porque isso é um trabalho para ele, sua idiota*! Quantas vezes eu esqueço disso? Muitas.

— Você está pronta? — Sam agora está de pé perto do espelho. — Venha aqui.

— O quê?

— Quero que você nos observe para que possa decidir como quer ficar.

Dessa vez, quando eu rio, mal consigo ficar de pé.

— Essa é a coisa mais brochante possível.

Ele aponta para o espelho.

— É para ser brochante. Você tem luzes em você. As pessoas estão assistindo. Graças a Deus não é uma cena de sexo.

— Eu não conseguiria. — Acho que meus olhos vão cair da minha cabeça a qualquer momento.

— Por sorte, beijos apaixonados são o máximo que precisamos fazer nessa peça. — Sua carranca forma um vinco entre suas sobrancelhas. — Sempre tem muito exercício envolvido se eu tiver que tirar minha camisa.

Eu me junto a ele no espelho e decido encarar isso tão friamente quanto ele. Ele não é Sam, o homem intrigante de boca de menta. Ele é meu colega e beijá-lo faz parte do trabalho. Como Fangli faz isso todos os dias?

Desta vez, quando ele me beija, mantenho meus olhos abertos e virados para o espelho. Minha linguagem corporal é rígida, mas a dele é... meu Deus. O corpo inteiro de Sam está inclinado sobre mim e cada centímetro dele grita uma sede insaciável. Ele me quer e ninguém além de mim. Não consigo evitar. Fecho meus olhos e me permito sentir o beijo, sabendo que nunca mais terei essa sensação. Estou quase me afogando neste mar inebriante de sentimentos destinados a alguém, misturados com a impressão de estar presa em uma onda gigante que não consigo controlar.

Termino o beijo dessa vez, mas ele me puxa de volta. Meu braço está preso entre nós, e eu o enrolo em volta do seu pescoço para enterrar meus dedos em seu cabelo. Dessa vez, eu lidero o beijo e ele permite.

Nenhum de nós está sorrindo quando nos separamos.

— Acho que você entendeu — diz ele. — Pratique esse roteiro e esteja pronta em quarenta e cinco minutos.

Ele se foi antes que eu pudesse responder e afundo em uma cadeira, sem saber como me sentir. Então mordo meu punho e sorrio tão forte que meu sorriso toca meus ouvidos.

Cacete, eu beijei Sam Yao.

Capítulo 28

— Preciso de uma bebida.

Estamos de volta à minha suíte e estou inclinada sobre o tampo da mesa, resmungando com o rosto escondido em meus braços estendidos. Sam está sentado no sofá atrás de mim.

— Não foi ruim.

— Eu sobrevivi. Você acha que alguém sabia? — Levanto minha cabeça com grande esforço para olhar para ele. — Que era eu e não Fangli?

Os olhos de Sam estão fechados e ele está sentado com os braços abertos ao longo do encosto do sofá, a cabeça inclinada para revelar sua garganta. Tento não lembrar que várias horas atrás meus lábios estavam traçando uma linha naquele mesmo lugar. Foi um dia estranho.

— Acho que eles acreditaram. Vocês duas são quase gêmeas. — Ele abre um olho. — É inacreditável, mas boa parte disso é o quão bem você consegue canalizá-la. Mal posso acreditar que você não é uma atriz profissional.

"Aceitável" nunca tinha sido um motivo tão bom para comemorar. Eu consegui. Lá se foram todas as ordens da minha mãe para ficar abaixo do radar e não ser notada. Eu as joguei pela janela. E *gostei*.

— Como está a Fangli?

— A psiquiatra veio. — Ele hesita. — Fangli concordou com os medicamentos, mas eles vão demorar um pouco para fazer efeito. Ela começou a terapia com a psiquiatra, que lhe passou exercícios de meditação. Fangli disse que quer trabalhar amanhã. Ela tem uma substituta se não puder, então isso lhe dará mais tempo se ela precisar.

— Você contou a ela o que aconteceu hoje?

— Ela agradeceu. — Sam se inclina para frente. — Ela está a fim de conversar, se você quiser vê-la...

— Obrigada.

— Ouvi você mencionar uma bebida? — Sam pergunta.

— Ou mais de uma. Estou aberta a sugestões.

— Nós devemos comer no Honsen's hoje à noite.

— É chique? — Eu não conheço esse lugar.

— Provavelmente.

— As pessoas vão te reconhecer e pensar que eu sou a Fangli?

— Provavelmente.

— Precisarei me vestir bem?

— Provavelmente.

— As pessoas nos observarão?

— Por que você está perguntando se você sabe a resposta?

Não consigo lidar com isso. Preciso de conforto.

— Que tal eu te pagar aquele jantar que te devo? Em um lugar que eu escolher.

— Tudo bem. — Sua rápida aquiescência me diz que ele também não está a fim de ficar em exposição esta noite. Um alívio, já que não tenho energia para lidar com sua cautela sobre ser visto comigo em público.

— Vou falar com Fangli e então iremos. Você vai se arrumar e parecer uma pessoa normal.

Ele nem sequer discute, mas se levanta e vai embora. Ele deve estar exausto para não me dar trabalho algum.

Lavo meu rosto, coloco meu novo batom Revelation e visto um vestido preto e tênis. O verão chegou com força hoje e a umidade profunda deixa o clima quente demais para usar jeans.

Bato na porta de conexão para o quarto de Fangli. Mei abre e me encara.

— Estou prestes a sair com Sam, mas queria falar com Fangli. Posso?

Suas bochechas afundam e acho que ela as está mastigando. Ela é tão protetora com Fangli! Eu me pergunto se ela está prestes a recusar quando a voz de Fangli soa.

— Gracie?

Mei se afasta.

Eu caminho pela suíte até o quarto de Fangli. É uma imagem espelhada e maior do meu quarto, e Fangli está encolhida em um sofá perto da janela. Ela está com um pijama de seda, pés descalços saindo de um cobertor de cashmere sobre seus joelhos dobrados. O vapor da xícara de chá em sua mão sobe para velar suas feições.

— Ei — eu digo.

Ela não sorri, mas a tensão ao redor de sua boca relaxa.

— Como foi a filmagem?

— Sam ficou feliz com o resultado.

Fangli descansa a cabeça na mão, exaustão em cada linha do corpo. Pego o chá dela e coloco na mesa, e hesito. Não sei o que dizer, mas não consigo ficar aqui ouvindo o silêncio se formar.

— Posso te abraçar? — pergunto. Não sou de abraçar e sempre tentei me esquivar deles ficando longe o suficiente para tornar inconveniente alguém me agarrar. Mas Fangli parece cansada além da conta e precisando de conforto.

Ela não responde por um minuto, então abaixa a cabeça num aceno. Sento-me no sofá ao lado dela e coloco um braço hesitante em volta de seus ombros estreitos. Ficamos assim por um minuto até Fangli suspirar num som profundo e irregular.

— Estou cansada — diz ela em voz baixa. — Eu quero melhorar. Por que não consigo melhorar?

Eu me empenho no abraço, puxando-a para cima e para frente, assim posso passar os dois braços ao redor dela.

— Leva tempo — eu respondo.

— Foi o que a terapeuta disse. Não tenho tempo. Preciso ser consertada agora. Agora. — Sua voz se eleva.

— Eu sei. — Eu queria a mesma coisa. Ela se enrola contra mim, não chorando, mas respirando em ofegos superficiais. — Você deveria dormir — digo a ela.

— Não quero.

Não querer ir para a cama, não querer acordar. Não querer fazer nada. Já passei por isso.

— Vou ficar aqui até você dormir. Vamos.

Eu a encorajo a ficar de pé e caminha até a cama, onde me deixa puxar as cobertas sobre ela. Eu me acomodo ao lado dela.

— Quer que eu te conte uma história?

— Como uma criança? — Fangli dá uma risada aguada.

— Há uma razão pela qual histórias de ninar funcionam — afirmo. — Você quer ouvir ou não? É uma que minha mãe me contou.

— Sim. — Ela funga.

— Chama-se *Hotel de Balões*. Sabe quando uma criança solta um balão e surta? É para lá que todos os balões vão quando escapam para o céu.

Eu conto a história, falando devagar e suavemente até que os olhos de Fangli se fecham. Logo ela está dormindo. Eu paro a história e espero por um momento, sentindo minha coragem se esvair com o pensamento de dizer a Fangli que não vou mais fazer isso. Eu não posso deixá-la assim. Como posso virar as costas para ela porque me sinto mal que algumas pessoas pensem que eu sou ela? Fangli é de carne e osso. Os outros são abstratos. Eles são o *público*, mas Fangli é uma *pessoa*.

Até Laurence. Ele ficou feliz em conhecer quem pensava ser Fangli, e isso não pode ser suficiente?

Tenho de ficar.

Eu me levanto da cama. Não estou totalmente feliz com minha escolha, mas é só por mais algumas semanas. Vou aprender com isso. Eu já aprendi.

Mei não está lá quando saio. Volto para o meu quarto e levo alguns minutos para me recompor. Depois de jogar um pouco de água no rosto, mando uma mensagem para Sam e coloco o trio poderoso na minha bolsa — cartão, chave e batom. Sam chega com calças pretas que vão até os tornozelos e uma camisa cinza-claro. Eu teria enormes manchas de suor sob os braços de uma camisa dessa cor em segundos.

Ele olha para o meu rosto.

— Gracie?

— Fangli estava bem.

— Estou mais preocupado com você. — Ele entra no meu quarto e fecha a porta. — Foi difícil para você?

— Estou bem — asseguro-lhe.

— Fangli gosta de você — diz ele. — Ela não tem uma amiga há muito tempo, além de mim.

— Pobre mulher.

— Sim, você está bem. — Ele sorri. — Você ainda quer sair?

— Pode apostar. — Mais do que antes. Quero estar cercada de barulho e pessoas e comer coisas gordurosas para não ter que pensar por algumas horas.

— Para onde vamos? — Ele começa a andar ao meu lado enquanto saímos.

— Surpresa. Encontre-me do lado de fora do saguão. — É mais seguro descer separadamente, já que estou vestida como eu mesma.

Embora eu espere que ele me pressione para dar mais detalhes, Sam parece feliz o suficiente em me seguir para fora e entrar no metrô.

— Posso te dizer nossa parada se você quiser sentar sozinho — falo antes do trem chegar.

— Por que eu faria isso? — Ele esfrega a nuca.

— Para não sermos vistos juntos?

— *Obviamente?*

Sam olha para a plataforma. Somos as únicas pessoas esperando.

— Visto por quem, exatamente?

— Engraçado. — Eu o cutuco com meu ombro. — Quero dizer, no trem.

— Tenho certeza de que um vagão estará vazio.

— Você que sabe.

Uma mudança interessante do homem que é paranoico sobre tudo. Ele nem mencionou as câmeras de segurança, embora a chance de ser reconhecido por uma filmagem granulada em preto e branco seja provavelmente pequena. É legal que ele esteja relaxando sobre isso.

Ele fica quieto enquanto esperamos o trem chegar. Como ele prevê, encontramos assentos que são relativamente isolados.

— Eu gosto de trens — diz ele, enquanto nos sentamos nos assentos de veludo vermelho manchado.

— Eu pensei que você fosse de carro para todo lugar.

— Na maioria das vezes — ele concorda. — Quando acho que é seguro, gosto de usar o transporte público. Mais pessoas para observar.

— Seguro?

— Se eu acho que ninguém vai me reconhecer.

— Observar as pessoas é tão importante para você?

Ele olha para os vagões do metrô. Estamos em um dos trens interconectados, então podemos ver todo o caminho até o fim.

— Não consigo ter ideias de como interpretar personagens estando sozinho dentro da minha casa. Olhe ali.

Eu sei exatamente a quem ele está se referindo porque algumas fileiras adiante está um homem em um smoking completo e uma gravata-borboleta pontilhada, como entalhado em madeira, junto com botas de combate polidas. Ele está lendo um romance da época da Regência da Georgette Heyer. As perguntas se fazem sozinhas. *Quem é ele? Para onde ele está indo? Esse é seu visual habitual ou é para uma ocasião especial? Por que este livro?*

Temos o bom senso de não falar sobre o homem na frente dele, mas logo que saímos, competimos para ver quem conta a história do homem primeiro. Eu ganho e entretenho Sam com minha narrativa — que ele é uma moderna Srta. Havisham ansiando por seu gato perdido e que a gravata-borboleta costumava ser de Lady Fluff — pelo quarteirão que nos leva até o bar. É um dos meus locais habituais e estou cem por cento confiante de que ninguém reconhecerá ou se importará com quem Sam é.

Pegamos uma cabine no canto. Sam senta de frente para a parede, que é decorada com fotos em preto e branco emolduradas.

— *Mugshots*? — pergunta ele, observando as fotos de identificação do instante em que pessoas famosas foram fichadas pela polícia.

— Chama-se Taverna Mugshot.

— Claro que sim. Vejo James Brown e Robert Downey Jr.

Aponto para a linha abaixo.

— Paris Hilton. Bonnie e Clyde. Lindsay Lohan. Macaulay Culkin.

Sam concorda.

— Então, pelo que estou ouvindo, se eu for preso, posso esperar aparecer nessa parede da infâmia.

— Você está planejando uma nova carreira no crime?

Ele suga as bochechas como se estivesse considerando.

— Nunca diga nunca. — Nesse momento, ele sorri para mim.

O garçom serve alguns menus e pedimos vinho. Não sou Fangli hoje à noite; ou seja, não tenho escrúpulos em beber. Olho para o menu.

— Quero batatas fritas.

— Desde que não sejam batata-doce.

— Essas são uma farsa.

Como Sam tem uma sessão de fotos no dia seguinte, ele não quer pedir nada com muito sódio, o que fará seu rosto inchar. Isso limita suas escolhas a uma salada verde, e ele finalmente suspira e pede um hambúrguer.

— Vou beber um copo de leite antes de dormir.

Sentamo-nos em um silêncio sociável com nosso vinho. O bar está com a lotação pela metade e eu escuto casualmente as conversas ao meu redor. Coisas de pessoas comuns: fofocas, reclamações de trabalho e um primeiro encontro turbulento.

— Você não ia me contar nada? — Sam pergunta. — Antes de Mei ligar?

— Não consigo lembrar — minto. Não adianta falar sobre minhas preocupações agora que decidi manter o contrato.

— Você foi bem hoje. — Sam termina seu copo, vê que estou quase terminando e pede mais dois.

— Você foi paciente.

Agora que tudo acabou, mal consigo me lembrar do dia. Como a maioria das situações de crise, as lembranças voltam em flashes em meio a um pano de fundo de impressões vagamente reconhecidas.

— O beijo foi tão ruim quanto você pensou que seria? — Ele olha para mim por cima da taça de vinho e seu tom é mais curioso do que zombeteiro.

Eu engasgo.

— Foi bom.

— Gracie...

— Foi estranho, é isso. — Esfrego o nariz.

— Você quer um conselho? — Sam olha para mim atentamente sob a aba baixa do chapéu.

— Sobre minha técnica de beijo? — pergunto com total consternação. — Não. Claro que não. Jesus, o que é?

— Seu beijo foi bom — ele me assegura. — É seu rosto.

— Meu rosto — eu ecoo. O problema que Sam tem em me beijar é meu rosto, uma excelente notícia. Vou derreter de vergonha, mas isso é como assistir a um filme de terror. Preciso saber. — Seus olhos não estavam fechados?

— Antes de me beijar, você desviou o olhar.

— Eu não. — Certamente saberia disso, além de como eu poderia ter desviado o olhar de Sam está prestes a me lascar um beijo?

— Você fez isso quando estávamos praticando, também. Quando me aproximo assim — e ele eleva sua mão a cerca de quinze centímetros do rosto. — Seus olhos vão para a esquerda como se você estivesse procurando uma fuga.

Agarro meu vinho e me afundo no encosto de couro vermelho da cabine.

— Provavelmente é devido ao contexto. Acho que, com um beijo de verdade, eu não faria isso.

— É por isso que eu disse para você olhar para mim.

— Achei que era parte da cena que eu tinha esquecido.

— Improvável.

— O que a sua namorada acha sobre você beijar Fangli? — Tenho tentado encontrar uma maneira de confirmar o que Mei disse e a internet não ajudou. Isso é o mais suave que posso fazer.

— O quê? — Ele deixa cair seu hambúrguer e xinga quando ele se desfaz. Não foi tão suave, pelo jeito. — Minha *o quê*?

— Mei disse que você tinha uma namorada, ou deu a entender isso.

— Eu não tenho. Mas, se eu tivesse, nós conversaríamos sobre isso. Eu não faria nada para deixá-la desconfortável. — Ele monta seu hambúrguer de volta. — Por que você quer saber?

— Acho que seria difícil se isso acontecesse — digo pensativamente, tentando fingir que meu objetivo era um mergulho profundo na manutenção do relacionamento em vez de intromissão.

— Pode ser. Todos os trabalhos têm suas armadilhas.

— Mas não assim.

— Ouvi dizer que os atuários podem ser bem selvagens. — Ele começa a comer novamente.

Eu divido minhas batatas fritas, e ele divide seus anéis de cebola. Não falamos muito mais até terminarmos de comer e tomarmos uma terceira taça de vinho. É um silêncio aconchegante. Sam serve um copo de água e o empurra para mim sobre a mesa. Eu bebo tudo porque quero trabalhar no *Eppy* e ver a mamãe amanhã, assim como fazer meu treino de Fangli, e embora eu mereça uma pausa depois de hoje, não quero fazer nada disso de ressaca.

— O que aconteceu no seu último emprego? — Sam pergunta, interrompendo meu relaxamento com sua habilidade infalível de se concentrar em assuntos desconfortáveis.

Eu já tenho uma resposta pronta para entrevistas de emprego, então a coloco para uso.

— Não possuía uma cultura boa para mim. Eu queria um lugar aberto para testar novas ideias.

— Se você vai dar essa resposta, não enrugue seu corpo — diz Sam. — Eles vão perceber que você está mentindo.

Olho para baixo e vejo meus braços e pernas cruzados.

— Eu não estava mentindo.

— Quantas vezes precisamos ter essa briga? Para uma mulher que está atualmente fingindo ser outra pessoa, você é uma péssima mentirosa.

— Não gosto de mentiras porque sempre esqueço o que disse.

— Ainda assim, aqui estamos. O que realmente aconteceu?

— Eu odiava meu gerente, aquele que você viu na galeria de arte. — Solto de repente. — Ele era um canalha e então me demitiu quando viu aquela foto minha na cafeteria.

Caceta, eu falei demais. Esqueci que estava escondendo isso. Vinho idiota.

— Ele viu o quê? — Sam abaixa o copo.

— Liguei dizendo que estava doente no dia em que a foto foi tirada e disse a ele que não era eu, mas ele sabia que era porque parecia comigo. Meu cabelo, minha bolsa. — Hora de confessar.

— Ele te ameaçou?

— Não de uma forma que afetaria a Fangli.

— Você está mentindo de novo.

— Tenho um advogado, ok? Já foi resolvido. — Descruzo os braços.

— Tem mais coisas que você não está me contando.

— Podemos não falar sobre isso? Eu lhe asseguro que tenho tudo sob controle. — Desta vez, mantenho meus braços descruzados e olho-o nos olhos.

Depois de uma longa pausa, ele suspira.

— Não posso te forçar a falar, mas entre você e Fangli, estou me afogando em segredos.

Não tenho resposta para isso porque é verdade. Bebemos em silêncio, pagamos — por minha conta, já que devo um jantar a ele, mesmo que ele proteste — e vamos embora para o hotel sem dizer muito mais.

O idiota do Todd estraga a festa de novo.

✓

Fangli consegue ir trabalhar no dia seguinte. Ela enfia a cabeça pela minha porta para me dar um abraço antes de sair, e embora esteja pálida, seus ombros estão elevados e seu olhar é assertivo.

— Obrigada — diz ela.

— Melhorou para mim — eu deixo escapar. — Depois que recebi ajuda. Mas foi difícil. Eu me senti fraca, como se não conseguisse lidar com meus próprios problemas. Falar com alguém sobre como me sentia... é difícil. — Claro que foi. Mal consigo me convencer a falar com pessoas de quem gosto sobre meus problemas, muito menos com um estranho.

— Difícil. Também é mais fácil? — O olhar dela muda para o chão.

— Porque você não sente que está sobrecarregando alguém com seus problemas.

— Sim.

— Não vai acontecer tudo de uma vez — eu digo. — Devagar, mas constante.

— A tartaruga, não a lebre. — Ela puxa o cabelo sobre o ombro e olha para o teto. — Foi o que o terapeuta me disse ontem.

Eu ergo meu punho e solto:

— Às tartarugas. Devagar e sempre!

Isso a faz sorrir — apenas um pequeno sorriso de canto de boca, mas eu aceito — enquanto ela sai, Mei murmura no telefone ao lado dela. Meu humor melhora depois de falar com ela. Gosto de Fangli. Sam disse que ela me considerava uma amiga. Eu quero isso, embora também saiba que ela voltará para a China em breve e já tenho problemas o suficiente para manter amizades com pessoas na minha própria cidade. Eu considero isso. Também é possível que nosso relacionamento curto, mas intenso, assim como as pessoas fazem em cruzeiros, esteja me enganando para ver mais do que há. Espero que não. Eu gostaria de mantê-la na minha vida.

Deixo essas preocupações de lado e pego o *Eppy*. Hoje é o dia em que decidi testá-lo, e eu registro com entusiasmo todas as coisas que tenho em mente nas colunas organizadas. Leva cerca de vinte minutos para o meu cérebro fazer o download total e depois outros dez para verificar meu calendário e ter certeza de que registrei todos os meus eventos e compromissos. Preciso de um recurso de sincronização de calendário e anoto isso na coluna "App".

Então eu preparo um café com as cápsulas e simplesmente sorrio para meu laptop. Ele está lá. Minha ideia está na minha frente. Pode ser idiota ter orgulho de criar uma lista de tarefas, mas eu tenho. O *Eppy* não é como nada mais que existe por aí.

Hora de começar. A primeira coisa é reunir o que diferencia meu aplicativo, porque vou precisar de dinheiro para contratar um codificador e lançá-lo. Estou construindo o avião enquanto voo, mas me sinto bem.

Na hora do almoço, encontrei alguns problemas e, depois de fazer anotações, é hora de dar uma volta para fazer o sangue fluir. Ninguém consegue ser criativo preso a uma mesa por horas. É um dia claro e ensolarado e meus passos são leves enquanto ando por aí sem um destino. Mando uma mensagem para Anjali, que quer saber se Sam continua gostoso e se eu continuo viva.

Sim. Nós nos beijamos, eu respondo.

Anjali: Desculpe, O QUÊ? Por que você sempre me diz essas coisas quando estou em uma reunião? Meu Deus, foi incrível? Como, por que e quando?

Gracie: Para um vídeo de promoção. Fangli não pôde ir, então tive que substituí-la.

Anjali: Repito, foi incrível?

Fico olhando para o telefone por um minuto antes de responder:

Gracie: Sim.

Ela responde com sete emojis de berinjela.

Queria que Anjali estivesse na cidade para conversar, mas ela está viajando a trabalho.

Gracie: Pare com isso.

Mais berinjelas. Preciso de detalhes quando voltar.

Eu envio um emoji de polegar para cima porque meus sentimentos sobre Sam são muito complicados para eu desconstruir, muito menos resumir em uma mensagem. Como eu tento explicar que beijei Sam repetidamente? A equipe de filmagem fez várias tomadas e cada vez ele nos movia de um jeito diferente, me tocava de uma nova maneira, então eu esqueci de tudo no mundo, menos dele.

Acho que meus sentimentos não são nada complicados. Sei qual é o problema. Estou me apaixonando por Sam. No maior clichê dos clichês, tenho uma queda por uma estrela de cinema que vai sumir da minha vida em semanas.

O mínimo que posso fazer é guardar isso para mim, para que ele não saiba. Esse é um risco que não estou disposta a correr, nem mesmo no meu momento mais corajosa. A vergonha da rejeição seria demais. Sam disse que estava surpreso por eu conseguir atuar. Bem, continuemos assim.

Capítulo 29

As próximas duas semanas passam em uma rotina bastante previsível. Sam e Fangli trabalham. Eu procuro empregos meia-boca e dedico meu corpo e alma a melhorar o *Eppy*. A cada poucos dias, visito a minha mãe. À noite, Sam e eu saímos para sorrir e sermos vistos, e tenho o cuidado de manter a conversa leve e minhas mãos contidas.

Assim termina o primeiro mês em que fingi ser uma estrela de cinema. Foi isso que aprendi.

Eppy é super incrível e eu vou ficar milionária e talvez apareça na *Vanity Fair* para falar sobre como o aplicativo mudou minha vida em uma história muito inspiradora, mas humilde. Eu já joguei isso pro universo várias vezes.

Ser uma estrela de cinema ficou mais fácil agora que peguei o jeito.

Fangli é legal e eu gosto muito dela.

Mei é profissional e eu levo isso a sério. Ela me considera uma funcionária.

Mamãe não faz muita coisa além de olhar pela janela toda vez que a visito, e eu ligo para Xin Guang a cada dois dias de uma forma educada e alegre, sem ser insistente, para dizer: Continuo muito interessada na vaga.

Sam... está me matando. Matando-me simplesmente por existir. Mesmo quando ele não está perto de mim, penso nele e não gosto disso. Agatha Wu Reed sempre me alertou para não deixar um homem ocupar muito espaço em meus pensamentos, e Sam consome uma quantidade excessiva do meu tempo acordada, em parte porque ele está por perto com muita frequência. Minha suíte se tornou um ponto de encontro para nós três tarde da noite — Fangli, Sam e eu — onde assistimos a filmes, entramos na internet para conferir as casas mais estranhas do mundo ou as receitas mais nojentas, fazemos testes para ver qual princesa da Disney somos ou jogamos cartas. Isso é o mais divertido porque, embora Sam possa ter me arrasado em videogames, ele é péssimo em cartas e Fangli e eu temos grande prazer em sua incapacidade de esconder o quanto o incomoda perder.

— War? — pergunto uma noite, incrédula, enquanto Fangli verifica o baralho para ver como ele se ferrou mais uma vez. — Você perde até no War?

— Eu tirei cartas ruins — ele fica de mau humor.

— Cinco vezes seguidas?

É esse lado de Sam que me cativa. Ele é desprotegido e isso o torna mais real e insuportavelmente atraente. Ele não muda quando fala comigo ou com Fangli e eu juntas. Eu sei que é genuíno, mas é como amigos. Às vezes, os dois caem no mandarim, mas meu aplicativo só me ensinou até a parte de pedir em um restaurante (sou fã de *Wo yao chao*, agora posso pedir arroz frito), por isso há muita coisa que não entendo. Ocasionalmente, ele me lança um olhar de soslaio, acompanhado de um sorriso malicioso, e meu coração para. Ele não quer dizer nada com isso. Ele não é um flertador profissional, mas está ciente de seu poder visual e acho que se tornou uma segunda natureza.

Mas me confunde toda vez. *Toda vez*. O que também me destrói é que Sam quer atualizações sobre o *Eppy*. Fico emocionada por ele levar isso a sério.

— Conte-me as mudanças que você fez nele — ele fala enquanto comparecemos a outra festa. O grande festival de cinema de Toronto está chegando em setembro, e como a agência da Fangli quer que ela seja vista e Sam tem um filme estreando lá, estamos meio que em um circuito.

Seguro minha taça de vinho branco que está esquentando gradualmente e que sou proibida de beber enquanto estamos em uma mesa no canto, fazendo uma rápida pausa na conversa fiada.

— Está indo bem — digo.

— Quando poderei experimentar?

— Mais tarde. — Por que estou sonhando com a *Vanity Fair* e os programas matinais, mas imediatamente digo não para Sam tentar? O objetivo é fazer com que as pessoas usem.

— Você vai precisar de testadores, e já me prometeu que eu poderia fazer um teste beta — ele diz, sensato. — Tem que aprimorar e eu te dei um monte de ideias.

— Por que você quer testar?

— Você faz parecer emocionante, como se fosse mudar minha vida. Eu poderia usá-lo. — Ele sorri.

— Você. Sam Yao, estrela de cinema.

Seu sorriso não se desfaz.

— Que tem apenas um tempo limitado em um dia neste mundo para cumprir seus compromissos.

— Você pode tentar quando eu escrever as instruções de como fazê-lo — cedo.

Ele está certo, eu preciso testar. Quando nosso próximo grande compromisso chegar, estarei mais confiante, o que é bom porque é para a Chanel e é uma situação em que todos os olhares estarão sobre mim. Fangli ia fazer isso, mas desistiu no último minuto. Ela pegou um resfriado e realmente parece péssima.

— A Claudie não pode vir, então vai ser fácil — orienta-me ela. — Ela é a única que me conheceu pessoalmente. Você vai com o Sam e assiste a um minidesfile de moda e pronto.

Estou de roupão dentro do armário enquanto Fangli paira ao meu lado. Obviamente, tenho de usar Chanel, mas não sei quais das roupas que tenho são Chanel. Acho que a marca é conhecida por pequenos ternos quadrados com tecido áspero e nodoso. Pérolas? Tenho uma lembrança distinta de ver modelos usando muitas pérolas.

Fangli estica os braços em volta de mim para pegar um shortinho com um top tubinho combinando e um blazer sem mangas. Eu franzo o nariz.

— Só depilei as pernas até os joelhos.

Ela suspira, mas troca o short por uma saia longa e esvoaçante.

— Isso vai servir.

— Sobre o que eu preciso falar?

— O quanto você gosta de trabalhar com Claudie, mas faça perguntas a elas. As pessoas adoram falar sobre si mesmas. Este é um pop-up VIP especial, então será uma mistura de pessoas, não apenas de moda. Eles geralmente convidam a lista de clientes premium locais.

Coloco a peruca e passo um toque final de batom antes de beijar um lenço para secá-lo. Fangli assoa o nariz e coloca uma pastilha na boca. Ela cheira a eucalipto e limão.

— Você viu sua mãe hoje, não viu? — pergunta ela.

— Pela manhã. Ela está na mesma. — Eu suspiro e a mão de Fangli aperta meu ombro. — Você nunca me contou como ela veio para o Canadá — comenta ela.

— Ela nunca fala sobre o passado — respondo. — Tudo o que ela sempre dizia era que queria um novo começo.

— Não fica curiosa?

— Você não tem ideia. Eu costumava perguntar ao meu pai, mas ele só dizia que era a história dela para contar e agora eu posso nunca saber. Tenho família lá que nunca conhecerei.

— Isso te incomoda?

— De modo geral, às vezes, mas o que teríamos em comum? Eles seriam meus parentes, mas estranhos.

— Isso é triste. Talvez ela se sentisse mais segura mantendo-se em silêncio.

Eu paro com pó compacto na mão. Segura? Eu nunca sequer considerei a possibilidade de que a minha mãe estaria fugindo de algo ou alguém. Eu sempre presumi que ela só queria um novo começo no Canadá por um emprego ou dinheiro. Ela teve uma vida inteira na China, mais de vinte anos, e eu não sei nada sobre isso. Eu não sabia que era possível sentir mais arrependimento por não perguntar mais sobre a vida dela, mas acho que, como todas as crianças, pensei que a vida dela só começou depois da minha chegada.

— Imagino que se ela fosse casada com um homem como meu pai, ela iria querer ter certeza de que ele não poderia encontrá-la novamente. — Fangli funga em um lenço de papel.

— Um homem como seu pai?

Fangli vê no meu rosto que estou imaginando o pior, e ela levanta as mãos como se quisesse me impedir.

— Não, não. Ele é um bom homem e se esforça, mas é apaixonado pelo seu trabalho e por seguir as regras.

Esse realmente parece ser o tipo de homem que a mamãe apreciaria, embora Brad Reed fosse mais um espírito livre.

— É como ter uma ruptura limpa e tudo mais. Muitas vezes eu queria poder tomar uma atitude semelhante. — Fangli continua.

— Você não pode?

— Eu o amo e, embora tenhamos filosofias diferentes, ele é meu pai. — Ela dá de ombros. — Ele é difícil, mas como posso cortá-lo da minha vida quando é minha única família?

Não há resposta para isso. Fangli me entrega uma bolsa adorável e aprova quando a penduro em um único ombro em vez do modo transversal.

Logo Sam e eu estamos no carro indo para o evento. Fica no último andar de um prédio de escritórios no East End, e eu suspiro alto quando encaro a vista. A cidade inteira se estende à nossa frente, o lago ao sul, os arranha-céus a oeste e residências e árvores ao norte e leste.

— Srta. Wei, que prazer. — Uma mulher alta se aproxima de nós. — Sr. Yao.

Ela está sorrindo e eu não tenho ideia de quem é, então murmuro uma saudação adequada e a sigo até a sala principal. Uma longa passarela divide o espaço em dois, e há filas de cadeiras alinhadas nas laterais. Garçons vestidos de preto passam com comida e vinho, e eu recuso ambos quando eles vêm em minha direção. Não posso comer e ser Fangli e economizar meu batom ao mesmo tempo.

A mulher aponta para nossos assentos e sai. Uma voz anasalada soa de trás de mim.

— Só estou aqui por causa da Angelica — diz uma mulher. — Os chineses destruíram completamente a Chanel com suas falsificações disponíveis em todos os lugares. Realmente é terrível, mas você conhece a Angelica. Quando ela encontra um estilo, nunca mais o muda.

Uma voz estrondosa a interrompe.

— Muitos chineses, esse é o problema. Elevando todos os preços. O mercado imobiliário é o pior. Nunca se sabe o que eles estão pensando. Há muitos deles, todos parecem iguais. Vamos ficar sobrecarregados. É um jogo de números.

O rosto de Sam fica neutro, mas ele toca meu braço quando vou me virar.

— Esqueça — ele diz suavemente.

— Nem ferrando.

— Olho para trás para ver quem é o babaca e não tenho problemas em localizá-lo. Ele é mais velho, na casa dos cinquenta, vestindo um terno preto largo. Dou uma longa olhada para poder reconhecê-lo mais tarde, observando enquanto ele empurra seu copo vazio para uma garçonete que passa e enfia o dedo no rosto dela até que ela lhe entregue uma bebida fresca de sua bandeja.

Sam e eu nos misturamos, mas os comentários do homem azedaram meu humor. Sam deve ter notado porque ele me leva para a sacada que oferece uma vista para o lago negro. Graças a uma noite fria fora de época, somos as únicas pessoas aqui.

— Você precisa deixar isso para lá — diz ele. — Você não vai acidentalmente derramar uma bebida nele ou vencê-lo em um debate racional, então pare de pensar nisso.

— Como você sabia que eu ia derramar algo nele?

Ele me lança um olhar de esguelha. Na escuridão da noite, seu rosto se destaca nitidamente.

— Há muitos como ele aqui.

— Pelo menos você pode voltar para casa e não ter que lidar com pessoas como ele. Estou presa aqui.

— Sempre há pessoas como ele, em todos os lugares. — Sam apoia os antebraços na sacada. Hoje à noite ele está de calça e com as mangas da camisa social arregaçadas, exalando um estilo confiante e tranquilo. Já vi dois homens olharem-no e ajeitarem suas próprias mangas. — Ele está assustado, sente-se inferior e não gosta disso.

— Ou talvez ele não esteja assustado, mas é apenas um grande babaca que precisa ser colocado no lugar dele. Aposto que ele joga seu dinheiro na cara de todos ao seu redor. — Olho de volta para a sala. — Ai, meu Deus.

— O que foi?

— Ele fica na minha frente como se quisesse bloquear o que quer que seja. Eu o puxo para fora do caminho gentilmente.

— Aquele é Robin Banerjee.

— Algum contexto, por favor? — pergunta Sam, acenando com a mão.

— Um investidor estabelecido aqui na cidade que financia apenas negócios locais e tem foco em empreendimentos de melhoria da vida diária. — Eu fiz minha pesquisa.

— Como o *Eppy*. — A compreensão cai sobre ele.

— Como o *Eppy*.

— Agora é a hora de chegar nele — Sam insiste. — Aborde-o.

— Não posso. — Quero bater os pés com raiva. — Sou Fangli, não Gracie.

— Certo. — Ele dá um aceno rápido. — Vou falar com ele.

— O que você quer dizer?

— Vou até lá, apresento-me e digo a ele que tenho uma amiga com uma ótima ideia e pergunto se ele pode se encontrar com ela.

— Simples assim?

— Bem, ele pode dizer não.

— Você faria isso por mim?

Sam me olha.

— Claro. Por que não faria?

— Eu me sinto estranha.

— Isso se chama networking.

— Eu sempre me virei sozinha.

Ele não diz nada, mas eu consigo ouvir sua voz tão alto quanto se tivesse falado: *E como isso tem funcionado para você?*

Como está funcionando para mim? Olho para Robin Banerjee. Networking sempre foi para pessoas que tinham conexões e eu nunca tive. A oferta casual de Sam, de que ele poderia simplesmente ir até lá e pedir um favor a esse estranho — e ter uma boa expectativa de recebê-lo pelo poder de *quem ele é* — fala de um nível de confiança que invejo.

Não quero que Sam faça isso por mim. Quero ser capaz de fazer por conta própria.

— Acho que prefiro… — As palavras morrem na minha boca. Porque Todd está se pavoneando pela multidão.

Capítulo 30

Ele está aqui.

Todd, o chefe babaca. Todd que de alguma forma continua a fazer da minha vida um inferno. Não entendo por que ele está aqui até ver seu amigo loiro da galeria de arte sorrindo e distribuindo beijinhos no ar pela sala.

— Você prefere o quê? — Sam me vê tremer. — Você está com frio. O vento está aumentando. Vamos entrar?

— Eu gosto daqui. — Não posso ficar na sacada a noite toda, mas preciso de alguns minutos para me recompor. Lidar com Todd exigirá um plano. Um plano sólido que eu ainda não tenho.

Sam passa a mão pelos arrepios no meu braço, mas diz:

— O que você quiser.

A varanda é separada do espaço principal do evento por uma parede de janelas, mas é mais escuro do lado de fora, então sei que não estou visível para a multidão. Mantenho minha respiração controlada e uniforme, forçando meu corpo a se acalmar, embora minhas palmas estejam tão úmidas que Sam faça uma careta quando toca minha mão.

— Sobre Robin — ele diz antes de apertar os olhos pelas janelas. — Oh, você pode me dar um momento? Aquele é meu velho amigo Dmitri. Não o vejo há anos. — Ele gesticula para um homem lá dentro usando uma gravata-borboleta.

Aceno para Sam para mostrar que ele pode ir e conversar com seu amigo — e me arrependo imediatamente. Porque Todd sai para a sacada segundos depois que Sam vai conversar com o amigo. Não tenho onde me esconder.

Ele me reconhece instantaneamente e se aproxima.

— Gracie, sozinha aqui fora. Você está linda. — Como nunca percebi que ele parecia um lobo, com seu cabelo desgrenhado e a boca larga, cheia de dentes grandes? Ele é um lobo e eu sou um cordeiro. — Esse cabelo longo. Eu aprovo.

Ele sabe que por trás dessa maquiagem perfeita, desse cabelo arrumado e desse traje caro da Chanel, eu sou apenas Gracie.

— Você deveria ter se vestido assim para trabalhar — diz ele.

Ele se aproxima, rápido demais para eu recuar. Então não recuo. Fico firme, mesmo que isso signifique que ele está perto. Não lhe concedo o poder de me fazer mover, e aquele pequeno gesto não intencional me lembra que não sou um cordeiro. Não serei a mesma Gracie vulnerável que deixou seu escritório há um mês. Essa distância me deu espaço suficiente para manter a cabeça no lugar, mesmo que meus dentes estejam prestes a começar a bater.

Canalizo Fangli, séria e surpresa; ele é rude demais para se aproximar de mim.

— Com licença. Quem é você?

Seus dedos envolvem meu pulso com força suficiente para pressionar as pulseiras na minha pele.

— Pare com isso, Gracie. Não sei que jogo é este, mas eu sempre soube que havia uma garota má sob aqueles suéteres grossos e olhar submisso.

Ele é tão nojento. Como não vi isso antes? Como deixei esse pedaço de merda me derrubar daquele jeito? Sinto o peso da peruca na minha cabeça e as tiras delicadas dos saltos de couro cortando meus tornozelos. Ele pode me tratar como Gracie, mas aqui eu sou Fangli.

— Estou falando com você, Gracie.

Todd me dá um pequeno puxão quando não respondo, e desvio meu olhar para onde sua mão envolve meu pulso. Fangli não toleraria esse tratamento. Nem Anjali, embora ela provavelmente optasse por quebrar o nariz de Todd.

Também não vou tolerar isso.

Afasto a mão dele.

— Eu não me importo — digo. Sai em uma voz afiada como um bisturi que reconheço de um dos papéis dramáticos de Fangli.

— O que você disse? — Ele se inclina para ainda mais perto, mas eu não me movo. Em vez disso, fico em silêncio e o encaro.

E vejo o que perdi por tanto tempo.

Parado na minha frente na sacada escura, Todd não é nada além de uma sombra vazia em forma de homem cercada pelas luzes de milhares de janelas no horizonte da cidade. Com o filtro do medo removido, eu o reconheço pelo que ele é: um valentão medíocre e um fanfarrão que desprezo. Eu respiro fundo e me livro de todo o meu medo porque ele não vale a pena.

Não preciso responder a ele.

Eu me viro para deixar Todd cozinhando em sua raiva impotente na sacada bonita, mas embora tenha terminado com ele, ele não acha que terminou comigo. Sinto uma mão pesada pousar em meu ombro assim que vejo Sam entrando pela porta, uma carranca crescendo entre suas sobrancelhas.

Virando-me para trás bruscamente o suficiente para afastar sua mão, dou a Todd meu olhar mais indiferente. Sam está ao meu lado agora, e sua presença reforça minha confiança. Quase consigo sentir a força que ele faz para manter a calma, mas espera que eu lide com a situação.

Todd me encara.

— Não sei o que você está tentando fazer aqui, mas não importa como você se veste, você é a mesma garota sem graça que sempre foi. Deveria ser grata por eu ter me dado ao trabalho de olhar para você.

— Não. — Encaro-o de volta. — Não, isso não é algo pelo qual serei grata.

Meu Deus, isso é bom. Por cima do ombro dele, vejo a mulher que nos recebeu observando com um olhar sombrio no rosto. Ela está falando em seu walkie-talkie. Um segurança se materializa ao lado dela segundos depois e os dois caminham até nós, expressões duras e olhos fixos em Todd.

Todd a vê e olha para mim com um triunfo deslocado, que é quase hilário.

— Tire-a daqui — diz ele, apontando para mim enquanto se aproximam. — Esse não é o lugar dela.

— Vamos, senhor. — O segurança nem hesita.

Eu aproveito aquele momento lindo enquanto Todd sorri para mim, bem antes de entender o que está acontecendo. Então, seu olhar se divide entre mim e o guarda.

— O quê?

— Hora de ir, senhor. — O guarda olha para mim. — Senhora, quer que chamemos a polícia para que possa prestar queixa de agressão?

É como se Todd realmente não entendesse até que ele olha para a mulher do evento, seu lábio curvado em desgosto. Ele se vira para olhar para mim e... se encolhe. É como assistir a uma bolsa esvaziando em câmera lenta.

Finjo avaliar o que o guarda disse, embora eu saiba que não posso. A imagem de Fangli precisa ser considerada.

— Bani-lo de todos os eventos será suficiente.

O rosto de Todd fica vermelho enquanto me recuso a me mover ou desviar o olhar.

Venci.

Viro-me primeiro, dando-lhe as costas. Ele não vale meu tempo.

— Ele se foi — Sam diz depois de um momento.

Eu aceno, mas presto atenção nas pessoas ao meu redor enquanto a multidão sai para a sacada. O momento com a segurança não passou despercebido.

O que aconteceu?

A coragem daquele cara.

Essa é a Wei Fangli. Ouvi dizer que ela é uma verdadeira vadia.

Por quê? Por não querer ser apalpada por aquele porco?

Você viu isso?

O toque de Sam no meu braço me lembra de endireitar as costas e manter minha expressão neutra. Todd se foi, mas meu triunfo é abafado pelo conhecimento de que isso pode repercutir em Fangli.

Sam reprime o murmúrio com uma carranca que me deixa tensa, e nem é direcionada a mim. Ele me leva para o lado, fora da vista dos outros na sacada, e passa o braço em volta de mim.

— O que aconteceu? Precisamos ir?

— Estou bem.

— Não, não está. Você está tremendo. Esse era seu antigo chefe, não era?

— Sim.

— Conte-me a história toda. Completa. — A expressão de Sam endurece.

A história sórdida deixa os meus lábios.

— Não sei por que não consegui enfrentá-lo, mas não consegui. Não consegui. Não podia perder meu emprego e não queria aceitar que isso estava acontecendo.

Sam ajeita minha cabeça sob seu queixo.

— Gracie. É tudo culpa dele. Não sua. — Ele faz uma pausa. — Posso te contar uma história?

— Sim. — Quero tirar minha mente dessa confusão.

— Eu te contei sobre minha mãe e como ela quer que eu assuma o negócio de produção.

— Sim.

— Ela também tentou me dar meu primeiro emprego. Eu disse não, ia mudar meu nome e seguir por minha conta. — Ele nos inclina contra a grade, e o vento levanta nossos cabelos. — Ela me alertou sobre uma certa treinadora de atuação. Mas, como eu era adolescente, tinha certeza de que estava mentindo para que falhasse e tivesse que voltar para ela.

— O que aconteceu?

— Fui conhecer a treinadora. Era famosa e todos sabiam que se ela concordasse em te treinar, você era especial. Estávamos sozinhos. — Ele suspira. — Então ela me disse para sentar e colocou uma mão na minha coxa. Bem no alto da minha coxa.

— Quantos anos você tinha?

— Dezoito.

— O que você fez?

Ele ri, e é o mesmo tom que faço quando penso em Todd.

— Nada no começo. Talvez a ideia estivesse na minha cabeça. Eu não queria fazer um escândalo. Não queria que ela pensasse que eu era uma criança.

— Ela parou?

— Você acha que ela pararia? Seu chefe parou? — Sam olha para mim, a boca virada para baixo.

— Não.

— O que eu percebi depois foi que não se trata só de sexo. É poder. Ela viu uma vulnerabilidade em mim e tirou vantagem.

— Eu sou fraca? É isso que você está dizendo. — Eu me movo mais para o lado da sacada e Sam me segue. Agora estamos completamente escondidos da multidão.

— Acho que Todd viu que você se importa com as pessoas e evita chamar atenção para si mesma. Ele viu uma chance.

Suas palavras são tão verdadeiras que não posso discutir.

— A treinadora de atuação... desculpe. — De repente, percebo que estou bisbilhotando.

— Consegui derrubar o roteiro no chão e quando me abaixei para pegá-lo, fingi cair da cadeira, murmurei minhas desculpas e saí correndo.

— Esperto.

— Eu me senti um idiota exagerado até que voltei e contei a Fangli e Chen. Sabíamos que não havia sentido em contar aos instrutores, então eles me ajudaram a conversar sobre isso, a processar. Foi isso.

— E a treinadora?

— Desapareceu depois que ela foi pega declarando seus impostos incorretamente. — Ele sorri largamente. — Eu posso ter sido o responsável por denunciá-la.

— Dizem que vingança não faz você se sentir melhor.

— Dizem? Eu me senti ótimo.

A história de Sam me encoraja sobre a situação, mas ainda sinto que eu era covarde.

— Eu deveria ter…

Ele coloca um dedo nos meus lábios.

— Foda-se *o deveria*.

— Mas...

— Gracie, você é perfeita do jeito que é. Não é algo ruim querer manter a paz em sua vida e cuidar das pessoas nela. Que uma pessoa má possa manipular isso não significa que você esteja errada. Ser gentil e generosa é uma dádiva.

— Por favor, sentem-se. — Ouço um porteiro educadamente conduzindo as pessoas para a sala principal. — Estamos prestes a começar.

Em nosso recanto isolado, Sam e eu o ignoramos.

— Todd sabe que sou Gracie quando estou vestida assim, como Fangli. — Aponto para o top tomara que caia.

— Você admitiu isso?

— Não.

— Então esqueça Todd. — Ele coloca o dedo sob meu queixo para levantar meu rosto. — Você é linda por dentro e por fora. Não deixe uma pessoa como ele extinguir nenhuma parte sua. Você deveria ter orgulho de si mesma.

— Obrigada — minha resposta é quase um sussurro.

— Gracie. — Ele está tão perto. A brisa do lago sopra minha pele onde ele empurra meu cabelo para trás do meu ombro.

— Sam? — Eu não me movo por dois motivos. O primeiro é que meus joelhos estão tão trêmulos que se eu me mover posso cair. O segundo é que eu quero que ele faça a escolha. Eu quero que Sam quebre a distância entre nós.

Ele não me faz esperar muito antes de pressionar seus lábios nos meus, suaves como borboletas e tão fugazes que me pergunto se realmente aconteceu. Então ele se afasta, só um pouco, como se para avaliar minha reação.

— Gracie? — ele pergunta. — Está... está tudo bem?

— Deus, sim.

Eu passo um braço em volta do seu pescoço e, com o outro, seguro seu braço enquanto me levanto na ponta dos pés. Posso sentir o sorriso em seus lábios desaparecer enquanto eu me inclino para ele para um beijo de verdade, aquele que tenho desejado desde que o vi naquela capa de revista idiota. Sua boca se encaixa perfeitamente na minha e, dessa vez, é real. Sam está me beijando. Gracie. Não Fangli. Seus braços estão em volta de mim, e ele me beija novamente. Escondido em uma sacada com vista para um lago escuro, ele me beija até que tudo que eu consigo pensar é em Sam.

Isso tudo é real. Eu posso sentir que é real. Eu sei que é real. Tem de ser.

Capítulo 31

Não sei como consigo passar pelo resto da festa da Chanel. Mulheres curvilíneas desfilam na minha frente com roupas que valem milhares de dólares e eu reajo com sorrisos e acenos apreciativos para as câmeras e olhos fixados no meu rosto. Isso tudo acontece na periferia da minha mente porque só o que consigo pensar é na perna de Sam roçando em mim quando ele se move e agradeço a todos os deuses existentes que o batom que usei esta noite tem uma camada de verniz que resistiria a um furacão. Nossa sessão de amassos na sacada nem borrou, muito menos nos deixou com bocas de palhaço. Esse é um produto de qualidade digno de uma avaliação cinco estrelas na Amazon.

Não sei dizer se o show acaba muito cedo ou muito tarde, mas em algum momento nós batemos palmas educadamente, levantamos e saímos. Sam me conduz silenciosamente para dentro do carro que nos esperava e se senta ao meu lado. Bem perto de mim.

Ele tira a minha peruca e passa a mão no meu cabelo curto, que está suado e desgrenhado por estar sob o equivalente a um chapéu de inverno forrado.

— Gracie — diz ele, seus dedos traçando ao longo da minha orelha e empurrando as mechas para trás.

Eu quero isso. Como poderia não querer? O homem que se enterrou na minha mente está prestes a me beijar novamente. Felizmente, não há momento romântico demais e nenhuma experiência maravilhosa que meu cérebro não possa arruinar.

— Precisamos conversar sobre isso — digo, empurrando-o para trás.

Suas sobrancelhas retas quase se encontram no centro de sua testa.

— Sobre eu te beijar?

— Mais sobre o motivo para o beijo.

Ele pisca.

— Você quer o processo inteiro até chegar na ideia ou devo resumir só os destaques? Provavelmente consigo fazer uma apresentação rápida no meu celular se você me der alguns minutos. Tem um modelo que eu gosto.

— Não precisa ser um babaca.

Ele captura minha mão e beija meus dedos, seus lábios quentes na minha pele.

— Eu quero te beijar porque eu quero te beijar. Não sei como explicar. Não posso te dizer que é vinte por cento do jeito que você sorri para mim quando eu te ajudo a sair do carro, ou dezesseis por cento do jeito que você ri das suas próprias piadas.

— Não é por eu parecer com a Fangli?

Sam faz uma careta.

— Eu tive que beijar a Fangli por semanas no palco e é como beijar a minha irmã. Você não é a Fangli e eu quero você.

Sua convicção é um pouco destruidora para o meu autocontrole.

— É que esta é uma situação muito estranha — explico.

— Gosto de pensar que fomos nos encaixando um ao outro.

— Como um musgo?

— Ou um molde.

— Você diz que é um bom ator. Não sei no que acreditar, se isso é real ou não.

— Qual seria o sentido de fingir que eu quero você se eu não quero? Se eu não quisesse, não haveria necessidade de fingir.

Faz sentido quando ele coloca dessa forma.

— Você poderia estar fingindo gostar de mim porque quer transar.

Seu rosto inteiro se enruga em desgosto.

— Por favor. Se sexo sem significado fosse a única coisa em minha mente, eu não teria dificuldade em consegui-lo por aí.

Verdade. O homem mais sexy do mundo e tudo mais.

— No entanto — ele acrescenta. — Estou animado em saber que você está considerando a possibilidade.

— Sam.

Ele suspira.

— Nós concordamos que começamos com o pé esquerdo, certo?

— Certo.

— Concordamos também que começaríamos do zero e assinamos um contrato.

— Concordamos, sim.

Ele abre bem as mãos como se isso dissesse tudo.

— Eu sou uma *ninguém*.

— Chega disso. — Sam me encara.

— Mas é verdade. Olhe para você. Rico, famoso e assim por diante.

— Ele se afasta um pouco.

— É só isso que eu sou? É isso?

Cacete, eu pisei no calo dele.

— Não é isso que eu quero dizer.

— Com certeza parece ser. — Sua voz é irônica.

— Tudo o que estou dizendo é que, dada a sociedade em que vivemos, que prioriza a fama e a riqueza e torna isso desejável, nascer no quadrado perfeito da genética significa que você pode conseguir quem quiser.

— Por que você fala como se isso fosse uma competição? Eu não quero pegar ninguém. Eu gosto de você, Gracie Reed. Eu gosto da Gracie que defendeu a Fangli e garantiu que ela recebesse ajuda quando o resto de nós estava pisando em ovos em torno disso. Gosto da mulher que é obcecada por técnicas de gerenciamento de tempo e cujas toalhas caem de forma recorrente.

— Eu esperava que você esquecesse disso. — Meu rosto esquenta.

Ele bufa.

— Esquecer de você parada na minha frente sem toalha? Nunca.

— Foi um acidente.

— Foi isso que tornou tudo melhor. — Ele sorri. — Essa é a mulher que eu quero, aquela que pega a toalha como se não fosse nada de mais e não faz alarde sobre isso. Eu quero aquela que, quando convidada a participar do plano mais idiota que já ouvi, decide tentar porque ela tem confiança suficiente para ser Wei Fangli.

Ninguém nunca me descreveu como confiante, mas ouvir isso de Sam me faz perceber que talvez eu seja mais do que pensava. Reflito sobre isso enquanto tento conter os fogos de artifício que explodem no meu peito.

— Este é um contrato de curto prazo — digo. — Vou sair da sua vida em um mês.

— Muita coisa pode acontecer em um mês. — Ele se afasta. — Gracie, você não tem ideia dos riscos que corro para estar com você. Sair para caminhar? Visitar sua mãe?

— Essas não são atividades de alto risco. Muitas pessoas andam por aí.

— Eu não sou muitas pessoas. Sei que isso alimenta sua necessidade de me ver como superficial e egoísta, mas minha imagem é importante. Sou cauteloso.

Eu ergo minhas sobrancelhas para ele.

— Dar uns pegas em uma sacada quando qualquer um poderia ter chegado?

— É exatamente isso que eu quero dizer. Você me faz… — Ele se solta contra o encosto e passa as mãos pelos cabelos. — É como se tudo o que eu achava que fosse sério se tornasse mais leve quando você está por perto.

— Devo ficar ofendida com isso? Acho que sim.

— Estou dizendo, obviamente da pior forma, que você me dá perspectiva. Sou grato, e eu gosto disso. — Ele dá de ombros, olhando para o teto. — Eu gosto de você.

Quero questioná-lo um pouco sobre isso. Ele gosta de mim do jeito que eu gosto de banhos quentes? Ele só aprecia minha companhia? Ou, ele *gosta* do mesmo jeito que eu? Mas recuo porque não tenho certeza se estou pronta para a resposta. É uma montanha-russa emocional de uma noite, para ser franca, e parte de mim só quer adiar toda a conversa sobre sentimentos para amanhã.

Sam se endireita e olha para mim, mãos espalmadas contra o assento.

— Gracie, eu nunca forcei um momento. Vou ficar sentado aqui. O que acontece agora é com você.

Ele nem tem tempo de terminar antes que eu esteja em cima dele. Suas mãos sobem para me pegar pela cintura, nos virando para nos inclinarmos contra o encosto dos assentos. Beijar Sam não é como algo que eu já tenha experimentado. Quando Riley me beijava, era sempre como se fosse uma preparação para o evento principal. Sam me beija como se fosse o destino, não a jornada. Ele está provocando, deixando pequenos beijos nos cantos da minha boca antes de capturar meu lábio inferior com o dele. Então ele me solta.

— Gracie?

— Sim? — Eu balanço a cabeça para colocar meu cérebro em ordem novamente. — O que há de errado?

— Você parece um pouco... Ahh. — Ele se contorce e eu lentamente percebo que estava segurando seus ombros com firmeza.

— Desculpe. — Desta vez ele me deixa assumir a liderança e eu posso sentir como sua boca derrete sob a minha. Soltando seus ombros, passo meus dedos por seu cabelo e ele geme contra mim. — Continue fazendo isso — diz ele.

Um minuto depois, nos afastamos e ele sorri.

— A propósito, você olhou para a esquerda de novo — conta.

— Devemos parar?

— Não, acho que talvez devêssemos praticar. — Ele passa a mão na minha perna.

Praticamos pelo resto da viagem.

✓

Eu não transo com Sam, mas só porque não sou tão espontânea e antes quero me depilar acima dos joelhos. Nem mesmo a paixão consegue passar pela minha guardiã mental, a Dama Temerosa e Ansiosa.

Quando chegamos ao hotel, eu reorganizo minha peruca para que pareça que não fizemos nada no carro além de conversar platonicamente e checar nossos celulares. Meu batom continua sendo o verdadeiro campeão desta noite, e eu não preciso retocá-lo nem um pouco.

Conscientes das câmeras de segurança, não nos pegamos no elevador, embora o cabelo de Sam esteja desgrenhado e seus lábios estejam ainda mais cheios dos beijos que trocamos no carro. Ele me deixa castamente do lado de fora da minha suíte, onde consigo trancar a porta e dar um único passo antes de afundar no chão de madeira e me enrolar em uma bola de felicidade incrédula.

O que evolui para terror total no instante seguinte. O que eu fiz? Tínhamos algo bom rolando, uma espécie de amizade colegial, e eu joguei tudo pela janela. E se ele se arrepender disso de manhã e for estranho? E se Fangli ficar brava? E se eu me transformar em uma megera ciumenta, furiosa por isso ter que ser mantido em segredo do mundo?

E se eu me machucar? Não fico com um homem desde Riley. Eu deveria ter pelo menos dado uma volta no carrossel antes de subir na montanha-russa.

Não há ninguém com quem eu possa falar. Fangli está dormindo e Anjali também. Não sei o que dizer porque não sei exatamente como me sinto. É quase como a primeira vez que fiz sexo, quando eu queria contar a todos e, também, abraçar o segredo para saboreá-lo sozinha.

Muito ligada para fazer algo tão banal quanto dormir, eu rodo pela minha suíte arrumando e pensando. Preocupada. Sam tirou Todd da minha mente, mas agora que estou sozinha, preocupo-me com o que ele vai fazer. Minha demissão do trabalho está segura, mas e se ele vier me procurar? E se ele tentar entrar em contato comigo ou nos ameaçar? Ele é vingativo; eu sei disso pela forma como ele tratava as pessoas no trabalho, como ele me tratava. Odeio que o espaço ocupado por ele na minha cabeça deveria ser o equivalente a um casebre. Um armário minúsculo. Em vez disso, ocupa uma mansão na minha mente — e sem pagar aluguel.

Ouço uma batida na porta de conexão que leva ao quarto de Fangli.

— Você está acordada? — pergunta ela através da porta.

— Sim. — Eu abro.

— Não consigo dormir e vi a luz debaixo da sua porta. — Fangli esfrega os olhos. — Posso entrar um pouco?

— Vamos nos sentar na sacada.

Seria legal ter companhia e parar de me preocupar com Todd. Mas agora que tem outro humano perto de mim, estou quase explodindo com as novidades sobre Sam. Isso é abafado quase imediatamente quando Fangli toca minha mão.

— Foi você quem fez Sam me convencer a falar com alguém — diz ela. — Obrigada.

— A decisão foi sua — falo. — Acho que você estava pronta.

— Sam vem tentando me ajudar há anos. — Ela retira a mão, e a perna da cadeira arranha enquanto ela a move ao longo da sacada de concreto. — Eu não percebi o quanto isso pesava nele.

— Ele estava preocupado com você.

— Eu sei, mas não queria admitir. — Fangli levanta o rosto para observar a lua cheia inundando o céu. — Achei que seria a morte da minha carreira. Foi o que meu empresário disse. Ele me disse para me curar porque não era tão ruim.

— Curar-se?

Ela olha para mim pelo canto do olho e me dá um pequeno sorriso.

— Não funcionou.

— Não, imagino que não. Não funcionou para mim.

— Você tentou também?

— Fracassei da mesma forma que não seria capaz de curar minha própria pneumonia ou câncer por meio da força de vontade.

— Eu nunca pensei nisso dessa forma.

Penso no que quero dizer.

— Você disse que seria ruim para sua carreira.

— Meu empresário disse que se soubessem que eu tinha problemas, ninguém me contrataria. Eles pensariam que eu era imprevisível.

— Quando foi isso?

— Cinco ou seis anos atrás.

— Você está mais estabelecida agora. Outras pessoas se sentem como nós. Pode ajudá-las a saber que não estão sozinhas, se você acha que isso é algo que pode fazer. — Eu decido.

O longo silêncio me faz pensar que fui longe demais. Então sua voz suave se eleva.

— Eu também acho. Mas não tenho coragem.

— Você? — Me viro na cadeira. — Você sabia que um dos medos mais comuns é falar em público? Você faz isso o tempo todo. Você se expõe com sua arte diante de um mundo crítico. Eu nunca conseguiria fazer o que você faz. Não tenho coragem.

Ela começa a rir e segura meu ombro.

— Você não tem? O que você acha que está fazendo há um mês? Foi você quem se arriscou quando eu pedi para fingir ser eu. Você acha que a maioria das pessoas teria coragem de fazer isso?

— Acho que foi o dinheiro.

— Não, você é mais corajosa do que quer acreditar — diz ela ao me olhar. — Você gosta de fingir que não é ousada porque é uma desculpa para não se esforçar.

— Que tapa na cara. — Estremeço.

— Você me ajudou. Esta sou eu te ajudando. Sam me contou sobre o *Eppy* e sobre como você se saiu bem filmando com ele. Você pode fazer o que quiser, Gracie. Eu vi isso em você, mas precisa ver em si mesma. Eu acredito em você.

Alguma vez já tive uma conversa estimulante como essa? Minha mãe me ama, mas ela estava mais preocupada em definir expectativas realistas para evitar decepções e fracassos. Nunca ninguém me disse para sonhar. Nem tenho certeza se já conversei com um amigo assim antes, pelo menos não sóbria.

Fangli pega um cobertor lá de dentro.

— Caxemira ou lã? — pergunta ela enquanto o espalha sobre nossos joelhos.

— Para quê?

— Que material você prefere? — Ela torce o canto do cobertor.

— Nenhum dos dois. Eu gosto daquela coisa sintética que eles transformam em bichos de pelúcia. É tão macio que você mal consegue sentir na ponta dos dedos.

— Eu gosto de *cashmere* — diz ela no tom confortável de uma mulher com muito acesso. — *Yak* também é bom.

— *Yak*? — Eu me viro para ver o rosto dela, pálido ao luar. — Isso não é, sabe... desagradável? Grosseiro?

— Oh, não. O revestimento interno é bem macio.

Guardo essa informação e ficamos sentadas no escuro por mais um tempo, fazendo perguntas uma à outra.

Macarrão ou arroz? Trem ou avião?

Dramas ou comédias?

Apesar de nossa discordância sobre a melhor fibra de cobertor, temos uma sincronia assustadora no resto de nossas escolhas. Finalmente, nós duas bocejamos em uníssono.

— De volta para a cama — digo, feliz por ter me distraído e voltado à exaustão.

Fangli se inclina para me dar um abraço antes de se levantar e ir embora.

— Vejo você amanhã.

Arrasto-me até o banheiro para tomar banho. A água lava um pouco do meu desconforto e depois de secar meu cabelo com uma toalha, eu desabo na cama. Todd passa pelos meus pensamentos e eu empurro seu rosto desagradável para longe com um gesto físico.

Amanhã posso me preocupar com isso.

Hoje à noite, vou sonhar com o que eu quero. *Eppy*. Um emprego. Liberdade. Minha mãe segura e feliz.

E talvez um pouco sobre beijar Sam.

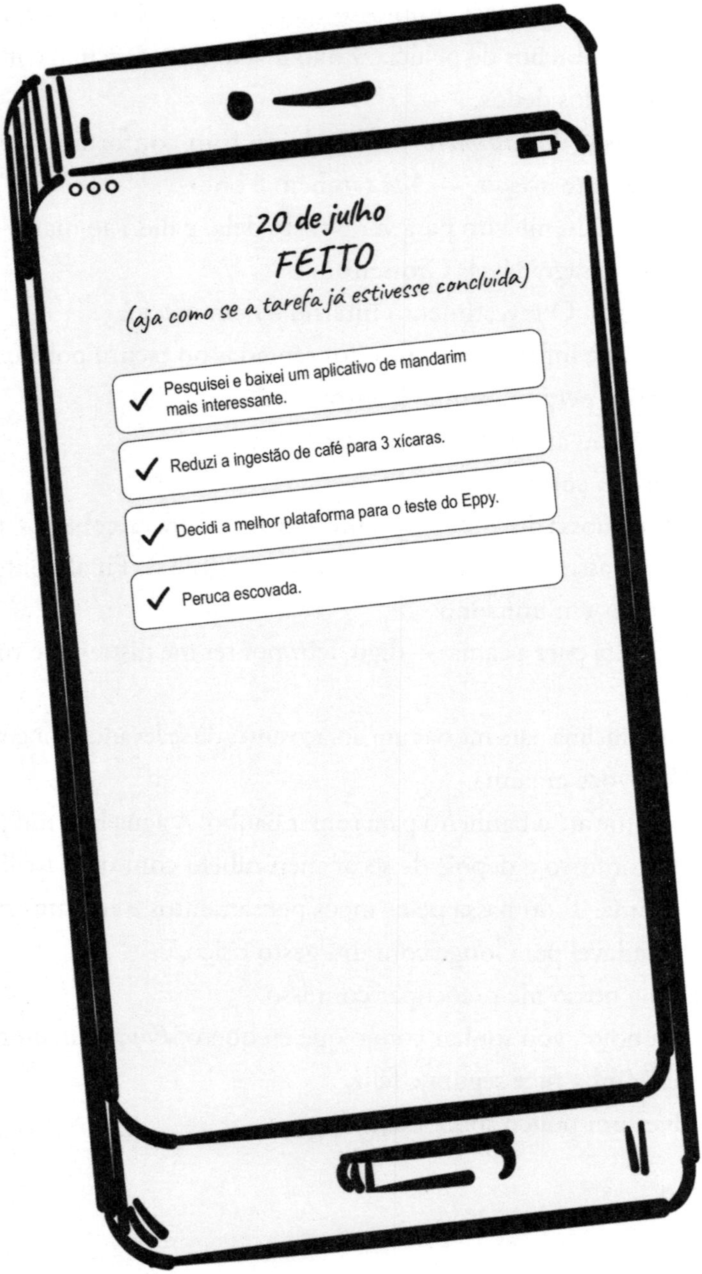
20 de julho
FEITO
(aja como se a tarefa já estivesse concluída)
Pesquisei e baixei um aplicativo de mandarim mais interessante.
Reduzi a ingestão de café para 3 xícaras.
Decidi a melhor plataforma para o teste do Eppy.
Peruca escovada.

Capítulo 32

Sam joga seu tablet para o lado e se estica no sofá, onde aparentemente estava revisando roteiros. Nos últimos vinte minutos, ele tem enviado pequenos olhares em minha direção, como se esperasse casualmente me pegar olhando por cima do meu laptop.

A última vez que fiz isso, ele sorriu e eu joguei um beijo exagerado para ele, que fingiu pegar no ar e enfiar no bolso. Então, ele voltou a trabalhar como se nada tivesse acontecido, ignorando-me enquanto grunhia.

Ele se levanta e começa a andar de um lado para o outro. Espero até que tenha dado várias voltas pela sala, mas ele não diz uma palavra.

— Você vai abrir um buraco no chão — eu observo finalmente. — Terminou de trabalhar?

— Você tem algo mais interessante para eu fazer?

Levanto o olhar e vejo a expressão maliciosa em seu rosto.

— Deixa pra lá.

Ele assume um olhar de extrema inocência.

— Eu ia sugerir um jogo de cartas tranquilo, mas o que você tem em mente?

— Você odeia jogar cartas porque é péssimo nelas. — Reviro os olhos e fecho meu laptop.

— Verdade. Eu estava mentindo sobre as cartas. — Ele acena para fora da janela. — O que é aquilo?

— Ilhas de Toronto.

— Ilhas de verdade? — Sam olha para elas com novo interesse.

— Pontos de areia onde eles despejaram um monte de aterro para torná-los maiores. — Eu me junto a ele. Está chovendo, por isso as ilhas parecem misteriosas sob uma névoa fina. Não vou lá há anos.

— Onde fica a ponte para atravessar de carro?

— Você pega uma balsa. — Aponto para uma pequena embarcação navegando pela água. — Olha ali uma delas.

— Uma balsa? — Ele olha com saudade.

— Você gosta de balsas?

Ele se vira para mim com uma cara que expressa sua descrença de que alguém não gostaria.

— Claro. Quando eu estava em Hong Kong, sempre pegava o Star Ferry para cruzar o porto. — Ele puxa a orelha. — Minha mãe odiava que eu fizesse isso.

Ele vai até a geladeira e dá uma olhada antes de voltar de mãos vazias para olhar pela janela novamente. Seus olhos seguem a balsa enquanto balança nos calcanhares, perdido em pensamentos. Sam parece preso neste quarto de hotel chique, e eu quero tirar essa expressão vazia do rosto dele.

— Vamos sair para uma aventura — digo impulsivamente. — Você e eu.

— Isso me deixa um pouco assustado. — Sam levanta as sobrancelhas.

— Estou magoada com seu ceticismo. Todas as minhas ideias são boas.

Ele abre a boca, e eu reajo antes que fale.

— Pegue suas coisas.

— Você quer ir agora? Na chuva? — Ele age como se a chuva fosse ácido caindo do céu.

— Você é uma bruxa que derrete ao se molhar? — Eu passo por ele para abrir a porta da sacada e estico uma mão. — Está só garoando.

— Eu posso ser visto. — Percebo a hesitação em sua voz e quero que ele diga sim. Seria divertido sair. Em um encontro? Não é um encontro. É? O que constitui um encontro, afinal?

— Com esse tempo? — Balanço a cabeça. — Acho que não. As ilhas ficam movimentadas no verão, mas bem menos com tempo ruim.

— Uma aventura, hein?

Deslizo a porta da sacada para fechá-la novamente.

— Vai ser bom, eu prometo.

Ele pensa e então sorri e me dá um beijo leve e rápido que me faz piscar de surpresa com o quão natural parece.

— Vai sim, com você.

Sam vai se arrumar e eu pressiono meus dedos contra os lábios porque, *nossa*, beijar Sam nunca deixa de ser novidade. Então, me pergunto se eu sou uma completa idiota por arrastar Sam para a rua na chuva em uma aventura ao ar livre, quando poderia ter sugerido que nos aventurássemos em casa.

Talvez mais tarde.

Por fim, procuro o guarda-chuva que deve vir com o quarto porque sei que pessoas ricas não precisam se lembrar de trazer coisas assim quando viajam. Só tenho um. Bato na porta de Fangli. Mei atende e espera que eu fale.

— Você tem algum guarda-chuva? — pergunto. — Sam e eu vamos a um encontro, então preciso de dois. — O rosto dela congela.

— Perdão?

— Não é um encontro — apresso-me a explicar. — Uma caminhada. Não é um encontro-encontro. Você acha que Fangli vai ficar brava? — Não posso perguntar se ela e Mei querem ir porque não podemos ser vistas juntas.

— Com licença.

Ela fecha a porta na minha cara. Fico ali, chocada. Mei nunca é rude. Fria, sim. Até mesmo abrupta, mas nunca rude. A porta se abre e Mei me entrega um guarda-chuva.

— Oh, obrigada — falo. — Uh, está tudo bem?

— Tenha um bom dia. — Dessa vez ela espera até que eu me vire para fechar a porta.

Deixo para lá — Mei é um mistério eterno para mim — e vou encontrar Sam.

— Para onde estamos indo? — Ele pega o guarda-chuva que lhe entrego. Percebo que Sam não tem muitas surpresas na vida, tudo é programado, e decido fazê-lo esperar para saber.

— Você verá.

É uma caminhada de vinte minutos e Sam me importuna com nosso destino o caminho todo, rindo quando lhe dou localizações cada vez mais ridículas.

— O elevador no fim do mundo? — repete ele. — Você acabou de dizer que era o shopping center invisível.

— Pode ser a vila dos pioneiros, perto da passagem subterrânea. — Ele me lança um olhar duvidoso, já que este pode ser um lugar real. — Brincadeira, a vila fica mais ao norte. Chegamos.

— O terminal de balsas? Vamos pegar uma balsa? — Ele se ilumina.

Sam está tão animado para entrar na balsa quanto eu já o vi, ou qualquer pessoa. Como previsto, quase ninguém está indo para as ilhas com esse clima e Sam relaxa um pouco sob seu guarda-chuva, segurando-o alto para ler as placas.

— Queremos ir a Centre Island, Ward's Island ou Hanlan's Point? — pergunta ele.

— Hanlan's tem a praia de nudismo.

— Eu topo se você topar. — Ele mexe as sobrancelhas para mim.

— Você está usando uma máscara facial e um chapéu tão enterrado que parece o Homem Invisível disfarçado — digo. — Espera que eu acredite que você iria a uma *praia de nudismo*? Onde o ponto principal é estar nu?

— Bem, duvido que eles estariam olhando para o meu rosto.

Não olhe para baixo. Não olhe para baixo. Eu mantenho meus olhos retos.

— Vamos para Centre Island.

A balsa chega em alguns minutos. Sam sobe a escada para o nível superior e se inclina sobre a lateral, respirando profundamente.

— Eu amo o cheiro da água — diz ele.

— Oceano ou lago?

— Oceano, mas lago serve. Tenho propriedades em ambos. — Ele percebe meu olhar. — É um excesso desmedido ter várias casas?

— Você sabe que é.

— Elas são investimentos. Eu as alugo.

— Um pouco melhor.

A balsa começa a se mover e Sam sorri para o vento, seu espírito capitalista silenciado pela beleza da vista. Sam fica na frente da balsa, observando a ilha se aproximar, então vai para a parte de trás. A cidade encolhe à distância até se transformar em um gráfico; a CN Tower é o ponto atípico bem a oeste da distribuição normal das torres comerciais do centro. Alguns velejadores intrépidos estão lá fora, e um cara em um jet ski passa zunindo. Muitas vezes esqueço que Toronto é uma cidade lacustre e há pessoas que possuem coisas como caiaques e gostam de estar na água.

Quando chegamos, Sam está contente em me deixar bancar a guia turística. Embora já tenham se passado anos desde que fui às ilhas, e raramente tenha estado sóbria, faço um bom trabalho nos levando até a praia do outro lado. A chuva parou, mas o lugar está deserto. Tiramos os sapatos e seguimos pela areia salpicada pelas gotas de chuva, tirando selfies e cravando os dedos dos pés.

— Gansos do Canadá — diz Sam, apontando como se eu pudesse perder o bando a dez metros de distância. — Bonitos.

— Não chegue perto deles — aviso. — Gansos são maus.

Ele já está se aproximando deles e olha por cima do ombro com desprezo.

— Eu posso lidar com um ganso, Gracie.

Tiro a água de um banco de piquenique e sento para aproveitar o show. Sam está determinado a conseguir o close perfeito de um dos gansos, como se o recurso de zoom não existisse sem motivo, e ele se aproxima mais. Pego meu telefone e começo o vídeo para mostrar a Fangli mais tarde.

Ele já está desequilibrado em uma tentativa furtiva de chegar ao ganso sem assustá-lo quando o bicho ataca, esticando o bico como se fosse dar uma mordidinha nele. Sam salta para trás, o telefone voando para o lado. O ganso sibila e avança sobre ele e Sam — o astro de ação Sam Yao, o herói do cinema Sam Yao — cai de bunda no chão e faz um estranho rolamento de combate para fugir dele.

Estou rindo demais para filmar direito, então não consigo capturar a expressão indignada de Sam quando ele se levanta.

— Não tem graça.

— Sinto muito.

— Vá em frente. — Ele tira a areia molhada dos joelhos.

— O quê?

— Diga, Gracie, eu sei que você quer.

— Eu te avisei. Eu te *avisei.* — Eu pulo do banco para pegar o telefone dele e lhe entrego.

— Você avisou.

— Ele abre o telefone e nós verificamos a foto. Sam capturou o ganso em modo de ataque e a imagem inteira é um bico sibilante aberto, levemente borrado, com asas abertas no fundo.

Isso me faz ter outro ataque de riso. Sam geme.

— Tudo isso por nada.

— Nada? Esse é um ataque de ganso clássico. É lindo.

— Como você.

Ele quer dizer isso como um elogio de verdade ou uma provocação rápida? Não quero dizer "obrigada" se for o último porque seria constrangedor. Decido tratar como uma piada.

— Acho que o ganso tem penas melhores.

Sam estende a mão para tocar meu cabelo, então percebe que ele está coberto de areia quando um torrão cai no meu ombro.

— Você é muito mais bonita que um ganso, com penas ou não — ele me assegura enquanto esfrega as mãos nas coxas.

Ainda é uma piada? Talvez seja mais seguro agir como se fosse.

— Difícil bater.

Pego meus sapatos e continuo descendo a praia. Sam vem logo trás e hesita antes de entrelaçar seus dedos com os meus, sua mão molhada da chuva e áspera da areia. Faço o meu melhor para ser casual, mas dar as mãos é quase mais íntimo do que beijar. Quando olho para cima, Sam sorri e beija minha têmpora.

Ugh, por que ele é assim? Meu coração não aguenta.

Andamos por um tempo, combinando nossos passos até que a chuva começa de novo e nos soltamos para abrir nossos guarda-chuvas enquanto o vento aumenta. Eu suspiro quando ele pega meu guarda-chuva e prontamente o vira do avesso.

Sam nos mantém secos enquanto eu verifico meu guarda-chuva.

— Quebrado — eu digo.

Ele me envolve com o braço, pesado, mas quente em meus ombros e segura o guarda-chuva sobre nós dois.

— Vamos continuar andando ou você quer ir? — ele pergunta.

A chuva está caindo em seu chapéu e sua máscara está enfiada sob seu queixo, pronta para ser colocada se alguém aparecer.

— Quero continuar.

Eu me movo, mas ele me puxa de volta.

— Eu te perdoo por rir — diz ele.

— Eu te perdoo por não me ouvir sobre o ganso.

— Justo.

— Ele se inclina e me beija, os lábios frios do dia úmido. A chuva bate contra o guarda-chuva enquanto minhas mãos sobem para envolver seus bíceps, trazendo-o ainda mais perto. Os beijos se fundem, o som do lago desaparece e Sam é tudo o que há ao meu redor. Ele está quente no dia frio, e suas mãos alisam as pequenas gotas no meu cabelo. Quando pressiona pequenos beijos nos meus lábios, ele faz uma pausa mais longa entre cada um, fazendo-me persegui-lo.

Seu último beijo me faz tremer e não tenho certeza se é pelo frio ou pelo toque dele. De qualquer maneira, ele se afasta, esfregando meus braços.

— Vamos caminhar para nos aquecermos — diz ele.

Viramos para o leste, em direção à passarela que traça a borda do lago. A chuva cai aos trancos e barrancos, assim como nossa conversa.

— Você sabe o que é estranho? — pergunto.

— Que o maior ser vivo da Terra é um fungo?

— O quê? Não. — Eu pulo sobre uma poça. — Sério? Não é uma baleia ou uma árvore?

— O fungo gigantesco do Oregon.

— Isso é fascinante, mas não era o que eu estava pensando. Por que eu estaria pensando nisso?

Ele pega uma pedra caída no calçadão e a joga no lago.

— Eu estava.

— Eu posso me aprofundar nisso mais tarde, mas eu estava pensando sobre por que os entrevistadores não perguntam a você ou Fangli sobre política ou direitos humanos na China. É estranho. Está sempre nas notícias.

— Isso não é estranho. Os repórteres estão mais interessados na manicure de Fangli e em como eu fico em forma para papéis de ação. Geralmente, os fãs querem que a gente se mantenha na nossa área de atuação e os repórteres dão a eles o que querem.

— Oh.

— Não preciso compartilhar todos os meus pensamentos pessoais com o mundo. — Ele me olha com diversão. — Os atores canadenses falam contra os abusos do seu próprio país?

— Não com frequência — admito depois de pensar sobre isso.

— Você já pensou em perguntar por que somos responsáveis por responder pelo nosso governo quando eles não são responsáveis por responder pelo seu?

— Um bom ponto.

— Obviamente, há problemas com a minha casa — diz ele. — Esses são problemas que nós devemos resolver, assim como os seus são para você.

Caminhamos na chuva enevoada por mais alguns minutos, pensando.

— Você vem muito aqui? — pergunta ele. — Este é um lugar calmo.

— Não tanto quanto eu deveria — digo.

— Onde você costuma ir? Digamos que você tenha um sábado livre. Seu sábado ideal.

Puxo um galho enquanto passo, deixando a folha molhada arrastar-se pela minha palma. Todo o lado esquerdo do caminho é arborizado.

— Seria verão, mas não muito quente. Eu pegaria um livro e iria a um café que eu gosto no Mercado Kensington. Eles têm aqueles assentos de estilo parisiense na calçada, e eu pegaria um chocolate quente mexicano, sentaria, leria e observaria as pessoas passarem.

— O dia todo?

— Duas horas. — Depois disso, precisaria fazer xixi, e quando você está sozinho, não pode deixar sua bolsa, então eu partiria. — Depois eu vagaria pelo mercado e olharia em algumas lojas para comprar coisas que não preciso, como um chapéu.

— Você iria a um show? Ao cinema?

— Não. Eu iria ver a minha mãe. E você?

— Meu dia perfeito? Dormindo. Eu dormiria até tarde, desligaria meu telefone e sentaria no sofá e não faria nada. Eu não sairia do apartamento. Pediria comida pelo *delivery*.

— E se você tivesse que sair de casa?

— Eu não faria isso.

— Está pegando fogo. Você tem que fazer isso.

— Se meu apartamento está pegando fogo, então não é meu dia perfeito.

— É um exercício de pensamento, Sam.

Ele me lança um olhar tímido pelo canto do olho.

— Você não vai rir?

— Juro.

— Não é muito emocionante.

— Meu dia envolvia ler e beber chocolate quente — relembro.

— Eu ia caminhar em um parque. Tem um na minha cidade chamado Parque Beihai. As *amahs* não tinham permissão para me levar porque meus pais ficavam preocupados com a segurança, portanto, eu nunca fui. — Ele revira os ombros. — Eu veria os nenúfares. Ouvi dizer que eles são lindos.

Pobre Sam. A vida dele mistura privilégio extremo com uma grande pobreza de experiências normais. Ele não espera que eu fale, mas diz:

— Seu dia. Você passaria a maior parte do tempo sozinha?

Eu considero isso.

— Posso encontrar uma amiga para beber à noite, mas sim, eu acho. O mesmo que você.

— Eu te encontraria depois de dormir — sugere ele. — Você poderia vir ao parque comigo.

— Eu gostaria disso. — Eu bato em seu ombro com minha cabeça.

Voltamos para a balsa, dando passos bobos em sincronia enquanto tentamos ficar sob o guarda-chuva. A balsa vai demorar alguns minutos, por isso vou até o café para pegar chocolate quente enquanto Sam fica sob uma árvore, mantendo o rosto abaixado.

Quando entrego seu copo de papel, percebo que seu braço direito está encharcado.

— O que aconteceu?

— Está chovendo. — Ele me lança um olhar por cima do copo.

— Mas estou seca. — Sacudo meus braços para ele e imediatamente derramo um pouco da minha bebida.

— Bom — diz ele, olhando para cima. — Lá está a balsa. Podemos sentar no topo de novo?

Quando eu concordo, ele me beija no nariz e seus lábios aquecem todo o meu corpo.

— Eu mudei de ideia — fala. — Sobre meu dia perfeito.

— Sem parque?

Ele balança a cabeça.

— Eu repetiria esse dia.

Sim, acho que foi um encontro.

21 de julho
LISTA DE SONHOS
COMPLETAR O EPPY.
FAZER DO EPPY UM SUCESSO.
NÃO, FAZER DO EPPY UM SUCESSO GLOBAL.
NÃO, FAZER DO EPPY ABSOLUTAMENTE INDISPENSÁVEL PARA TODA A HUMANIDADE (PORTANTO, UM SUCESSO GLOBAL).

Capítulo 33

O dia seguinte ao nosso possível encontro não é estranho, mas também *não* deixa de ser estranho.

Sam me avisou que estaria ocupado, mas me manda mensagens com pequenos pensamentos ao longo do dia, e eu me pego carregando meu telefone comigo para o caso de perder algum. Não é produtivo e finalmente mando uma mensagem para Anjali depois de me preparar para dormir.

Pqp, com certeza foi um encontro, ela escreve.

Olho para a tela. Meu telefone toca.

— Você sabe que foi um encontro — diz Anjali.

Enrolo o robe de pelúcia e ajusto a máscara de pérolas que Mei deixou para eu tirar dos meus olhos.

— Foi, certo?

— Beijo? Chocolate quente? Mãos dadas?

— Mas o que isso significa?

— Que vocês gostam da companhia um do outro e estão se conhecendo. E querem transar. — Anjali bufa.

— Provavelmente.

— Você confundiu "*definitivamente*" com "*provavelmente*".

— Não sei se é uma boa ideia. — A máscara desliza novamente, e tento não mover muito a boca quando falo.

— Nada disso é uma boa ideia.

— Não preciso complicar ainda mais.

— Você não precisa fazer nada que não queira — lembra-me ela. — A questão é se você quer.

— Não sei.

— Então descubra antes de ir em frente.

Fácil para ela falar — ela não precisa lidar com o galã que é Sam Yao pessoalmente. Dou uma resposta evasiva e mudo de assunto.

— Como vai o trabalho?

— Eu tive que repreender um cara da minha equipe — conta ela. — Ele achou que seria uma boa ideia usar uma foto da Miley Cyrus na bola de demolição como plano de fundo do seu laptop.

— Por quê?

— Disse que era um meme cultural. Eu expliquei como era uma má ideia, e ele aceitou melhor do que eu esperava. Não no nível do Todd.

— Ainda é irritante.

— Vou dizer. Falando em Todd, ele agiu de novo como o imaturo homem-criança que é? — Eu contei a ela o que aconteceu no desfile da Chanel.

— Não.

— Bom. Valentões como esse recuam quando são desafiados.

— Não vamos mais perder tempo falando sobre ele. — Todd está fora da minha vida. — Você terminou com o coach de vida?

— Cancelei as duas últimas sessões. — Ela não hesita. — Eu estou no controle aqui. Não ele.

— Boa.

— Eu comando minha vida, e se isso significa que eu permaneço moderadamente ditatorial, que assim seja.

— Ninguém lhe diz o que fazer, dentro do razoável.

— Ninguém é meu chefe, exceto meu chefe.

Batemos nos telefones em uma comemoração virtual.

✓

Na manhã seguinte, acordo com uma mensagem de Sam.

Sam: Café da manhã? Quando eu vou testar o *Eppy*?

Sim, e em breve, respondo.

Nós nos encontramos na rua e Sam está com seu disfarce habitual de boné, jeans preto e camiseta preta. Ele me entrega um café — um *latte*, exatamente como eu gosto — e um saco de papel com o que suspeito serem doces.

Caminhamos até o lago e nos sentamos em um dos bancos, onde ele me entrega um croissant e dá uma mordida no seu. É tranquilo estar com ele observando o sol brilhar no lago. Estamos sozinhos, exceto por um grupo de corredores ofegantes que passam apressados.

Tenho pensado sobre o que Anjali disse sobre Todd agir mal e como eu lidaria com isso. Todd é uma ferida estancada no momento, e eu quero cauterizá-la completamente.

— Então ligamos para a empresa e a readmitimos. — Sam termina sua história sobre uma colega e eu de repente me viro para olhar para ele, com o croissant a meio caminho da minha boca.

Não tenho de lidar com Todd sozinha, porque ele não é mais um problema só meu. Há pessoas mais bem equipadas para lidar com Todd do que eu, e tudo o que tenho que fazer é pedir.

— Preciso te pedir um favor — falo.

— Claro. — Sem hesitação.

— É sobre Todd.

Sam apenas assente quando digo que estou preocupada com o fato de que Todd possa tentar se vingar de mim e, como sempre, o chamado da sereia do nome de Fangli o estimula a agir.

— Eu cuido disso — diz ele.

— O que você vai fazer?

— Contratar alguns capangas para quebrar as pernas dele? — Parece pensativo.

Hesito, sem saber se ele está brincando. Ele levanta a aba do chapéu para me encarar.

— Vou falar com meu advogado, Gracie. Nenhuma rótula será quebrada.

— Bem.

— A menos que o advogado recomende, e então o que eu posso fazer?

— É lei se um advogado diz. — Eu concordo seriamente.

Aí está. O fim de Todd na minha vida, não com um estrondo, mas com a linguagem seca de um advogado. Muito satisfatório.

O telefone de Sam toca. Ele olha para o aparelho, silencia e então come o resto do seu croissant.

— Sua mãe? — Ele só fica com a boca apertada desse jeito quando é Lu Lili.

— Ela intensificou sua campanha. — Ele olha para o telefone e o vira para cobrir a tela.

— Como assim?

— Ela ligou para o Denis. — Ele suspira.

— O diretor do seu próximo filme?

— Depois disso, Sam deve começar a filmar um filme de ação de espionagem corporativa no qual estava evitando pensar porque me lembra o quão finito é o nosso tempo juntos.

— Ele me contou ontem. Ela não o ameaçou, Lili não faz nada tão grosseiro, mas ela disse que queria o conselho dele sobre como me fazer ver a razão.

— Uau.

— Eu sei — diz ele.

Olho à esquerda e à direita para confirmar que somos os únicos no calçadão, em seguida puxo-o para se encostar em mim. A batida fraca do seu coração soa contra meu braço e eu traço pequenos círculos em seu ombro, sentindo os músculos relaxarem lentamente. Tenho um momento irreal em que estou sentada aqui com Sam Yao, mas ele é apenas Sam, um cara de quem gosto que por acaso está falando sobre problemas com sua mãe icônica e seu novo filme de ação — coisas de pessoas normais.

— Felizmente, Denis aceitou bem. — Continua Sam.

— Ela está tentando sabotar você? — Que tipo de mãe faz isso?

— Ela diria que está cuidando do meu futuro.

— O que você fez?

— Nada. — Seu encolher de ombros se move contra mim. — O que posso fazer? É impossível fazê-la ver a razão.

— Isso é um pouco derrotista.

— Você não conhece minha mãe — ele diz sombriamente. O telefone vibra entre nós e o ignoramos.

— Não foi você quem me disse que há pessoas suficientes no mundo prontas para me derrubar e que eu não preciso me juntar a elas? Isso vale para você.

— Dificilmente seria a mesma coisa. — Ele se levanta, então se vira, puxando a aba do chapéu para baixo a fim de esconder o rosto enquanto um grupo de corredores se aproxima em massa. — Podemos caminhar um pouco?

Vamos para o oeste até o Music Garden e vagamos pelos caminhos através das plantas paisagísticas. O sol já está quente, mas o jardim retém um pouco do frescor da noite.

— O que você vai fazer quando Fangli voltar para casa? — ele pergunta enquanto se equilibra na beirada de um degrau coberto de grama. Eu estendo a mão para agarrá-lo enquanto ele se inclina para trás, mas ele apenas pisca para mim.

— Encontrar um emprego, eu acho. — Não estou entusiasmada.

— Não vai se dedicar ao *Eppy*?

Um rubor toma conta de mim; ele acredita nisso o suficiente para pensar que posso fazer dessa ideia um negócio.

— Vou ter de fazer isso paralelamente. Preciso pagar as contas.

— Robin Banerjee. — Ele me entrega um cartão.

— O quê? — Eu olho para ele.

— Não tive a chance de falar com ele na outra noite, então perguntei por aí. Aparentemente é um cara legal. — Ele indica o cartão. — Esse é o celular pessoal dele.

— Você fez isso por mim? — Pego o cartão. Lá está, fonte preta em papel de cartão fosco. O número do celular de Robin Banerjee. Na festa da Chanel, fiquei dividida entre querer que Sam intercedesse e precisar fazer isso eu mesma. Isso passou. Ajuda não é algo para se envergonhar e não tira minha independência.

— Eu quero uma coisa em troca.

— O quê?

— Você me deixa usar o *Eppy* imediatamente. Com Deng afastado, estou em desespero para manter minha vida em ordem.

Pego meu telefone e envio a ele a URL oculta ali mesmo. Então, paro.

— Você me deu esse número e não tem ideia se o *Eppy* funciona ou não.

— Eu acredito em você — diz ele. — Você não falhou em nada no que eu tenha visto tentar até agora.

Quando foi a última vez que alguém teve essa fé cega em mim, ainda mais do que eu tenho em mim mesma? Combinado com o que Fangli disse na outra noite, isso faz minha visão se turvar um pouco.

— Obrigada.

— Exceto por fingir laringite na galeria de arte — ele acrescenta. — Isso foi ruim.

— Silêncio, você.

O telefone vibra em seu bolso novamente e, dessa vez, ele o puxa com um xingamento abafado.

— Minha mãe de novo.

— Atenda.

Ele olha para a tela, mas não se move.

— Sam, atenda a ligação.

— Por você. — Com um suspiro, ele responde. — *Wei*?

Há um longo silêncio que se estende. Tento ler a expressão de Sam, mas tudo o que ele faz é apertar os olhos para a distância como um pirata antigo observando o horizonte em busca de terra.

Logo vem uma explosão de mandarim e mais silêncio. Eu caminho até a beira da água para dar a ele um pouco de privacidade, porque o que quer que os dois estejam falando causa tamanha tensão em Sam que seu corpo inteiro está tensionado. Sam, estrela mundial, tem grandes questões com a mãe. Eu nunca teria pensado que sua vida fosse outra coisa além de encantada.

Instantaneamente, sinto vergonha de quão superficial eu sou. Isso foi o que Sam me disse no carro, que eu tinha dificuldade em enxergar além de todas as armadilhas da fama. Não importa o que aconteça, o dinheiro vai ajudar a amenizar quaisquer problemas que Sam e Fangli enfrentem — isso nem está em debate — mas quanto mais eu os conheço, mais eles se tornam pessoas ao invés de personagens. Quanto mais eu os conheço, mais *me importo com eles*.

Olho para trás. Sam franze a testa para o céu enquanto escuta e não precisa que eu o espione. Quando ele olha, faço um gesto que espero ser interpretado corretamente como: *vá com calma; dê-lhe espaço, vou dar uma volta rápida*. Ao seu aceno, desço em direção ao navio alto atracado no final de um píer a cerca de cinquenta metros de distância.

Ele me espera quando eu volto.

— Isso foi interessante — diz ele, jogando o telefone de uma mão para a outra. Ele não usa capa de celular, então preciso me virar porque tudo o que consigo imaginar é a tela quebrada no chão se ele deixar cair.

Caminhamos ao longo da água e eu bato a palma da minha mão nos pedestais grossos que margeiam a beira do caminho, que, além de mais corredores à distância, está vazio a essa hora da manhã.

— Você foi honesto com ela?

— Fui.

— Não deu certo?

Ele beija o topo da minha cabeça e eu faço o meu melhor para não derreter.

— Você pode dizer isso.

— Ela não vai te deixar em paz sobre entrar para a empresa do seu pai?

— Lili só mencionou isso uma vez. — Ele faz uma pausa. — Ela tem um novo objetivo agora.

— Qual é?

— Ela decidiu que eu devo me casar com Fangli.

— O quê? — Eu me viro para vê-lo rindo, mas não de um jeito feliz, como se a vida estivesse sendo boa.

— Ela mencionou isso antes, mas eu a interrompi. Agora ela está determinada porque viu clipes nossos em Toronto e sabe que seríamos um par bem-sucedido pelo modo como nos olhávamos. Exceto que, naqueles clipes, eu estava com você.

— Ela não viu que eu não era a Fangli?

— Eu te disse, você é boa. Além disso, a imagem que ela me enviou como prova desse amor predestinado não era um close. — Ele aperta a ponta do nariz. — É melhor eu avisar a Fangli. — Ele pega o telefone e franze a testa. — Tarde demais. O pai dela já ligou.

— Sua mãe conhece o pai dela?

— O pai de Fangli é muito influente, o que significa que Lili o conhece bem. — Sua expressão é menos um sorriso e mais uma linha formada pelos lábios esticados.

— Bem, e se eles quiserem que você se case? Você tem trinta anos. Eles não podem te obrigar.

— Eu não duvidaria que eles anunciassem isso em nosso nome — ele diz severamente. — Minha mãe veria isso como uma ajuda aos negócios da família, dado o papel do pai de Fangli no governo.

— Ela vive na era vitoriana?

— Você acha que esses casamentos não acontecem o tempo todo? — Ele levanta as sobrancelhas.

— Eu nunca precisei pensar sobre isso.

— Lili sim. — Ele olha para o céu. Nuvens se aproximaram com um vento forte. — Deveríamos voltar. Parece que vai chover.

Ele não se move, porém, e abaixa o olhar para o porto à nossa frente. Os barcos balançam na água enquanto se esforçam contra suas amarras.

— Ei, Sam?

— O quê?

— Está tudo bem não querer tudo isso. — Eu me inclino para que meu ombro toque seu braço.

— Eu sei. — Ele fala rápido e dá uma risada áspera que quase dói de ouvir.

— Não, Sam. — Eu puxo seu braço para que ele olhe para mim. — Estou falando sério.

— Eu devo a ela — ele diz. — Eu tive uma vida fácil por causa dos meus pais. Os nomes deles, as conexões. Eu não teria chegado a lugar nenhum se não fosse por eles.

Não posso argumentar pois é definitivamente verdade, ser o filho querido de uma estrela de cinema lhe dará a maior vantagem das vantagens, então me concentro no assunto real.

— Você deve amor a eles — eu digo. — Não algum senso ultrapassado de lealdade em que você se rebaixa às ordens deles.

— Você não entende.

— Provavelmente não. — Dou de ombros. — Diga-me. Seria tão ruim ser CEO?

— Eu nunca escaparia dela. — As palavras saem e Sam parece surpreso. — Droga! — diz ele. — Eu sou um filho terrível.

— Não. — Eu dou um passo para trás, ficando entre ele e a água. — Você pode querer viver sua vida, Sam. Lu Lili tem a própria vida. Ela não precisa da sua também.

Ele esfrega o lado da bochecha, e eu ouço o leve raspar da sua barba por fazer enquanto ele move os dedos nervosos para frente e para trás e seus olhos se movem entre meu rosto e meu ombro. Depois sua mão cai de volta para o lado e ele fica completamente imóvel.

— Okay.

Que palavra maravilhosamente fluida, dependendo do tom. Dê ênfase no final e você terá um triunfo alegre (o-*KAY*!). Prolongue o começo para uma boa dose de hesitação duvidosa (*ooo*-kay?). Então tem o jeito que Sam diz isso agora, abafado e vulnerável como se o "*O*" fosse uma janela através da qual ele pode ver uma estrada que ele nunca soube da existência.

— Okay — eu digo de volta. Usado para aliviar.

— Okay. — Firme e decisivo. Fim da conversa.

Ele dá uma última olhada na água antes de se abaixar e capturar minha boca sob a dele. Desta vez, ele se move devagar o suficiente para que eu sinta o formato de seus lábios contra os meus antes de mudar o ritmo e me puxar com força à medida que o beijo se aprofunda. Suas mãos grandes deslizam dos meus ombros até que ele segura minhas duas mãos nas suas e o beijo muda para suaves vibrações contra minha boca.

Somos só ele e eu, parados perto de um lago agitado pelo vento. Nunca me canso disso.

✓

— Não acredito que ela ligou para o meu pai. — Fangli lança um olhar cansado para Sam do outro lado da mesa.

Nós três nos reunimos depois que Fangli e Sam saem do trabalho. Fangli pega o sashimi na frente dela, suas sobrancelhas franzidas.

— O que ele disse? — pergunta Sam.

— Meu pai acha que é uma boa ideia. Ele tem falado sobre eu me casar porque quer um neto. — Ela puxa o cabelo para trás em um rabo de cavalo e o deixa cair. — Por que agora? Nós nos conhecemos há anos.

— Lili fala que parecemos felizes juntos.

— É a Gracie, não eu. — Fangli geme.

— Desculpe — digo fracamente. — Eu posso diminuir o ritmo.

Sam coloca a mão na minha. Fangli percebe e seus olhos se arregalam.

— Meu Deus — diz ela. — Há quanto tempo isso está acontecendo?

— O quê? — perguntamos em uníssono.

Ela olha fixamente para nossas mãos, porque Sam não se move.

— Não é de se espantar que eles achem que deveríamos nos casar. — Então ela ri e eu posso dizer que não está chateada, mas confusa com a situação. Ela me lança um olhar. — Você não disse uma palavra na outra noite. — Outra carranca, desta vez para Sam enquanto ela aponta para ele com um gesto dramático. — Nem você!

Ele bufa.

— Você tirou isso de *Janeiro Fevereiro*.

— Quando eu estava acusando minha sogra de assassinato — concorda ela. — É um movimento poderoso.

— Muito bem — ele a elogia.

— Mas não é uma reflexão apropriada sobre a situação. — Fangli pisca. — Ao contrário de quando acusei a minha sogra assassina, estou feliz por você.

Ele aperta minha mão quando Mei entra no quarto. Seu rosto imóvel endurece ainda mais e eu presumo que ela fique incomodada com demonstrações públicas de afeto. Ela se vira para Fangli e fala rapidamente.

— Minha terapeuta está aqui — diz Fangli. Ela balança as sobrancelhas para mim e sai, Mei fecha a porta de conexão com firmeza atrás delas.

— Ela disse isso mais abertamente do que eu imaginava — comento.

— Ela está se esforçando. — Ele assente com orgulho, depois se levanta para limpar os pratos. — Você tem planos para hoje à noite?

— Na verdade, não — digo casualmente.

— Quer vir aqui, então? — Ele se senta novamente.

Eu vou até ele e sento no seu colo. Sam segura minha perna e me puxa até que eu esteja montada nele e estejamos cara a cara. Ele é quente e as palpitações que começam no meu estômago levam apenas alguns momentos para se espalharem a cada centímetro da minha pele. Sam desliza as mãos pelas minhas costas e, quando me abaixo para beijá-lo, certifico-me de que meus olhos permaneçam nele.

Duas horas depois, estou muito feliz por ter me depilado.

Capítulo 34

Quando o telefone me acorda, quero ignorá-lo porque estou encolhida contra Sam e ele está quentinho.

— Esqueça — murmuro.

— Pode ser importante. — Ele tateia ao redor da mesa de cabeceira e me entrega o celular.

Ele está certo porque a enfermeira do outro lado da linha me diz que minha mãe está angustiada de novo.

— Já faz alguns dias desde sua última visita — diz a enfermeira. — Pode ser que isso a anime.

Desligo e Sam se inclina para cobrir meu corpo com o dele. A noite passada foi... Não consigo pensar nisso porque preciso sair de casa em alguns minutos.

— Está tudo bem? — ele pergunta e afasta meu cabelo do rosto e acaricia meu pescoço.

— Preciso ver minha mãe.

— Quer companhia?

Sim, eu percebo. Sam me dá um beijo na testa, o que é bom porque a ideia de beijar alguém, mesmo Sam, com hálito matinal não é agradável.

— Me dê vinte minutos — pede ele.

Ele desaparece e eu saio da cama regozijando. A manhã seguinte é sempre um jogo de dados, cheia de preocupações sobre tornar as coisas estranhas. Mas não foi; Sam é tão atento à luz da manhã quanto foi no escuro da noite passada.

Foi realmente muito atencioso.

Por pouco não vou saltitando até o chuveiro, onde estremeço quando a água atinge a queimadura na minha pele deixada pela barba por fazer de Sam. Seco meu cabelo com uma toalha, faço uma maquiagem mínima, coloco um vestido e saio pela porta. Sam está esperando perto dos elevadores.

Pegamos o transporte público e não conversamos muito. Sam senta perto de mim, preguiçosamente observando as pessoas ao nosso redor por baixo da aba do chapéu. O fato de ninguém ter nos notado em saídas anteriores deve tê-lo deixado mais confiante em sair comigo.

Quero me aconchegar em seu ombro. Seria tão bom continuar nesse ônibus e nunca olhar para trás, mas a culpa bate no minuto em que penso nisso. Que tipo de filha tem pensamentos tão egoístas? Sam segura minha mão e uma dor me atravessa quando me lembro de papai pegando minha mãe naqueles abraços de urso, ou plantando beijos de framboesa em suas bochechas enquanto ela ria.

Dói. Finjo que preciso verificar meu telefone e retiro minha mão. Quando ele não estende a mão novamente, é quase como se eu tivesse provas de que não se importa. Por que estou fazendo isso comigo mesma? Tivemos uma ótima noite e ele está aqui comigo agora, no ônibus, para ver a minha mãe. É isso que importa. Ele quer estar aqui e eu não o estou forçando.

Quando chegamos à casa de repouso, o cheiro de alvejante é quase insuportável e arde meu nariz. Minha mãe está em seu quarto, o álbum de fotos aberto na frente dela. Seus olhos deslizam sobre mim para pousar em Sam.

— Xiao He — diz ela, seus dedos acariciando a página na frente dela.

Lágrimas escorrem pelo seu rosto e eu não sei o que fazer. Eu vi minha mãe chorar exatamente uma vez na minha vida, quando voltamos do hospital depois que papai morreu e ela tropeçou em um sapato que ele tinha deixado perto da porta. Ela o pegou, abraçou e soluçou enquanto eu a segurava. Ela nem chorou no funeral.

Agora ela está chorando pelo irmão morto e falando rápido em mandarim.

— Ela está de volta à China e implorando por ajuda — sussurra Sam. — Acho que está revivendo uma memória.

— Xiao He — chama minha mãe.

— Ela acha que sou o irmão dela de novo — diz Sam.

Agarro a mão da minha mãe como se o meu toque pudesse puxá-la de volta do passado.

— Mãe?

Ela murmura em mandarim, mas Sam balança a cabeça, confuso, quando olho para ele em busca de uma tradução.

— Xiao He? — Agora sua voz está trêmula e suplicante.

Eu falo antes que possa pensar bem. Faz sentido. Pode funcionar.

— Você pode ser irmão dela?

— O que você está pedindo, Gracie? — Ele se vira para mim, perplexo.

Não penso, apenas sussurro para que minha mãe não ouça.

— Por favor, finja ser Xiao He para acalmá-la. Só por um minuto.

— Não posso fazer isso. — Sam dá um passo para trás.

— Você é um *ator*, pelo amor de Deus. — Eu me levanto e tiro a mão do aperto da minha mãe para fazer um sinal para Sam ir para o outro lado da sala. — Você faz isso o tempo todo.

— Não isso — ele diz em voz baixa. — Eu não farei isso.

Sei que ele não hesitaria se fosse Fangli quem pedisse. Se ele se importasse comigo, de alguma forma, ele faria.

— Por favor.

— Gracie, não. É errado.

A mesquinharia de sua recusa é como um fósforo acendendo minha mente estressada.

— É errado?

— Enganar sua mãe assim, sim. — Um músculo se contrai em sua mandíbula.

— Isso é errado. Você me ajudar com minha mãe é errado. Mas eu fingir ser a Fangli não é? Onde estavam seus altos valores morais quando eu estava enganando aquele garoto no hospital? Quando estávamos mentindo para ele? Como é que os fins justificam os meios, então?

— Não é a mesma coisa. — Seu rosto fica imóvel.

— É absolutamente a mesma coisa e você sabe disso. — Encaro-o. — Fangli queria, é isso que faz a diferença. Fangli foi quem lhe pediu.

— Isso não é justo, Gracie. — Sua voz é dura. — Seu tio é real e sua mãe é real. Os fãs têm uma ideia sobre Fangli, eles não conhecem a pessoa real e não querem conhecer. Eles querem o conto de fadas.

— Estou pedindo para você fazer isso. — Não acrescento *porque fiz muito por você e Fangli*, mas as palavras silenciosas pairam entre nós, não ditas, mas audíveis.

Ele se vira abruptamente, como se fosse embora.

— Tudo bem, vá embora — digo. — Se você não vai me ajudar, saia. Seu hipócrita.

Minha mãe começa a chamar pelo irmão novamente. Estou prestes a ir até ela quando Sam se vira e começa a falar em mandarim, um tom suave e seguro, sem nenhum traço de sua relutância anterior. Não tenho ideia do que ele diz, mas minha mãe se acalma quase imediatamente, devorando-o com olhos ansiosos.

Leva apenas alguns minutos para que ela comece a cochilar, com seu rosto relaxado. Ela tem tido mais problemas para ficar acordada, e a violência de suas emoções a exauriu. Sam fala em um tom mais baixo, como se cantarolasse uma canção de ninar e logo minha mãe está profundamente adormecida.

Ele espera até que o queixo dela esteja enterrado contra o peito, antes de olhar para mim com uma expressão sombria.

— Quero falar com você.

Nós nos aproximamos da porta porque eu quero ficar perto da minha mãe, mas também não quero ficar parada no meio do corredor para todos verem.

— O que ela disse? — pergunto. — Sobre o que ela falou? — Sei que Sam está bravo, mas estou desesperado para saber o que pode tê-la chateado tanto.

— Ela disse que sentia muito e fez o que ele pediu. Ela disse que gostaria de tê-lo visto novamente e que ele precisa ficar em paz. — Ele relata a conversa deles sem comentar o que isso poderia significar.

— Obrigada.

Sam se inclina contra a porta e cruza os braços, a imagem de um homem mais relaxado.

— Não quero seus agradecimentos. Preferia que você não me obrigasse a fazer isso.

— Eu não te obriguei — digo. — Eu pedi e você concordou.

— Você sabia que eu faria o que você pedisse, Gracie, e você se aproveitou disso.

Porra. Ele parece resignado, como se devesse ter esperado por isso.

— Eu não presumi que você faria isso, se é o que você está dizendo.

— Não? — Sua expressão é ilegível. — Fazer uma comparação entre você e Fangli não foi uma escolha deliberada?

Posso sentir o calor corrosivo da vergonha.

— Foi uma emergência, Sam. Você viu como ela estava.

— Ela teria se acalmado se você tentasse falar um pouco mais com ela? — Ele passa a mão pelo cabelo no que agora sei ser seu hábito sempre que se sente desconfortável. As mechas caem de volta sobre seus olhos. — Sem fazê-la acreditar que seu irmão morto estava falando com ela? Sem me obrigar a fazer isso? Foi errado.

— E daí? — Eu me viro para ele. — Talvez eu preferisse errar um pouco para dar certa paz a ela.

— Ela disse que admirava sua integridade — ele retruca. — Você acha que ela quer verdade ou paz?

— Eu acho que você não a conhece, então pode guardar seus discursos para si mesmo.

— Você pode estar certa. Eu não a conheço, mas conheço você.

— Você não me conhece — retruco. — Nós nos conhecemos há um mês. Você não sabe porra nenhuma sobre mim e eu não sei nada sobre você, ok?

Mesmo enquanto pronuncio as palavras, quero pegá-las de volta. O rosto de Sam fica duro.

— É isso que você pensa?

— Esqueça — murmuro.

— Como vou esquecer isso?

— Eu não quis dizer isso.

Agora que o ápice da minha raiva passou, estou mortificada. Eu estava errada em pedir isso a Sam. A motivação desagradável que me fez pressioná-lo seria tão óbvia até para o pior aluno de Psicologia básica quanto foi para Sam. Eu queria que ele me mostrasse que se importava, forçando-o a fazer o que eu queria. Sinto náuseas por ter me rebaixado tanto. Isso não é legal. Nem um pouco legal.

Minha mãe se mexe e eu olho para ela.

— Podemos conversar sobre isso depois. Você vai ficar?

— Acho que devo ir embora. — Ele hesita, então olha por cima do meu ombro. Alguém está vindo no corredor. Sam inclina a cabeça para baixo e enfia o chapéu, depois sai sem dizer mais nada.

— Gracie?

— O breve descanso trouxe alguma clareza para a minha mãe. Eu me aproximo. Droga, eu deveria ter pegado o álbum de fotos enquanto ela dormia.

Estou tão chateada com o que aconteceu que minhas mãos tremem ao estendê-las para fechar o álbum de fotos. A mão de minha mãe pousa com uma força surpreendente sobre a minha.

— Diga a Xiao He que cumpri minha promessa — diz ela em inglês, olhando para mim. — Eu mantive o passado no passado e vivi meu futuro.

— Direi. — Eu a acalmo com carícias gentis em suas mãos. Não sei quem ela pensa que eu sou. — É hora de relaxar agora.

Levo cerca de uma hora para acalmá-la o suficiente para pegar o álbum. Eu o seguro, pensando se seria melhor levá-lo comigo, quando uma folha cai, a borda irregular de onde foi arrancada de uma revista. É uma foto de Sam e Fangli, uma foto publicitária de um de seus filmes. Acho que minha mãe tirou porque a lembrava Xiao He. Não consigo me obrigar a privá-la das memórias, mesmo que lhe causem dor, e coloco o álbum de volta na gaveta.

Finalmente vejo moradores passando a caminho do lanche da manhã.

— Está na hora de um biscoito — digo à minha mãe. — Vamos ver se eles têm gotas de chocolate.

Ela me segue como uma criança obediente e, depois de comer dois biscoitos e tomar uma xícara de chá, ela parece ter voltado ao seu antigo eu.

— Você é uma boa garota por me visitar, mas volte a trabalhar— diz ela. — Você foi contratada para fazer um trabalho e não deve decepcioná-los. — Seu tom não admite discussão e eu desisto da mesma forma que sempre fiz quando criança.

Sam não está lá fora me esperando e o gosto da decepção vem forte e azedo. Eu disse a ele para ir embora. Por que ele ficaria por perto? Eu estava preocupada com a minha mãe, mas não era a escolha certa a fazer.

Pisco para conter as lágrimas enquanto viro a esquina e sigo para o ponto de ônibus. É uma longa viagem para casa, ainda mais deprimente pela falta de mensagens de Sam. Pego meu telefone para verificar novamente e meu dedo paira sobre seu contato. Preciso me desculpar.

Ele disse que eu sabia que ele faria o que eu pedisse. Quero perguntar-lhe exatamente o que quis dizer. No piloto automático, vou do ônibus para o metrô, do metrô para o hotel, do hotel para o meu quarto. Pego um copo d'água e sento no sofá para decidir meu próximo passo — espero que seja menos desastroso —, quando o telefone toca.

Sam ou Anjali mandam mensagens e a casa de repouso é a única que liga, então eu atendo sem verificar quem está ligando.

— Alô?

— É Gracie Reed? — É uma mulher.

— Sim. — Olho fixamente para fora da janela, para o lago, sem focar. Definitivamente, a casa de repouso e, por favor, que minha mãe esteja bem.

— Aqui é Miranda ligando da ZZTV. Gostaríamos de um comentário seu. — ZZTV? Meu coração bate forte na minha garganta, mas tento fingir que está tudo bem.

— De mim? Sobre o quê?

— Temos uma dica de que você está se passando por Wei Fangli e queremos lhe dar uma chance de contar o seu lado da história. Nós pagamos bem e isso jogaria a seu favor para sair na frente da história.

Desligo sem dizer mais nada. Cacete, como eles poderiam ter descoberto? Quem deu a dica a eles? Penso na hora: Todd, é claro. Sam só tinha me dito que ele cuidou disso, não o que ele fez. Eu confiei em Sam, por meio de seu advogado, para resolver isso, mas está ficando claro que Todd é um exterminador do futuro — sempre voltando quando eu acho que ele está fora da minha vida.

Coloquei o copo de água com cuidado na mesa de centro porque meu braço estava tremendo tanto que não conseguia controlar minha mão.

O segredo foi revelado. Verifiquei online imediatamente e desmaiei de alívio quando nada apareceu, então respirei fundo e estremeci antes de me sentar no sofá e mentalmente repassar minhas opções, que são muito poucas. Obviamente, a melhor é contar a Sam e Fangli o que está acontecendo e deixá-los lidar com isso, porque não sou um tubarão de relações públicas para tentar fazer acordos com a ZZTV. Eu tornaria uma situação ruim pior.

Pego meu telefone, mas hesito não querendo gravar as palavras em uma tela. Talvez a ZZTV esteja hackeando meu telefone e é assim que eles sabem. Coloco o dispositivo na mesa ao lado da água e olho para ele como uma arma carregada antes de olhar para o teto. O quarto poderia estar grampeado?

Deus, e a minha mãe? Se eles souberem quem eu sou, eles vão vasculhar minha vida. E se eles ligarem para a casa de repouso e perguntarem sobre ela? Eu deveria ligar para eles, mas paro novamente. Por mais que Glen Lake não seja Xin Guang, eu confio que eles manterão a privacidade dos pacientes. Além disso, se meu telefone foi hackeado, não quero dar nenhuma pista. Não sei se estou sendo paranoica ou racional.

A luxuosa suíte Xanadu parece uma gaiola, as paredes se fechando sobre minha cabeça. Pulo do sofá e vou para a sacada, onde agarro o corrimão com tanta força que meus nós dos dedos ficam brancos. Essa é exatamente a situação sobre a qual Anjali me alertou. Agora que está aqui na minha frente, o que eu faço? Essa sensação de impotência me prende — o mesmo sentimento que senti ao ir trabalhar para Todd, que faz sentido porque aqui está ele arruinando minha vida novamente. Eu nunca mais quero sentir isso.

Com um rápido empurrão, afasto-me do corrimão e verifico as horas. Preciso falar com Fangli e Sam para obter uma solução. Não vou deixar isso acontecer comigo como se eu não tivesse nada a fazer ou dizer sobre isso. Pela primeira vez, percebo que preciso me dar a mesma consideração que dou à minha mãe, ou Fangli ou Sam. Preciso ser importante.

Volto para a suíte e vou até a porta de conexão. Melhor fazer isso pessoalmente do que por telefone, mesmo que eu não tenha certeza do que dizer. Sei que Sam está com muita raiva de mim, mas esse é um problema urgente o suficiente para ele deixar de lado seus sentimentos pessoais, pelo menos até que seja resolvido.

Estava prestes a bater quando ouvi vozes: Sam e Fangli estão lá dentro.

— Ela contou para a ZZTV? — É a voz de Sam, mais fria do que eu já ouvi. — Você tem de mandá-la embora.

Eles estão falando de mim?

— Eu confiei nela. — Fangli parece triste.

— Eu pensei que ela era bem paga. Como ela pôde?

Cacete, sou *eu*. Eles acham que fui eu quem os denunciou. Minha mão não se moveu, mas agora está congelado. Tudo o que preciso fazer é entrar lá e contar a verdade.

E se eles não acreditarem em mim? Miranda tinha meu nome. O que ela disse a eles?

Estou desesperada para saber mais antes de me intrometer. Aprendi minha lição de que não há respostas claras no mundo, nem ações unilateralmente boas. Não posso ajudar minha mãe sem machucar Sam. Não posso ajudar Fangli sem mentir. O que posso fazer é obter todos os fatos antes de abrir a boca e me envergonhar mais uma vez.

— Fale baixo — diz Fangli. — Ela não pode ouvir isso, ainda não.

Sam responde em mandarim rápido, sem dúvida para esconder o que estão dizendo sobre mim, e eu fico perdida.

Não… não estou.

Pego meu telefone e abro o novo aplicativo de idioma que baixei, o tradutor de áudio em tempo real. Minha consciência bate quando o seguro na fresta da porta, mas desaparece rapidamente quando leio o texto traduzido. Sei que não será cem por cento preciso, mas pelo menos me dará a essência da conversa deles para que eu possa entrar preparada.

— Qual benefício havia na mala? — Esta é Fangli. Este tradutor idiota. O que diabos é *a mala*?

— Ganância. — A voz de Sam vem clara o suficiente. Eu encaro as palavras aparecendo na tela tão fixamente que elas ficam borradas. — Inveja.

— Havia o suficiente.

— Para algumas pessoas nunca é o suficiente. Eu deveria ter viajado antes. — Ele parece furioso. — Foi aquela discussão que causou isso.

— A sua lâmpada de calor sabia.

— Não podemos confiar no café.

— Deve ter sido a cavala. — diz Fangli. — Eu vou falar com ela. Odeio isso.

— Eu vou fazer isso se tiver algo em troca.

— Sam, é minha responsabilidade. Eu a contratei.

Sou eu quem Fangli está preocupada em demitir. E Sam se ofereceu para fazer isso por ela. As vozes deles ficam baixas demais para o tradutor, e eu me afasto da porta até bater na mesa com meu quadril. Olho para baixo sem ver, minha atenção presa na conversa que acontece atrás daquela porta entre duas pessoas que eu tinha passado a considerar amigas e, no caso de Sam, mais do que amigas.

Rastejo para trás e giro lentamente o ferrolho para trancar meu lado da porta. Eu ajo por impulso, sabendo apenas que preciso impedir qualquer chance de qualquer um deles entrar. Preciso pensar nisso logicamente, mas minha mente pula de uma ideia para outra sem demorar o suficiente para que eu processe algo. Preciso pensar. Não consigo pensar. É demais.

Há uma névoa ao redor da minha visão, quase como uma visão de túnel. Meus olhos pousam em um pote de papoulas sobre a mesa antes de viajarem para o meu telefone, que não me lembro de ter largado. As cadeiras estão todas arrumadas sob a mesa de madeira e vejo uma caneta perto da borda. Penteio o cabelo com a mão, curto e duro com produto antes de dar um leve puxão no meu brinco e passar a bainha da minha camisa entre meus dedos. Seguro as costas de uma cadeira. Meus pensamentos começam a desacelerar. Uma sirene soa na rua e a geladeira zumbe no canto. No corredor, ouço alguém rir. O quarto cheira às velas que acendi ontem à noite, uma lavanda rica, misturada com o aroma de jacinto roxo da gaveta de perfumes das maravilhas. Finalmente, passo a língua sobre o lábio e sinto o gosto artificial da fruta do meu protetor labial.

Meu peito aperta um pouco enquanto inspiro, como se meu corpo estivesse tentando não chorar, mas eu forço o ar para dentro de novo e de novo. Não estou bem, mas consigo seguir em frente — o que é o melhor que posso esperar até o momento.

Sam pode ter gostado de mim, mas não o suficiente. É apenas um pouco menos doloroso do que se ele não tivesse sentimentos por mim. O que quer que ele tenha sentido, não foi o suficiente para ficar do meu lado quando pensou que eu os vendi e liguei para a ZZTV. Fangli é quem importava.

Não consigo evitar a onda de autodesgosto. Eu deveria saber que isso acabaria em desastre, porque é isso que acontece quando você tenta ir alto demais. Esqueci que essa pequena bolha onde estou não é real.

A melhor coisa a fazer seria destrancar a porta, explicar que não liguei para a ZZTV, agradecer pelo tempo dispensado e ir embora.

Eu quero. Sei que deveria.

Não tenho coragem.

Terminei, mas posso fazer o favor a Fangli de não a forçar a me demitir em uma conversa dolorosa e estressante. Posso ajudá-la uma última vez, saindo com classe suficiente para deixar todos nós com dignidade e sem hostilidade.

Não levo muito tempo para fazer as malas. Então escrevo um e-mail para Fangli.

> Você provavelmente sabe que a ZZTV me ligou para saber o meu lado da história. Eu desliguei na cara deles. Eu sei que assinei o NDA, mas mesmo que não tivesse assinado, eu nunca teria contado a eles. Eu ouvi você e Sam, mas juro que não fui eu quem contou à ZZTV.
>
> Gostaria de poder passar mais tempo com você. Vou sentir sua falta. Obrigada por tudo.

Hesito, sobrecarregada com os trinta mil que estão na minha conta bancária. Devo ficar com eles? O dinheiro pode estar manchado, mas eu o ganhei. Decido ficar com ele, mas digo a ela que entendo se ela quiser que eu o devolva e, claro, renuncio a todos os direitos sobre o resto do dinheiro.

Li algumas vezes antes de decidir que estava bom.

Sam, porém, Sam é outra história. Ele sabia que eu precisava do dinheiro para a minha mãe, não por ganância ou ego. Recusar o resto do pagamento parece uma mensagem para Sam também, pelo menos na minha cabeça. Saio pela porta e, bem antes de entrar no metrô, clico em *Enviar* e bloqueio os números dos dois no meu telefone. É melhor assim.

Num passe de mágica, tudo acabou. Voltei a ser Gracie Reed, uma triste perdedora desempregada.

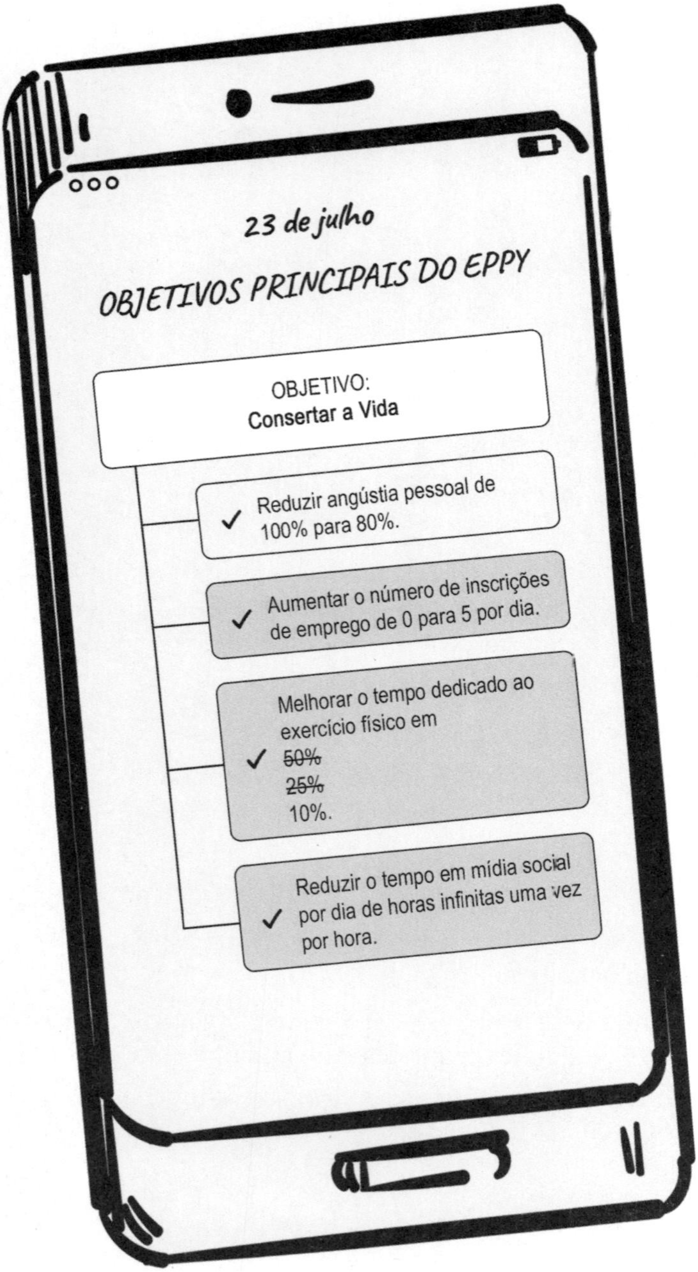
23 de julho
OBJETIVOS PRINCIPAIS DO EPPY
OBJETIVO:
Consertar a Vida
✓ Reduzir angústia pessoal de 100% para 80%.
✓ Aumentar o número de inscrições de emprego de 0 para 5 por dia.
✓ Melhorar o tempo dedicado ao exercício físico em
~~50%~~
~~25%~~
10%.
✓ Reduzir o tempo em mídia social por dia de horas infinitas uma vez por hora.

Capítulo 35

É quase como ser demitida de novo, mas com mais sofrimento e em um ambiente menos confortável, já que decidi alugar um Airbnb por alguns dias. Graças ao dossiê do detetive, Sam e Fangli sabem onde eu moro. Não quero falar com nenhum deles porque seria muito doloroso ter que recontar o que eu disse na carta pessoalmente. Uma ruptura limpa é a melhor opção, tanto aos ossos quanto para relacionamentos.

Não é o Xanadu, mas é fofo, um pequeno apartamento ensolarado em um prédio baixo do outro lado da cidade. O elemento central do design na sala de estar é um sofá duro no qual fico sentada por horas, olhando para o meu telefone, meio esperando e meio temendo o que poderia acontecer e atualizando meu navegador a cada três minutos para ver se fui envergonhada publicamente. Graças a Deus, minhas redes sociais têm um username genérico: @gracie_graceTO, então não preciso me preocupar. Posso assistir a vídeos de gatos em paz, mesmo que precise me esconder do mundo.

Pela vigésima vez, quase verifico se Sam ou Fangli apareceram no meu correio de voz como chamadas bloqueadas. Jogo o telefone de lado. Essa experiência acabou e se eles tentarem entrar em contato comigo ou não, não importa. Acabou. Terminou.

Retidão. Se eu tivesse agido com retidão, não estaria neste ponto agora. Eu não teria algo para me envergonhar.

Ligo para Anjali e digo que saí e que a ZZTV ligou. Deixo de fora a parte sobre espionagem. Dói demais falar sobre isso.

— Sinto muito, Gracie. — Sua voz é gentil e não contém nada da presunção a que ela tem direito por estar certa de que isso terminaria em lágrimas. Ela está em Vancouver a trabalho, mas a distância física não a impediu de assumir o papel de líder de torcida com força total.

Anjali me deixa falar, sem interromper, o que é tão diferente dela que sei que devo soar mais bagunçada e digna de pena do que pensava. Finalmente, quando me canso, ela diz:

— Você precisa parar de se culpar. Você não tem nada do que se envergonhar.

— Foi idiotice. Você me disse que isso era uma coisa idiota de se fazer.

— Eu disse — concorda ela. — Mas você continua agindo como se isso fosse uma falha moral da sua parte.

— Você não ouviu o que eu disse? Sobre enganar as pessoas?

— Você acha que Fangli é eticamente corrompida? Que ela é uma pessoa má?

— Não.

— Então permita-se a mesma consideração.

— Este é um conselho de coach de vida?

— Vi isso em uma coluna de conselhos online, mas continua válido.

— Talvez. — Mais fácil falar do que fazer.

— O que você vai fazer agora?

— Esperar que a ZZTV arraste meu nome pela lama e me mudar para a Terra do Fogo?

— Lá é frio. Úmido também.

— Vou levar um casaco — digo, taciturna.

O suspiro dela atravessa o telefone.

— Você tem um plano B? E quanto ao *Eppy*?

— Estou trabalhando nisso.

— Você está trabalhando nisso ou sentada verificando seu telefone para ver se a ZZTV divulgou seu nome?

Eu pauso.

— O último.

— Quando isso começou, você disse que a equipe de Fangli poderia lidar com qualquer escândalo.

— Eu disse.

— Nada aconteceu ainda.

— *Ainda* não.

Há um estrondo, então a voz de Anjali retorna.

— Era eu batendo o telefone em frustração — diz ela. — Você vai fazer o seguinte.

Apesar de tudo, eu sorrio. Anjali está de volta ao seu espírito combativo.

— O que eu vou fazer?

— Vou configurar um alerta do Google para o seu nome e te aviso se algo acontecer. Você vai desligar o seu Wi-Fi e trabalhar no *Eppy*.

— Talvez eu precise pesquisar alguma coisa.

— Salve tudo o que você precisa pesquisar e me envie. Eu vou copiar e colar as páginas.

— Isso é ridículo. Você não tem tempo para isso.

— Estou no telefone com você há uma hora. Pode acreditar que tenho quatro minutos para definir um alerta. Além disso, é um fato científico que inventei que 98,9% das pesquisas na internet são apenas navegação sem sentido.

— Anjali...

— Dois dias. Tente por *dois dias*. Dê um tempo para si mesma, Gracie. Deixe seu telefone em casa. Visite sua mãe. Trabalhe em um projeto que você ama. Deixe-me ajudar.

Deito-me no sofá e aceno antes de lembrar que ela não consegue ver.

— Obrigada.

— Agora desligue seu maldito celular e descanse um pouco.

✓

Nos dois dias seguintes, Anjali me manda mensagens de texto com atualizações a cada poucas horas, que dizem apenas “nada”, então sei que ela está verificando. É bom tê-la do meu lado. Acho que ela e Fangli teriam gostado uma da outra.

Não é tão ruim ser eu mesma em tempo integral novamente. É um alívio não ter de ser uma pessoa que não sou, e de qualquer maneira, eu nunca fui capaz de aproveitar ao máximo o vinho ou a comida como Fangli. Sinto falta de falar com Fangli mais do que esperava, e algumas vezes me pego pensando em coisas para dizer a ela antes de lembrar que parte da minha vida acabou.

Eu também, por ser um pouco materialista, sinto falta daquela coleção de perfumes caros. Deixei tudo lá, cada frasquinho, para que não pudessem me acusar de roubo. Até deixei aquele macacão lindo, mas principalmente porque ele me lembrava de Sam.

Eu me recuso a pensar em Sam.

É particularmente difícil à noite. Nunca percebi o quão vazia minha vida havia se tornado até que não tive mais Fangli e Sam lá para conversar no fim do dia. Finalmente, movida pela necessidade de conexão humana, vou até a cafeteria Cheri's. Quero um rosto amigável, mesmo que por apenas alguns minutos de conversas superficiais.

— Ei, gata, quanto tempo! — Cheri automaticamente começa a fazer um *latte* para mim, mas eu a paro.

— Só um café hoje.

— Entendi. O que você anda fazendo?

— Ah, você sabe. — Fingir ser uma estrela de cinema, apaixonar-se por outra estrela de cinema, preocupar-se com a humilhação mundial, como qualquer um faria.

— Certo, certo. — Ela olha para cima. — Eu tenho chocolate.

— *Scone* de chocolate duplo.

— Você pode ficar com o último. — Ela o pega com a pinça e o entrega. — Loni está grávida de novo e não suporta o cheiro, então o filho dela só pode comer os de limão.

Conversamos sobre nada por alguns minutos e, quando está prestes a me entregar o copo, Cheri diz:

— Ei, um cara estava te procurando anteontem.

Por favor, não a ZZTV.

— Por mim, pelo nome?

— É, um asiático supergostoso. — Seus olhos escuros se estreitam. — Lá está ele agora. Você precisa sair pelos fundos?

Eu me viro.

É Sam.

A voz de Cheri some atrás de mim enquanto meu corpo entra em modo de fuga ou luta, a adrenalina faz meus ouvidos zumbirem e os músculos do meu estômago se contraírem com tanta força que quase me curvo. Eu não esperava isso. Sam veio me procurar. Por quê?

Ele parece cansado, mas quando nossos olhos se encontram, seus ombros caem levemente como se estivesse aliviado.

— Estou bem — digo à Cheri.

Algo na minha voz faz suas sobrancelhas se erguerem.

— Ei, eu te protejo aqui. Ninguém é incomodado na minha loja.

— Obrigada, Cheri. Ele é um… — Vacilo. — Ele é um amigo.

Meu coração está na garganta e parte de mim está desesperada para falar com ele. Com Sam eu me sentia viva, completa. Pena que isso também foi baseado numa mentira, e eu não quero mais nada disso na minha vida. Não posso confiar em alguém que não confia em mim.

Sam não foi além da porta e eu aponto para uma mesa contra a parede. Ele se junta a mim após uma leve hesitação.

— Você foi embora sem se despedir — fala ele antes mesmo de se sentar. — Você bloqueou meu número. Eu não sabia onde você estava, se estava segura.

Um pequeno brilho acende lá no fundo. Sam estava preocupado comigo. Ele se importava, mesmo achando que eu os vendi.

— Como você sabia que eu estava aqui? — O prato florido tilinta quando o coloco na mesa. Estou nervosa demais para comer agora.

— Eu verifiquei seu apartamento e o da sua mãe. Foi aqui que Mikey tirou a foto, então pensei que valia a pena tentar.

O brilho se expande com o trabalho que ele teve para me encontrar.

— Eu enviei um e-mail para Fangli.

— Eu não sou a Fangli. Por que você foi embora?

— A ZZTV sabe o que eu estava fazendo. — Ajeito meu chapéu, grata por tê-lo usado em vez de sair pela porta com meu cabelo despenteado. Pelo menos passei batom.

— Nós sabemos. — Ele olha diretamente para mim. — Já cuidamos disso.

— Eu ouvi você e Fangli — digo. — Você acha que fui eu quem vazou para os repórteres.

— Eu nunca disse uma coisa dessas. — Ele parece surpreso.

— Sério? Você é um ator tão bom. — Eu cutuco o *scone* com força. — Você nunca pensou que eu estava nisso pelo dinheiro? Você nunca apontou que eu estava fazendo isso porque perdi meu emprego?

— Isso foi antes de eu te conhecer. — Ele não parou de olhar para mim. — Gracie, eu prometo que confiei em você. Eu sei que você não teria feito uma coisa dessas.

Aquele brilho ruge de volta, aquecendo meus ossos.

— Vim te procurar para ajudar a acalmar as coisas com Fangli. Sua carta a magoou.

Fangli. Fangli de novo. O brilho desaparece sob uma onda de pura decepção. Eu pensei que ele estava aqui por mim, finalmente, mas mesmo agora ele é amigo dela antes do meu... o que quer que tenhamos sido. Quero que ele se importe comigo com a mesma franqueza. Não vou chorar, mas as lágrimas contidas se acumulam na minha garganta e dificultam a respiração.

Clique. Clique-clique-clique. Olhamos para cima, assustados. Os flashes vêm pela janela graças ao fotógrafo, Mikey, resplandecente em seu sobretudo.

Sam xinga baixinho, mas se recompõe rápido como um relâmpago para entrar em seu papel. Ele sorri para mim, aquele mesmo olhar que ele me dava em todas as galas e eventos, o sorriso fácil e praticado de um protagonista. O suficiente do meu treinamento de Fangli vem à tona, agora eu posso pelo menos ficar sentada em vez de me esconder debaixo da mesa, mas não tem como eu parecer feliz. Não agora.

Cheri se aproxima, carrancuda.

— Esse cara de novo? — Ela fica na janela, braços na cintura e grita por cima do ombro.

— Lá atrás — fala ela. — O mesmo de antes.

— Gracie, escuta — Sam diz. — Precisamos que você volte.

Nós. Não ele. Sempre por Fangli. Eu pensei que ele me queria, mas a verdade está exposta na minha frente. Ele admitiu que tentou muito me encontrar, mas foi para me fazer ser sua substituta novamente. Eu não posso nem ter inveja de que ela ocupe um lugar tão grande em seu coração. Os sinos na porta tocam e eu abandono meu *scone* para ir à porta dos fundos. Eu olho para trás para ver Sam e Cheri agindo como se estivessem impedindo o fotógrafo de me seguir.

— Desculpe — digo.

Então saio pela porta e me vejo sozinha no beco.

Cheri's é onde toda essa confusão começou. É apropriado que termine aqui.

27 de julho

EPPY: CLASSIFICAÇÃO POR PERÍODO DE TEMPO

(prova de conceito)

TAREFAS DO DIA

- ○ Verifique os anúncios de emprego.
- ○ Arrumar casa.
- ○ Trabalhar no Eppy. (Use o cronômetro Pomodoro para se motivar.)
- ○ Não verifique as redes sociais, nem mesmo uma vez por hora.

P:
elas devem
ser preenchidas
automaticamente
de mês
para mês?

TAREFAS MENSAIS

- ○ Atualizar orçamento.
- ○ Lavar roupas (mínimo de duas vezes).
- ○ Meditar.

Capítulo 36

Vou até a geladeira e a abro para revelar uma coleção de condimentos e nenhuma comida. Não quero comer, de qualquer maneira; só estou procurando um modo de me distrair.

Já faz três dias desde que vi Sam. Fiel à sua palavra de me manter informada, Anjali me enviou a foto de Mikey em algum tabloide idiota, e a forma como está emoldurada faz Sam parecer que está protegendo Fangli heroicamente.

— O chapéu de Fangli parece familiar — escreveu Anjali.

Parece que posso ser puxada de volta para ser Fangli mesmo quando tento evitar. Coloco as mãos atrás da cabeça. O que uma Gracie de boa moral teria feito em primeiro lugar? Ela teria dito não para Fangli, mesmo pelo dinheiro. Ela teria esmagado aquele pequeno verme da fama em sua mente e dito a ele que encontraríamos nosso próprio caminho. Todd... Eu agi da melhor maneira que pude lá, e não vou me culpar por seus atos.

Então o que uma Gracie moralmente correta e um pouco mais ousada faz agora? Olho para meu laptop, onde, apesar da insistência de Anjali, o *Eppy* ficou negligenciado durante a maior parte da semana. Aquela Gracie seguiria seus sonhos e ouviria seu instinto.

O telefone toca e meu coração salta antes de eu lembrar que bloqueei Sam. É um número desconhecido, mas preciso atender. Pode ser uma resposta a uma das minhas candidaturas de emprego e preciso de um agora, urgentemente. Atendo.

— Olá?

— É Gracie Reed? — A voz do homem é brusca.

— Sim.

— Aqui é Ken, do asilo Xin Guang. Estou feliz em dizer que temos uma vaga aberta para Agatha Wu Reed. Sei que você está na lista há algum tempo.

Tenho que me impedir de bater o telefone na parede. Claro que eles têm. Um bipe soa na linha e eu olho para a tela.

Chamada recebida da ZZTV. Não os bloqueei.

Pagamos bem.

— Precisaríamos de um depósito imediato para guardar o lugar — avisa Ken.

Pagamos bem.

— Quanto?

Ele me diz, e meu coração aperta. Eu posso pagar, mas não tenho como fazer os pagamentos mensais, e não posso mudar a mamãe para lá só para ter que levá-la de volta para o asilo anterior.

— Tem como eu pagar em parcelas? — pergunto.

— Sinto muito — ele diz e realmente parece apologético. — Oferecemos atendimento premium para nossos residentes.

Eu sei que eles fazem isso, e é por isso que quero colocar a minha mãe lá.

— Você pode me dar um tempo?

— Temos um período de carência padrão de seis horas antes de irmos para a próxima pessoa da lista.

Pagamos bem.

Desta vez ajo do jeito que sei que devo.

A tela do telefone pulsa uma última vez e ZZTV desaparece dela. Mamãe me mataria se eu me endividasse por isso, e seis horas não é tempo suficiente para conseguir um empréstimo. Eu deveria ter pensado nisso antes e a culpa pulsa em meu sangue, mas eu a deixo de lado. Sou apenas humana e estou fazendo o meu melhor.

— Receio não ter o valor agora — digo finalmente. — Vou ter que passar.

— Eu entendo — diz ele. — Você gostaria de ser adicionado de volta à lista de espera?

— Por favor.

Desligamos e eu deito no sofá com o telefone apertado contra o peito. *Retidão*. Eu rolo a palavra na minha mente. Eu pensei que fazer a coisa certa me faria sentir bem, mas em vez disso estou vazia. Eu fiz a coisa certa — disse não para a ZZTV — mas quem eu ajudei? Não eu. Não a minha mãe. Talvez Fangli por não vender seus segredos. Eu não deveria sentir uma profunda satisfação por fazer a coisa certa?

Não sinto, mas enquanto estou ali, respirando calmamente, algo acontece. Não é felicidade, mas não é culpa. Não há vergonha. A decisão que tomei foi baseada no que *eu* poderia fazer — não depender de mais ninguém ou mentir, não tentar facilitar o caminho de outra pessoa às custas do meu. É um pequeno começo, mas é um começo.

Mamãe disse que eu tinha integridade e, mesmo que não tenha, quero viver de acordo com o ideal dela. Eu não consegui mudá-la de asilo dessa vez, mas vou conseguir e farei isso nos meus termos.

Pego meu laptop e começo a trabalhar.

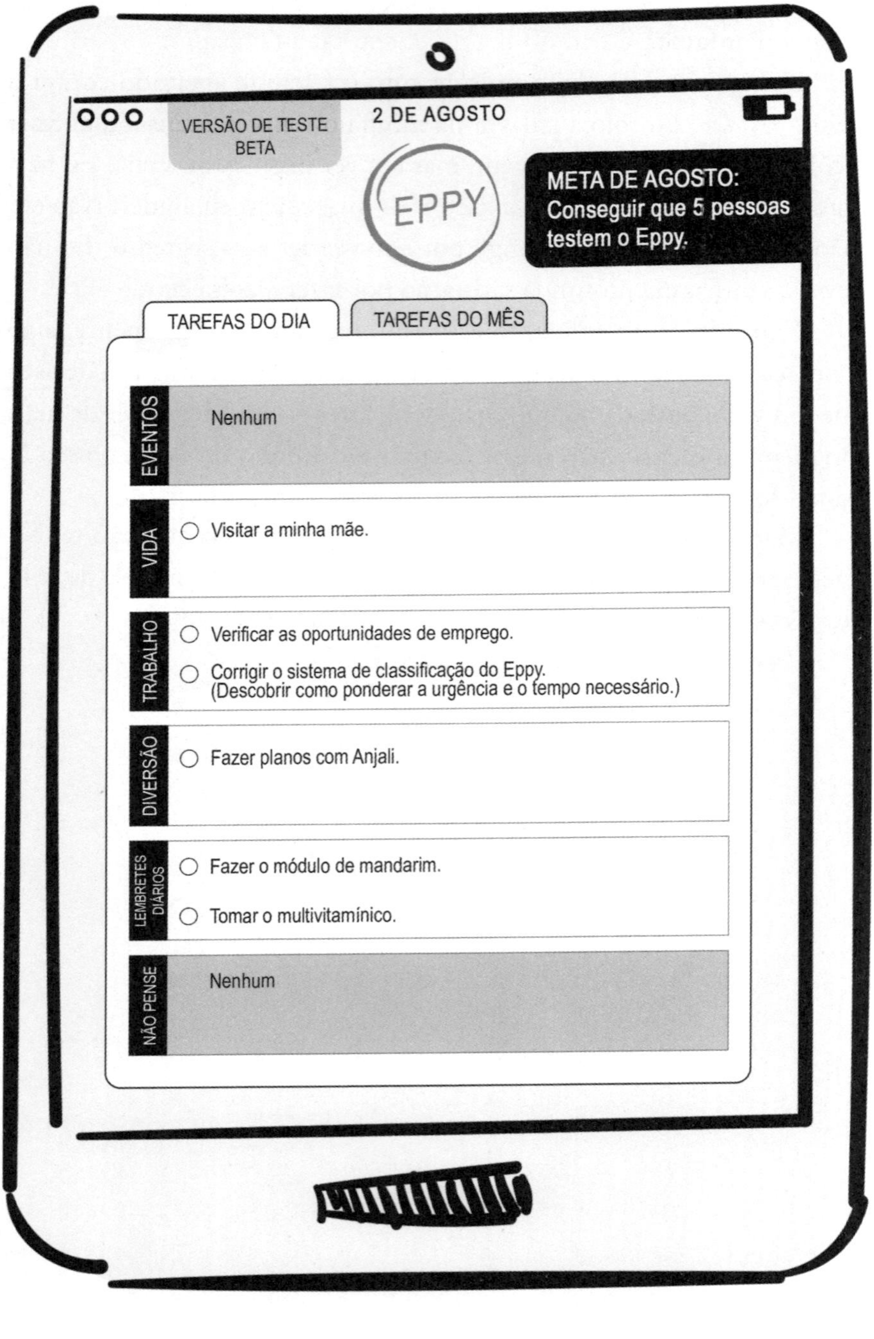
VERSÃO DE TESTE BETA
2 DE AGOSTO
EPPY
META DE AGOSTO:
Conseguir que 5 pessoas testem o Eppy.
TAREFAS DO DIA
TAREFAS DO MÊS
EVENTOS
Nenhum
VIDA
Visitar a minha mãe.
TRABALHO
Verificar as oportunidades de emprego.
Corrigir o sistema de classificação do Eppy. (Descobrir como ponderar a urgência e o tempo necessário.)
DIVERSÃO
Fazer planos com Anjali.
LEMBRETES DIÁRIOS
Fazer o módulo de mandarim.
Tomar o multivitamínico.
NÃO PENSE
Nenhum

Capítulo 37

Mamãe sorri para mim. Está frio para o começo de agosto, então coloco um cobertor que ela tricotou há vinte anos em volta dos seus joelhos. O padrão em zigue-zague laranja e verde não desbotou desde que foi dobrado pela primeira vez sobre o sofá em nossa antiga sala de estar, sob os estrondosos aplausos do meu pai.

Embora eu tenha voltado para o meu apartamento, tenho me esforçado para trabalhar no quarto dela desde que deixei o Xanadu e minha vida de luxo, e acho que tem funcionado bem para nós duas. Minha produtividade foi às alturas — o *Eppy* agora tem um site oficial — e pedi para Anjali e alguns antigos colegas de trabalho testarem. É algo real no mundo real. Decidida a não apostar tudo no caminho do empreendedorismo, o que eu acho que não é muito empreendedor, continuo me candidatando a empregos e tenho uma entrevista na semana que vem em uma pequena agência sem fins lucrativos que faz um trabalho interessante com canadenses recém-imigrados. Um passo de cada vez.

Manter-me ocupada impede que eu pense em Sam. Vi em um site de fofocas que um ator canadense assumiu seu papel na *Operação Oblivion*, mas que deve voltar para Toronto para o festival de cinema de setembro, então presumo que tenha deixado a cidade. Saber que ele se foi me deixou confusa porque, embora eu não queira falar com ele, sentia um conforto secreto sabendo que ele estava no mesmo país que eu. Presumo que eles fizeram um acordo com a ZZTV porque nada apareceu e meu medo diminuiu exponencialmente. Anjali me fez prometer não pesquisar meu nome no Google e me envia variações diárias de "não", "nada", "zero" para me garantir que seus alertas não detectaram nada.

— Gracie, querida, você pode me trazer um copo de água? — Mamãe estende seu copo e eu o levo para a pia.

Ela tem falado muito nos últimos dias e se move fluidamente entre o agora e o passado. Hoje foi uma mistura. Ela se lembra de mim, mas me coloca em sua juventude. Agora, eu sou Gracie, mas também estou com ela em casa, em Pequim.

Eu lhe entrego a água e ela toma alguns goles antes de colocá-la na mesa.

— Traga meu álbum.

Esse tem sido o conforto dela nos últimos dias também, então eu pego. Ela abre na foto de Xiao He e seus dedos cerosos acariciam a página. Eu vou para o outro lado da cama para arrumar sua mesa de cabeceira, e quando eu a checo, depois de pegar uma nova caixa de lenços e enxaguar sua garrafa de água, é para encontrar os dedos da mamãe ainda batendo suavemente na página. Este é um dos sintomas que o médico disse para ficar de olho? Com o coração batendo forte, eu vou até a página para olhar.

Nunca reparei os detalhes nas fotos, assim como você faz com qualquer coisa que seja familiar. A foto que ela está olhando é dela e Xiao He, tirada antes de ela vir para o Canadá. Os dois estão parados perto de um lance de escadas, ambos olhando para a câmera com expressões sérias como fotos 3x4. Mas os dedos da minha mãe não estão apontando para o rosto do irmão, como eu esperaria, dada a quantidade de vezes que ela tem falado sobre ele. Em vez disso, eles estão tocando um ponto específico na página — seu abdômen. Quando os dedos dela se afastam, eu me inclino para frente, imaginando o que está atraindo a atenção dela.

Ela está usando um vestido azul-marinho de algodão com um pequeno babado ao redor do pescoço, apertado a cintura e caindo até os joelhos. O vento está empurrando a saia um pouco para trás, e dando à sua barriga uma sombra estranha, quase arredondada.

Quero examiná-la mais a fundo, mas ela vira a página. Agora as fotos mudam para o Canadá. Mamãe em frente à Torre CN. Mamãe com amigos nas Cataratas do Niágara. Depois, mamãe com papai. Há uma série de fotos da gravidez da minha mãe, agora usando franja em frente aos mesmos lugares de destaque, a Torre CN e as Cataratas do Niágara, uma página depois.

Os dedos dela se afastam da página, e eu tiro o álbum do colo dela para examinar a foto anterior.

Não é uma sombra na barriga dela. Ela está grávida?

Olho tão de perto que quase fico vesga. Cacete, ela com certeza está grávida. De repente, percebo que a foto foi cortada. Xiao He está à direita da irmã e há a ponta de um ombro à esquerda dela. Havia espaço suficiente entre a minha mãe e quem quer que fosse para não ser óbvio que havia alguém ali.

— Mãe. — Minha voz está mais alta do que pretendo e seus olhos castanhos se abrem.

— Gracie? — Ela se concentra em mim e eu sei que ela me vê, realmente eu.

— O que você não está me contando sobre Xiao He? O que aconteceu para você vir para o Canadá?

— Ele disse para deixar o passado no passado. Para viver meu futuro. — Ela fecha os olhos e eu quase grito de frustração. Deixo para lá e olho de novo para as fotos. A foto de Sam e Fangli cai de novo.

Dessa vez, mamãe pega com uma rapidez que eu nunca teria pensado que ela fosse capaz.

— Ela cresceu tão linda. Eu sabia que ela cresceria. — Sua voz falha.

— Ela? Você não quer dizer Sam? — Eu pensei que ela havia guardado a foto porque Sam a lembrava de seu irmão.

— Fangli. Ela não mudou o nome. Nem ele.

Estou confusa, mas sei que estou caminhando por um campo minado. Uso minhas palavras como um pedaço de pau, cutucando bombas para encontrar um caminho seguro.

— Por que alguém mudaria o nome dela? — Mantenho minha voz suave e calma, tentando persuadi-la a continuar a história.

— O pai dela ficou furioso. Um homem bom, mas arrogante, tão certo de ser o dono da verdade. É por isso que meu irmão me ajudou. Eu queria o bebê.

Olho para o álbum. Há uma foto de um homem e uma criança que a mamãe sempre dizia que eram parentes que tinham uma fazenda que ela costumava frequentar. Sempre gostei porque a menina parecia muito comigo e eu costumava fingir que era minha irmã. Hesito, então vou em frente.

— Mãe, você está dizendo que essa é Wei Fangli?

Os olhos dela se enchem de lágrimas.

— Eu sabia que o pai cuidaria dela. Perdi o outro bebê quando cheguei sozinha ao Canadá. Não tinha ninguém. Foi meu castigo. Eu não podia ir para casa, mas não tinha nada.

Olho para o álbum e depois para a minha mãe. Volto a olhar o álbum, que de alguma forma se tornou impossivelmente pesado em minhas mãos. A borda dele mergulha perigosamente, e eu o pego bem antes que caia dos meus dedos dormentes.

— Mãe. — Não tem como eu ter entendido direito. — Essa garota é Fangli?

Ela estende a mão e segura meu braço com um aperto surpreendentemente forte.

— Fangli. Sim.

— A atriz. — Tiro a foto da revista. — Esta mulher aqui. — Cutuco-a com tanta força que a página amassa sob meu dedo.

— Minha Fangli.

É a demência? Tento lembrar o que os médicos me disseram. Eles disseram que ela ficaria confusa..., mas assim? Inventando uma filha? Mamãe tateia em busca da corrente de ouro em volta do pescoço que eu nunca a vi sem. Na ponta balança uma moeda de jade, o centro vazio preenchido com ouro e inscrito com o caractere para amor. Suas mãos tremem enquanto tenta tirá-la do pescoço e ela finalmente gesticula para que eu me aproxime, girando o pingente para que eu possa ver o verso.

Eu conheço esses pequenos caracteres porque os pratiquei até que pudesse falsificá-los a qualquer momento. Fang li.

É verdade. Meus joelhos enfraquecem e eu meio que me sento, meio que desabo na cama, o álbum batendo contra minhas coxas enquanto olho para o rosto da minha mãe, vendo aquela conexão entre nós três na curva do nariz dela e no formato dos olhos dela. Ela pisca e sorri para mim incerta e essa é a expressão de Fangli, bem ali.

Minha boca está tão seca que preciso tentar duas vezes antes de conseguir dizer as palavras.

— Mãe, está tudo bem. — Pego a mão dela. Meu coração se parte com o que ela suportou em silêncio todos esses anos. Não é de se espantar que ela fosse tão inflexível sobre viver apenas para o futuro.

— Xiao He disse a mesma coisa. — Ela aperta minhas mãos. — Ele disse que eu tinha que pensar no que queria, que regras não eram a única coisa na vida. Meu marido também queria o bebê, mas nunca admitiria. Não quando o Partido disse que um filho era o suficiente.

Preciso da confirmação final.

— Esse era seu marido?

— Wei Rong. Meu primeiro marido. Eu estava com tanto medo de que ele me encontrasse. Era melhor que ela pensasse que eu estava morta.

Fique sempre abaixo do radar. Não chame atenção para si mesma. Modere suas expectativas. Mamãe deve ter usado toda a sua ousadia para dar aquele passo em direção ao desconhecido para manter seu bebê. Olho para baixo e vejo minha mão tremendo na borda do álbum. Mamãe está olhando pela janela novamente, seu rosto vazio.

Aquela foto da revista. Eu presumi que ela a guardou porque achava que Sam se parecia com seu irmão, mas era Fangli. A agitação quando ela assistiu *A Lótus de Pérola* não era pela atuação. Não tem como eu ignorar isso. Não é por acaso que Fangli e eu nos parecemos — nós duas puxamos à nossa mãe. Somos meias-irmãs.

Eu tenho uma irmã.

Tenho uma irmã que é uma estrela de cinema famosa e acha que eu nunca mais quero vê-la.

Mamãe eventualmente vai dormir, deixando-me para lidar com essa bomba de informação.

Não estou lidando bem com isso.

Consegui esperar alguns minutos após a revelação inicial para pressionar por mais, mas ela simplesmente parou de falar e olhou pela janela com lágrimas escorrendo pelas bochechas. Usei todo o meu autocontrole para não pegar o álbum e questioná-la sobre os detalhes de cada pessoa nele, enquanto simultaneamente me condenava por não ter demonstrado mais interesse na história da minha família antes. Mamãe sempre foi tão inflexível sobre ignorar o passado que eu simplesmente não perguntei, como se fosse um tabu. Quero exigir mais informações, *preciso* de mais dados, mas não tenho coragem de forçá-la a reviver memórias tão dolorosas. Esfrego meus ombros, sentindo em meu âmago a raiva e o arrependimento pelo que ela escondeu tão profundamente.

Acho que entendi o básico. Ela foi casada com o pai de Fangli na China e eles tiveram uma filha: Fangli. Depois ela engravidou novamente, e embora ambos quisessem o bebê, a política do filho único tornou isso impossível. De acordo com Fangli, seu pai era um oficial do Partido e, mesmo que não fosse, uma rápida pesquisa no Google mostrou que benefícios suficientes seriam retirados de moradores urbanos que tivessem um segundo filho para torná-lo inviável.

A mãe queria o bebê, então seu irmão, Xiao He, a ajudou a deixar a família e vir para o Canadá. Obviamente, uma grande parte da história estava faltando, e eu temia que nunca fosse preenchida. Uma vez aqui, ela teve um aborto espontâneo, eventualmente conheceu Brad Reed e me teve. Meu pai sabia sobre o primeiro casamento? O bebê? A outra filha dela? Quero sacudi-la para acordá-la e perguntar, mas me contenho. Isso é parte da minha história, mas não é tudo. Talvez eu nunca consiga tudo.

Como eu conto para Fangli? Hesito. É uma boa ideia dizer alguma coisa? Talvez seja melhor eu manter o segredo tão guardado quanto ele tem estado nos últimos trinta anos. Não é como se Fangli e eu significássemos tanto uma para a outra — ela precisava de alguém para fazer um trabalho e eu precisava de dinheiro. Um relacionamento transacional na melhor das hipóteses.

Certo. Diga isso a si mesma. Eu gosto de Fangli e, embora eu não acredite em destino, nós ficávamos muito confortáveis uma com a outra. Nós nos encaixávamos como se nossos feromônios combinassem.

Encaixamo-nos como irmãs.

Ligo meu laptop e pressiono meu polegar no hematoma em meu coração, procurando por imagens de Sam e Fangli. Há páginas delas, mas prendo a respiração porque a primeira não é de Fangli. Sou eu, no desfile da Chanel. Sam está se inclinando em minha direção, um pequeno sorriso brincando em seu rosto e seus olhos fixos em mim. Clico na página e verifico os comentários.

🔥🔥🔥🔥🔥

se Sam olhasse para mim assim, minha calcinha queimaria

arranje um homem que olhe para você como sam olha para fangli

samli para sempre

tão lindos

que vadia sortuda

falta apenas a mordida no lábio

prova A de Samli apaixonados

Clico em mais algumas imagens. Algumas são nossas no Xanadu. Há uma foto borrada da primeira vez que saímos e eu escorreguei, com o braço de Sam em volta de mim. Lá estou eu na estreia, Sam estendendo a mão para pegar a minha. Então no tapete vermelho, Sam um passo à minha frente e olhando para trás com admiração enquanto eu poso com uma perna exposta, minha mão no quadril e minha cabeça jogada para trás.

Em cada uma, ele está olhando para mim e somente para mim.

Eu sou um ótimo ator.

Ele não está sorrindo para mim. Ele está sorrindo para a mulher que deveria ser Fangli.

Isso é muita coisa para pensar agora. Eu fico de olho na mamãe e trabalho no *Eppy*. Minha mãe e o trabalho são as constantes da minha vida agora, e é nisso que vou focar.

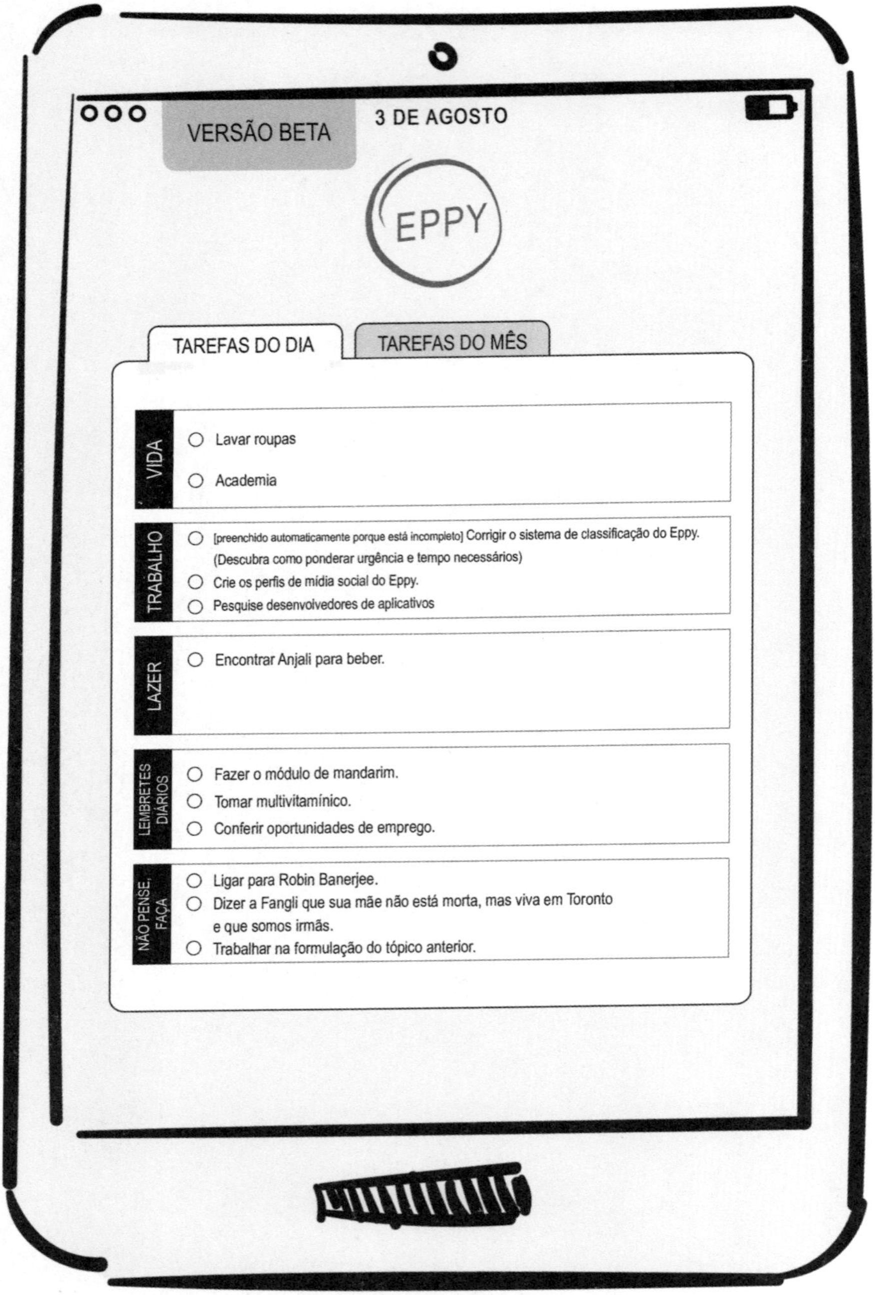

VERSÃO BETA
3 DE AGOSTO
EPPY
TAREFAS DO DIA
TAREFAS DO MÊS
VIDA
Lavar roupas
Academia
TRABALHO
[preenchido automaticamente porque está incompleto] Corrigir o sistema de classificação do Eppy. (Descubra como ponderar urgência e tempo necessários)
Crie os perfis de mídia social do Eppy.
Pesquise desenvolvedores de aplicativos
LAZER
Encontrar Anjali para beber.
LEMBRETES DIÁRIOS
Fazer o módulo de mandarim.
Tomar multivitamínico.
Conferir oportunidades de emprego.
NÃO PENSE, FAÇA
Ligar para Robin Banerjee.
Dizer a Fangli que sua mãe não está morta, mas viva em Toronto e que somos irmãs.
Trabalhar na formulação do tópico anterior.

Capítulo 38

— Eu amo essa coisa. — Anjali e eu saímos para beber e ela está com o *Eppy* aberto na frente dela. — Eu uso para trabalhar e tudo mais. Mas você precisa de um aplicativo.

— Eu sei. — No momento, ele só está disponível como uma versão web que eu mesma criei, graças a tutoriais online.

— Isso me mantém tão na linha. Você sabe quanto tempo eu economizei esta semana? Seis horas. Seis! Eu assisti ao Netflix sem culpa.

Eu sorrio para ela. O *Eppy* é bom. Eu sei disso.

— Obrigada.

— Não sei como você teve essa ideia. — Ela balança a cabeça. — É a coisa que eu não sabia que precisava, mas não consigo viver sem. O que vem depois?

— Preciso vendê-lo. Promovê-lo. Conseguir financiamento para o aplicativo.

Tenho um plano de negócios e uma lista de pessoas para ligar. Robin está no topo, mas não tive coragem, não depois do que aconteceu com Sam. Agora que coloquei na minha coluna *Não Pense, Faça* — reservada para as tarefas que você fará de tudo para evitar —, vai acontecer.

— Você é a Marie Kondo da gestão de tempo — diz Anjali. — Já tenho pessoas no trabalho usando isso.

Pegamos novas bebidas e então Anjali se inclina para frente.

— Abre o bico.

— O quê? — Esvazio cerca de metade da minha bebida num só gole e tenho um ataque de tosse, que Anjali aguenta com uma cara impassível.

— Sam Yao. — É um nome suave com sons leves e arredondados, mas ela o enuncia de forma nítida.

— O que tem ele?

— É isso que estou perguntando. Vi muitas imagens de vocês juntos. Você está ótima, a propósito.

— Maquiagem e cabelo.

Ela bufa.

— Besteira. Você brilhava sempre que olhava para ele e ele... Uau, garota. — Ela balança a cabeça. — Aquele homem estava *a fim de você*. Não sei por que vocês dois terminaram só porque você não queria mais ser Fangli.

Eu traço círculos na mesa com a ponta do meu dedo.

— Gracie.

— Eles pensaram que eu tinha ligado para a ZZTV. — Eu suspiro. — Eu pensei que eles suspeitavam de mim, de qualquer forma. Essa é a principal razão pela qual eu fui embora.

— De onde você tirou essa ideia? — Suas sobrancelhas se abaixam até um ponto entre os olhos.

— Eu escutei a conversa deles. — Conto a ela o que ouvi e ela suspira, então olha ao redor do bar por um momento antes de deixar seu olhar pousar em mim.

— Você pensou que, talvez, um aplicativo não fosse a maneira mais confiável de ter uma tradução?

— Agora acho — murmuro. — Eu estava errada. Sam disse isso quando veio me procurar.

— Ele fez o quê?

— Só para me fazer voltar para ajudar Fangli.

— Isso é uma droga. — A compaixão suaviza seu rosto.

— É.

Ficamos em silêncio por um instante.

— Você tem certeza de que foi por isso que ele veio atrás de você?

— Foi o que ele disse. Então sim.

— Ou era isso que você esperava ouvir? Você nunca confiou nos sentimentos dele.

— Eu confiei. — Não foi? Ou eu estava sempre nervosa, como se estivesse sendo enganada? Que não havia razão para Sam se interessar por uma ninguém como eu? Dúvida. Sempre aquela pequena semente de dúvida, não importava o que ele fizesse.

— Eu não acho que você confiou. Eu penso que você acha que ele é um astro de cinema e você não, então "por que ele se importaria com você?"

Fico vermelho vivo porque ter esses pensamentos expostos é tão embaraçoso quanto ser despida em público.

— E se for verdade?

— Deus, tenha um pouco de orgulho, mulher. Olhe para você. Você é inteligente e motivada o suficiente para criar um plano de produtividade como se comandasse uma porra de linha de produção da Toyota. Você conseguiu enganar o mundo para pensarem que você era uma estrela de cinema. Você é atraente o suficiente para que isso fosse crível. — Ela faz uma pausa, tomada pelo arrependimento feminista. — Não que a aparência seja importante.

— Certo.

— Você duvida demais de si mesma, Gracie. — Estica o braço sobre a mesa e agarra minhas mãos, o que me assusta porque ela não é muito de toque. Agora ela olha nos meus olhos. — Você precisa acreditar em si mesma.

Fangli disse a mesma coisa. Fangli, minha irmã. Estou morrendo de vontade de contar para Anjali, mas parece errado compartilhar a história de Fangli antes que ela mesma saiba. Devo ter começado e deletado uma dúzia de e-mails para Fangli, cada um deles uma aula magistral de prosa sem graça.

— Outra rodada, moças? — O garçom se aproxima e o momento é quebrado, mas estou um pouco abalada. Por que não acredito em mim mesma? É por isso que digo *sim* no lugar de *não*. Porque deixo os Todds do mundo passarem por cima de mim.

Todas essas coisas que Anjali disse estão certas. Eu fiz essas coisas. Eu cuido da minha mãe. Eu faço o meu melhor.

Como se soubesse que tocou num ponto sensível, Anjali recua, e tomamos uma última taça de vinho, falando sobre sua viagem para

Nova York e um novo spa que ambas queremos experimentar, mas sem gastar dinheiro. Quando saímos, Anjali me surpreende novamente com um abraço.

— Ligue se precisar de mim — diz ela. — Você não me incomoda.

Entro no metrô com as palavras dela nos meus ouvidos. Eu me preocupo em incomodar as pessoas. Eu me preocupo em tomar muito espaço, muito tempo, muita atenção. Talvez não devesse. Talvez seja possível tomar a quantidade perfeita.

Uma quantidade do tamanho de Gracie.

✓

Estou com uma leve ressaca na manhã seguinte, mas um copo de água resolve. Verifico meu *Eppy* e vejo que tenho tempo suficiente para cochilar antes de começar meu dia, mas não é um descanso confortável.

Duas escolhas estão diante de mim. Posso contatar Sam e Fangli, pedir desculpas e explicar meu lado da história e ouvir o deles — ou posso fingir que esse mês inteiro nunca aconteceu. Não conheci Fangli e Sam. Não encontrei minha irmã. Não me apaixonei.

Como posso dar as costas a isso, mesmo correndo o risco de me machucar?

Preciso pensar, então pulo da cama, seguro minha cabeça quando percebo que a ressaca não passou completamente, e então visto minhas roupas, passo protetor solar antes de me preparar para nadar na pesada umidade do verão. Abro a porta e paro de repente.

Mei está à minha frente. Ela parece a mesma de sempre, fria e controlada, seu cabelo em uma divisão central perfeita que não faz um redemoinho para o lado na parte traseira. Ela nem está suando.

— Oi? — Dou um passo para trás, num convite silencioso para que ela entre em casa. Ela deve estar aqui em uma missão para Fangli, e eu preferiria ter a conversa na sala de estar com ar-condicionado aos degraus fumegantes.

Mei me segue para dentro, deixando suas sapatilhas pretas arrumadas perto da porta. Seu olhar foge da bagunça de cobertores no sofá, onde eu estava aninhada ontem, até as latas meio vazias de cerveja diet sem álcool espalhadas pelo chão. Meu laptop está precariamente equilibrado na beirada da mesa.

Ela se senta na cadeira amarela acolchoada, um achado numa venda de garagem de dois anos atrás, e não diz uma palavra.

Agora que o sol não está mais nos meus olhos, consigo ver alguns detalhes a mais. A blusa dela está um pouco amassada e seus olhos parecem inchados.

— Algum problema? — pergunto, a ansiedade aumentando rapidamente com esse comportamento incomum de Mei.

— É sobre a Fangli?

— Fui eu quem ligou para a ZZTV. — Seus ombros permanecem retos enquanto ela dá a notícia.

— Oi? — Não é a resposta mais articulada, mas honestamente? Foi uma semana infernal para notícias bombásticas.

— Você me ouviu. — Os olhos escuros de Mei encontram os meus.

Acho que sim.

— Fangli sabe? Sam?

— Sim. — Ela olha para baixo.

— Você ligou para a ZZTV. — Deixo as palavras afundarem. — Por quê? — Uma fina onda de raiva começa a correr pelas minhas veias. — Por que diabos você fez uma coisa dessas? Você nos odiava tanto?

E Fangli não sairia ilesa disso. Eu deveria expulsar Mei da minha casa, mas seu corpo se dobra sobre si mesmo antes que eu possa agir.

— Sinto muito. — Sua voz é tão suave que mal chega até mim do outro lado da sala.

Eu posso dizer que ela está arrependida de algo, mas não sei dizer se é pelo que fez ou porque foi pega.

— Mas por quê? — repito.

— Desculpe. Eu não estava pensando direito.

— Sobre *o que* você não estava pensando direito?

— Eu queria que você fosse embora. — Ela me olha bem nos olhos.

Ah. Por essa eu não esperava. Eu sabia que ela nunca gostou de mim, mas esse nível de sabotagem está além do aceitável.

— Seu desejo foi atendido, então. — Isso foi mais cortante do que eu queria, e não gosto da satisfação que tenho em fazer Mei estremecer.

Ela não diz nada e novamente estou presa no papel de ter que forçar uma conversa com essa mulher.

— Como Fangli descobriu? — E Sam, que tentou me contar no café, mas eu fui teimosa e triste demais para ouvir.

— Eu disse a ela.

Tenho um respeito relutante por isso.

— Achei que tinha sido o Todd.

Ela balança a cabeça.

— Ele se afastou depois que Sam lhe enviou uma cópia do dossiê que ele mandou o detetive coletar sobre seu comportamento. Sam também o avisou que estaria observando para ver se ele trataria outras mulheres mal.

Pelo menos são algumas notícias boas. A última gota de tensão que restava por causa de Todd desaparece. Não preciso mais me preocupar com ele. Todd é um vermezinho repulsivo, mas pelo menos não vai descontar suas inadequações em outras mulheres.

De repente, percebo que me levantei no automático e me sentei de novo, porque preciso de toda a minha energia para processar o que ela está dizendo.

— Não entendo por que você fez isso. Por que você queria que eu fosse embora?

Mei fica em silêncio. Nunca tivemos um relacionamento próximo, mas eu não mereço saber a razão pela qual ela me odiava? Penso em nossas interações. Fiz o meu melhor para ser boa de se trabalhar, eventualmente. Tentei ser educada e amigável. Eu exagerei quando pedi ajuda a ela?

Então me lembro do jeito que ela fechou a porta quando me deu o guarda-chuva para o meu encontro com Sam. Quando ela nos viu de mãos dadas. Antes mesmo disso, seu rosto, observando Sam enquanto ele entrava em uma sala. Eu deveria tê-la reconhecido, porque era muito parecida com a expressão que eu tinha.

Meu Deus, não fui eu. Ela estava apaixonada por Sam? Está na ponta da minha língua perguntar isso a ela, mas eu congelo. Apesar do que ela fez, a pergunta é muito intrusiva para eu dizer em voz alta e é muito egoísta perguntar: *Você tentou destruir minha vida porque pensou que eu era uma rival pela preferência de Sam?*

— O que Fangli disse? — pergunto em vez disso.

Os olhos dela se enchem de lágrimas.

— Ela disse que entendia, mas que eu teria que ir embora.

Faz sentido.

— Ela te perdoou?

Mei assente.

Claro que ela perdoou, maldito coração generoso. Se Fangli pode perdoar esse tipo de traição de alguém em quem ela confiava, eu também posso. No fundo, estou cansada. Não tenho forças para ficar brava com Mei. Aconteceu. Não posso voltar no tempo e fazer com que não pegue o telefone. Ela vai voltar para a China e nunca mais nos veremos. Quero me livrar de todas as partes negativas dessa experiência, e no topo dessa lista estão o ZZTV e tudo relativo a ele.

— Obrigada. Por me contar. — Eu respiro fundo. — Está tudo bem.

Não está, mas dizer *eu te perdoo* é tão presunçoso como um chefe do crime desculpando um subordinado que confessou um erro enorme.

Mei abaixa a cabeça e se levanta, e eu também. Agora que ela teve o prazer de desabafar seus pecados, quero-a fora da minha casa. Tenho pena dela, mas não a quero perto de mim, caso ela adicione mais à minha pilha emocional.

Ela vai embora rapidamente, e eu desmorono no sofá, esquecendo a caminhada.

Foi Mei. Mando mensagem para Anjali.

Anjali: Estou em uma reunião, mas ela está na sala de jogos com a adaga?

Gracie: Boa. Ela contou à ZZTV. Era a assistente de Fangli. Acho que ela fez isso porque estava apaixonada pelo Sam.

Anjali: Isso é muito doido. Tóxico. Não vale a pena fazer isso por um cara.

Gracie: Disse que sentia muito. Veio até minha casa.

Anjali: Oh, isso requer coragem. Qual é a sua próxima jogada?

Anjali: Nenhuma resposta?

Anjali: Silêncio total. Tá bom. Vou me apresentar na reunião e, quando voltar, quero ouvir algum planejamento do nível do Eppy.

Não respondo porque puxei meu computador para olhar o *Eppy*. Destaco **LIGAR PARA FANGLI E CONTAR A ELA SOBRE A MAMÃE**. Essa pode ter sido uma das minhas tarefas do *Não Pense, Faça*, mas tenho apenas pensado, *Não Feito*. Então acrescento outra: **DIZER A SAM QUE POSSO TER TIRADO CONCLUSÕES PRECIPITADAS**. Meu peito aperta com a ideia de que o navio do Sam seguiu em frente e meu bilhete de embarque foi deixada em pedaços no cais.

O *Eppy* é um ótimo planejador, mas eu gostaria que ele tivesse um módulo sobre como abordar esse tipo de percurso de obstáculos emocionais.

Pego meu telefone e meu feed de notícias aparece na tela antes que eu possa abrir o aplicativo de mensagens. Quero dar tempo para Fangli decidir sua resposta e uma ligação a coloca em uma situação difícil. Notícias exclusivas sobre o casamento, diz a manchete.

Fangli e Sam sorriem para a câmera.

Clico na história antes que eu possa me deter, e é o que a manchete promete. Os atores Wei Fangli e Sam Yao vão se casar antes do fim do ano. Citações de fontes sobre como eles estão apaixonados desde a escola de teatro pontuam longos parágrafos sobre a linhagem da realeza cinematográfica de Sam. Outra foto mostra os dois, exceto que não é Fangli, sou *eu* num vestido preto sorrindo para Sam.

Meu corpo esfria enquanto olho para a foto. Casamento? Faz sentido, digo a mim mesma. A interferência de Lili obviamente só apressou o inevitável. Afinal, nenhum dos dois tinha rejeitado a ideia de se casar, e Sam parecia fatalista sobre os planos de sua mãe. Obviamente eles se conhecem há muito tempo e Sam faria qualquer coisa por Fangli e... que bagunça é essa? Eu me enrolo na cadeira. Que bagunça do cacete, mas não consigo fugir disso. Apesar dessa atualização sobre o status do relacionamento deles, preciso contatá-los.

Não pense, faça.

Pego o bloco de notas e vou até a mesa da cozinha.

Fangli é a primeira e mais fácil porque falar com ela sempre foi confortável. Decido que, mesmo com as notícias sobre o casamento, não posso manter o que descobri sobre a minha mãe em segredo. Ela pode decidir o que fazer com a informação, quer queira acreditar em mim ou não. O texto que envio para o número dela, agora desbloqueado, é simples e direto ao ponto — um pedido de desculpas por deixá-la e que Mei me contou a verdade sobre a ZZTV. Digo a ela que posso ter algumas informações sobre a mãe dela, se ela quiser saber. Que sinto falta dela.

Eu geralmente não sou tão aberta com sentimentos, mas quero recomeçar com o pé direito se ela permitir. Decido não mencionar o noivado dela porque toda vez que escrevo, a frase soa dolorosamente passivo-agressiva. Farei isso pessoalmente se ela quiser me encontrar.

Li esse bloco de texto umas doze vezes e depois o enviei.

A segunda é mais difícil, e decido enviar um alô para me comprometer antes de entrar em detalhes.

Olá, Sam.

A mensagem volta.

Olho para a tela, incrédula. Será que está fora de serviço? Aqui estou eu, prestes a dar um salto emocional para o desconhecido e o número não funciona. Mesmo que eu tivesse hesitado antes, agora estou desesperada para passar esta mensagem a Sam, nem que seja para acabar logo com isso.

Não tenho o e-mail dele. Tenho? Abro meu e-mail para procurar e encontro uma solicitação de entrevista do South China Morning Post.

Enquanto leio, a barra de notificação desce para anunciar uma mensagem da BBC. A CNN Asia aparece um momento depois.

Não são sobre eu imitar Fangli. São sobre o *Eppy*.

Agora, quase frenética, pego meu laptop, consulto meu site e *o verifico novamente*. Ontem meus downloads foram exatamente vinte e seis. Agora ele foi baixado mais de vinte mil vezes.

O que diabos aconteceu?

É muita coisa para eu assimilar e o tempo parece estar se arrastando. Preciso responder essas pessoas, mas o que eu digo? Isso tudo é um grande engano? Deve ser. Uma ótima piada sobre Gracie.

Você não acredita em si mesma.

Abro meu laptop e leio os e-mails cuidadosamente. Todos dizem a mesma coisa: que Sam Yao usa esse método e que agora é uma tendência na China. Eles querem falar comigo sobre minha filosofia e o que eu quero alcançar. Eles querem que eu explique por que *Eppy* é diferente.

Sam baixou o *Eppy*. Por quê?

Porque funciona e é bom. Posso não acreditar em mim ainda, mas acredito no *Eppy*.

Não estou pronta, mas posso fazer isso.

A primeira coisa que faço é tentar descobrir o que Sam disse. Dá trabalho encontrar, mas finalmente vejo um tuíte traduzido do Weibo, o microblog chinês.

> Não tem como eu me manter organizado sem o Eppy. Preciso dele para me manter produtivo.

Tem um link para o meu site. É só isso, mas acho que quando você é Sam Yao com milhões de seguidores, isso é o suficiente. Os retuítes são mais de quarenta mil, e eu tenho que fazer alguns exercícios de respiração para manter a calma. Era isso que eu queria, afinal. Eu acredito nisso.

Junto as mãos e estico os dedos para fazê-los parar de tremer e mando um e-mail para o *South China Morning Post* para marcar uma entrevista. Depois, para a BBC e a CNN Asia. Quando os pedidos do *Guardian* e da Bloomberg chegam, eu os aceito também.

Os pedidos de entrevista chegam a tarde toda, e depois que respondo as duas primeiras, percebo que as perguntas são semelhantes. Fico mais confortável cada vez que falo sobre como o *Eppy* foi projetado para ajudar você a organizar sua vida inteira, já que todos nós somos ocupados e multifacetados. Dou exemplos de algumas das minhas tarefas e por que adiciono itens imediatamente já que tenho a memória de um peixinho dourado. Quando perguntam como Sam Yao ouviu falar de um planejador que está apenas em teste beta, rio e digo que terão de perguntar a ele, mas estou feliz que funcione para Sam e faço o meu melhor para não deixar minha voz tremer.

As mais difíceis são as entrevistas de TV, mas os produtores são gentis e me explicam o que esperar — imagino que congelar de medo também não faça bem a eles. Entre uma coisa e outra, verifico meus downloads.

O número continua aumentando.

Já é quase meia-noite quando termino, e estou tão empolgada que ando de um lado para o outro no meu apartamento. Anjali me envia uma mensagem de texto cheia de emojis com um link para a entrevista da CNN.

Eu sabia que você conseguiria, diz ela.

Eu consegui, mas foi tudo graças ao Sam, com quem não consigo falar. Posso mandar um e-mail para a agência dele? Para o agente dele? Tem que haver um jeito de entrar em contato com ele se a Fangli não ligar.

Vou para a cama exausta e meus sonhos são preenchidos com Sam usando meu planejador. Segunda noite mais sexy que já tive.

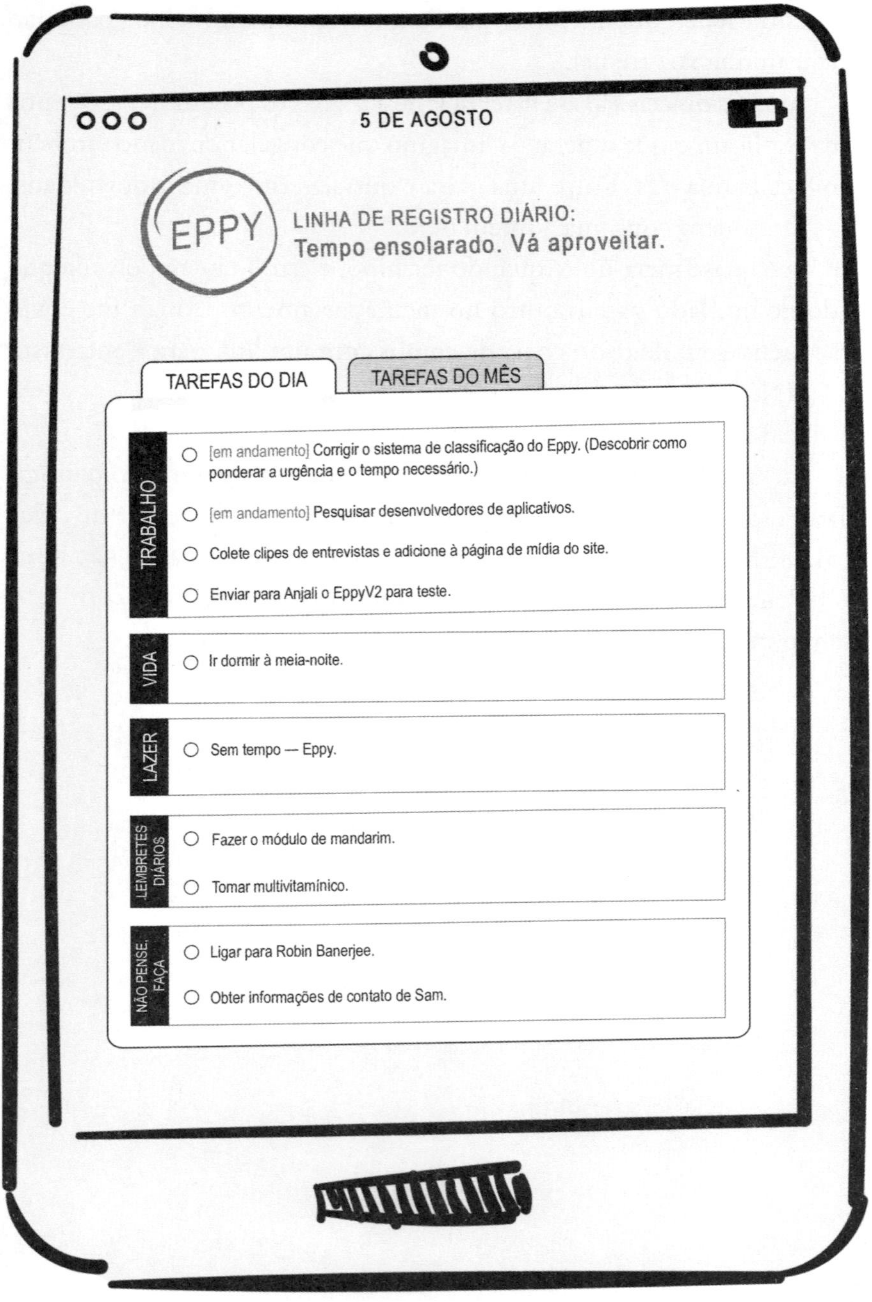
5 DE AGOSTO
EPPY
LINHA DE REGISTRO DIÁRIO:
Tempo ensolarado. Vá aproveitar.
TAREFAS DO DIA
TAREFAS DO MÊS
TRABALHO
[em andamento] Corrigir o sistema de classificação do Eppy. (Descobrir como ponderar a urgência e o tempo necessário.)
[em andamento] Pesquisar desenvolvedores de aplicativos.
Colete clipes de entrevistas e adicione à página de mídia do site.
Enviar para Anjali o EppyV2 para teste.
VIDA
Ir dormir à meia-noite.
LAZER
Sem tempo — Eppy.
LEMBRETES DIÁRIOS
Fazer o módulo de mandarim.
Tomar multivitamínico.
NÃO PENSE. FAÇA
Ligar para Robin Banerjee.
Obter informações de contato de Sam.

Capítulo 39

Demoro alguns dias para me recuperar do meu ápice das entrevistas. Os downloads no *Eppy* continuam aumentando e, melhor ainda, as pessoas gostam. Elas realmente gostam. Anoto cuidadosamente as sugestões que chegam pelo Twitter, que configurei às pressas, e já tenho uma versão 2.0 pronta. Envio o link para Anjali testar.

Anjali: Tão rápido?

Gleice: Talvez eu não tenha dormido.

Ela responde com um GIF de Dolly Parton decepcionada.

Estou no sofá debatendo os méritos de tirar um cochilo quando a campainha toca. Eu estava esperando uma entrega? Não consigo lembrar, mas eu gosto de pacotes, então bocejo e tropeço até a porta para verificar.

Fangli está do outro lado.

Eu congelo. Posso ter enviado aquela mensagem, mas não estou pronta para falar com ela pessoalmente. Pensei que ela me ligaria. Ou responderia por mensagem ou e-mail, mas que seria uma comunicação à distância que me daria tempo suficiente para escrever minha resposta, ou, pelo menos, pensar.

— Abra a porta, Gracie. — Ela fecha um olho para espiar pelo olho mágico. — Eu posso ouvir você.

Preciso de duas tentativas para abrir a porta porque minha palma está muito suada.

Então nos encaramos. Fangli parece, bem, ela parece comigo. Seu cabelo está preso em um rabo de cavalo baixo e arrumado para cair sobre seu ombro, e um boné de beisebol protege seu rosto sem maquiagem, exceto por um pouco de gloss nos lábios. Ela parece um pouco cansada e muito nervosa.

— Você recebeu minha mensagem — eu digo.

Ela se indica, como se dissesse: *obviamente.*

— Desculpe. — Eu me afasto. — Entre.

Assim como Mei fez, ela tira os sapatos e entra descalça. Então ela sorri.

— É legal aqui — elogia ela. — Aconchegante.

— Quer beber alguma coisa?

Ela bufa, um som delicado como se fosse de um pequeno animal.

— Gostaria de saber que informações você tem sobre a minha mãe. E por que você me deixou daquele jeito. Eu gostaria de muitas coisas, Gracie, então acho que podemos pular a bebida por enquanto.

— Justo. — Eu respiro fundo. — Me dê um segundo.

Entro no meu quarto e pego o álbum de fotos duplicado. Quando volto para a sala de estar, Fangli está sentada rigidamente no sofá, joelhos pressionados juntos e mãos cruzadas no colo. Ela parece pequena e um pouco assustada, e eu me sinto uma babaca. Devo tê-la preocupado com aquela mensagem, mesmo quando eu estava fazendo o meu melhor para ser sensível.

Bom trabalho, Gracie.

Abro o álbum na foto de Fangli e Wei Rong. Ela olha para baixo, e aproxima o álbum como se quisesse ver melhor.

— Parece meu pai. Com você?

— Não. Com você.

Ela vira a página como se fosse checar se há mais informações sobre a foto do outro lado.

— Por que você tem uma foto de nós dois?

O mais gentil que posso, conto a ela o que descobri da minha mãe. Sua fuga da China, o bebê secreto que morreu, a filha mais velha abandonada que se tornou uma superestrela global...

... que parece quase idêntica à sua meia-irmã canadense mais nova.

— Nós somos irmãs? — repete ela, com as mãos espalmadas sobre a foto.

— Parece que sim.

Fangli vira as páginas até chegar à da mamãe e do papai.

— É ela?

— Sim, Agatha Wu Reed. O nome chinês dela é Wu Miaoling.

— Ela não está morta? Meu pai disse que ela estava morta.

— Não está morta — eu lhe asseguro. — O Alzheimer dela significa que ela vai e volta, então foi difícil entender a história toda. Posso ter entendido mal algumas partes, e deveríamos fazer um teste de DNA para confirmar.

— Quão certa você está de que somos irmãs?

— Quase cem por cento. — Não hesito.

Fangli fecha o álbum com força e o coloca de lado com as mãos trêmulas. Não sei o que dizer, ou se devo estender a mão. Sei o quão difícil foi para mim entender e Fangli está lidando não apenas com uma nova irmã, mas com uma mãe viva.

Eu me mexo na ponta do meu assento, em silêncio por medo de dizer a coisa errada quando Fangli abre o livro novamente. Ela analisa cada página, seus olhos fixos na mãe que a deixou. Suas mãos correm para cima e para baixo nas páginas e eu as observo. Eu tenho as mãos mais largas do meu pai, mas as de Fangli são como as da mamãe, com dedos longos e macios. Ela até usa o esmalte transparente que mamãe sempre preferiu.

— Diga-me novamente o que ela disse — diz Fangli, virando outra página.

Eu repasso a história novamente, desde a mamãe pensando que Sam era seu irmão. Ela não desviou o olhar do álbum, mas posso dizer que ela está ouvindo cada palavra, testando a veracidade.

Termino a história quando Fangli chega à última página. Finalmente ela olha para cima. Seus olhos estão brilhantes com lágrimas não derramadas.

— Ela me deixou? — Sua voz falha. Então ela repete, muda o tom. — Ela me *deixou*.

— Sinto muito.

Este não é um trauma que eu possa ajudar porque imagino que fere Fangli profundamente. Só consigo sentir as bordas em volta da minha própria dor de todas as coisas que mamãe roubou de mim quando decidiu guardar seu segredo. Também não posso culpá-la por tentar fazer o melhor que podia, mas não culparei Fangli se ela não puder fazer o mesmo. Ela acabou de ouvir o que deve ser uma das rejeições mais dolorosas que uma criança pode conhecer. Não importa o quanto minha mãe possa ter amado Fangli, ela escolheu ir embora.

Fangli se levanta e senta novamente.

— Meu pai escondeu isso de mim também. — Sua risada é mais como um latido. — Todos mentiram para mim.

— Eu deveria ter contado? — Agora não tenho certeza se tomei a decisão certa.

— Sim. — Ela tem certeza. — Isso não é culpa sua.

— Eu sei. Acho que me sinto… — Hesito, tentando nomear a emoção. — Culpada?

— Aquela oferta de bebida está de pé? — Ela coloca o álbum na mesa de centro.

— Cacete, claro.

— Ela me segue até a cozinha, onde eu pulo a cerveja e o vinho e pego uma garrafa de gim do armário. Eu sirvo duas doses bem generosas para nós, coloco um pouco de gelo e refrigerante, e nós as viramos como se fossem água.

— Culpada — diz ela lentamente. — Por quê?

Dou de ombros, mas quando vou me servir de outra bebida, ela coloca a mão na garrafa.

— Mais tarde — fala. — Depois que conversarmos.

Ela está certa.

— Eu me sinto mal por ter tido tempo com a mamãe e você não.

Quando ela ri dessa vez, soa mais como Fangli.

— Não há muito que você possa fazer sobre isso.

— Eu também estou brava com ela — solto. — Estou brava e não posso estar porque eu sei que ela tentou, e ela está doente e o que ela fez comigo não é nada comparado ao que ela fez com você e eu não entendo por que ninguém me contou e...

Minha irmã mais velha se aproxima para me envolver em um abraço apertado. Eu me agarro a ela, sentindo seu calor sob minhas mãos enquanto simplesmente me deixa ficar segura em seus braços. Enquanto estamos ali, eu a sinto tremer e ela exala um suspiro, fino e instável.

— Está tudo bem — eu digo a ela e sinto-a assentir com força contra mim. — Nós vamos ficar bem.

— Certo — fala ela, deitando a cabeça no meu ombro. — Ótimo.

Quando nos desembaraçamos, olhamos uma para a outra. Fangli está uma bagunça, com o nariz vermelho, os olhos inchados e vincos ao longo da bochecha por pressionar a costura da minha camisa. Presumo que pareço tão ruim quanto ela. Desta vez, Fangli não me impede de servir outra dose e inclina o copo para frente quando parece que vou parar de servir.

— Você não bebe — lembro-me quando ela recusa mais gelo. — Eu nunca tive permissão para beber vinho quando estava fora me passando por você.

— Porque é muito difícil controlar minhas palavras quando bebo. — Ela toma um gole. — Fico sem filtro. Esta, no entanto, é uma ocasião especial e um momento para honestidade, se é que já houve um.

Voltamos para a sala de estar. Agora que chegamos ao primeiro acampamento base na Montanha da Reconciliação, não tenho certeza se preciso de uma pausa ou se quero continuar.

Fangli anda de um lado para o outro.

— Tenho tanto a dizer e não sei por onde começar. — Ela se senta e esvazia seu copo antes de tilintar na mesa. — Não. Eu vou dizer. O próximo tópico é Sam.

Estamos escalando novamente.

— Certo. — Eu levanto a mão. — Eu preciso… — *Parabenizar você pelo seu noivado.* Não consigo dizer as palavras.

— Você viu o anúncio de que vamos nos casar?

— Vi. Parabéns. — Pronto, consegui dizer com um sorriso.

— Uma mentira — diz ela veementemente. — A cobra da Lu Lili que contou essa história.

— O quê? — Meus olhos se arregalam.

— Sam não está apaixonado por mim, nem eu por ele. Somos apenas amigos. — Ela estreita os olhos. — Você sabia disso. Ele deixou bem claro.

Eu evito responder a isso.

— Por que ela diria isso?

— Sam foi para casa e disse a ela para ficar fora da vida dele. — Ela sorri orgulhosamente. — Ele nunca fez isso antes. Lili é poderosa e Sam finalmente lhe disse umas verdades.

— Então de onde veio o anúncio?

— Lili tentou forçá-lo a aceitar. Sam ficou furioso, assim como meu pai. Ela passou dos limites.

— O que você vai fazer? — Minhas costas batem contra o encosto da cadeira.

— Diremos que terminamos e esperamos que dê certo para o lançamento do filme de Sam. — Ela ajusta as mangas. — Temos que deixar Lili escapar dessa, mas isso é o suficiente para ela saber seus limites. Pelo menos há um lado positivo, porque ela nunca mais vai tentar algo assim. Sam ficará livre.

Saber que eles não estão noivos me anima, e não consigo parar de sorrir, mesmo que isso não signifique nada.

— Sobre Sam… — Não sei como terminar a frase.

— Eu nunca o vi mais miserável — diz Fangli. — É difícil para ele se conectar com as pessoas.

— Sam? — Eu levanto minhas sobrancelhas.

— A mãe dele é um monstro, como você sabe. Ela o manteve em exposição e ele cresceu como um pequeno imperador, cuidado e mimado. Ela o vê como uma extensão de si mesma e, às vezes, ele também.

— Ele me contou sobre a mãe.

— É difícil para ele confiar que as pessoas gostam dele por ele mesmo, não por sua família ou seu dinheiro. Ou sua aparência.

Respiro fundo.

— Eu nunca soube se ele estava comigo ou com você. Se ele preferia estar com você. — É difícil admitir isso.

— Nós somos *amigos*. — Ela bate palmas para dar ênfase. — Amigos de longa data que se amam, mas o que eu tenho com Sam não é o que você tem com ele. Eu nunca o vi tão relaxado quanto com você. Você trouxe à tona o melhor dele. Era como estar com o velho Sam, aquele que costumava rir comigo e com Chen. — Sua expressão parece melancólica.

Eu corro meu dedo ao redor da borda do meu copo.

— Eu estraguei tudo.

— Ele me disse que tentou falar com você.

— Eu ouvi vocês falando e pensei que era sobre mim. — Eu conto a ela sobre o tradutor, e seu rosto é uma réplica exata da descrença e pena que Anjali demonstrou. — Mei veio e pediu desculpas.

— Nós soubemos quem havia vazado assim que a ZZTV ligou. — Sua expressão é sombria. — Eu não conseguia ver o que estava na minha frente. Não sabia que ela tinha sentimentos por Sam, e o que faria. Mei o queria. Você estava no caminho.

— Inacreditável. — Eu balanço minha cabeça.

— Eu confiei nela — diz Fangli, sua voz ofegante. Então ela balança a cabeça. — Ela se sentiu terrível depois. Disse que era como estar em uma névoa. Eu tive de dispensá-la, mas não prestamos queixa.

Estou feliz. Mei não era uma amiga, mas entendo o arrependimento causado por más decisões.

— Eu não vi a história passar em lugar nenhum.

— Mei disse a eles que era mentira. Eles decidiram não continuar porque não podiam corroborar, e nós ameaçamos processá-los. Ela disse que era o mínimo que podia fazer.

Embora pudesse ter causado muito dano, tenho pena dela.

Fangli faz uma careta.

— Meu empresário ficou furioso, com razão, mas depois que expliquei, acalmou.

— Isso é bom.

— Ele não tinha percebido o quão ruim as coisas tinham se tornado para mim. Ele me ouve agora. — Ela sorri. — Outra coisa pela qual tenho que agradecer a você.

— Agradecer a mim?

Fangli faz uma pausa para me olhar cuidadosamente.

— Você não sabe?

— Saber o quê? — Posso ver minha expressão refletida na dela, lábios franzidos, cabeça inclinada.

— Gracie. Você mudou minha vida. — Ela diz isso tão simplesmente, como se fosse um fato. — Eu estava exausta e você me trouxe descanso. Confusa e você trouxe ajuda. Agora você me traz uma mãe que eu pensei que estava morta? Uma irmã que eu nunca soube que tinha? Como isso poderia não me mudar?

— Temos uma à outra. — Quando solto as palavras, é uma revelação. Pensei que quando mamãe morresse eu ficaria sozinha.

Eu tenho Fangli.

Ela sorri como se soubesse o que estou pensando e diz:

— Temos *uma à outra.*

— Temos — eu digo. Uau. Quero dizer, *uau.* — O que isso significa?

Isso a faz rir, e seu tom é de uma excitação encantada.

— Eu não sei. Nunca tive uma irmã. Acho que nós vamos brigar, fazer as pazes e usar máscaras faciais juntas. Eu vejo isso acontecer em filmes americanos. — Ela se aproxima e me dá um abraço de rachar a espinha. Para uma mulher pequena, ela é forte.

— Isso é muito pra você processar — desabafo.

— Preciso falar sobre isso com minha terapeuta. — Fangli vê o meu olhar e fica vermelha. — É difícil dizer isso.

— Você deveria estar orgulhosa por estar se ajudando — digo gentilmente.

— Não posso falar sobre isso em casa, ainda não. Não posso ajudar os outros. Um dia, eu vou.

— Primeiro, cuide de si.

— Estou tentando. — Ela hesita. — Sobre nossa mãe. Devo visitá-la?

— Ela pode não te reconhecer. Eu sei que ela pensa em você. — Eu sorrio. — Ela sempre usa um pingente. Seu nome está gravado nele.

Fangli cerra os olhos por um momento.

— Ela é bem tratada?

— Eu odeio o asilo em que a mamãe está. Quero colocá-la na casa chinesa com cuidados particulares. — Falo isso sem pensar, mas percebo o que coloquei sobre Fangli depois que as palavras já deixaram minha boca. — Quer dizer, é bom o suficiente — apresso-me a esclarecer. — Ela está segura.

— Segura não é feliz. Nós a colocaremos lá. Vou pedir para meu gerente fazer algumas ligações e eu posso pagar.

— Obrigada. — Estou grata demais para discutir.

— Ela é minha mãe também, embora eu tenha muitos sentimentos. Preciso processar o que fazer.

— Quando você decidir, eu posso levá-la até ela. Se quiser. Apenas se você quiser.

— Você acha que ela quer isso? — Suas pálpebras tremem para conter as lágrimas.

— Sim. — Não elaboro ou explico. Não quero pressionar Fangli, mas ela precisa saber que a mamãe a quer.

— Preciso pensar. — Fangli se enrola em uma bola.

— Eu sei.

— É demais. — Ela parece arrependida.

— Ela está bem — digo. — Não precisa ter pressa.

Isso parece tranquilizá-la, porque ela levanta o queixo e então me dá seu velho sorrisinho.

— Eu deveria ir. Preciso de um tempo antes do show hoje à noite. Vejo você em breve? Promete?

Seu entusiasmo deixa de lado qualquer receio que eu tinha de estar me intrometendo em sua vida.

— Sim, em breve.

— Não consigo convencer você a ser minha sósia em uma festa muito chata amanhã? — provoca ela.

— Nem se o inferno congelar.

— Sinto muito por ter te forçado a isso quando não estava confortável. Eu não deveria brincar. — Ela enfia as mãos entre os joelhos.

— Eu fiz porque eu queria — confesso. — Eu parei quando eu tive de parar. Foi minha escolha.

— Foi minha decisão e eu sei agora que há mais poder em assumir minhas próprias decisões do que fingir que eu não tinha alternativa.

— Antes que eu esqueça. — Ela me manda uma mensagem e eu verifico meu telefone.

— Você mudou seu número?

— Não. — Ela se levanta. — É do Sam.

Sam. Olho para o assustador balão de texto cinza.

— Você acha que ele quer falar comigo? O que eu digo?

Ela já está no corredor e olha para mim por cima do ombro na pose que eu também domino.

— Acho que a criadora do novo planejador mais famoso do planeta pode descobrir sozinha. — Ela pisca. — Boa sorte, irmã.

7 DE AGOSTO

RESPIRE FUNDO

Capítulo 40

A fé de Fangli em mim é terrivelmente equivocada porque levo dois dias para mandar uma mensagem para Sam. Parte disso é que continuo esperando que ele mande a mensagem. Quer dizer, em um filme, dou a dica para o amigo dele, o amigo dele conta a ele, e ele entra em contato comigo. Mas Sam não funciona assim.

Quem liga, literalmente enquanto eu pego o cartão de visita para executar a primeira das minhas tarefas *Não Pense, Faça* (Sam é a segunda), é o assistente executivo de Robin Banerjee, que me convida para ir ao seu escritório falar sobre financiar o projeto.

— Ele sabe sobre *Eppy*?

— Claro que sim. — Marcus, o assistente executivo, ri. — Todo mundo no escritório tem usado. Finalmente recebi as notas de agradecimento pelo meu casamento pelo correio por causa do *Eppy*. Nós nos casamos há oito meses.

Sorrio para o telefone enquanto marcamos o horário da reunião e, quando desligo, abraço o telefone contra o peito e danço descoordenadamente.

Robin Banerjee quer saber mais sobre o *Eppy*. Ele *me* chamou.

Os nervos tomam conta, mas dessa vez não estou sozinha. Fangli e Anjali estão lá para me orientar. Eu verifico as conversas de texto simultâneas e sinto minha coragem crescer.

Anjali: Você está fazendo um favor a ele. O Eppy é popular e ele sabe que mais investidores estarão atrás de você.

Fangli: Eu me encontrei com minha futurista. Ela está usando o Eppy. Já é um sucesso e você conseguiu.

Anjali: Faça aquela coisa em que você levanta os braços no estilo Rocky para criar confiança física antes de entrar. Vi em uma palestra de motivação.

Fangli: Eu acredito em você.

Anjali: [GIF do Rocky Balboa]

Uma hora antes da reunião, coloco um vestido verde, pinto meus lábios de vermelho sangue e digo ao meu reflexo no espelho: *Você consegue* até sentir a confiança nos meus ossos trêmulos.

Então eu pego meu laptop e minhas anotações, e entro pronta para impressioná-lo o suficiente para conseguir o dinheiro que preciso para meu aplicativo. Não é um favor, eu me lembro. O investimento fará com que nós dois tenhamos sucesso. O *Eppy* é valioso.

O escritório fica em uma parte industrial da cidade que foi tomada por startups de tecnologia e escolas de artes circenses. Marcus me cumprimenta com um sorriso e me serve água no escritório de Robin, que é cercado por quadros brancos e cheio de cubos mágicos e blocos de construção. Um vaso de malvas-rosas altas fornece um toque de cor.

Eu nem espero um minuto antes de Robin entrar. Ele me dá um sorriso caloroso e acena.

— Vi o tweet de Sam Yao e dei uma chance ao *Eppy* — ele diz como forma de introdução.

Robin tem a minha altura, é careca e tem um sorriso que toma seu rosto. Ao contrário do terno na festa da Chanel, hoje ele está usando um moletom preto com capuz, calças cargo e enormes tênis de basquete brilhantes que você jamais usaria para praticar esportes.

— Coisa boa. Gostei do seu material. — continua ele.

Ele gesticula para que eu vá até a cadeira de couro e se senta no sofá. Como seu escritório fica em um armazém restaurado, a única vista é o tijolo gasto de outro armazém.

— Conte-me seus planos.

Eu me preparei — Anjali sugeriu que eu tratasse como uma entrevista de emprego, ou seja, passei três horas criando respostas inteligentes para cada pergunta que ele pudesse ter — e estou pronta.

Conto a ele meus objetivos: o aplicativo, os *planners* analógicos, a eventual comunidade de pessoas ajudando umas às outras a atingirem seus objetivos, fornecendo dicas e incentivo. Ele escuta e não me interrompe nenhuma vez. Pego meu plano de negócios e ele folheia, fazendo perguntas para as quais tenho respostas prontas e algumas que me fazem pensar.

— Parece bom — ele diz quando termino. — Eu quero entrar.

Ele indica uma quantia de dinheiro, que me dá um curto-circuito no cérebro, e me dá os contatos de pessoas que podem ajudar, incluindo um desenvolvedor de aplicativos que estava na minha lista. O advogado dele entrará em contato.

Quando saio, meus dentes batem de estresse e excitação. Está tudo acontecendo tão rápido que não consigo absorver. Mando uma mensagem rápida para Anjali e recebo uma explosão de emojis de volta e um aviso de que ela precisa da história toda quando sair da reunião. Fangli envia um vídeo dela mandando um beijo.

Sam não me envia nada porque sou covarde demais para entrar em contato com ele.

Eu verifico meu site — os downloads estão diminuindo, mas indo bem. Mando e-mails para todos os contatos que Robin me deu, da rua mesmo. Fico ali, inquieta e cheia de energia. Quero gritar para uma floresta e dançar ao redor de uma fonte até me exaurir.

Mãe. Vou ver a minha mãe e contar a ela o que está acontecendo. Isso vai me acalmar.

Há um ônibus chegando e, em menos de uma hora, eu assino minha entrada em Glen Lake. Quando chego ao quarto dela, paro. Ela está falando com alguém em voz baixa, então decido dar um momento para eles terminarem; deve ser um dos auxiliares ou uma enfermeira.

Enquanto olho para a foto emoldurada do doce gatinho branco, pego meu telefone. Não consegui tirar Sam da cabeça e não posso mais adiar. Esta é minha verdadeira tarefa *Não Pense, Faça*. Envio a mensagem para o número que Fangli me deu e faço isso rápido, antes que eu possa repensar. A mesma mensagem de antes.

Olá, Sam.

Um *ping* vem de dentro do quarto da minha mãe.

Capítulo 41

O quê? Olho para o meu telefone, depois para a porta. Quando estendo a mão para abri-la, noto que meus dedos estão tremendo. Sam está sentado ao lado da minha mãe, segurando suas mãos. Ambos olham para mim, expressões idênticas de surpresa em seus rostos.

— Sam?

Isso é estranho. Isso é muito estranho porque Sam deveria estar na China fazendo coisas de estrela de cinema, não aqui na casa de repouso da minha mãe, vestido com jeans e uma camisa branca.

Quero correr pela sala, mas meus pés recuam para o corredor enquanto franzo a testa para eles. Por que ele está aqui, sozinho com a minha mãe?

Os olhos de Sam acompanham meu progresso, e ele deve pensar que estou prestes a fugir porque aperta as mãos da mamãe antes de cruzar a sala para ficar na minha frente.

— Gracie.

Não sei o que dizer. Nem sei para onde olhar porque não consigo focar com meus olhos recém-embaçados. Caceta. Estou chorando. Sam estende a mão para passar o polegar na minha bochecha, e quando não me movo, ele chega um pouco mais perto.

— Sinto muito — eu sussurro. Ele se abaixa para me ouvir. — Sam, sinto muito.

— Por quê? — Sam parece surpreso. — Eu que deveria me desculpar com você. Desisti depois que você saiu no café porque sou um idiota teimoso.

— Não acho que eu estava com vontade de ouvir.

— Talvez não, mas eu deveria ter me esforçado mais.

Esta não é uma discussão produtiva, por isso volto-me para o ponto mais saliente.

— Não entendo por que você está aqui. No quarto da minha mãe?

Ele respira tão fundo que sai um assobio quando ele expira e fecha os olhos.

— Sam? — Não sei quantas borboletas mais caberão no meu peito antes que elas explodam como um *alien* nascendo em um filme de terror.

— *Jiayou* — ele sussurra, abrindo os olhos. — Vamos, Sam. Você consegue.

— O quê?

Sam pega meu rosto entre suas mãos e me silencia com um beijo que viaja até meus dedos dos pés.

— Acho que estou me apaixonando por você — ele diz apressadamente. — Não, eu sei que estou. Eu deveria ter lhe dito antes.

Sinto o sangue subir ao meu rosto sob seu toque.

— Estou aqui porque senti sua falta. Eu precisava te ver. — Ele passa as mãos pelos meus braços. — Fangli me contou que te visitou e que te deu meu número, mas você nunca me ligou. Eu não aguentava mais. Pensei que poderia te ver aqui, para conversar pessoalmente.

— Aqui? — Ecoo.

— Eu queria ver sua mãe também. Posso não ser irmão dela, mas posso ser um amigo.

— A voz da minha mãe chama atrás dele.

— Sammy conhece meu antigo bairro. Ele lembra da casa de noodle. — Mamãe nos observa com olhos arregalados e um sorriso que reflete que talvez ela entenda o que Sam é para mim.

Sam me envolve em seus braços.

— É o melhor que posso fazer por ela.

— Obrigada. — Tudo o que faço é agradecer a ele.

— Talvez vocês dois devessem ir conversar. — Outra voz vem do corredor. É Fangli, com uma expressão determinada e segurando um buquê de lírios.

— Fangli?

Ela olha por cima do meu ombro para a mamãe.

— Eu falei com o meu pai hoje. Agora há pouco. — A voz dela vacila. — É verdade, o que você disse. Ele não vai me contar a história toda, mas eu não quero perder mais tempo com a minha mãe.

— Eu entendo.

— Eu deveria ter lhe contado antes de vir, mas… — Sua voz some. — Eu não estava pensando.

— Ela é sua mãe também. — Eu a abraço.

Mamãe já se levantou da cadeira, os braços estendidos e o rosto iluminado. Nós duas vamos abraçá-la.

— Você parece minha garotinha — sussurra. Então ela começa a falar em mandarim. Graças ao meu aplicativo, estou melhorando, mas Sam tem que traduzir porque, embora Fangli abra a boca, nenhuma palavra sai.

— Ela acha que Fangli simplesmente se parece com a filha dela — ele fala baixinho. — Ela não sabe. — Enquanto ele fala, a expressão da minha mãe muda e ela abre bem os olhos, seu olhar voando entre mim e Fangli.

— Minha garota? — sussurra ela.

— Sou eu — murmura Fangli. — Eu.

Mamãe olha para mim, e eu dou um abraço em Fangli.

— É ela, mamãe. Nós nos encontramos — eu afirmo. — E agora ela encontrou você.

— Meu bebê. — Mamãe está tremendo, tateando o pescoço em busca do pingente, que ela agarra com força. — Sinto muito, meu bebê. *Qing yuan liang wo.*

— Perdoe-me — Sam murmura em meu ouvido.

Minha nova irmã não tira os olhos ansiosos da nossa mãe.

— Por favor, deixe-me ter um tempo a sós com ela — diz Fangli.

Mamãe parece feliz, então eu só hesito por um momento. Sam puxa minha mão para me levar para o corredor e depois para fora.

— Não quero ir muito longe — digo. Não com minha família lá.

— Podemos ficar aqui mesmo. — Ele me leva para um pequeno playground vazio ao lado da casa, um lugar para os netos visitantes brincarem.

Agora que estou com ele, não sei o que dizer. Ele me salva.

— Eu nunca pensei que você havia ligado para a ZZTV — diz ele.

— Agora eu sei. — Esfrego minha bochecha. Sam conseguiu me contar sobre seus sentimentos. Eu posso ser tão corajosa quanto. — Fiquei magoada por você ter pensado que era eu, mesmo que fosse só na minha cabeça.

— Sinto muito. — Sam se senta na base do escorregador largo e eu me junto a ele. — Eu sabia que o que eu sentia por você era diferente, mas nunca deixei claro o suficiente.

— Eu nunca soube onde eu estava com você, se você estava atuando ou não.

— Diga-me o que posso fazer para que você confie em mim. Eu farei isso.

Bato minha cabeça em seu ombro.

— Você já fez isso quando veio aqui hoje.

Ele passa os braços em volta de mim.

— Senti sua falta. Senti falta de falar com você. — Ele passa um dedo sobre meu lábio inferior. — Senti falta de beijar você. — Um pequeno beijo é deixado na minha têmpora.

— Já faz um tempo.

— Dezessete dias — diz prontamente, então fica vermelho quando olho para ele. — Quero dizer, mais ou menos isso.

— Mais ou menos?

— Eu estava contando cada dia. Processe-me. — Outro beijo, dessa vez no meu cabelo.

— Você deveria estar na China.

— Fui falar com a minha mãe.

— Fangli mencionou isso.

— Foi um evento e tanto, e, como você sabe, culminou com ela contando à mídia que eu estava para me casar com Fangli — Ele se inclina contra mim.

Eu sei que não é verdade, mas as lembranças dos sentimentos que tive quando pensei que era verdade permanecem e doem. Ele se vira para olhar para mim.

— Não vamos. Eu amo Fangli, mas como um dos meus amigos mais verdadeiros.

— Eu sei — eu o tranquilizo.

Embora Fangli tenha me dito a mesma coisa, ouvir isso de Sam me atinge mais profundamente e libera o último resquício de dúvida que eu não sabia possuir.

Ficamos em silêncio por um momento, observando um esquilo cinza passar correndo, com a cauda felpuda ondulando.

— Fofo — ele murmura.

É, especialmente quando ele para e nos olha, mas não estou aqui para admirar roedores de árvores.

— Como você está? — pergunto.

— Bem — ele diz com alguma surpresa. — Foi... assustador. — Fica vermelho. — Uma coisa estúpida de se dizer.

— Não, eu entendi. — Lili não é Todd, mas pode haver pessoas em nossas vidas que assumem mais presença e influência do que merecem. — Como ela está agora?

— Não quer conversa, mas meu pai concordou comigo. Está furiosa conosco. — Suas covinhas aparecem em um sorriso irônico. — Ela vai entender um dia. Espero.

— Você foi bem. — Eu me enfio por baixo do braço dele.

— Não tão bem quanto você com *Eppy*.

— Graças a você.

Ele dá de ombros.

— Ninguém se importaria se não funcionasse. Funciona. Você foi ótima nas entrevistas.

— Você assistiu?

— Claro, em parte porque eu não conseguia deixar de vê-las. Você estava em todo lugar.

— Eu sei. — Eu sorrio. Lá se vai a parte de manter-se discreta e não correr riscos. — Robin Banerjee ligou. Não preciso mais encontrar um emprego. Posso trabalhar no *Eppy* porque ele está me financiando.

— Eu sabia que ele faria isso. Essa é a minha Gracie! — exclama Sam.

Sua Gracie. Eu provavelmente gosto mais do som disso do que deveria.

— Você estará mais ocupada. — Ele passa a mão no meu cabelo.

— Olha quem fala — eu aponto. — Você não vai gravar um filme logo?

— Sim. — Ele tosse. — Ei. Você acha que pode adicionar mais uma tarefa na sua lista do *Eppy*?

— Tipo o quê?

— Um relacionamento? Estou pensando na seção de planos de longo prazo.

Olho para ele.

— Quero nos dar uma chance — ele diz. — Sam e Gracie.

— Você é uma estrela de cinema.

— Sou mesmo.

— Rodeado de pessoas bonitas.

— Como a mulher com quem estou agora. Devo dizer que você é uma CEO, cercada por pessoas brilhantes? — Ele dá de ombros. — Eu confio em você, Gracie. Você confia em mim? Confia que o que eu sinto por você é real?

Ele se afasta completamente como se não quisesse influenciar minha resposta. Eu o agarro porque sei a resposta.

— Eu confio em você.

— Além disso, eu gosto que você seja uma CEO. — Ele estufa o peito. — Um bom estímulo para o meu ego. — Ele me olha nos olhos. — Nem comece — avisa.

— Como se você precisasse de mais estímulo para o ego.

— Você começou. — Balança a cabeça.

Eu quero isso. O peito dele está pressionado contra mim e posso sentir o coração dele batendo rápido contra minha pele.

Apesar do tom leve, ele também está nervoso.

— Acho que quero tentar. Você e eu. Vamos lá. — Arrisco-me.

— Um endosso retumbante. — Ele se inclina. — Eu topo o que você topar.

Meus lábios capturam os dele e eu o sinto sorrir contra minha boca. Ele se afasta.

— Estou tão feliz que você entrou naquela cafeteria.

— Eu também, embora aquele bolinho fosse horrível.

Ele ri e acaricia meu cabelo. Dessa vez, quando ele me beija, eu sei que é absolutamente tudo para mim.

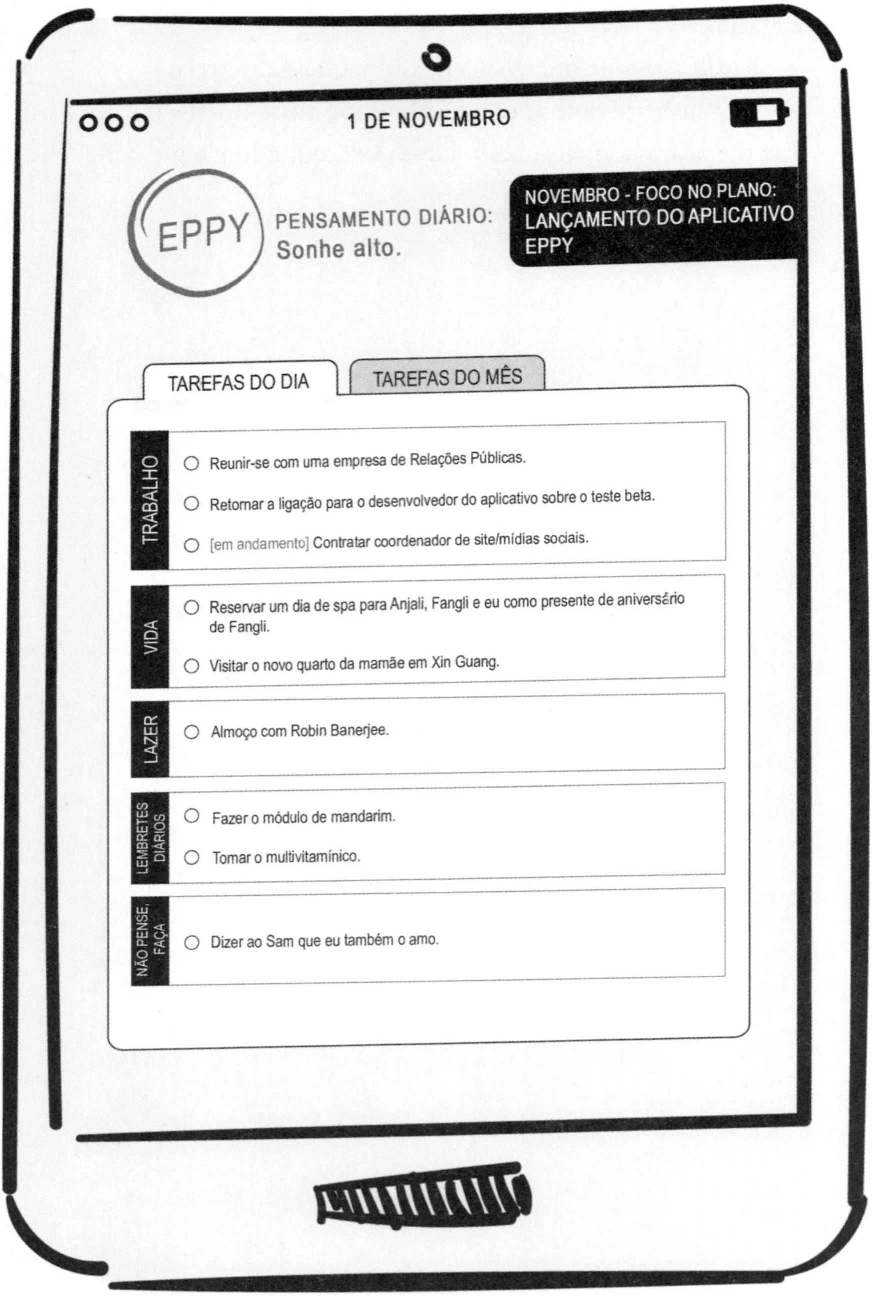

1 DE NOVEMBRO
EPPY
PENSAMENTO DIÁRIO:
Sonhe alto.
NOVEMBRO - FOCO NO PLANO: LANÇAMENTO DO APLICATIVO EPPY
TAREFAS DO DIA
TAREFAS DO MÊS
TRABALHO
Reunir-se com uma empresa de Relações Públicas.
Retornar a ligação para o desenvolvedor do aplicativo sobre o teste beta.
[em andamento] Contratar coordenador de site/mídias sociais.
VIDA
Reservar um dia de spa para Anjali, Fangli e eu como presente de aniversário de Fangli.
Visitar o novo quarto da mamãe em Xin Guang.
LAZER
Almoço com Robin Banerjee.
LEMBRETES DIÁRIOS
Fazer o módulo de mandarim.
Tomar o multivitamínico.
NÃO PENSE, FAÇA
Dizer ao Sam que eu também o amo.

Agradecimentos

Obrigada à minha incrível agente, Carrie Pestritto, que disse que eu definitivamente e totalmente deveria escrever este livro. Allison Carroll, da Audible, e Mary Altman, da Sourcebooks, foram editoras extraordinárias. *Força, equipe!*

Candice Rogers Louazel é sempre minha primeira e melhor leitora. Allison Temple, Farah Heron, Jackie Lau e Rosanna Leo foram certeiras em seus conselhos gentilmente formulados.

Um agradecimento àqueles que generosamente reservaram um tempo para responder meus e-mails, que começavam com: Pergunta estranha, mas... Lydia Jin, Natasha Mytnowych, Denise Tay e Michele Yuen-McDonald.

Acima de tudo, agradeço a Elliott e Nyla, que me deram espaço para escrever e não me fizeram jogar jogos de tabuleiro com eles, mesmo estando em confinamento.